图书在版编目（CIP）数据

元祐词坛研究/彭国忠著. —修订本. —上海：华东
师范大学出版社，2021
（学术文库）
ISBN 978 - 7 - 5760 - 1642 - 0

Ⅰ.①元… Ⅱ.①彭… Ⅲ.宋词—诗词研究
Ⅳ.I207.23

中国版本图书馆 CIP 数据核字（2021）第 071114 号

元祐词坛研究（修订版）
（学术文库）

著　　者	彭国忠
责任编辑	时润民
责任校对	唐　铭
特约编辑	刘泽华
装帧设计	卢晓红

出版发行　华东师范大学出版社
社　　址　上海市中山北路 3663 号　邮编 200062
网　　址　www.ecnupress.com.cn
电　　话　021 - 60821666　行政传真 021 - 62572105
客服电话　021 - 62865537　门市（邮购）电话 021 - 62869887
地　　址　上海市中山北路 3663 号华东师范大学校内先锋路口
网　　店　http://hdsdcbs.tmall.com/

印　　刷　上海盛隆印务有限公司
开　　本　890×1240　32 开
印　　张　11.25
字　　数　268 千字
版　　次　2021 年 7 月第 1 版
印　　次　2021 年 7 月第 1 次
书　　号　ISBN 978 - 7 - 5760 - 1642 - 0
定　　价　55.00 元

出 版 人　王　焰

（如发现本版图书有印订质量问题，请寄回本社客服中心调换或电话 021 - 62865537 联系）

"元祐党籍碑"（一）拓片

刻石位于今广西壮族自治区桂林市七星山瑶光峰下
龙隐岩，南宋庆元四年（1198）梁律据家藏旧本重刻

"元祐党籍碑"（二）拓片

　　刻石位于今广西壮族自治区柳州市融水苗族自治县
真仙岩，南宋嘉定四年（1211）沈暐重刻，据学者考证（林
京海《〈元祐党籍〉石刻考》，载西安碑林博物馆编《碑
林集刊（七）》，陕西人民美术出版社 2001 年 6 月版），
应系明代被毁后再次重刻

序

  彭君国忠的博士论文《元祐词坛研究》将付梓,问序于余,不能不写上几句话。

  近年来,史学大师陈寅恪先生的一个著名论断,屡被学者们称引,可谓耳熟能详,此即《邓广铭〈宋史职官志考证〉序》所云:"华夏民族之文化,历数千载之演进,造极于赵宋之世。""造极"即前所未有,陈先生未言是否"绝后",但"空前"之义是确凿无疑的。诚然,汉、唐两代是我国历史上最见开放意识、国力最为强盛的时代,但综观文化而言,宋朝的"造极"确实是极其允洽的断语。

  有宋一代,重文轻武,在军事上继迫于辽、夏、金、元,却最是"郁郁乎文哉",其全面的文学成就应高于唐代,更遑论前朝! 仅以散文的"唐宋八大家"为例,就有六家在宋,苏氏一门竟得其半。唐朝是诗歌的黄金时代,宋朝至少可以算作白银时代,近人陈衍《石遗室诗话》说:"余谓诗莫盛于三元,上元开元,中元元和,下元元祐也。"此"三元"说是对唐宋诗高峰期的准确概括。由诗而词,由宋词的"一代之文学"的地位,遂引出了本书的论题。

  元祐是宋哲宗时的一个年号,仅约 9 年,而哲宗之时,已非北宋士大夫文人最有作为的真、仁之世,论者之所以重视元祐,是因为作为文化学意义的元祐时期,活动着一批大家、名家:王安石、苏轼、黄庭坚、陈师道、秦观、张耒、晁补之……大画家李公麟将这些文苑中的著名人物绘入《西园雅集图》中："水石潺湲，风竹相吞，炉烟方袅，草木自馨，人间清旷之乐，无过于此。嗟乎！汹涌于名利之域而不知退者，岂易得此耶？自东坡而下，凡十有六人，以文章议论、博学辩识、英辞妙墨、好古多闻、雄豪绝俗之姿，高僧羽流之杰，卓然高致，名动四夷。后之揽者，不独图画可观，亦足仿佛其人耳。"（米芾《西园雅集记》）千载之下，尚令人对其文采风流叹慕不已。

或许是出于对此一时期文学的倾心，故当国忠向我征询博士论文选题意见时，我即谓之元祐词坛的研究或可以为之。虽然，作为年号，元祐只是一个较短的时段，因此有必要对此要作适当的延伸，因之我又谈及以文化意义相取之意，并请其思索和论证此说能否成立，以便提供论文的可行基础和坚实前提。国忠不以我说为非，从宋人所论的语境中发见"元祐"的诸多非止于年号意义的涵义，综古今之见，论证了以"元祐"代称北宋后期的合理性，并确定了论证的范畴和理论框架。在征得专家的意见后，开始了论文的写作，经过广泛阅读、搜罗剔抉、深入思考、认真结撰，终于及时完成了论文，顺利通过答辩，得到了答辩委员会的很高评价。在此之后，汲取了答辩时所提的意见，又经过一年多的认真思索和反复修改，由校外专家和学校学术著作出版基金委员会评审通过，决定资助出版。此前，国忠曾参加过不少集体科研项目，自己也出版过多种书籍，但本书毕竟是他的第一本学术专著，因此，我有理由为他感到由衷的高兴。

愚意以为，国忠此书具有不少优点，主要是：

第一，真正从众多的材料出发，通过认真的文本阅读，经过深入的思考，从纷繁复杂的文学现象中努力寻找发展的共性和客观的规律性，构建出合理的理论框架，并展开了详明的、令人信服的论述。

　　此书虽然将元祐作了适度的扩伸,定位为北宋后期,属于不算太长的一个时间段,但此一时期词坛的作者不可谓不多,作品不可谓不丰富,要超越对个案的把握,找到其间的联系和共性,抽绎出可以涵括诸多作者和作品的范畴、概念,实在是并不容易。国忠努力做到了这一点,不仅全书贯注着以"元祐"始终观照文学现象的精神,而且从文学外部的元祐更化、元祐党争、元祐学术,推而至于整个宋代文化对元祐词坛的影响,到文学内部的词学观念、词学生活,以至于主题、形式等,就这些主要的范畴展开论述,使文学之外与文学之内结合得非常完备。多视角的广为开掘确实是很有意义的,对元祐词坛的分析论证可谓全面而深刻。

　　第二,在微观与宏观的关系上把握得很好,本课题的完成可看作提供了对宋代各体文学进行中观研究的一个成功范例。

　　目前,在古代文学的治学中,就个别的作家、作品作无论是传统的或现代意义的微观研究,较为多见,成功者也较多;而宏观的研究也一度被作为号召,当今仍在继续,且有不少成果问世;相对而言,中观层面的研究则显得不够。因此,本书作为分体、分时段的中观研究成果,诚如审稿的一位专家所说,是值得充分肯定的。我很赞成这位专家的意见。这十多年来虽然可以看到不少中观研究的力作(如南京的唐门和程门弟子已出版的多种博士论文都属于此列),但即使是人们比较熟悉的唐宋文学,也还有不少可以做的中观研究有待进行。今天,我们终于欣喜地看到了彭国忠的这一本书,即使不敢说是填补空白,至少可以说是为北宋后期词坛群体研究提供了新成果。以前,人们常说"树木"和"森林"的关系,或许是因为宏观的研究偏在"森林",而微观的研究则偏在"树木",中观的研究既见树木又见森林,得到专家的充分肯定是自有其理的。

第三,在避免过度的主观化或过于深求、过多的客观描述而概括提炼不够的同时,能较好地把握客观与主观的关系、历史与逻辑的关系,对有些问题提出己见,有发覆之功。

衡量如今的学术研究,对历史与逻辑的关系之把握,似乎成为了一个很重要的评判标准。我们认为,历史的发展固然有其自身的规律,但人们观照历史,却往往看到了无序的现象,因此,如何在对历史作客观描述的同时,努力探讨其发展规律,而这种探讨又不是主观臆想,而是尽量接近客观规律本身,确实是很难办到的。如果做得比较完美,我们就可以说是做到历史与逻辑相结合了,反之则难以用此标准评判。国忠在此书中,对元祐时期的"更化"、党争、学术等历史、文化现象都有很准确的描述,为阐释元祐词坛的生成机制和深层意蕴打下了"历史"的基础;而诸如元祐学术的反对王安石"新经义"一统天下,所引起的文学创作个性的焕发,使元祐词坛有多样风格出现,词人以词共同反映在党争中的真实心态,使政治抒情词获得了"言志"功能,提高了词在文学中的地位,学术精神对词的议论化和人文旨趣的影响等,则为元祐词发生、发展揭示出其中的规律,此即"逻辑"。在此书中,历史的描述与逻辑的揭示结合得较为完美,没有截然分开的现象。

近年来,许多青年学者由于对理论的重视,所写著作多能体现出这方面的修养,但与此同时,也会有运用某些理论解决问题而出现的"过度阐释"之弊,使"逻辑"凌驾于"历史"之上,游离于"历史"之外。观国忠此书,则全然没有此类不足。如论述宋代文化对元祐词的诸般影响,举凡党争所造成的"诗祸"使多数词人产生避祸心理从而将一些情志由诗转入词,使词获得"言志"功能;元祐词家以悼亡、寄内为主要内容的作品,"净化"了男女之情,从传统婉约词的核心阵地进行改革,其功不亚于苏轼豪放词的开疆拓土等,都言之成理，持之有故。而其中对著名的《花间集序》的重新阐释，更是言人所未言，确有发覆之功，曾得到参加答辩的学者的高度评价；对"以诗为词"的论述，也堪称"前修未逮，后出转精"。

国忠所著，并非无懈可击、十分完美。在作为博士论文答辩时，对柳永词的评价与苏轼对其之态度，异中之同与同中之异的关系等问题，都引起了答辩委员的不同看法；甚至认为所写给人留下了这样的印象：苏轼打破了柳永的一统天下，却造成了苏轼的一统天下。但国忠能虚心听取意见，认真修改，使之不断完善，终能以今天的面貌出版。相信此书梓行之后，读者也许会从中发现某些不足，或会有商榷之见；但同时也相信，凡是研究北宋后期词的学者，都不可能绕开此书而无视它的存在。

国忠皖人，从安徽师大中文系本科毕业后，师从著名的古代文学专家宛敏灏、刘学锴、余恕诚三位教授，攻读硕士学位，得到悉心指导，尤其在唐宋文学方面打下了很深厚的基础。毕业以后，留在校图书馆工作 7 年，曾担任古籍部主任，在做好本职工作同时，充分利用藏书居全国师范大学图书馆第三位的优势，在与古人精神晤谈同时，大量涉猎馆藏典籍，在文献学上打下了坚实的基础。其间，为参编《中华文艺大辞典》撰写的 84 位作家小传，为《中国近代文学大辞典》撰写的近 700 条条目，校点的《张孝祥诗文集》等，都获好评。此后，在参撰《豪放词》、《明清词》、《豪放词萃》、《绝妙好词译注》、《全宋词广选新注集评》等书中，都可以看见他的文献学与文艺学功底。我就是在 8 年前约写《全宋词评注》稿而为寻找作者犯愁时，得人绍介而知道彭国忠的，后来收到他写来的稿子，果然见出了与其年龄不甚相称的老练、成熟，很惊异于他对诸多事典的了解和阐释之完备。不久我被批准为博士生导师，并招收了第一届学生，知道他是硕士毕业，遂试探性地征询是否有意于进一步深造,在得到他肯定的回答后,我很盼望他能成为我的第二届博士生。他终于在经过认真的备考,尤其是在重新捡起英语、备尝艰辛后,在 1997 年成为我的博士生。平心而论,我对于他学业的指导,是无法与他在安徽师大所受到的严格训练相比的,只不过是,我更为强调理论的重要性,使他开始了从重在文献学到兼顾文艺学、文化学的学术转型,在完成规定的课程学习同时,他参与了诸种书籍的编撰,并发表了多篇论文,在考证、释疑、辨订、笺注等传统学术之长以外,又表现出论述、阐释的诸多长处,其中的一些论文(如《大晟词派质疑》、《论宋代〈调笑〉词》等)已引起学界瞩目。

国忠为人诚挚忠厚,谦虚好学,在探讨学问中,常令人有起予之叹。只是,在当今的社会转型时期,在商品经济的潮流中,不善于自我"包装"、不注重"功夫在诗外",不是将人与人的关系置于人与文的关系之上,只是孜孜矻矻,一心向学,常常是不够的。我也曾希望他不要像我这样落伍,而他只是尴尬地、憨厚地笑笑,算是对我"歪教邪导"的回答。其实,我又何尝不知"枉己者,未有能直人者也","君子养心莫善于诚",望国忠的不要似我亦非由衷之言。从内心来说,我是很希望他能保持这份真诚、忠直,不要为世风所变,而要努力改变世风。欧阳修曾对苏轼说过:"我所谓文,必有道俱,见利而迁,则非我徒。"我与国忠,当然不敢以欧苏相拟,但欧公所言,却是我所不能忘的。国忠既以"文"为业,虽目前还不免要为"在沪居,大不易"而犯愁,但正如流行语所说,是"痛并快乐着",想必也会秉此教导而受用终生的。

由文而人,不免写得离题了。国忠介于而立与不惑之间,正是治学的最佳年龄,相信此书出后,定将一发而不可收,会在学问上有不断的创获。我的学术研究起步很晚,对青年学人们是很羡慕的,今天,如国忠他们,也许还有这样那样的困难,但他们的生活、治学环境无疑要远远好于我们当年。因此,我也常常想起鲁迅先生在《故乡》中所说的那段话,确实,我也衷心希望下一代与自己这一代有完全不同的生活。在展望未来时,我相信,国忠以及他们这一辈的学术新生代,一定会取得前人所不能取得的成绩。

诗云:如月之恒,如日之升。明天是美好的,我坚信!

意有所感,顺笔为之,拉杂无次,国忠其能宥乎?

是为序。

邓乔彬

2002 年 7 月 4 日

于沪上之五桂斋

目　录

前　言

　　苏轼时代的词坛,与前代相比,有两种新的情况在词学史上应占有一席之地,值得大书特书。其一是苏轼的词体革新及其所引起的词坛的变化。正如胡寅在为向子諲《酒边词》作的序中所说:"眉山苏氏一洗绮罗香泽之态,摆脱绸缪宛转之度,使人登高望远,举首高歌,而逸怀浩气,超然乎尘垢之外……"苏轼对词坛的革新,具有划时代的意义,其影响可以比拟为词学中的"哥伦布发现新大陆"。其二,则是优秀作家联袂登场,同坛"献艺",形成宋代词史上第一个群星璀璨的时期,也是宋词创作的一大高峰时期。对这两种"新的情况",应该说,词学界都给予了足够的注意和充分的肯定,然而,同时也存在着两个不足之处,一是将前者仅仅理解为豪放词对婉约词的冲击,一是将苏轼个人的创作与整个词坛的繁荣分别对待,而无视它们之间的内在联系。关于第一个不足之处,翻开苏轼的集子即可发现,他真正可以称得上豪放的词作,数量并不太多,而且,他创作豪放词的时间也不长,在元祐以后,他就很少再有豪放词问世了。当然,苏轼对词坛的革新以豪放词最为直接,最为有力,但这不等于说他的贡献只在豪放词。

　　关于第二个不足之处,我们认为,任何作家、任何作品,都是特定时代的产物,离开时代的气候和土壤,一切都将无从谈起;被后人奉为天才的大作家,他们的作品也必然打上时代的印痕。苏轼自不例外。在他同时代人的词作中,我们就可以发现有许多这样那样的词学因素与他的作品相似或相同。这说明,苏轼不是什么"横空出世",也不是"天马行空",他也生活在具体的人群中,生活在特定的时代中;苏轼之所以成为那个时代的代表作家,是因为时代印痕在他的词中表现得更为集中、更为鲜明。而要完整地、全面地了解苏轼,就不可不了解那个时代,了解那个时代的其他作家。丹纳说:"要了解一件艺术品,一个艺术家,一群艺术家,必须正确地设想他们所属的时代的精神和风俗概况。这是艺术品最后的解释,也是决定一切的基本原因。这一点已经由经验证实;只要翻一下艺术史上各个重要的时代,就可看到某种艺术是和某些时代精神与风俗情况同时出现,同时消灭的。"①反过来说,一个作家或一件艺术品的出现,不是偶然的、孤立的,其背后有着"时代的精神和风俗概况"作为必然的"统治者"行使决定权,而同时代的其他作家不但同样沾承这个"精神"和"概况"的作用,他们之间也相互影响,相互"作用",并且,这种影响和"作用"最终也汇成为"时代的精神和风俗概况"的一股力量。令人不解的是,长期以来,对苏轼及其同时代作家的研究,总是孤立进行的,人们强调的是词人之间的"异",而忽略他们之间的"同",从而也就看不到"异中之同"和"同中之异"。将苏轼作为一个普通的词人还给他那个特定的时代,让他回归到当时的人群中,然后,通过研究,指出他与其他词人的"异中之同"和"同中之异",再从人流中指认出他,这就是本书写作的动机和初衷。而这样所得到的词人苏轼,恐怕比以前的苏轼要来得更加真实,我们对苏轼的认识,也要更加清晰,更加深刻,更符合词史上的苏轼。遗憾的是,由于主观和客观的各种原因,这个初衷

---

① 〔法〕丹纳著,傅雷译《艺术哲学》,人民文学出版社,1963年,第7—8页。

只能实现一半,也就是说,这里进行的只是让苏轼回归他的时代,
却没能将他指认出来,这样,东坡先生的形象无疑降低成了一个普
通的词人。不过,好在他的地位,词史上早有定论,相信不会因为
这本小书而有丝毫的损害。

　　当我们将目光投向与苏轼同时代的一群词人时,不禁惊异地
发现,我们所面对的是一片灿烂耀眼的星空:作为核心的,自是苏
轼,围绕着他的,则是被称为"苏门四学士"的黄庭坚、秦观、晁补
之、张耒,以及与四学士合称为"苏门六君子"的陈师道、李廌;苏门
的外围,有李之仪、毛滂、贺铸、赵令畤、王诜、释仲殊、张舜民,与苏
门词人向有交往的,还有范祖禹、孔平仲、郭祥正、晁端礼①、晁冲
之、王齐叟,而王安石、舒亶却是苏轼的政敌。此外,尚有大词人晏
几道,他的年岁与苏轼差不多②,同黄庭坚多有文字酬赠,但与苏
轼及其他词人无来往③,可谓"独"行于世;至于周邦彦,其父辈同
苏门有交谊,当元祐时,他尚未怎样在词坛露头角,将他置于下一
个词学阶段似乎更为合理。这些词人,行辈不尽相同,创作词的时
间或早或迟,但他们大致与苏轼相前后,共同促进了词坛的繁荣,
这一点,当无疑问。他们的词作品,也就成为本书研究的主要

---

① 晁端礼(1046—1113)向被当作大晟词人,但考其生卒年,与黄庭坚相仿佛,故列于
　此段。

② 对于晏几道的生卒年,有夏承焘先生《二晏年谱》、宛敏灏先生《二晏年谱》、柏寒先
　生《二晏行年简谱》、郑骞先生《二晏年谱补正》与《晏叔原年谱新考》等著作加以考
　证,而诸家之说略有出入。较为流行的说法,是夏先生的 1030—1106 年说。但据
　涂木水先生所得清乾隆三十二年(1767)晏殊二十九世孙、江西湖口县令晏成玉主
　修《东南晏氏重修宗谱》之"临川沙河世系"载,晏几道"宋宝元戊寅四月二十三日辰
　时生,宋大观庚寅九月殁,寿七十三岁",即公元 1038 年生,1110 年卒,这与苏轼生
　卒年(1037—1101)恰相上下。涂文《关于晏几道的生卒年和排行》,见《文学遗产》
　1997 年第 1 期。

③ 元代陆友《研北杂志》引邵伯温之子博(字泽民)话云:"元祐间,叔原以长短句行,苏
　子瞻因黄鲁直欲见之,则谢曰:'今政事半吾家旧客,亦未暇见也。'"

对象。

　　自然,既不以词人为纲,也就不会以他们与苏轼或苏门关系的亲疏为参照系。本书选择的则是"分而合之"的研究方法,即:不对单个词人作全面研究,而是在通读他们的全部作品的基础上,将他们词创作中的一些现象,分解成一个一个的"因子",再找出其他几个或更多词人的类似或相同的"因子",将这些"因子"集中起来,作为一个"新"的文化现象或词学现象看待,通过对这些"新"现象的考察,进一步描述元祐词坛的总体面貌,揭示元祐词的特质及其成因。这种方法实质上与西方人所说的"文学类型法"接近,其宗旨是"以新的目光审视已经熟知的作品",并"重新发现一些作品",或者"重新发现已被遗忘的作家",以揭示"一个同时代的文学作品群体"在基本主题和形式方面的相似性。① 这样做的代价,是势必因此而冷落另外一些作家和作品,特别是那些久负盛名的作家和作品,可能得不到优先注意,从而甚至给人"元祐词坛不过如此"的相反印象,所以,这种方法带有一定的危险性。但是,它可能带来的预期效果似乎诱惑更大,使我们愿意冒险一试。比如,苏轼、贺铸二家的悼亡词,向被各自独立研究或欣赏,如果我们采用"作品群体"这种特殊的眼光加以考察,则可以把它们与其他词人有关描写自己妻子的词作联系起来,得出元祐词中出现"新"女性这个新的看法。又比如,苏轼的创作,在当时曾有"以诗为词"之评,其贬意是显而易见的,但我们联系后人对元祐时期其他词人的评论,则发现,所谓"以诗为词",是元祐词坛一大根本特征,不论当时的词家已经明确意识到这一点,还是尚未完全意识到这一点;也不论这

---

① ［法］让-伊夫·塔迪埃著,史忠义译《20 世纪的文学批评》,百花文艺出版社,1998年,第 101—102 页。

个评语究竟是褒扬还是贬低,元祐词家共同性的"以诗为词"都是一个客观事实,从这个事实出发,深入研究,我们又可以获得更深层次的发现。

本书之所以不以"苏门"命题,是出于以下两个认识:其一,如前文所提到的,这段时期的词作者,除了苏门及与之关系密切的词人外,尚有一些其他词家,非"苏门"所能涵纳;其二,"'苏门'是以交往为联结纽带的松散的文人群体",不具有严格意义上的文学流派或文人社团的性质;它又是一个"政治上自立自断、学术思想上独立思考、文学艺术上自由创造的一个集合体"①,其"同"不足以概括元祐词坛之"同",其"异"也不足以概括元祐词风之异,故为本书命题所不取焉。

至此,我们不得不论证本论题的合理性,并对题中"元祐"一词的时间作一界定。作为历史年号,"元祐"指的是北宋哲宗皇帝当政的一段时间(1086—1094),其历史长度约为9年。但它往往被赋予文化上的某些涵义,因而,它的长度也获得相应的拓伸。本书即取其文化上的广伸义。这里不妨且先看宋人所使用的相关语词。

"元祐":

> 先君子自少好学荆公书……先友邓公志宏尝论之,以其学道于河洛,学文于元祐,而学书于荆舒,为不可晓者。
>
> 朱熹《题荆公贴》

"元祐诸老":

---

① 王水照《"苏门"的性质和特征》,《苏轼研究》,河北教育出版社,1999年,第40页。

元祐诸老爱君之心切,正人伦于夫妇之始。当时曲台议礼,则此四君子在焉。乌乎盛哉。

张孝祥《题龚深之侍郎太常奏稿后》

"元祐诸公":

始侍郎公及与元祐诸公游,嘉言懿行,太夫人悉能记之。

张孝祥《高侍郎夫人墓志铭》

其后,元祐诸公嬉弄乐府,寓以诗人句法,无一毫浮靡之气,实自东坡发之。

汤衡《张紫微雅词序》

"元祐人":

已而北人不及之,忽问曰:"南朝(按:指宋)近日行遣元祐人,何邪?"

王明清《挥麈后录》卷二

子由自岭外归许下,号颍滨遗老,亦自为传,家有遗老斋,盖元祐人至子由,存者无几矣。

叶梦得《石林燕语》

"元祐学者":

蔡元长……宣和间,使其子招致元祐学者,又使其门下客著《西清诗话》,载苏、黄语,亦欲为他日张本耳。

吴曾《能改斋漫录》

在这些语例中,"元祐"或者已非年号之义,或者不仅仅指年号,如朱熹所用的"元祐"实指元祐诸公或苏、黄等大家,而"元祐诸老"、"元祐诸公"、"元祐学者"中的"元祐"虽是指年号,各语称均指元祐年间擅名的诸人,但是,一旦与表示人的词语连用,其"年号"之义便隐淡不彰了,因为这些人的生活时间显非元祐这9年所能框囿,尤其是"元祐人"一语,若拘泥于字面义,那是断难理会的。与其把它当作历史年号,不如作为文化(文学)范畴使用更切合实际情况。

其实,中国文学一直有着以年号标识文学现象、文学风格的传统。著名的如建安骨或建安风骨。李白《宣城谢朓楼饯别校书叔云》诗"蓬莱文章建安骨",宋严羽《沧浪诗话·诗评》:"黄初之后,惟阮籍《咏怀》之作极为高古,有建安风骨。"指的都是汉魏之际曹氏父子和建安七子等人的诗文所具有的慷慨悲壮、刚健遒劲的风格。就时间论,其中的"建安"也要长于其本来所有的25年(196—220)的历史长度。今人蒋寅先生论大历(766—779)诗风,亦将讨论的上限确定在天宝十四载(755),下限定在贞元八年(792),前后迤逦近40年[1]。在严羽的《沧浪诗话·诗体》"以时而论"的16种"诗体"中,就有以年号命名的9种,它们是建安体、黄初体、正始体、太康体、元嘉体、永明体等,黄初只有7年(220—226),比元祐还短。而"元祐体"并列其中,严氏自注云"苏、黄、陈诸公",显然是以元祐时期苏、黄、陈诸公为元祐体的主体,倘若有人据以研究"元祐体",必将与研究"元祐诗坛"没有太大的不同。

赋予"元祐"以文学意义者,不止严羽一人。"苕溪渔隐曰:元祐文章,世称苏、黄"[2],这里的"文章"最低限度也包括诗与文在

---

[1]　蒋寅《大历诗风》,上海古籍出版社,1992年,第6—7页。

[2]　胡仔撰,廖德明校点《苕溪渔隐丛话》前集卷四十九,人民文学出版社,1962年,第334页。

内,可见,元祐文坛仍然以苏黄诸人为主体。近代陈衍在其《石遗室诗话》卷一中曾说:"余谓诗莫盛于三元,上元开元,中元元和,下元元祐也。"①他在《宋诗精华录》卷一的总按部分,对宋诗作阶段划分时又说:"今略区元丰、元祐以前为初宋,由二元尽北宋为盛宋,王、苏、黄、陈、秦、晁、张具在焉,唐之李、杜、岑、高、龙标、右丞也。"②结合他的这两段话,可以肯定,他心中的"下元元祐"显然包括从元丰迄北宋之末一整段时间,其长度要比本书所涉还长,足以支持我们以"元祐"代称北宋末期苏、黄、秦、晁、陈等诸人活动于其中的时间段的用法。

今人实际也持这个观点。如袁行霈主编《中国文学史》第三卷第五编第四章第三节《苏轼的诗》云:"以'元祐'诗坛为代表的北宋后期是宋诗的鼎盛时期,王安石、苏轼、黄庭坚、陈师道等人的创作将宋诗艺术推向了高峰。"即以"元祐"代指北宋后期诗坛,又以王、苏、黄、陈诸人为元祐创作主体;而在自注中,该书于引用石遗老人"三元"说之后,亦明确解释:"所谓'元祐',指王、苏、黄、陈等人活跃于诗坛的北宋后期。"③

上文旨在申说以"元祐"代称北宋后期诗坛的合理性,所引诸家之说自是言诗,并非论词。那么,一旦将话题转移到词坛,论题能否成立?我们认为,词坛上的"元祐"说同样可以成立。理由有三。其一,只要打开《全宋词》即可发现,整个北宋词坛,除了前面的柳永、张先、晏殊、欧阳修,后面的周邦彦数家外,其他的大家、名家就都集中于后期这一段时间内了;而同文坛、诗坛的情况一样,苏轼及其门下的黄、秦、晁、陈,还有与苏门过往甚密的贺、毛等人,

---

① 陈衍撰,郑朝宗、石文英点校《石遗室诗话》,人民文学出版社,2004 年,第 7 页。

② 陈衍编《宋诗精华录》,巴蜀书社,1992 年,第 1 页。

③ 袁行霈主编《中国文学史》第三卷,高等教育出版社,1999 年,第 76、85 页。

皆可谓一时之选。吴梅先生《词学通论》于北宋词人取 8 家，元祐词家苏、贺、秦居其三；附录 13 家，王安石、晏几道、李之仪、黄庭坚、张耒、陈师道、毛滂、晁补之、晁端礼 9 家在焉。故以"元祐"代北宋后期词坛，应该没有疑问。其二，在后期这些年代（号）中，元祐以前，如苏、秦等人虽有词名，但多数词人立足未深①；元祐以后，不但三五年一更年号，而且，政局动荡，词人遭遇不偶，迁谪飘零，先后殒世（政和四年，苏门最后一位词人张耒去世，晁端礼、郑仅、舒亶、米芾、谢逸亦先下世，元祐词家只剩下贺铸、毛滂、赵令畤几人），实不具更充足的代表性。其三，以"元祐"概括北宋后期词坛，另有其他深远意义。盖"元祐更化"于后期历史链中是孤独的一环，而其对词坛之造就者，功莫大焉；元祐党争最为复杂，其对词人命运遭际、词的内容风格的影响亦甚巨大；"元祐学术"最负时名，其对词学精神的形成也最为直接。而元祐年间，苏门的形成和聚会于京师，首次以群体的姿态显示了词学的力量和生命，震撼了社会，也改变了相当一部分人卑视词的心理，并留下一个"词学盛世"的不朽形象于后人心中，使"元祐诸公"、"元祐诸贤"成为谈艺家津津不疲的话题，此亦见出"元祐"于词坛的深远意义和影响。

概括而言，本书所谓"元祐词坛"，系因沿宋人的用法，并参考今人的说法，指以元祐诸大家为主体、以他们的词学活动为主要内容的词坛。从理论上说，它应以元祐所有词人的自然生命和词学生命为时间段落，其长度约相当于北宋的全后期，但是，如前所述，这段时间内，词家辈出，名作林立，是宋词的繁荣期，也是近年来词学界研究的热点，其涵量之丰富绝非本书所能载负；而关于苏轼及

---

① 况周颐《蕙风词话》卷二云："有宋熙、丰间，词学极盛。"认为宋词之盛在熙宁、元丰间，所举词人亦苏轼、黄庭坚、秦观、晁补之数家，自有一定道理，但以诸人行实考之，似略提前了一些。

其门人，也几乎都有研究专著问世，单篇文章更是数量惊人，许多方面已取得决定性的研究成果，毋庸再研究，故本书在时间段落上虽涵盖较广，但它在分布上是断续的，不是将这段历史中所有的时间点都纳入题内，不是采用文学编年方式，而是立足元祐这 9 年，同时又向前、向后做适当拉伸，将发生在本时期的一些重要的词学事件、重要词人及其重要作品尽量阑入。金人马定国《四月十四日遇周永昌》诗之二有句云："世无苏黄六七子，天断文章三十年。"①"元祐"及其前后 30 年左右的时间，大致也正是本论题所涉及的时间长度。至于"元祐更化"中的元祐，则纯谓年号之元祐，虽然也包括在总论题中之内，但毕竟特殊，且仅此一例，故这里提前予以说明。

---

① 阎凤梧、康金声主编《全辽金诗》，山西古籍出版社，1999 年，第 218 页。

第一章　元祐更化与元祐词坛

在宋代词史上,元祐是个十分重要的时期。北宋后期一些大家、名家,大都在元祐词坛有过活动,留下过不少作品。尤其是苏轼、黄庭坚、秦观、晁补之、张耒、陈师道、毛滂、李廌等人,元祐期间或会聚京师,或相从于州郡,赓歌唱和,推求词艺,使词学呈现出前所未有的繁盛局面,一时风气也为之转变。元祐词坛遂成为南宋人心目中词学的"理想国",他们谈艺论词时,"元祐诸公皆有乐府"①、"元祐诸公嬉弄乐府"②之类的话语,更是不绝于口。元祐词学兴盛局面的形成,应该有多种原因,但"元祐更化"实具有莫可替代的作用。元祐当权者多是老成持重的旧派人物,思想有些保守,但不扰民,不滋事,这样就给词人们提供了一个相对平稳的创作环境;他们又重用苏轼等一批文人,使之易于造成比较大的文学声势;"元祐更化"暂时结束了王安石之学一统天下的时代,强调学术自由和个人独创,有利于词学多种风格的形成和发展;有鉴于新法实行时期士人投机钻营的不良风气,元祐时苏轼等人以"士节"相高,惩贬浮躁,促使词人们追求词的气格风骨,赢得了词风的真正转变。本章拟即从这几个方面探讨"元祐更化"与元祐词坛之间的关系问题。

---

① 吴曾《能改斋漫录》卷十七,上海古籍出版社,1979 年,第 496 页。

② 汤衡《张紫微雅词序》,张孝祥撰,宛敏灏校笺《张孝祥词校笺》,中华书局,2010 年,第 31 页。

第一节　元祐词坛格局的形成

元祐是宋哲宗年号(1086—1094),但历史上的元祐更化却始于神宗元丰八年(1085)。这年二月,神宗病重,宰相王珪乞建储君,并奏请皇太后权同听政,得到神宗首肯。三月,皇太后垂帘听政,立延安郡王傭为皇太子,赐名煦。同月,神宗驾崩,太子即位,是为哲宗。哲宗幼冲(时年 10 岁),尊皇太后为太皇太后,故政多出自其手。"太后(按:即高太后)既听政,即散遣修京城役夫,止造军器及禁廷工技,出近侍尤无状者,戒中外无苛敛,宽民间保户马。"①从而拉开了元祐更化的序幕。同年五月,闲居洛阳十余年的司马光起知陈州,过阙被留为门下侍郎。当时天下百姓引领拭目以观新政,而有些大臣却引孔子所说孝子"三年无改于父之道"(《论语·学而》)之言,大加申发,意在不改变现状。司马光以其资深元老身份,出来维持局面,说:"先帝(按:谓神宗)之法,其善者虽百世不可变也。若王安石、吕惠卿所建为天下害者,改之当如救焚拯溺。况太皇太后以母改子,非子改父也。"②这几句话,无疑于正式宣布更化的开始。经过一系列的酝酿、讨论、争辩,"更化"方案逐渐出台:七月,诏罢保甲法;十一月,罢方田;十二月,罢市易法和保马法;元祐元年三月,罢免役,复差役(免役之法并未全罢),八月,诏复常平旧法,罢青苗钱。在九月司马光去世前,凡王安石、吕惠卿所建、所行之法,基本上被更改过来。而这些措施,除免役、差役二法互有去取、略有变化外,始终奉行于整个元祐的 9 年之间,成为元祐施政的主要纲领。

王安石变法是历史的必然,它在一定程度上考虑广大人民的

①②　陈邦瞻《宋史纪事本末》卷四十三"元祐更化",中华书局,2015 年,第 411、413 页。

利益，缓和了封建国家的阶级矛盾，推动了社会的发展。但是，由于他的阶级局限性，特别是由于他往往急功近利，加上具体执行人员的素质不高，致使新法在执行的过程中，暴露出许多弊端，为反对派提供了攻击的机会。"元祐更化"反其道而行之，必以尽改新法为务，表现出相当的保守性；但在新法推行了一段时间、出现的问题越来越多、甚至在少数方面已经"民不堪其害"时，"元祐更化"适逢其会，它所实行的措施恰恰弥补了新法的不足（至于其不善之处，却不被当时人所注意），因而赢得了百姓的拥护，使北宋王朝在其统治后期出现短暂的相对平稳时期，元祐之治也得到史家普遍的赞誉。《宋史·哲宗纪》"赞"曰："哲宗以冲幼践祚，宣仁同政。初年召用马、吕诸贤，罢青苗，复常平，登俊良，辟言路，天下人心，翕然向治。而元祐之政，庶几仁宗。"①明人也认为它可以"比隆嘉祐"②。

　　元祐，在宋代历史乃至中国历史上，都可以说是一个比较独特的时期。因为，在高太后去世后，哲宗亲政，立即废弃元祐所为，历史进入所谓的"绍述"时期，几乎所有方面都奉依元丰旧法行事；哲宗死，徽宗立，不但追复元丰旧法，而且，还立元祐党人碑，禁止"元祐学术"，元祐成了历史链条上的一条孤独之"环"。考察"元祐更化"与元祐词坛二者之间的关系时，可以发现，前者之于后者，最重要的莫过于对词坛格局的影响。上文所言"元祐更化"，偏于行政措施方面，而随之而来的必然是人员的任免。早在司马光去世之前，卫尉丞毕仲游就写信建议他："昔安石之居位也，中外莫非其人，故其法能行。今欲救前日之弊，而左右侍从、职司、使者，十有其八皆安石之徒，虽起二三旧臣，用六七君子，然累百之中存其十数，

---

① 《宋史》卷十八，中华书局，1985 年，第 354 页。

② 陈邦瞻《宋史纪事本末》卷四十三"元祐更化"，中华书局，2015 年，第 423 页。

乌在其势之可为也！势未可为而欲为之,则青苗虽废将复散,况未废乎！市易虽罢且复置,况未罢乎！役钱、盐法亦莫不然。"①司马光尽管未对此事予以足够的重视,但元丰旧臣的罢免还是很快就付诸行动了。元祐元年闰二月,王觌上疏,极论蔡確、章惇、韩缜、张璪朋邪害正,孙觉、刘挚、王岩叟、朱光庭、上官均等也连章论蔡確罪,于是,蔡確罢政,出知陈州;章惇同月罢;六月,吕惠卿贬为建宁军节度副使;吕嘉问、邓绾、李定、蒲宗孟、范子渊等也纷纷斥外。与此同时,吕公著、韩维、范纯仁、吕大防、文彦博等相继执政。苏轼曾因反对新法被一贬再贬,黄庭坚坐与苏轼诗歌往来唱和,罚铜二十斤,由著作佐郎出知吉州太和县。这时,二人均得以起用。元丰八年六月,司马光等荐举苏轼、苏辙兄弟,谓其"或以行义,或以文学,皆为众所推伏"②,九月,苏轼便以朝奉郎除礼部郎中,十月,召还,十二月,抵京师。同年四月,黄庭坚已经奉诏为校书郎,九月到京。次年,张耒、晁补之相继入京,分别为试太学录、试太学正。元祐词坛的格局即以诸人的入京而大定。

元祐年间,苏轼利用其翰林学士知制诰,及知礼部贡举的身份,大力推荐、扶持词学人物,壮大词学队伍,从而使元祐词坛盛极一时,形成宋代词学的一大高峰。元年三月,苏轼得免试为中书舍人,九月,以试中书舍人为翰林学士、知制诰,立即荐黄庭坚自代,谓其"孝友之行,追配古人;瑰玮之文,妙绝当世"③。又以贤良方正荐秦观④。十二月,张耒、晁补之、张舜民因召试学士院,得授馆

---

①　《宋史》卷二百八十一,中华书局,1985年,第9526页。

②　李焘《续资治通鉴长编》卷三百五十七引司马光言,中华书局,2004年,第8533页。

③　苏轼《举黄庭坚自代状》,孔凡礼点校《苏轼文集》卷二十四,中华书局,1986年,第714页。郑永晓《黄庭坚年谱新编》(社会科学文献出版社,1997年)系此事于元祐二年。

④　《朱子语类》卷一百三十:"东坡荐秦少游,后为人所论。他书不载,只《丁未录》上有。"

职①，舜民为秘阁校理。二年，荐布衣陈师道为亳州司户参军、充徐州州学教授②；荐毛滂充文章典丽可备著述科③。三年，知贡举，因误以他人考卷为李廌卷，而使之落第，大悔叹，赋诗自责，并谋与范祖禹同荐于朝④，未果，然李廌是名益著。元祐六年自杭州还朝后，他又与李清臣、范百禄共荐贺铸，使之改西头供奉，入文资，为承事郎⑤。其间，又荐晁补之为著作佐郎，张耒为著作郎，多次推荐词人赵令畤。这个名单中，不但有著名的"苏门四学士"或是"苏门六君子"，还有毛滂、贺铸、张舜民，举凡北宋后期有成就的词家，除晏几道、周邦彦外，基本上包举在内。元祐以前，他们与苏轼已经有过文字交往，苏轼对他们也有过不同程度的绍介或评赞⑥。元祐年间，他们聚拢在苏轼周围，彼此之间品评唱和，扬葩振藻，声气相求，桴鼓相应，形成一个强大的词学阵营，这对改变词坛风气、提高词的社会地位、扩大词的社会影响，起了巨大的作用。

　　从文学史上看，那些扭转文坛局势、开一代崭新风气的大家，通常具备三个条件：自身是举世公认的著名文学家，有多方面的文学才能和艺术修为；有相当高的职位或社会地位；善于品评人物，奖掖多士，又有一批文坛盟友或追随者。就北宋言，在苏轼之前，他的恩师欧阳修先以文章名满天下，史学、诗歌、散文、词学，皆有卓然成就，接着于嘉祐二年（1057）以翰林学士知礼部贡举，一举而得苏轼、苏

---

① ②　李焘《续资治通鉴长编》卷三百九十三、卷三百九十九，中华书局，2004 年，第9552、9726 页。

③　苏轼《荐毛滂状》，孔凡礼点校《苏轼文集》，中华书局，1986 年，第 2425 页。

④　《宋史》卷四百四十李传。并参叶梦得《石林诗话》卷中、朱弁《风月堂诗话》卷上、陆游《老学庵笔记》卷十等。

⑤　夏承焘《贺方回年谱》，载《词学季刊》1933 年第一卷第二号。

⑥　如《宋史·李廌传》谓廌"谒苏轼于黄州，贽文求知。轼谓其笔墨澜翻，有飞沙走石之势"，时当元丰四年（1081）。

辙、程灏、张载、朱光庭、曾鞏、曾布等人，"天下翕然师尊之"①，有宋文体为之一变。进入元祐，欧阳修去世已十余年，王安石、司马光也在这一年先后辞世，文坛上，只有苏轼的位置最为崇高；元祐三年，他又以翰林学士知礼部贡举，故客观形势已经为他主盟文坛创造了条件。在主观方面，苏轼此时实际亦以文章宗主自勉。李廌《师友谈记》记载："东坡尝言，文章之任，亦在名世之士，相与主盟，则其道不坠。方今太平之盛，文士辈出，要使一时之文有所宗主。昔欧阳文忠常以是任付与某，故不敢不勉。异时文章盟主，责在诸君，亦如文忠之付授也。"②苏轼这种明确的"盟主"意识，既出于对欧阳修的尊重，以完成恩师所托为虑，更是出于对时代负责、对天下后世负责的高度责任感。他的这个地位，也是得到当时公认的。如曾经师事过道学家程颐的周行己也说："当今文伯眉阳苏，新词的皪垂明珠。"③

第二节　反"王学"与辟柳词

"元祐更化"以反王安石新法为归宿，元祐学术同样具有反王学特征。早在元祐元年四月，张耒以咸平县丞入京为太学录时，苏轼在给他的回信中就说："文字之衰，未有如今日者也。其源实出于王氏(按：指王安石)。王氏之文，未必不善也，而患在于好使人同己。自孔子不能使人同，颜渊之仁，子路之勇，不能以相移。而王氏欲以其学同天下！"④这里所说的"文字"，包括甚广，诗、文乃

---

① 苏轼《六一居士集叙》，孔凡礼点校《苏轼文集》卷十，中华书局，1986年，第315页。
② 李廌撰，孔凡礼点校《师友谈记》，中华书局，2002年，第44页。孔凡礼《苏轼年谱》(中华书局，1998年)系此事于元祐年间苏轼在朝时。
③ 周行己《寄鲁直学士》，陈小平点校《周行己集》，浙江古籍出版社，2015年，第144页。
④ 苏轼《答张文潜县丞书》，孔凡礼点校《苏轼文集》卷四十九，中华书局，1986年，第1427页。此据孔凡礼《苏轼年谱》编年。

至经义制策文应该都在内。北宋中期,曾涌现出一股革新的社会思潮,作为对范仲淹所领导的政治改革运动的回应,欧阳修发动、领导了一场诗文革新运动,经过他与梅尧臣、苏舜钦、李觏、曾巩等人的一致努力,这场运动取得了很大的成功,"他们的共同倾向是提倡古文而导向平易近人之新境,并不废骈偶,赞美诗歌多种艺术风格的健康发展;重视儒家传统之道而强调其时代现实内容,也反映某种新兴意识。……王安石、苏轼是欧阳修所激赏的后起之秀而卓成大家,更导引诗文向前发展,盛极一时"①。但是,其一,王安石执政后,他所进行的变法的最终目的在于强化大一统下的封建专制,其"一道德"几乎包含军事、政治、科举、文化各个方面,必然渗透到文学、艺术领域。而在文艺方面强行要求一致,必然要扼杀作家的创作个性和独创性。其二,诗文革新的对象主要是诗和文,词这种被时人称为"小词"、"小道"的文学样式,一直尚未引起革新者们的注意。故元祐时期,王安石所推行的一套政策,已有碍思想、学术及文学创作的发展。论私人感情,苏轼对王安石很尊重,甚至可以说敬仰,其《次荆公韵四绝》之三至有"劝我实求三亩宅,从公已觉十年迟"之句,然对于王安石的"专制"政策,苏轼仍多有不满,以致元祐三年知贡举时,监察御使赵挺之奏劾他禁止士子引用王氏《三经新义》,说:"贡举用《三经新义》取人近二十年。今闻外议,以为苏轼主文,意在矫革,若见引用《新义》,决欲黜落。"②此事尽管并非全是事实,但它却从反对者的一方十分准确地反映了苏轼的态度。而同年三月,苏轼就上疏要求改革考试选拔人材制度,希望不分诗赋、经义;元祐八年五月又上奏,贡举的诗赋论题,允许于《九经》、《孝经》、

① 顾易生、蒋凡、刘明金《宋金元文学批评史》,上海古籍出版社,1996 年,第 62 页。
② 李焘《续资治通鉴长编》卷四百八,中华书局,2004 年,第 9925 页。

《论语》、子、史并《九经》、《论语》注中杂出,不避见试举人所治之经。这都是对王安石《三经新义》独擅天下、遏制人材发展局面的扭转。

据说神宗皇帝在元丰末年已对文风之弊及取士制度之不当深以为忧①,当时的一些有识之士,也为王学独行之有害文道不满。陈师道在所作《赠二苏公》诗中云:"度越周汉登虞唐,千载之下有素王。平陈郑毛视荒荒,后生不作诸老亡。文体变化未可量,万口一律如吃羌。妖狐幻人犬陆梁,虎豹却走逢牛羊。"希望苏轼、苏辙能"探囊一试黄昏汤,一洗十年新学肠"。后山此诗,任渊《年谱》以为元祐元年作,其《后山诗注》于"文体变化未可量"句下注:"谓熙宁间新学之弊。"于"一洗十年新学肠"句下注:"新学,谓王介甫经学也。"余嘉锡《四库提要辨证》卷二十二云:"味其语意,确是元祐元年之作。盖新学与新法不同,后山此诗先言文体变化、万口一律,乃诋其学,非诋其法也。新法虽不合人情,然后山方为处士,非所宜言,且自宣仁(按:谓高太后)训政以来,已次第更张之矣,无取乎草泽私议。惟新学之行,始于熙宁八年之颁《三经新义》,至是已十年有余,朝廷犹用以取士,一时文体务为剽窃穿凿,后山之所甚恶也,故为二苏言之。"②毛滂在其《上苏内翰书》中也说,"当时历金门、上玉堂,纡青拖紫,朱丹其毂者,一出王氏之学而已","王氏之学固未必人人知而好之,盖将以为进取之阶,宫室之奉,妻孥之养,哺啜之具耳。此某所以病今之学者为利盖如此而已矣"。③ 可见,一进入元祐年间,随着王安石的谢世,随着元祐更化的逐步展开,"王

---

① 邵博《邵氏闻见后录》卷二十四引晁说之话云:元丰末,神宗"厌薄代言之臣,谓一时文章不足用,思复辞赋,章惇犹能为苏轼道上德音也"。苏轼《答张文潜县丞书》亦云:"近见章子厚,言先帝晚年甚患文字之陋,欲稍变取士法,特未暇耳。"
② 余嘉锡《四库提要辨证》卷二十二,中华书局,2007年,第1398页。
③ 毛滂撰,周少雄点校《毛滂集》,浙江古籍出版社,2012年,第202页。

学"也同时成为"更化"目标。而反"王学"的精神实质就是反对"万口一律",反对思想、文化、文艺领域那种强求一律的做法,提倡多种风格并存,提倡独创和个人特色。

在词学领域,虽无"王学"之专擅,却有"柳词"之独盛。吴熊和先生指出:"苏轼作词时,正当柳永词风靡一世之际。他改变词风,就以柳永为对手,从力辟柳词开始。"①柳永极善填词,尤能自创新声,"铺叙展衍,备足无余,形容盛明,千载如逢当日"②。其词较为真切地反映了下层人民的生活和内心情感,故赢得广泛的流传,不但当时"天下咏之"③,"凡有井水饮处,即能歌柳词"④,而且,还流行于北宋后期数十年,长盛不衰,几乎成为词坛的惟一声音。自然,柳词不能与"王学"等价齐观,柳永主观上也无独占词坛的意愿,这与王安石之"使人同己",并采取干预手段强人同己不一样,故反"王学"与辟柳词,根本目的、价值指向并不相同。但从某种特定意义上说,"王学"与柳词都扮演了"文化专制"者、"精神垄断"者的角色,阻碍甚至窒息了新生事物的发展,因而,辟柳词,并不是仅仅针对柳永及其词作,而是旨在打破那样一种"一花独放"、泯灭个人风格的死气沉沉的词坛局面。它与学术思想上的反对"王学",精神实质是一致的,是"元祐更化"在词学领域的合理展开。

苏轼对待柳词的态度,也正如对待"王学":承认其长处,更看到其不足。词人赵令畤《侯鲭录》记载:"东坡云:世言柳耆卿曲俗,非也。如《八声甘州》云:'霜风凄紧,关河冷落,残照当楼',此

---

① 吴熊和《唐宋词通论》,浙江古籍出版社,1989年,第207页。
② 李之仪《跋吴思道小词》,《姑溪居士文集》卷四十,《丛书集成初编》,中华书局,1985年,第310页。
③ 陈师道《后山诗话》,何文焕辑《历代诗话》,中华书局,2004年,第311页。
④ 叶梦得撰,徐时仪点校《避暑录话》卷下,《全宋笔记(第二编)》,大象出版社,2006年,第285页。

语于诗句,不减唐人高处。"①(一云此说出自晁补之。)对柳词的优点和成就予以充分肯定。但另一方面,他又力辟柳词,特别是反对门下之人学柳词。这是势所必然。或以为苏轼力辟柳词,出于个人偏好,乃至带有一些不太明朗的微妙心理,这种看法既不符合苏轼的为人,也不符合他对柳词的基本评价。

　　然苏轼之辟柳词,不是从感情上贬低它,更不是利用自己的影响空洞地叫嚣,而是有着充分的实践理性基础。神宗熙宁八年(1076),苏轼在密州任上,于祭祀常山的回途中会猎,赋《江神子》(老夫聊发少年狂)词以抒情怀,在致友人鲜于子骏的书中云:"近却颇作小词,虽无柳七郎风味,亦自是一家。呵呵。数日前,猎于郊外,所获颇多。作得一阕,令东州壮士抵掌顿足而歌之,吹笛击鼓以为节,颇壮观也。"②寻绎其语意,柳词尚未成为其反对之鹄,盖因此时他还没有足以与之抗衡的创作实绩。但通过自己近来的词作,凭着他的革新者的敏感、多思,他发现在柳词之外,存在着另一种"风味"的词,并明确以"自是一家"相标示,书信中逗露了日后词坛革新的消息,同时也形象描绘了那种"风味"的词的特征,提出具备可行性的参考范本。这以后,他创作了《水调歌头》(明月几时有)(1076)、《浣溪沙·徐州石潭谢雨道上作五首》(1078)、《阳关曲》(受降城下紫髯郎)(1078)、《水龙吟》(小舟横截春江)(1082)、《定风波》(莫听穿林打叶声)(1082)、《满江红》(江汉西来)(1082)、《念奴娇》(大江东去)(1082)、《满庭芳》(三十三年,今谁存者)(1083)、《水调歌头》(落日绣帘卷)(1083)等一批"豪放"词作,丰富了"自是一家"的内涵,向词坛显示了"无柳七郎风味"的词的创作实力,为反对柳词积累了深厚的基础。

---

① 　赵令畤撰,孔凡礼点校《侯鲭录》,中华书局,2002 年,第 183 页。

② 　苏轼《与鲜于子骏书》,孔凡礼点校《苏轼文集》卷五十三,中华书局,1986 年,第 1559 页。

到元祐年间，可以说，反对柳词的各方面条件，已经基本成熟。所以，苏轼这时便明确亮出旗号，以与柳词相争。宋俞文豹《吹剑续录》云："东坡在玉堂，有幕士善讴，因问：'我词比柳词何如？'对曰：'柳郎中词，只好十七八女孩儿执红牙板，唱"杨柳岸、晓风残月"。学士词，须关西大汉，执铁绰板，唱"大江东去"。'公为之绝倒。"这件事显然发生在元祐初年苏轼在翰林院时。所谓"关西大汉"云云，与熙宁间苏轼自己所描述的"东州壮士"云云，前后如出一辙，完全吻合，不同之处在于前者是自言，后者出自别人之口，而这恰恰说明苏轼的努力已经深入人心，豪放词的形象特征已为社会人群所把握、所接受。倘若比较一下十来年间苏轼对待自己词作态度的变化，即可发现，这时的东坡充满自信，目标明确。他提出"我词比柳郎中词何如"这个问题，已有以豪放词问鼎词坛之意，且直接以柳词作为较量对手；幕士答言中的"只好"、"须"，似乎不无寓有些许褒贬之意，对此，苏轼是赞同的（当然，"绝倒"并非赞同之义，但苏轼为之捧腹，当以其言语形象而又中理）。

黄昇《唐宋诸贤绝妙词选》卷二苏轼《永遇乐》词末载：

> 秦少游自会稽入京，见东坡。坡曰："久别当作文甚胜。都下盛唱公'山抹微云'之词。"秦逊谢。坡遽曰："不意别后，公却学柳七作词。"秦答曰："某虽无识，亦不至是。先生之言，无乃过乎？"坡云："'销魂当此际'，非柳词句法乎？"秦惭服。①

---

① 此事今人多以为出自《高斋诗话》，袁行霈主编《中国文学史》第三卷第四章引用以后注云："按：《历代诗余》卷一一五《词话》引此则，注出《高斋诗话》，郭绍虞《宋诗话辑佚》卷下《高斋诗话》又据《历代诗余》附录此则，今人遂从之注出曾慥《高斋诗话》，不确。《历代诗余》实从《唐宋诸贤绝妙词选》入录，而误注出处。"（高等教育出版社，1999年，第85页）

据徐培均先生考证,秦观《满庭芳》(山抹微云)词,作于元丰二年[1]。这年四月,苏轼由徐州徙知湖州,过高邮时,与秦观相见,并一起游览了金山、京口、惠山、垂虹亭等地;分手后,秦观尝省其叔父于会稽(时为会稽尉),接着,东坡因"乌台诗案"事赴台狱,八月至京,十二月谪黄州,次年正月一日离京,秦观未能赴京。以后,秦因应试如京,苏却在黄州;直到元丰末苏轼被召回京,元祐二年,与鲜于子骏共以"贤良方正"荐秦,秦被召至,二人方会面于京师,故此事极有可能发生在元祐年间。然此前秦观曾于元丰五年应试罢归后,往黄州拜会东坡;八年,中进士,授蔡州教授,故这段文字,"自会稽"可能是"自蔡州"之误。不过,无论如何,苏轼为此词批评秦观则是大致可信的[2]。宋叶梦得《避暑录话》卷下亦说苏轼对这

---

[1]   参秦观撰,徐培均校注《淮海居士长短句》,上海古籍出版社,1985 年,第 37 页。

[2]   薛瑞生先生《论苏东坡及其词》则列六条证据极论此事之非,大略谓:考东坡、少游行实,惟元祐三年少游被召入京应制科为言者阻,复回蔡州时,东坡在京,然少游自蔡州入京,曾慥却谓自会稽入都见东坡,与事实不符;少游为婉约词人名家,词风始终如一,东坡何能谓"不意别后,公却学柳七作词"耶? 元祐时为东坡盛赞柳永"不减唐人高处"时,何能薄柳永如此? 元祐三年少游至京后为言者阻不得预试,心情不佳,东坡何能于此时问此语? 苏轼"燕子楼空"词据"诰案"为元丰元年作于徐州,至此时已十一年,苏轼何拿举此词以应少游"公近作"之问? 晁无咎此时在颍州,何能预汴州之会而谓"只三句,便说尽张建封事"? 参其《论苏东坡及其词》,苏轼撰,薛瑞生笺证《东坡词编年笺证》,三秦出版社,1998 年,第 51 页。本文以为,其第一点,诚为《唐宋名贤绝妙词选》(薛氏仍谓此条记载出自曾慥《高斋诗话》,误)之误,然如其第二点,少游词风亦非"始终如一"(参本书第十章《风格的多元并存》),词风不足为据;第三,东坡赞柳,是承认其长处,而未尝不可指责其短处;第四,少游心情佳否,无预此事,且事情也有可能发生在制科被阻之前,因少游在京未尝全在"心情不佳"中过,其《淮海集》卷十一即有此时游京师相国寺诗;第五,少游问东坡"近作",东坡却未必即答以"近作",正如郑文焯《大鹤山人词话》所说:"公以'燕子楼空'三句语秦淮海,殆以示咏古之超宕,贵神情不贵迹象也。"第六,晁补之自元祐元年便入京任秘书省正字、校书郎,直至六年才通判扬州,元祐三年他不但在京,且与黄庭坚等人被辟为参详点检试卷官(参刘乃昌《晁补之年谱》,附于校注本《晁氏琴趣外篇 晁叔用词》后)。可见,薛氏之说,本自不完善,不足以驳古人。

首词"犹以气格为病,故常戏云'山抹微云秦学士,露花倒影柳屯田'"。苏门中,苏轼对秦观最为赏识;秦观的词最得时人和后人称赏;苏轼在其它场合也表示极欣赏秦观此词,但仍然毫不留情地加以批评,可见他对柳词所代表的词风的不满,亦可见出他革新词风的决心之大。

第三节　士节与词格

柳永词最大之失,在于浅近卑俗,缺少"气格"或"风骨"。前揭叶氏《避暑录话》所拈"气格"二字,确是抓住了问题的关键。一方面,它击中了柳词的弱点及唐末以来文人词柔靡不振的要害,另一方面,也指出了苏轼等人革新词坛的所由路径,以及元祐词坛在转变词风方面所起的历史作用。

早在六朝时代,针对南朝文风的浮靡卑弱,刘勰主张将风骨与文采相结合(《文心雕龙·风骨》),钟嵘则提出"幹之以风力,润之以丹采"(《诗品序》),都提倡爽朗劲健,有气骨、格力的风格。唐殷璠《河岳英灵集》品评诗人诗作,也每以"风骨"为标准,所谓"既多兴象,复备风骨"(评陶翰),"晚节忽变常体,风骨凛然。一窥塞垣,说尽戎旅"(评崔颢)云云,其反面所指当是齐梁乃至初唐诗歌中的柔弱之风。接着"大历以还,诗格初变,开(元)、(天)宝浑厚之气,渐远渐漓,风调相高,稍趋浮响"(《四库全书提要·钱仲文集》)。于是,皎然《诗式》又标出"气格"以论诗。他评曹植和建安诗:"不拘对属,偶或有之,语与兴驱,势逐情起,不由作意,气格自高,与《十九首》其流一也。"并以情、格为准绳,分五格品评汉、魏以来的诗人,将情、格俱高,也即情感真挚深厚、气格高雅雄健者置诸前列,反之则置入后列。其意旨便在于拯救大历诗风之弊。文学史、文学批评史的大量事例都可说明,每当文风不振、文坛充斥华艳浮靡之声的时候,"气格"(或格力)实是对症之药石。

文人词似乎先天性的气格卑弱。晚唐五代文风凋敝之时,正是文人词兴起并迅速发展之日。宋代吴可曾经说:"晚唐诗失之太巧,只务外华,而气弱格卑,流为词体耳。"[①]从当时人所编的第一个文人词总集《花间集》看,词的这种发展是不健全的,它偏向于写男女私情、旖旎风光,传唱于歌女舞鬟之口,流播于樽前花间。词的柔靡风格,直接导致了词体的不尊,后人每以"小词"视之。入宋的一百余年,作者辈出,名作叠涌,其间不乏巨公俊卿染翰搦管,一逞其技,也不乏一二清新、健康,甚至豪放朗拔的作品震响于世,但总体而言,婉约、曼丽的词坛主流风格仍未得到遏制,尤以诗文革新者有意无意间忽略了词学这块文学阵地,任由其滋长着柳词式的"浅斟低唱"而令人扼腕。苏轼意识到词风的不振,并有意矫革其弊。他以自己雄深雅健的词作迥异于柳氏的风貌,向世人展示了气格高朗之词,同时,还在言谈品评中,为诸人拨正方向。他虽未明确说出"气格"二字,但实际上正是"以气格(不振)为病"。可以说,他对门下词人的批评,正是从气格上着眼。

但"气格"不只是作品的外部表现特征问题,它还关涉到创作主体的内在人格修为,是其品德、操守、学养、气质的自然流露。一个内蕴浩然之气,视富贵名利如浮云的人,一个胸襟阔大,不汲汲于个人私利的人,所创作出来的作品,必然气骨朗拔,风神爽健,无尘俗之气;而一个沉溺于个人利益、儿女私情中的人,一个襟怀狭促、狗苟蝇营的人,必然写不出气格超卓的文字。有人认为晚唐诗格不振的主要原因即在于"士气"不振:"近世诗人好为晚唐体,不

---

① 吴可《藏海诗话》,丁福保辑《历代诗话续编》,中华书局,2006 年,第 331 页。

知唐祚至此,气脉浸微,士生于斯,无他事业,精神伎俩悉现于诗,局促于一题,拘挛于律切,风容色泽,轻浅纤微,无复浑涵气象。……故体成而唐祚尽,文章之正气竭矣。"① 贫弱沉积的国势影响了"局促"、"拘挛"、"轻浅纤微"的士人心态和审美趣味,从而造就了气格卑弱的文学作品。这从一个方面阐述了士气之于气格的作用。当然,士气的形成受多方面因素制约,国势的强弱仅为其中一端。王安石变法期间,务用同己之人,一些士人急于进取,为个人功名计,望风承流,希迎其意,佯赞新法,以作进身之资;及元祐更化,又反过来拥护新政,侥幸行险,宋朝士风之颓败,无甚于此时。司马光曾不无忧虑地向神宋指出:"臣窃见近年以来,风俗颓弊,士大夫以偷合苟容为智,以危言正论为狂。"御史中丞刘挚也上疏说"习俗怀利,迎意趋合",以致进行"更化"时,"因革之政本殊,而观望之俗固在"。② 故欲革新词坛,矫正其柔弱之弊,士风的匡挽是不可或缺的一环。

作为"苏门六君子"之一的李廌以其自身经历记载了元祐诸公砥砺士节的真实情况:"廌少时有好名急进之弊,献书公车者三,多触闻罢。然其志不已,复多游巨公之门。自丙寅年(按:元祐元年),东坡尝诲之曰:'如子之才,自当不没,要当循分,不可躁求。王公之门何必时曳裾也?'尔后常以为戒。自昔二三名卿已相知外,八年中未尝一谒贵人。中间有贵人使人谕殷勤,欲相见,虽其人之贤可亲,然廌所守匹夫之志,亦未敢自变也。"又说,他以此事言于太史公范祖禹,范曰:"士人正当尔耳。……盖宁使王公讶其不来,无使王公讶其不去。如子尚何求名,惟在养其高志尔。"③ 李廌由经

---

① 俞文豹《吹剑录(附外集)》,《丛书集成初编》,中华书局,1991 年,第 29 页。

② 陈邦瞻《宋史纪事本末》卷四十三"元祐更化",中华书局,2015 年,第 419 页。

③ 李廌撰,孔凡礼点校《师友谈记》,中华书局,2002 年,第 14—15 页。

常出入王公之门,到整个元祐八年内"未尝一谒贵人",这中间的巨大变化,所仰仗的就是坚守苏、范所提倡的"匹夫之志",就是怀匹夫之节以"养其高志"。黄庭坚同样以"大节"诲导其弟子:"余尝为诸弟子言:'士生于世,可以百为,惟不可俗,俗便不可医也。'或问不俗之状,余曰:'难言也。视其平居无以异于俗人,临大节而不可夺,此不俗人也。'"①这种"不俗",是孟子以来士大夫富贵不移、威武不屈的"浩然之气"、"刚大之气"的延续,是儒家传统人格在宋代士人精神中的挺立,也是元祐诸家词作气格特高的关键所在。

　　词的气格卑弱的主要原因,还与艳情内容有关。苏门中,晁补之、黄庭坚本来也创作过艳词,黄并因此遭到过佛门弟子的呵斥②,元祐年间,苏轼尝就其所作《渔父》(新妇矶头眉黛愁)词发表过议论,东坡云:"鲁直作此词,清新婉丽。问其最得意处,自言以水光山色替却玉肌花貌,此乃真得渔父家风也。然才出新妇矶,便入女儿浦,此渔父无乃太澜浪乎?"③苏轼肯定山谷此词"清新婉丽",正因为词中以"水光山色"代替了"玉肌花貌",不但与渔父飘然洒脱的形象更为吻合,而且,气象远旷高迈,惜乎"新妇"、"女儿"这样的字眼仍然与渔父身份不太协调,一定程度上影响了词的气格,东坡便以戏谑的方式予以批评。据说山谷晚年也颇为后悔。宋王灼《碧鸡漫志》卷二论有宋各家之词时指出:"晁无咎、黄鲁直

① 黄庭坚《书嵇叔夜诗与侄榎》,刘琳、李勇先、王蓉贵点校《黄庭坚全集》别集卷六,四川大学出版社,2001年,第1562页。
② 黄庭坚《小山集序》:"余少时间作乐府以使酒玩世,道人法秀独罪余以笔墨劝淫,于我法中,当下犁舌之狱。"刘琳、李勇先、王蓉贵点校《黄庭坚全集》正集卷十五,四川大学出版社,2001年,第413页。
③ 苏轼《跋黔安居士渔父词》,《苏轼文集》卷六十八。又见《能改斋漫录》卷十六。关于此事之记载,宋人有多家,且略有出入,今据孔凡礼《苏轼年谱》卷二八定其事于元祐年间。

皆学东坡,韵制得七八。"①这里可以见出东坡革新词坛所取得的成果(当然,苏轼的目的并不在于让门人学习自己)。一向有"女郎诗"、"小石调"之称的秦观的词作,风格上也有所转变。其《望海潮》(梅英疏淡),在华灯明月、絮飞蝶舞的环境、景物描写中,寄寓着"东风暗换年华"、"重来是事堪嗟"的身世慨叹,可谓沉雄跌宕。清人陈廷焯云:"少游词最深厚,最沉著,如'柳下桃蹊,乱分春色到人家。'(按:皆此词中句)思路幽绝,其妙令人不能思议。较'郴江幸自绕郴山,为谁流下潇湘去'之语,尤为入妙。世人动訾秦七,真所谓井蛙谤海也。"②称赞这首词"深厚"、"沉著",诚具只眼,但仅赏其语句之妙,又落皮相;尤其是他看不出秦词在元祐前后期的变化,致以包括苏轼等人在内的批评为"井蛙谤海",殊为无见。南宋乾道年间汤衡为张孝祥词作序时说:"元祐诸公嬉弄乐府,寓以诗人句法,无一毫浮靡之气……"③这既是对元祐词坛重视气格的肯定,也是对元祐词坛的高度评价。而他们挺立士风以振兴词格的中介或曰措施,就是"寓以诗人之句法",实即"以诗为词"(参本书第六章《"以诗为词"》)。

综上所述,苏轼等人借"元祐更化"带来的政治制度、文化风气转向之机,配合着思想、学术上的反"王学",在词学领域反柳词,提倡独立创作、"自是一家",提倡多种风格并存;又从士风建设上入手,培养士之"格"、士之节以铸造新的词格,从而赢得了词风的真正转变,掀开了新的词史篇章。

---

① 王灼撰,岳珍校正《碧鸡漫志校正(修订本)》卷二,人民文学出版社,2015年,第26页。
② 陈廷焯《白雨斋词话》卷一,唐圭璋编《词话丛编》,中华书局,2005年,第3785页。
③ 汤衡《张紫微雅词序》,张孝祥撰,宛敏灏校笺《张孝祥词校笺》,中华书局,2010年,第31页。

第二章　元祐党争与元祐词坛

北宋是党争非常激烈的时代。先是仁宗庆历年间参知政事范仲淹、枢密副使富弼、谏官欧阳修等与章得象、夏竦之间的所谓"庆历朋党"，接着又有元丰年间王安石、司马光之间的"新旧党争"。党争的内容可能紧密关切到国事，党争的双方也未必都是意气用事，但每一次都要卷进去许多人，耗费大量时日，从这一方面看，它产生了不少负面影响。柳诒徵先生曾以"纯洁"二字评价北宋末期党争："熙丰、元祐之分党，最为纯洁。其于异党之人，虽亦排斥，然未尝明著党籍，诬加罪状也。"[①]此论固确，然只是论党争之当时，而未论其影响，未将绍圣、元符及徽宗时期的"元祐党人"事件与熙丰、元祐党争看作一个前后相联系的整体，割裂了二者之间的因果渊源，固对之赏誉过高也。实则不必。历史刚进入元祐的第一年，新、旧两党之领袖人物王安石、司马光相继下世，沸腾的政局该平静一时了，但出人意料的是，党争非但没有终止，反而愈演愈烈，愈加复杂化。哲宗冲幼，高太后听政，废黜王安石新法，"旧党"成为执政党，"新党"遭到排挤，但他们还是暗中活动，伺机报复；"旧党"内部则因暂时失去共同的"敌人"，而出现三党分立的局面：以程颐为首的一派被称为"洛党"，以刘挚为首的一派被称为"朔党"，以

---

① 柳诒徵《中国文化史》，中国大百科全书出版社，1988年，第523页。

苏轼为首的一派被称为"蜀党"。在高太后去世以后,"哲宗亲政,有复熙宁、元丰之意……于是专以绍述为国是,凡元祐所革,一切复之"①。废黜"旧党"人士,起用"新党"人物,历史又被颠倒过来。徽宗号称秉承父兄之志,奉行元丰之法,立"元祐党人碑",继续打击"元祐党人"。所以,北宋后期的历史,近乎就是一部党争史,而元祐 9 年时间里,既有新旧党之争,又有旧党内部蜀、洛、朔三党之争,元祐党争实即北宋后期党争的缩影,故本章以之为题,来考察这段时期内党争对词坛总体风貌的影响。

第一节　个人的升沉与词学中心的转移

元祐党争的历史功过和是是非非,自有史家定评,这里要讨论的,则是它对词坛所造成的影响。苏轼既执词坛牛耳,又身为"蜀党"魁首,他在党争中的沉浮,以及由此带来的其他词人政治命运的变化②,不可避免地引起词坛的变化,影响到词作的内容甚至风格发生相应的变化。

元丰二年(1079),苏轼因反对新法,御史中丞李定、御史舒亶、何正臣等论其以诗谤讪朝政,被逮至御史台治罪,史称"乌台诗案"。结果,苏轼由祠部员外郎、直史馆"责授检校水部员外郎、黄州团练副使,本州安置,不得签书公事。令御史台差人转押前去"③;而坐"收苏轼有讥讽文字不申缴入司"罪者 29 人④,各遭到

---

① 《宋史》卷四百七十一,中华书局,1985 年,第 13711 页。

② 大词人周邦彦的遭际虽与党争有关,但不如苏门词人明显;且他行辈较低,与苏门又属两个词学世界,故此处对他不予讨论。

③ 李焘《续资治通鉴长编》卷三百一,中华书局,2004 年,第 7332 页。

④ 朋九万《乌台诗案》,《丛书集成初编》,商务印书馆,1939 年,第 32 页。

轻重不同的处理,其中有数家是词人:王诜由绛州团练使、驸马都尉追两官勒停,责授昭化军行军司马,均州安置;苏辙由著作佐郎、签书应天府判官监筠州盐酒税务;知制诰李清臣罚铜 30 斤;端明殿学士司马光罚铜 20 斤;知亳州曾巩罚铜 20 斤;著作佐郎黄庭坚罚铜 20 斤。① 黄庭坚并责知吉州太和县。② 苏门其他词人因无功名或与苏轼未交往、交往未深而免难。这是党争对词坛的第一次冲击。苏辙、李清臣、曾巩、司马光等人词作较少,而“苏门”尚未形成,故这一次打击对词坛格局无大的影响。就苏轼个人说,从此开始的黄州生涯,却是其创作的变化期、丰收期之一。③ 黄庭坚太和时期的思想和创作也发生了一定的变化。④ 王诜的情况则缺乏资料证明。

元祐年间(1086—1094),词坛因党争发生两次大的变动。首先当然是苏门的正式形成及其京师聚会,并从而形成以汴京为依托的词学活动中心。神宗去世后,“新党”失势,“旧党”得到重用,黄庭坚、二苏先入京为官,张、秦、晁诸子得苏轼及他人的援引,也来到京城任职,一时间,他们笙歌唱和,意气相投,或是谈艺论道,激浊扬清,或是彼此批评,纠偏避短,共同促进了词学的繁荣和发展。南宋作家汪藻认为:“元祐初,异人辈出,盖本朝文物全盛之时也。”⑤予诸家的才华、文学成就作了充分肯定。尤其是在这段时间里,他们尊奉自由、平等的文艺品评之风,在反“王学”反柳词上达成一致,强调充分发挥个人的独创性,以“自成一家”相尚,赢得

---

① 李焘《续资治通鉴长编》卷三百一,中华书局,2004 年,第 7332 页。

② 郑永晓《黄庭坚年谱新编》,社会科学文献出版社,1997 年,第 82 页。

③ 王水照《苏轼创作的发展阶段》,《苏轼研究》,河北教育出版社,1999 年,第 23—24 页。

④ 黄宝华《黄庭坚评传》第一章,南京大学出版社,1998 年。

⑤ 汪藻《呻吟集序》,《浮溪集》卷十七,《丛书集成初编》,中华书局,1985 年,第 197 页。

了词学的真正发展。同时,他们洒脱、风流的词学活动所掀起的"热浪",也在社会上产生较大的影响,无形中改变了一部分人卑视词的看法,并给后人(特别是南宋人)留下无比美好的词学"黄金时代"的神话形象,和永远说不完的话题。

考"四学士"之得名,实成于元祐年间。苏轼曾不止一次地与人说到黄、秦诸人。其《答李昭玘书》云:"每念处世穷困,所向辄值墙谷,无一遂者,独于文人胜士,多获所欲,如黄庭坚鲁直、晁补之无咎、秦观太虚、张耒文潜之流,皆世未之知,而轼独先知之。"①《答毛泽民七首》其一又云:"轼于黄鲁直、张文潜数子,特先识之耳。"②《答李方叔十七首》其十六也说"比年于稠人中骤得张、秦、黄、晁及方叔、履常辈"③,其欣喜、赞赏之情溢于言辞,这无疑于向世人宣布他与诸人的关系。宋人沿唐故事,凡供馆职者皆可称学士,翰林学士则别称为内翰。黄、秦、张、晁均于元祐初供职秘书省,被授馆职,遂有"四学士"之称。有可能与苏轼会过面的释惠洪在其《石门文字禅》卷二十七《跋三学士帖》云:"秦少游、张文潜、晁无咎,元祐间俱在馆中,与黄鲁直居四学士。而东坡方为翰林,一时文物之盛,自汉、唐以来未有也。"④这是"四学士"之称见于宋人文集而较早者,其称当符合苏轼之意。"六君子"约略晚些。"四学士"与苏轼等人京城唱和之时,陈师道由布衣为亳州司户参军、充徐州州学教授在外地,李廌参加由苏轼知贡举的

① 苏轼《答李昭玘书》,孔凡礼点校《苏轼文集》卷四十九,中华书局,1986 年,第 1439 页。
② 苏轼《答毛泽民七首》其一,孔凡礼点校《苏轼文集》卷五十二,中华书局,1986 年,第 1571 页。
③ 苏轼《答李方叔十七首》其十六,孔凡礼点校《苏轼文集》卷五十三,中华书局,1986 年,第 1581 页。
④ 释惠洪著,[日]释廓门贯彻注,张伯伟、郭醒、童岭、卞东波点校《注石门文字禅》卷二十七,中华书局,2012 年,第 1582 页。

省试,落第而归,二人于京师韵事,多不能躬逢其盛(南宋人编的《坡门酬唱集》亦缺李廌之诗),但这无碍于他们的友谊,无碍于元祐词坛总体的繁荣。后世词人所津津称道的"元祐诸公",即以苏轼与四学士或六君子为主体,他们的创作直接带来了一个词的时代,并为后世立千年法。

党争所带给本期词坛的另一个变化,是随着元祐四年(1089)苏轼出知杭州①,六年知颍州,再改扬州、定州,词学活动中心渐从京师移到地方,或者说京师中心之外,又形成地方中心。苏轼在杭州时,词人毛滂任法曹;在颍州时,陈师道为州学教授,赵令畤签署颍州公事;在扬州时,晁补之"以门弟子佐任";在定州,李之仪入幕。可以说,每到一处,都能得到当时所能够得到的诗词唱酬的最佳"对手";另外,还有一些词人远寄词作相与唱和,故"地方中心"的创作景象,比黄、秦、张所"留守"的京城中心(元祐六年秋,黄庭坚以母丧归家,已离开汴京,京城中心实被分化不存),繁盛有加,诸家咏写杭州西湖、颍州西湖、扬州及各地节序风物的词作,广为传诵。

随着词学空间的转移,元祐词的内质也发生某些变化,由京师唱和时期的多书卷气、多人文意象、多咏物之作,变为多地方风俗民情、多山水自然景观、多清新之气。黄庭坚在与王直方的书简中,曾说:"翰林(按:指苏轼)出牧余杭,湖山清绝处,盖将解其天弢,于斯人为得其所。"②苏辙也说:"臣兄轼旧以文字见称流辈,犹

---

① 苏轼知杭州,毕沅《续资治通鉴》卷八十一交代始末为:苏轼论及时事,"言今功罪不明,善恶无所劝沮"等,"当轴者惧之,赵挺之、王觌攻之尤甚。轼知不见容,请外,故有是命"。同卷梁焘列赵挺之、王觌为王安石、蔡确党。以后诸事类此,与党争多有瓜葛。

② 黄庭坚《与王立之承奉直方》,刘琳、李勇先、王蓉贵点校《黄庭坚全集》续集卷一,四川大学出版社,2001年,第1914页。

复畏避,不敢久居,得请江湖,如释重负。"①对苏轼来说,离开污浊的京城官场,本即遂其所愿,回到江湖正是"得其所",心情确要轻松、开朗许多,而生活空间和创作空间的扩大,个人情绪的好转,使词的内容、风格也发生了一定的变化。苏轼如此,其他寄身江湖的词人也莫不如此。党争所赐给元祐词坛的,是词的内质的变化和发展。

　　元祐九年(1094)四月癸丑(十二日)改元绍圣,也大大"改"变了元祐词人的命运和元祐词坛的状况。从此以后至徽宗朝,苏门及其主要追随者、平时关系密切者,渐受厄运,并被定为"元祐党人",遭到新党章惇、蔡卞等的残酷迫害,一贬再贬,星散各地:苏轼首当其冲,于改元前一日即落端明殿学士、翰林侍读学士,以前左奉郎知英州,后一日复降充左承议郎知英州,六月,远谪惠州,四年,再谪儋州;黄庭坚先被任命管勾亳州明道宫,责令于开封府内居住,接着贬涪州(今四川涪陵)别驾,黔州(今四川彭水)安置,绍圣四年移戎州(今四川宜宾),崇宁元年(1102)迁知太平州(今安徽当涂),九天即罢,主管洪州玉隆观,次年被除名编管宜州(今广西宜山);苏辙出知汝州,雷州(今广东海康)安置;秦观出为杭州通判,道贬监处州(今浙江丽水)酒税,绍圣三年徙郴州(今属湖南),次年编管横州(今广西横县),元符元年(1098)再贬雷州;晁补之贬监处州、信州酒税;张耒绍圣初谪监黄州酒税,再贬监竟陵郡酒税,崇宁初贬房州别驾,黄州安置;陈师道坐苏轼余党以例罢官,赴部得监海陵(江苏泰县)酒税,又罢,换江州彭泽令,不赴;赵令畤废置十年不用;李之仪元符二年监内香药库,御史言其尝从苏轼辟,不

---

① 苏辙《辞翰林学士札子》,陈宏天、高秀芳点校《苏辙集》卷四十七,中华书局,1990年,第829页。

得任京官,勒停。

缘于词人遭遇的不幸,元祐风流已不复存现于词坛,更不必说词学活动中心的形成。在贬谪中,苏轼及其门下词人先后去世,人才凋零,古今共叹,元祐词坛的繁盛局面遂告结束。在这段时期,词人们各自天涯,路途悬隔,偶尔也通过邮驿的传递而相互唱和,但与即时酬唱相比,终有"时过境迁"之别。就具体词人言,苏轼此期将主要精力用于学术研究和诗歌创作,词作数量较少,不足 10 首;黄庭坚和秦观二人却迎来了词的丰收,秦的羁旅行役词及贬谪词,黄的南方风土词,俱有名篇传世,为后期的元祐词坛增添了一抹亮色。

第二节　党争中的无奈：浮生之嗟和贬谪之叹

胡仔《苕溪渔隐丛话》后集卷三十九引《古今词话》云:

> 东坡在黄州,中秋夜对月独酌,作《西江月》词曰:"世事一场大梦,人生几度新凉,夜来风叶已鸣廊,看取眉头鬓上。　　酒贱常愁客少,月明多被云妨。中秋谁与共孤光。托盏凄凉北望。"坡以谗言谪居黄州,郁郁不得志,凡赋诗缀词,必写其所怀,然一日不负朝廷,其怀君之心,末句可见矣。①

胡仔颇不赞同《古今词话》之说,上引文字后,他直接表明自己的看法:

① 胡仔撰,廖德明校点《苕溪渔隐丛话》后集卷三十九,人民文学出版社,1962 年,第 321 页。

苕溪渔隐曰：《聚兰集》载此词，注曰"寄子由"，故后句云："中秋谁与共孤光，把酒凄凉北望。"则兄弟之情，见于句意之间矣。疑是在钱塘作，时子由为濉阳幕客。若《词话》所云，则非也。①

今按：胡仔之说，难以周全，因为它与词的内容和创作背景不合。《词林纪事》引楼敬思语曰："此词本集注'黄州中秋作'，与《古今词话》同。苕溪渔隐引《聚兰集》注'寄子由'，疑是倅钱塘时作。按杭为东南名胜，游士所萃，公仕杭时，倡和甚多，非'酒贱客少'地也。而且御史诬告，亦未如乌台诗案之患难也，何至有'一场大梦'等语？'月明'、'云妨'即'浮云蔽白日'之意，'孤光'、'谁共'即'琼楼玉宇不胜寒'之意，的是黄州中秋作无疑。所谓'苏轼终是爱君'者，此亦可以想见。胡仔弹驳杨湜处颇多，此则未见其合也。"②楼氏所驳甚是。然其说犹有未尽者二，今试为申说之。

其一，当苏轼元丰间谪居黄州时，亲故中诸人已受牵连，一般人为个人利害计，更不敢遽然与之交接③，加之子由贬为筠州酒税，远在异地，回思前此的唱酬应和与兄弟聚首光景，词人不由得感慨万千。这就是词中"客少"、无人共赏月色的心理背景。倅杭时，其心情自不如此。《爱日斋丛钞》曰："东坡初在杭赋吉祥寺，谓'人老簪花不自羞，花应羞上老人头'，后在胶西，答陈述古绝句，乃'城西亦有红千叶，人老簪花却自羞'。距在杭时五六年，意态遽不

---

① 胡仔撰，廖德明校点《苕溪渔隐丛话》后集卷三十九，人民文学出版社，1962年，第321页。
② 张宗橚编，杨宝霖补正《词林纪事》卷五，上海古籍出版社，1998年，第285页。
③ 《舆地纪胜》卷四十九《黄州·官吏》："元丰中陈轼知黄州。时苏公轼谪黄州，人皆畏避，惧其累己，公独愿交，期与同忧患。"

同,遂反前诗言之,未必不感吉祥旧游也。"①杭州时苏轼的情绪显然要洒旷一些,这在其前后期诗歌的对比中可以看得出来。

其二,《古今词话》所说苏轼"谪居黄州,郁郁不得志,凡赋诗缀词,必写所怀",确是抓住了苏轼此期创作的特点,实际也是苏轼因党争被贬时期创作的共同特点。苏轼黄州词有不少属于超尘绝世、放达旷远的"豪放"之作,如《定风波》(莫听穿林打叶声)、《浣溪沙》(山下兰芽短浸溪)、《临江仙》(夜饮东坡醒复醉)等,但一种梦幻般的人生感慨始终从他的心头除却不去,《南乡子》结云:"万事到头都是梦,休休,明日黄花蝶也愁。"《醉蓬莱》开头:"笑劳生一梦,羁旅三年,又还重九。"其最为雄放豪健的《念奴娇》(大江东去)词,结尾亦不禁发出喟叹:"多情应笑我,早生华发。人生如梦,一樽还酹江月。"汉末的《古诗十九首》中,已有"人生忽如寄,寿无金石固"的句子,曹植《浮萍篇》也说:"日月不常处,人生忽如寄。"苏轼的人生感慨可能承袭了古人的"遗响",然而,那种理想破灭、事业成空的无奈,岁月匆匆、人生苦短的遗憾,是真真切切的个人所有,最少也有部分来自于党争的打击。这是苏轼在人生特定阶段的真实情感流露,无庸讳言;当然,也没必要加以扩大,甚至将它无限止地上升到苏轼人生观的高度,说他消极避世云云。

上揭苏轼《西江月》词,《古今词话》、《词林纪事》及王文诰《总案》等皆系于元丰贬黄时,孔凡礼先生《苏轼年谱》则系于绍圣四年(1097)谪居儋耳时,理由为:"词首云'世事一场大梦',与倅杭不符。'世事'云者,乃遭受极大打击以后之心态,倅杭可云不得志,而非极大打击。词不作于黄州,弟辙时在筠,筠居黄之南,位置不符。词云'夜来风叶已鸣廊,看取眉头鬓上',为居儋情景。

---

① 叶寘撰,孔凡礼点校《爱日斋丛钞》卷三,中华书局,2010年,第76页。

诗集……可参。"①居黄抑或居儋，元丰抑或绍圣，这些问题可以再讨论，有一点值得注意，即：诸家的证据都包含着对词中"世事一场大梦"之为人生失意、人生打击的认可，而不论元丰、绍圣，还是黄州、儋耳，苏轼贬谪的境遇既一，其心境当亦仿佛。王水照先生对苏轼创作阶段的划分，即是从苏轼几次大的人生经历的相似性入手的，他指出，苏轼"两次在朝任职（熙宁初、元祐初）、两次在外地做官（熙宁、元丰在杭、密、徐、湖；元祐、绍圣在杭、颍、扬、定）、两次被贬（黄州、儋耳），就其主要经历而言，正好经历两次'在朝——外任——贬居'的过程"，从而一改传统的按时间划分创作阶段的作法，认为"惠州、儋耳的贬谪生活是黄州生活的继续，苏轼的思想和创作也是黄州时期的继续和发展"。② 这是十分符合苏轼创作实际的。

抒发人生感触和贬谪之叹，实际也是苏门乃至整个元祐词坛创作的一个共同主题。如上节所述，党争波及到几乎所有主要词人，必定对他们的心态和词创作产生一定的影响；而因为每个个体的具体遭遇及其对待不幸的方式有所不同，所以，他们词作中反映出来的这部分思想感情，在相同、相似中，又有着这样、那样的区别，体现着个人风格。

苏辙晚年作《渔家傲·和门人祝寿》一阕，词曰：

　　　　七十余年真一梦。朝来寿斝儿孙奉。忧患已空无复痛。心不动。此间自有千钧重。　　　早岁文章供世用。中年禅味

---

① 孔凡礼《苏轼年谱》，中华书局，1998 年，第 1276 页。
② 王水照《苏轼创作的发展阶段》，《苏轼研究》，河北教育出版社，1999 年，第 18、30 页。

疑天纵。石塔成时无一缝。谁与共。人间天上随他送。

其人生如梦的感觉一似乃兄,尽管释家色彩更重一些。而所谓"忧患已空"、"心不动"云云,毕竟还是心里存放着"忧患"、"心动"之识。考苏辙一生的际遇,只有党争引起的仕途坎坷在其心灵上留下的创痛最深,故在他晚年奉佛已达某种境界时,仍不能真正的忘却。清四库馆臣叙录其《龙川略志》一书云:"《略志》惟首尾两卷纪杂事十四条,余二十五条皆论朝政。盖是非彼我之见,至谪居时犹不忘也。"①其实,何止谪居时不忘,可以说至老犹铭记于胸中也。

　　黄庭坚在苏门中是最能超越党派之见和门户之私的一个,无奈党争却不放过他。元丰年间他就初尝党争之苦,其《撼庭竹》词或题作"宰太和日吉州城外作",作品写人有心护花(梅),花则"刚不肯相随",结果是:"如今果被天瞋作,永落鸡群被鸡欺。空恁可怜伊。风日损花枝。"花遭风日之损而云"永落鸡群被鸡欺",显别有怀抱。用这首词来形容他当时在党争中的感受,是很恰当的。其《木兰花令》(新年何许春光漏)一首,构思、词意极类似于此,"酥花入坐颇欺梅,雪絮因风全是柳"及"得开眉处且开眉,人世可能金石寿"数句,寓人事、人生感慨于写实、议论之中。崇宁元年的太平州任,时间仅有短短的 9 天,词人却因此清晰地看清了世态的嘴脸,政治的反复无常,这时写下的一组感怀之作,较为集中地表现了他的贬谪之叹和人生之嗟。这组词 5 首,均调寄《木兰花令》。前 3 首同韵,分别冠题曰:"当涂解印后一日,郡中置酒,呈郭功甫";"窜易前词";"次前韵再呈功甫"。后 2 首同韵,题目分别曰:"庾元镇四十兄,庭坚四十年翰墨故人。庭坚假守当涂,元镇穷,不

---

① 《四库全书总目》卷一百四十,中华书局,1965 年,第 1192 页。

出入州县。席上作长短句劝酒";"用前韵赠郭功甫"。这些词题清楚地交代了当涂事的过程,也见出词人内心的愤懑。他反复咏叹"昨日主人今日客"、"江山依旧云空(横)碧"(前后分别出现两次),为自己的"暂分一印管江山"而感慨万分,认为"翰林本是神仙谪"、"青壶乃似壶中谪",甚而打算"红尘闹处便休休,不是个中无皂白"、"万事休休休莫莫",雄心壮志顿化为乌有,谓"功名富贵久寒灰,翰墨文章新讳却"。可谓深刻沉重,蕴涵无限。

　　秦观的名作多是贬谪后所作。其《望海潮》(梅英疏淡)似元祐九年三月遭贬刚离京时之作①,所谓"东风暗换年华",隐约指高太后去世后哲宗亲政,一变前法,众人被迫远离京城之事,"行人渐老,重来是事堪嗟",有不胜今昔之叹。《风流子》(东风吹碧草)乃同时而稍后作品,"年华换,行客老沧州"等语,感慨一如上首,黄苏《蓼园词选》曰:"此必少游被谪后念京中旧友而作,托于怀所欢之辞也。情至浓深,声调激越,回环雒诵,真能奕奕动人者矣。"而怀京中所欢实即感怀京国(这在柳永、贺铸等人的词中都可得到证实)。《踏莎行》(雾失楼台)作于郴州贬所,雾霭迷茫,月色朦胧,孤馆春寒,杜鹃啼暮,词境十分凄婉,"至'可堪孤馆闭出寒,杜鹃声里斜阳暮',则变而凄厉矣"②。《千秋岁》(水边沙外)因抒写贬谪心态而引起苏轼、黄庭坚、孔平仲、李之仪等人的共鸣,诸家纷纷和韵继作③,从"忆昔西池会,鹓鹭同飞盖"等句看,京师的一段经历,在少游心中早已凝固成一难解之结,以至他梦里都渴望回去("日边清梦断"),但无如此时他已"镜里朱颜改",尤有不可为者是"春去

---

① 参秦观撰,徐培均校注《淮海居士长短句》,上海古籍出版社,1985 年,第 8—9 页。
② 彭玉平《人间词话疏证》卷中,中华书局,2011 年,第 293 页。
③ 王水照《"苏门"诸公贬谪心态的缩影——论秦观〈千秋岁〉及苏轼等和韵词》,原载香港《中华国学》创刊号,后收入《苏轼研究》,河北教育出版社,1999 年。

也"、"飞红万点",词人则不禁"愁如海"。前人往往赞其喻愁新奇,而忽略其情真意深有不待求新求奇而自新自奇者在。陈廷焯《白雨斋词话》卷一尝谓:"少游《满庭芳》诸阕,大半被放后作。恋恋故国,不胜热中。其用心不逮东坡之忠厚,而寄情之远,措辞之工,则各有千古。"周济《宋四家词选》评其《满庭芳》(山抹微云)"将身世之感,打并入艳情"①,都可见出少游贬谪之词的特点及其深远影响。

晁补之的《水龙吟》(水晶宫绕千家),题曰"别吴兴至松江作",应是崇宁元年他由河中府移任吴兴郡,作了短期知州,旋又被免官时的作品。② 吴兴是晚唐杜牧曾经为官并留下风流故事的地方,但词人所咏出的"诗成春晚",不是空为小杜的韵事抱憾,而是与下文"黄粱未熟,红旌已远,南柯旧事"一致,系针对自己的遭际发出的生不逢时、富贵荣华真如梦寐的人生大感叹。《八声甘州》是元祐七年他追随苏轼在扬州时和苏轼词韵所作,"一笑千秋事,浮世危机",及"送孤鸿相接,今古眼中稀"二处,包涵着的仕途危机感,既为近期苏轼遭受党争迫害之事而发,又具有深远的历史厚度和人生高度。建中靖国元年(1101),词人在近十年的贬谪外放后,应召还朝,待命于护国院,却不得入国门,遂作《生查子》寄意:

> 宫里妒娥眉,十载辞君去。翠袖怯天寒,修竹无人处。
> 今日近君家,望极香车驾。一水是红墙,有恨无由语。

---

① 按:周济及陈廷焯等均认为少游此词为贬谪后作,不妥,此词系年可参秦观撰,徐培均校注《淮海居士长短句》,上海古籍出版社,1985年,第37页。

② 参晁补之、晁冲之撰,刘乃昌、杨庆存校注《晁氏琴趣外篇　晁叔用词》,上海古籍出版社,1991年,第1—2页。

娥眉见妒、有恨难达,可以说直得楚骚遗笔。其它诸如《行香子》(归鸟翩翩)、《蓦山溪·亳社寄文潜舍人》、《虞美人·广陵留别》、《青玉案》(十年不向都门道)等,党争的痕迹也比较明显。

贺铸的《芳心苦》(杨柳回塘)一首,得到清人陈廷焯的极端推重,陈氏在其《云韶集》卷三指出:"此词必有所指,特借荷寓言耳。"①在《词则·大雅集》卷二又说"此词应有所指",接着说"'骚'情'雅'意,哀怨无端,读者亦不自知何以心醉也"。②《白雨斋词话》卷一又重复道:"此词'骚'情'雅'意,哀怨无端……"③特未言所寓何情,而钟振振先生认为:"本篇疑作于哲宗元祐元年丙寅(1086)至八年癸酉(1093)间。按'当年'二句感慨万端,当与新旧党争有关。方回出仕于神宗熙宁间,适逢王安石变法,'不肯嫁春风'者,似谓己之未附新党。'无端却被秋风误'者,则似指元祐更化、旧党执政后,己亦不见重用也。"④推测极为合理,极有见地。与苏轼交往的词人中,贺铸的经历较为特殊,他初为武弁,也只是在京城监军器库门,或在地方上监临城酒税,任宝丰监钱官、和州管界巡检,元祐六年以苏轼、李清臣等人之荐得改授文阶,也止做到泗州、太平州通判,可谓郁郁不得志,这首词以其独特的人生经历为背景,写出了他在党争中进退维谷的独特心态。陈师道《少年游》词云:"御园果子压枝繁。看看分摘无缘。团沙弄雪,劳心费手,不肯暂时圆。"将不肯随人改变自己同分不到"果子"的矛盾揭示了出来,实亦是个人性格及其党争中遭遇的形象外化,与方回上

---

① 陈廷焯撰,张若兰辑《云韶集辑评》卷三,葛渭君编《词话丛编补编》,中华书局,2013年,第 1456 页。
② 陈廷焯《词则辑评》,葛渭君编《词话丛编补编》,中华书局,2013 年,第 2154 页。
③ 陈廷焯《白雨斋词话》卷一,唐圭璋编《词话丛编》,中华书局,2005 年,第 3786 页。
④ 贺铸撰,钟振振校注《东山词》,上海古籍出版社,1989 年,第 78 页。

词构思、命意如出一辙。

元祐主要词人多亲身经历了党争中的宦海沉浮,对人世和人生表现出种种无奈和深深的感喟。他们的词作共同反映了自己当时的真实心态,折射出党争的影响,并结合个人的独特遭际和个性,使这种反映具有鲜明的个人风格,从而为宋代社会留下了一批最早的也是最好的"政治抒情词"。

第三节   精神的港湾:家园之乐和渔父家风

宋代的综合国力不如唐代强大,常常要防备环伺边境的辽和西夏的进攻、侵略,对国家安危、种族命运的责任感,使宋代知识分子的忧患意识本就强烈一些;赵宋朝廷又实行文化专制政策,加强思想意识形态的统治,使文人们在"自觉"的社会责任感外,不得不再接受其它的精神重负和种种道德禁忌。所以,在文化思想层面宋人普遍比唐人严谨、典重,也更古板、迂腐。但从人性的自然需求言,他们同样有着对洒脱自在、自由无羁的生活的向往和追求,所以,宋代文人盛行蓄妓置妾、听歌赏舞之风,其生活的糜烂程度甚于唐人。这种带有自我精神"补偿"性质做法的"风雅"表现,就是填词,因为"词"这种体裁样式,初时尚未被纳入"载道"、"言志"的工具范围,也无太多的禁忌。故词在一定程度上说,是宋人的精神"避难所",是他们进行自我精神疗法的场所,其中固然有一些可以当作文化遗产加以继承的东西,而存在着一些精神垃圾也是避免不了的。当党争愈演愈烈、打击一个接着一个到来时,词人们便重返这个"港湾",去休憩、整补自己受伤的心灵。所不同的是,这一次他们没有卸下艳丽的"垃圾",而是另外开辟了一爿爿田地,搭建了一个个渔台,享受起家园之乐,做起了渔父之梦。

　　伴随着对功名富贵和尘世虚华的认识和否定，词人们对儒业进行了反思，表现出退出官场隐居自适的愿望。晁补之《摸鱼儿》："儒冠曾把身误。弓刀千骑成何事，荒了邵平瓜圃。"《迷神引》："暗想平生，自悔儒冠误。"陈师道《临江仙》："文字功名真自误，从今好月良宵。"①贺铸《尔汝歌》："劳生羁宦未易处。"李之仪《雨中花令》："富贵功名虽有味，毕竟因谁守。""儒冠误身"几成元祐词家的"共识"，他们都表示是儒家的功名思想误导自己走向仕途，去追求那些不可靠的虚幻之物，从而走进了人生的"误区"，而今到了改弦易辙的时候。于是，他们各自安排了归计：苏轼一直做着回归故乡的梦（《河满子》、《醉落魄》），米芾也"思归"（《诉衷情》"劳生奔走困粗官"词之题），黄庭坚称他将"早晚具、归田小舫"（《鹊桥仙》），或是"共君商略老生涯，归种玉田秧白石"（《木兰花令》）。而像陶潜那样享受家园之乐，或承习张志和的渔父家风，则是他们大致相似的理想。

　　元祐词人的家园之作，多充满闲适洒脱之气、夫妇相得之趣、儿孙绕膝之欢，一派天伦真情。元丰间，苏轼谪居黄州，不但获得安身之所，亦暂时避开了溷浊的官场是非，身心俱可栖息，于是便"治东坡，筑雪堂于上，人俱笑其陋，独鄱阳董毅夫过而悦之，有卜居之意。乃取《归去来》词稍加檃括……使家僮歌之，时相从于东坡，释耒而和之，扣牛角而为之节，不亦乐乎"（《哨遍》词自序）。倘若能够忘记那个多遭后人议论的檃括形式，应该承认：这首《哨遍》词所描写的田园家居之乐还是真实的，富有魅力的。黄庭坚《浣溪沙》云：

① 　此词一见晁补之《晁氏琴趣外篇》卷六，《全宋词》注云"未知孰是"。

> 一叶扁舟卷画帘。老妻学饮伴清谈。人传诗句满江
> 南。   林下猿垂窥涤砚,岩前鹿卧看收帆。杜鹃声乱水
> 如环。

扁舟画帘,妻伴清谈,几与老杜"老妻画纸为棋局"(《江村》)颉颃而并。晁补之晚年描写家居生活的词作最为擅长,《永遇乐》(松菊堂深)、《过歇涧》(归去)、《黄莺儿》(南园佳致偏宜暑)、《消息》(红日葵开)、《酒泉子》(萱草戎葵)等十余首词作,连同著名的《摸鱼儿》(买陂塘、旋栽杨柳),都以"东皋寓居"为题,是词人崇宁二年(1103)免官后闲居金乡时所作。南宋陈鹄《西塘集耆旧续闻》卷三云:"晁无咎闲居济州金乡,葺东皋归去来园,楼观堂亭,位置极潇洒,尽用陶潜语名之,自画为大图,书记其上。"[1]可以见出其精神旨趣。其中《消息》一首本写乡村端午风俗,因为词人增加了个人的亲身经历和情感在内,犹为动人:"趣蜡酒深斟,菖蒲细糁,围坐从儿女。还同子美,江村长夏,闲对燕飞欧舞。"

渔父词起于唐张志和,"(志和)居江湖,自称烟波钓徒⋯⋯每垂钓不设饵,志不在鱼也。⋯⋯尝撰渔歌,宪宗图真求其人不能致"[2]。他的渔父词,以咏写渔父生活为内容,也间带描写江湖烟水景致,"极为宋人传诵。黄庭坚、徐俯曾取二词(按:谓张志和'西塞山前白鹭飞'及顾况'新妇矶边月明')合为《浣溪沙》歌之"[3]。黄庭坚晚年谪居时,确曾歌唱张作,其《诉衷情令》词序云:"在戎州登临胜景,未尝不歌渔父家风,以谢江山。门生请问:先生家风如

---

[1] 陈鹄撰,孔凡礼点校《西塘集耆旧续闻》卷三,中华书局,2002 年,第 311 页。
[2] 《新唐书》卷一百九十六,中华书局,1975 年,第 5608 页。
[3] 王奕清等编《钦定词谱》卷一,影印清康熙五十四年(1715)内府刻本,中国书店,1983 年,第 10 页。

何？为拟金华道人（按：即张志和）作此章。"后人作渔父词而"拟
金华道人"者，已成一种共同趋向，也是必然趋势，因为"渔父"调的
魔力实在太大，不能不试；张氏所作又实在太佳，无论怎样去刻意
求新求工，又都难以突破他的樊篱。

　　这时的渔父词，多描写渔父回归天地之间、徜徉于山水自然的
生活，渲染一种无所凭依、无所羁绊的自由精神。苏轼《浣溪沙·
渔父》一首，系增减张志和"西塞山前白鹭飞"原词而成，并有数句
照存张氏成句，兼有"集句"与"檃括"的特征，也具有张词潇洒的特
质。其《渔父》四首，分别以"渔父饮"、"渔父醉"、"渔父醒"、"渔父
笑"开篇，分写渔父生活的几个侧面，多角度地描画渔父的形象。
词人们往往还有意突出江湖生活与尘世"污染"的区别。贺铸的
《续渔歌》，是续他自己《渔歌》之诗而作[1]，词云：

> 　　中年多办收身具。投老归来无著处。四肢安稳一渔舟，
> 只许樵青相伴去。　　沧州大胜黄尘路。万顷月波难滓污。
> 阿侬原是个中人，非谓鲈鱼留不住。

明确说万顷月波不受黄尘的污滓，是归老安身的最佳去处。黄庭
坚《鹧鸪天》（西塞山前白鹭飞）也使用玄真子原词成句，但据其自
序，当是续玄真子之兄松龄之作，宪宗图真访之不可得，松龄"惧玄
真放浪而不返也"，和答其词而结云"狂风浪起且须还"，山谷有意
反问作答曰"人间底是无波处，一日风波十二时"，尘世无一处没有
风波，无一时没有风波，比起江湖上的风波，甚至更为凶险。这里
以政治风波代替自然风波，有山谷真切的人生体验在内。其戎州

---

① 　参贺铸撰，钟振振校注《东山词》，上海古籍出版社，1989 年，第 70 页。

所作《诉衷情》(一波才动万波随)一阕融合了释家禅境禅味和人生
哲理,是他晚年思想修为与人生思索的浓缩。《菩萨蛮》(半烟半雨
溪桥畔)词有序称:"王荆公新筑草堂于半山,引八功德水作小港,
其上累石作桥。为集句云……戏效荆公作。"词上阕写渔父醉著于
溪桥之畔无人唤醒的"疏懒"意态,下阕则申发议论,赞美了渔父生
活的精神实质。王安石为新党领袖,黄庭坚乃旧党中人,然他自认
对王氏的草堂生活和集句词有深刻的理解,故敢于引申发挥,可
见,无论新党还是旧党,其对政治风波的惧怕和厌倦是相同的,对
隐居生活的向往也一致。

　　渔父词中的风、烟、水、月等自然物象,往往因为渔父的蓑笠、
钓舟,以及长久以来就作为隐逸象征的鸥、鹭的存在,不但与艳情
词里的风花雪月泾渭分明,本质相异,而且,同一般词中抒情层面
上的山水风光也"保持距离",是一种几近原生态的、被充分"过滤"
了的真山真水,渔父词因此具有透明般的、莹澈的审美意境和清
新、轻淡的风格。贺铸《钓船归》:

　　　　绿净春深好染衣。际柴扉。溶溶漾漾白鸥飞。两忘
机。　　　南去北来徒自老,故人稀。夕阳长送钓船归。鳜
鱼肥。

此本是在晚唐杜牧《汉江》诗的基础上"添声"而成,"然不类宽泛之
作,或晚年退隐吴下时所制"[1]。这首词虽然化用了小杜原诗,却
似自出机杼,而具自家面目,动人的绿色,溶溶漾漾的春水,忘机的
白鸥,多情、无情的夕阳,编织了一幅渔父晚归图。苏轼曾评黄庭

---

①　贺铸撰,钟振振校注《东山词》,上海古籍出版社,1989 年,第 52 页。

坚《浣溪沙》词云："鲁直作此词清新婉丽,问其得意处,自言以水光山色替却玉肌花貌,此乃真得渔父家风也。"①"水光山色"和"清新婉丽"可以作为"渔父家风"的标准。

　　这个时期渔父词的作者约有六七家,除苏轼、黄庭坚、贺铸外,还有俞紫芝(元祐初卒)、徐积(1038—1103)、王仲甫②、谢逸。其中俞氏、谢氏俱以高行称著于世,对真正的渔父生活或许有着一定的体验。至于苏、黄两人,贬谪期间的田园生活容或有之③,渔父生活则未必;贺铸退居吴下后,也以田园隐逸为主,求之于渔父的出没风波,恐亦难。尤其山谷,半山老人过的本是草堂田庐生活,他因为其中有溪桥小港,便据而扯起渔帆,酒醉了渔翁。渔父多是词人们虚构的形象,渔父生活是他们的梦想,是他们的精神追求,是党争中的一种自我精神疗法。

第四节　"诗祸"与词的"言志"功能的获得

　　宋人对由诗歌引起的事件有一些专门称语:他们称由作诗引起的讼狱为"诗狱",张舜民《画墁集·郴行录》:"子瞻坐诗狱,谪此已数年"④;称因作诗获罪的案件为"诗案",如记录苏轼以诗被御史台拘系事件的,就有朋九万的《乌台诗案》(一名《东坡乌台诗案》)和周紫芝的《乌台诗案》(一名《诗谳》);称因作诗遭致的灾祸为"诗祸",罗大经《鹤林玉露》乙编卷四专列"诗祸"一目,刘克庄

---

①　苏轼《跋黔安居士渔父词》,孔凡礼点校《苏轼文集》卷六十八,中华书局,1986年,第2157页。吴曾《能改斋漫录》卷十六亦有记载。
②　按:宋人王姓名仲甫者有数家,《全宋词》有辩而仍不能明之,今姑从之。
③　如苏轼在《与子安兄》中云其黄州时"近于城中得荒地十数亩,躬耕其中。……种蔬接果,聊以忘老"。
④　张舜民《郴行录》,《画墁集》卷八,《丛书集成初编》,商务印书馆,1935年,第63页。

《跋宋自达梅谷序》:"宝庆丁亥,景建以诗祸谪舂陵……"①本文或采用"诗案",或采用"诗祸",是把它们作为近义词语使用的。

北宋"诗案"的数量可谓惊人。释文莹《湘山野录》卷上载王揆以《六快活诗》"坐嘲谤之典,尽削其籍",朱彧《萍洲可谈》记其父服(行中)崇宁元年帅广时事:"正月游蒲涧,因越俗也。见游人簪凤尾花,作口号,中一联云……盖以被遇先朝,自伤流落。后监司互论,乃指此句为罪,其诬注云:'契勘正月十二日,哲宗皇帝已大祥,岂是孤臣正泣之时?'"②(《宋史》卷三百四十七朱服本传云,朱服坐是"黜贬袁州")作诗稍不留心,就有可能致祸,以致向以豪迈闻名诗坛的苏舜钦(子美),见到好友欧阳修的《水谷诗》,劝他秘不示人,"畏时讥谤"③。自然,最为著名的当是苏轼的"乌台诗案"和蔡确的"车盖亭诗案"。这两个诗案前后相差十年发生,但都与党争相关:前者可看作是新党对旧党的打击,后者则是旧党对新党的"报复"。"乌台诗案"世人尽知,"车盖亭诗案"论及者则较少。

《续资治通鉴》卷八十一元祐四年夏四月戊申日事:

> 先是,知汉阳军吴处厚言:"蔡确昨谪安州,不自循省,包蓄怨心。尝游车盖亭,赋诗十章,内二章讥讪尤甚。"奏至,左司谏吴安诗首闻其事,即弹论之。梁焘、范祖禹、王岩叟、刘安世等,交章乞正确罪。壬子,诏令确具析闻奏,仍委知安州。钱景阳缴进确元题诗本。始,确尝从处厚学赋,及作相,与处

---

① 刘克庄《跋宋自达梅谷序》,《后村先生大全集》卷一百一,《四部丛刊》初编景上海涵芬楼藏赐砚堂钞本。

② 朱彧撰,李伟国点校《萍洲可谈》卷一,中华书局,2007年,第125页。

③ 欧阳修《与梅圣俞》四十六通之十六,李逸安点校《欧阳修全集》卷一百四十九,中华书局,2001年,第2452页。

厚有隙，王珪欲除处厚馆职，为確所沮，处厚由是恨確，故笺释
其诗上之。①

吴处厚诬笺蔡確的诗固是出于个人恩怨，但"交章乞正確罪"者
颇不乏立朝堂堂的正人直士，这就令人寻思，盖众人是借这次机
会整治蔡確，因为他是王安石曾经信任的人，是新党的首领之
一，在元祐之前多次迫害旧党人物。对"车盖亭诗案"中的党争
性质，南宋人庄绰看得较为清楚，他说蔡確"坐谤讪贬新州而死"
（这与《宋史》蔡確传所记同），"然元祐党人之祸，自此而起，几与
牛李之策相类"②。正因元祐时众人共同参与制造了这起诗案，才
引起新党于元祐之后的反报复（当然，事情未必如此简单），使元祐
名臣巨公、学士大夫多遭贬斥，构成对文人集团的一次灾难性的
打击。

　　然北宋诗案或诗狱与清代"文字狱"多少有些不同。"文字狱"
是自上而下由皇帝亲自发起的，宗旨在于打击那些他认为有碍其
统治的人，诗案是自下而上的，是官僚之间为个人或集团的利益相
互倾轧的表现，"对君不敬"只是借口，不涉及整个王朝的统治和民
族矛盾；"文字狱"动辄杀头、诛灭九族，诗案则处理得轻缓许多。
所以，即使像苏轼的"乌台诗案"，同时人孔平仲说："皇甫僎之追取
苏轼也，乞逐夜所至，送所司案禁，上（按：谓神宗）不许，以为只是
根究吟诗事，不消如此。其始弹劾之峻，追取之暴，人皆为轼忧之，

---

① 毕沅《续资治通鉴》卷八十一，中华书局，1957年，第2050页。
② 庄绰撰，萧鲁阳点校《鸡肋编》卷下，中华书局，1983年，第106页。"车盖亭诗案"，
　《宋史》蔡確传、吴处厚传皆有记载，然不如《续通鉴》详细。而《续通鉴》对蔡確其人
　之交待，则不如本传清晰、全面。《续通鉴》于吴处厚《上蔡確车盖亭诗奏》、《再论蔡
　確车盖亭诗奏》外，尚载有刘安世该年四月七日、十日两封《论蔡確作诗讥讪事奏》
　以及蔡確本人《车盖亭诗辨诬奏》。

至是乃知轼必不死也。"①南宋叶梦得也记载说:"元丰间,苏子瞻
系大理狱。神宗本无意深罪子瞻,时相进呈,忽言:'苏轼于陛下有
不臣意。'神宗改容曰:'……卿何以知之?'时相因举轼《桧》诗……
神宗曰:'诗人之词,安可如此论! 彼自咏桧,何预朕事?'时相语
塞。"②都说明关键在于皇帝不欲深究重治。

　　尽管如此,诗祸在当时人心理上产生的深刻影响还是不容低
估的。自然,北宋人对诗祸的反应不尽相同。欧阳修就深以苏舜
钦的"畏时讥谤"为非,他慷慨陈词:"吾徒廓然以文义为交,岂避此
辈? 子美豪迈,何乃如此? 世涂万态,善恶由己,所谓祸福,有非人
力而致者,一一畏避,怎生过日月也?"③但这样的人毕竟太少,大
多数都是心存畏避。苏轼门人张耒记载说,元祐四年苏轼出知杭
州时,向文彦博辞行,文规劝之:"愿君至杭少作诗,恐为不相喜者
诬谤。"并再三言之,临别上马,又引"车盖亭诗案"为戒,苦口婆心
地说:"愿君不忘鄙言。某虽老悖,然所谓者希之岁,不妨也善之
言。"④从苏轼文集可以看出,有不少人包括苏辙在内在书信中直
接劝他不作诗或少作诗。"乌台诗案"发生时,苏轼自己也料定必
死无疑,连留给胞弟子由的遗诗也写好了,买通一个狱吏传送出
去。诗案之后,他不止一次向人表白:"比已焚笔砚,断作诗,故无
缘属和"(《答参寥书》),"某近绝不作诗……独神道碑、墓志数篇
耳。碑盖被旨作,而志文以景仁丈世契不得辞"(《与陈传道五首》

---

① 孔平仲撰,杨倩描、徐立群点校《孔氏谈苑》卷一,中华书局,2012年,第187页。
② 叶梦得撰,逯铭昕校注《石林诗话校注》卷上,人民文学出版社,2011年,第36页。
③ 欧阳修《与梅圣俞》四十六通之十六,李逸安点校《欧阳修全集》卷一百四十九,中华
　书局,2001年,第2452页。
④ 张耒撰,查清华、潘超群整理《明道杂志》,《全宋笔记(第二编)》,大象出版社,2006
　年,第12页。

之三）；偶尔一作，也是千万小心的："公劝仆不作诗，又却索近作。闲中习气，不免有一二，然未尝传出也。今录三首奉呈，看毕便焚之，切祝！千万！……此书此诗，只可令之邵一阅，余人勿示也。"（《与广西宪曹司勋五首》之五）

诗案的影响不单及于个别当事人，同时期的其他作家，也不可避免地受到儆戒。"乌台诗案"发生时，除苏轼外，其他元祐词人的年岁分别是：（元丰二年）陈师道 28 岁，秦观 31 岁，黄庭坚 35 岁，李之仪 32 岁，贺铸 28 岁，米芾 29 岁，晁补之 27 岁，张耒 26 岁，李廌 21 岁，毛滂 20 岁，赵令畤 19 岁。这样的年龄，使他们或者刚刚在文坛立名，如秦、黄、陈诸人，或正将步入文坛，如李、毛、赵诸人，虽不足以树立起他们个人的真正风格，却足以使他们记住诗坛上这起轰动举国上下的大事，影响他们的创作思想和此后的创作道路。十年后发生的"车盖亭诗案"，其影响不如"乌台诗案"巨大，但对这批词人来说，无疑于将前次"诗祸"留下的印痕加深加重，使他们对诗歌的"禁忌"更为敏感，那些有可能为他们招致灾祸的关涉时事或抒发个人之"志"的内容，只有不写不表达，或是换一种方式写，通过其它渠道"宣泄"出来。而词，恰恰是最安全的一条宣情"通道"，填词也是最佳的一种表达方式。因为大部分宋人对诗与词有着不同的功能要求，他们接受儒家"诗言志"、以诗干时、"有补于世"的诗教传统，而认为词是"花间"、"尊前"的娱乐工具，故从不对词提出什么额外的要求，也不加以多少限制（当然，苏门词人另当别论），几乎没有人从词中采摘语句去加以"笺释"以定某人之罪，相反，倒有一些本欲怪罪其人，只因其词填得好而转加器重的例子。这样，又引出一对矛盾：一方面，相当多的人卑视词，以"小道"、"小词"目之，另一方面，又私下里都喜爱词，爱唱词、读词或者填词。社会人群对待词的矛盾心态，转引出统治者对词和词人的

矛盾"政策"：一方面,对词中所写的内容不予重视,也谈不上像诗
祸那样追究作词者的责任,另一方面,有时又因词中语而重用、"宽
大"某一词人。如《岁时广记》引鲖阳居士《复雅歌词》说："元丰七
年,都下传唱此词(按：指苏轼《水调歌头》'明月几时有')。神宗
问内侍外面新行小词,内侍录此进呈。读至'又恐琼楼玉宇,高处
不胜寒',上曰：'苏轼终是爱君。'乃命量移汝州。"类似的记载还见
诸魏泰《东轩笔录》卷六、胡仔《苕溪渔隐丛话》前集卷二十八引《石
林诗话》。然不管如何,总是对词有利：最高统治者以"宽大"的政
策待词和词人,党争的双方也未从词中搜寻攻击对方的"证据";诗
祸迫使诗人不作诗、少作诗,或是将一部分欲言之"志"不放进诗
中,这样,诗人之"志"就有可能堂而皇之地、正大光明地进入词中。
当然,这个"进入"是诗歌被迫暂时或部分放弃其"言志"功能的
结果。

事实上,元祐词人在贬谪废居时,正是这么看词的,也正是这
么填词的。前文言苏轼因诗祸谪居黄州,在与人的书信中,反复声
称自己绝不作诗;即使做了,寄给一二密友看,也千嘱咐万叮咛立
即焚掉,不能出示给外人,但他同时期的书信却对作词毫不讳言：
"比虽不作诗,小词不碍。辄作一首,今录呈,为一笑。"(《与陈大夫
八首》之三)。黄庭坚远谪黔中时,与人的书信中也说："闲居绝不
作文字,有乐府长短句数篇,后信写寄。"(《与宋子茂书》六首之
一)。而陈师道居徐州时,同样用近乎相同的语气表达近乎相同的
意思："迩来绝不为诗文,然不废书,时作小词以自娱,用以卒岁,毋
以为念也。"(《与鲁直书》)词本被排斥于正统文字主要是诗文之
外,这时却代替了诗文,具有了与诗文等同的功能(尽管它还未取
得与二者等观的地位)。在元祐词作中,虽然没有多少直接描写时
代风云和词人经世济民之怀的内容,但是,像苏轼《念奴娇·赤壁

怀古》"以周郎自况"表示对功业的艳羡①,《满庭芳》"老去君恩未报,空回首,弹铗悲歌"②式的报君恩而壮志难酬的真实情怀,以及其他词人作品中多数都有的人生感慨和党争中的独特感受,与"诗人之志"并无分别。由此,对词史上争论未休的关于苏轼"以诗为词"的公案,似乎也可以从党争中诗人普遍的畏避诗祸心理及其所引起的诗歌言志功能的移转这个特定角度,予以重新审视。

自然,强调诗祸与词的"言志"主题的获得这二者之间的关系,不等于说前者是后者的惟一致因,甚至不等于说是关键致因,但无疑,它是一个重要的、不应被长久忽视的、值得学界进一步深思的因素。

---

① 元好问《题闲闲书赤壁赋后》,狄宝心校注《元好问文编年校注》卷六,中华书局,2012 年,第 1162 页。
② 此词自序云:"余谪居黄州五年,将赴临汝,作《满庭芳》一篇别黄人。既至南都,蒙恩放归阳羡,复作一篇。"

第三章　元祐学术与元祐词坛

　　元祐主要词人基本上都具有多方面的艺术才华和深厚的学养。书法领域,著名的"宋四家"中,这个时期占了三位(苏轼、黄庭坚、米芾);绘画领域,苏轼是以文同为首的"文湖州竹派"的重要人物,驸马都尉王诜"画山水寒林,冠绝一时,非画工所能仿佛"(苏轼《答宝月大师》);文学领域,除了词外,苏轼、苏辙的散文名列"唐宋八大家",苏轼又与欧阳修并称"欧苏",诗歌与黄庭坚并称"苏黄",黄庭坚还被奉为"江西诗派"的开创者,陈师道亦被目为"三宗"之一。尤为可贵者,他们一生读书不辍,勤勉好学,深思多疑,在学术上也取得相当的成就。不同文艺领域的造诣和学术修养,对他们的词创作也产生了影响。当我们考察元祐词坛所呈现出来的一些具有"集体"倾向的鲜明特征时,不能不考察元祐词人的艺术素养和综合素质。学术,是构成他们综合素质的一个方面,但往往被人忽略,或仅仅作为附带提起的一笔而不予重视,致使元祐学术与元祐词坛之间的关系一直未能得到应有的研究。

第一节　元祐词家的学术成就

　　"元祐学术"一词出现在北宋末年,是伴随着元祐党人的政治厄运而进入历史视野的。哲宗亲政以后,起用新党,外贬旧党;恢复元丰旧法,罢弃元祐诸端作为,偶如《元祐敕令式》者尚被采用(《宋史·哲宗纪》元符二年八月)。徽宗立,先是"诏禁曲学偏见、妄意改作以害国事者"(《宋史·徽宗纪》,下同),崇宁元年(1102)秋七月己丑,"焚元祐法",十二月丁丑,诏:"诸邪说诐行非先圣贤之书,及元祐学术政事,并勿施用。"这可能是"元祐学术"的最早使用。二年夏四月,"诏毁刊行《唐鉴》并三苏、秦、黄等文集",九月,令天下监司长吏厅立"元祐奸党碑";十一月,诏:"以元祐学术政事聚徒传授者,委监司举察,必罚无赦。"大观元年(1107)五月诏:"自今凡总一路及监司之任,勿以元祐学术及异意人充选。"宣和五年秋七月,"禁元祐学术";六年冬十月庚午诏:"有收藏习用苏、黄之文者,并令焚毁,犯者以大不恭论。"直至钦宗靖康元年(1126)二月,始"除元祐党籍学术之禁"。初始,元祐学术与元祐法、元祐政事、元祐所修史籍及苏黄诸家文集分别使用,也就是说,元祐学术是不包括其它几项同遭禁止的内容在内的,但愈到后来,其它几项内容出现的愈少,元祐学术的内涵亦愈宽泛,到钦宗除禁时,"元祐学术"已仅仅不包括"元祐党籍"在内了,其它诸如元祐政事、法令、律例、科举、经学、史学,等等,全属于元祐学术的范畴。这当然不是我们所说的元祐学术。我们所谓元祐学术,指的是元祐诸大家除文学创作和艺术创作之外的学术研究,是在现代纯学术的意义上使用"学术"一语的。

按照传统的四部分类法,元祐主要词人的学术活动,涉及到经、史、子、集各个方面,大致分布在哲学、史学、文学艺术几个领域。因为各人的兴趣爱好不尽相同,故各个领域的分布也不均衡。

元祐哲学研究成就最著。王安石有《易解》十四卷,《新经周礼义》二十二卷,司马光有《易说》一卷、又三卷,《系辞说》二卷,《老子道德经注》二卷,《六家中庸大学解义》一卷,《中庸大学广义》一卷。

苏轼有《东坡易传》（一名《毘陵易传》）九卷、《东坡书传》十三卷，另有《东坡论语解》十卷不传①。苏辙有《论语拾遗》一卷、《孟子解》一卷、《道德经解》二卷。黄庭坚作有《论语断篇》、《孟子断篇》、《庄子内篇论》三种著作②。

　　史学研究，以苏辙《春秋集解》十二卷、《古史》六十卷为代表。王安石有《新经书义》十三卷，《左氏解》十二卷，苏轼有《书传》十三卷，沈括有《春秋机括》二卷，晁补之有《左氏春秋传杂论》一卷。舒亶的《元丰圣训》三卷、《六朝宝训》一部，赵令畤《侯鲭录》一卷，陈师道《后山居士丛谈》一卷，《宋史·艺文志》均入史部。苏辙的《龙川略志》十卷、《别志》八卷，旧时分类入"子部·小说家"中，其实，前者多论朝政，后者纪事信而有征，极力攻击二苏的朱熹，却在其《名臣言行录》采择及半，故具有史学著作的性质。

　　文学和艺术研究，诗学有王安石《新经毛诗义》二十卷，苏轼《东坡诗话》一卷，苏辙《诗集传》二十卷、《诗病五事》一卷，张耒《张宛丘诗说》（一名《诗说》）一卷，陈师道《后山居士诗话》（一名《后山诗话》）一卷；绘画有米芾《画史》（一名《米海岳画史》）一卷，李廌《得隅斋画品》一卷；书法有米芾《米元章书史》（又名《米海岳书史》、《书史》）及《海岳名言》一卷、《宝章待访录》一卷，秦观《法帖通解》一卷。

　　以上诸种著述，关于书画及诗话方面的，今人未必以之为学术著作，但它们在当时却是很有影响的，如米芾的《海岳名言》，以其"心得既深，所言运笔、布格之法，实能脱落蹊径，独凑单微"，而被奉为书家之圭臬③。诸家经学著作，其学术含量都是相当高的。

---

① 晁公武《昭德先生郡斋读书志》卷一之下著录有《东坡论语解》十卷。
② 三者见收于《豫章黄先生文集》卷二十。
③ 《四库全书总目》卷一百十二"子部·艺术类"《海岳名言》提要。

如苏轼的《易传》，成书于元丰四年，直到贬谪儋耳时，还加以订补，其态度可谓十分审慎谨严；而初作时即是秉承其父遗志，又得子由相参，实乃集苏氏父子兄弟之力，是苏氏"易学"的精华，朱熹仅能提出 19 条驳难，而为其所不取者仅 14 条，后来，"李衡作《周易义海撮要》，丁易东作《周易象义》，董真卿作《周易会通》，皆采录其说"（《四库全书总目提要》）。

有些词人，没有学术著作流传下来，但这不能说明他们不从事学术活动。如贺铸，南宋叶梦得《石林居士建康集》卷八《贺铸传》及《宋史·贺铸传》均称他"博学强记"，"家藏书万余卷，手自校雠，无一字脱误"。其究心之深，恐过于一般经师。又如陈师道，徐度《却扫编》卷中称他："学甚博而精，尤好经术，非如唐之诸子，作诗之外，他无所知也。"①又说他"尝以熙宁元丰间事为编年"而成一书，绍圣间被亲属焚毁；又有《解洪范相表》、《阐微》、《彰善》、《持善》数种著作，又作《尚书传》而未成，今皆不存。南宋谢克家称陈师道，"诸经皆有训传，于《诗》、《礼》尤邃"，并对"世徒喜诵其诗文，乃若奥学至行，或莫之闻也"表示不满。②《宋史·艺文志》子部儒家类著录其《后山理究》一卷。晁补之举进士时，"神宗阅其文，曰：是深于经术者，可革浮薄"，而他"尤精《楚词》，论集屈、宋以来赋咏为《变离骚》等三书"③，《宋史·艺文志》集部著录的有《续楚辞》二十卷、《变离骚》二十卷，又录有其《左氏春秋杂论》一卷。可见，元祐词人基本上都兼有学者的品格。

---

① 徐度撰，尚成校点《却扫编》卷中，上海古籍出版社，2012 年，第 131 页。
② 谢克家《后山居士文集叙》，陈师道《后山居士文集》卷首，影印北京图书馆藏宋刻本，上海古籍出版社，1984 年。
③ 《宋史》卷四百四十四晁补之传，中华书局，1985 年，第 13111 页。张耒《晁无咎墓志铭》记有前事而无后事。

　　元祐词人的学术著作,多是从少时即进行研究,然后不断增补、修订,晚年才定稿。上文所言苏轼著《易传》即是如此。又如黄庭坚,他的《论语断篇》、《孟子断篇》、《庄子内篇论》都作于熙宁年间他任北京(今河北大名)国子监教授时。再如苏辙,其《春秋集解》自序称:他自熙宁间谪居高安开始撰写此书,闲暇则加以修改,数易其稿,至元符元年卜居龙州才算完成,而"凡所改定,览之自谓无憾"。他们所表现出来的严谨、勤奋的学术态度和求实的学术精神,与现代学术几无分别,而从中亦可见出,他们的学术活动是纵贯其一生的,他们的学术思想也是前后相承、渐进有序的。这一点对元祐词学而言,尤其重要,它是满足如下假定的一个必要条件,即:如果元祐学术与元祐词坛具有某种关系的话,其前提应该是:元祐诸家的学术活动不是从晚年才开始的,而是在很早就进行了;他们各自的学术思想,应该具有一定的统序性。事实证明,这个前提是成立的。

第二节　　元祐学术精神与元祐词坛风貌

　　元祐词人的学术活动和著述,体现出鲜明的时代精神。其中颇有堪与元祐词学风貌相发明者,抑或可以说元祐词学风貌的形成,与元祐学术不无关系。

　　宋代学术研究自赵宋开国以来,经历了从疑传到疑经、从议圣到拟圣、从义理之学到性理之学的发展过程,每个阶段都有其代表性的人物和著作,而贯穿其始终的,则是它的怀疑情神、现实精神、兼容精神和创新精神[1]。

---

① 这里对宋人学术精神的概括,采用陈植锷先生《北宋文化史述论》(中国社会科学出版社,1992 年)的说法。本节文字的写作,也受到陈先生大著的多方面启发,谨于此致谢。

程颐曾说"学者要先会疑"①,他认为:"《礼记》之文多谬误者。《儒行》、《经解》,非圣人之言也。夏后氏《郊鲧》之篇,皆未可据也。"并怀疑"《周礼》之书多论阙",言:"今之礼书,皆掇拾于煨烬之余,而多出于汉儒一时之傅会,奈何欲尽信而句为之解乎?"②他怀疑向来作为经典的《礼记》、《周礼》都不是圣人的作品。欧阳修甚至天圣七年(1029)应国学试时在其对策中也敢于说:"若乃《诗》、《书》之可疑,圣贤之异行,《乐》所以导和而帅俗,《官》所以共治而建中,此皆圣师之所谈,明问之至要。"认为《诗经》、《尚书》等都值得怀疑。苏轼更为明确地表示:"自仲尼之亡,六经之道,遂散而不可解……至于《书》出于一时言语之间,而《易》之文为卜筮而作,故时亦有所不可前定之说,此其于法度已不如《春秋》之严矣。而况《诗》者,天下之人,匹夫匹妇、羁臣贱隶悲忧愉佚之所为作也。"③将传统经典的神圣性、权威性剥褫殆尽。元祐学术实是宋学的一部分,其精神自与宋学精神一致,在其著述中,首先体现着怀疑精神。苏辙著成《诗集传》一书,认为《诗》的小序反复繁重,类非一人之词,而疑为本是毛公之学,由卫宏加以集录,因惟存其发端一言,而以下余文悉从删汰。稍后的王得臣、程大昌、李樗等人的诗经学著作,皆祖述苏辙之说;一直到现在,他的观点还被学界所认可。

宋代士大夫具有普遍的忧患意识,具有强烈的经世致用思想,其学术往往与现实紧密联系在一起,或是从经典中找出治世之根据,或是从经典的学习中培养从政能力,而具有现实精神。二程尝

---

① 程颢、程颐著,王孝鱼点校《二程集》,中华书局,2004年,第413页。
② 程颢、程颐著,王孝鱼点校《二程集·论书篇》,中华书局,2004年,第70页。
③ 苏轼《诗论》,孔凡礼点校《苏轼文集》卷二,中华书局,1986年,第55页。

对张载夸奖关中学风曰:"关中之士,语学而及政,论政而及礼乐兵刑之学,庶几善学者。"①《四库全书总目》评苏轼《东坡书传》云:"轼究心经世之学,明于事势,又长于议论,于治乱兴亡披抉明畅。"②又评其《易传》云:"大体近于王弼,而弼之说惟畅元(玄)风,轼之说多切人事。"③苏轼的学术思想,是承继其父洵而来。欧阳修为苏洵所作《故霸州文安县主簿苏君墓志铭》中记述苏洵举进士不第而自托于学术时对其所学有评价云:"悉取所为文数百篇焚之,益闭户读书,绝笔不为文辞者五六年。乃大究六经百家之说,以考质古今治乱成败、圣贤穷达出处之际。"④苏门张耒解《诗经》,亦往往结合元祐时事,引申发挥,《四库全书总目》指出其书"如《抑》篇'慎尔出话'一条,盖为苏轼乌台诗案而发;《卷阿》篇'尔土宇昄'章一条,盖为熙河之役而发。余亦多借抒熙宁时事,不必尽与经义比附也"⑤。切于人事,关乎世势,正是元祐学术乃至宋学的精神所在。

　　元祐时期的学术,不但不同派别之间互相影响,互相学习,而且,对所谓的"异端"之说也每加称引取用,表现出兼容并蓄的气度。政治上,蜀党与王学极难相容,而学术上,蜀党吕陶公开承认"王学"有其合理之处:"经义之说,盖无古今新旧,惟贵其当。先儒传注既未全是,王氏之解,亦未必尽非。"⑥洛党程颐讲学时也对王安石的学术见解不加排斥。而宋学本身在发展过程中,就多

---

①　程颢、程颐著,王孝鱼点校《二程集·论学篇》,中华书局,2004年,第1195页。

②　《四库全书总目》卷十一,中华书局,1965年,第90页。

③　《四库全书总目》卷二,中华书局,1965年,第6页。

④　欧阳修撰,李逸安点校《欧阳修全集》卷三十五,中华书局,2001年,第513页。

⑤　《四库全书总目》卷三十五,中华书局,1965年,第137页。

⑥　吕陶《请罢国子司业黄隐职任》,吕祖谦编,齐治平点校《宋文鉴》卷六十一,中华书局,1992年,第906页。

方面地吸取了佛、老之精华以"为我所用",故其兼容精神实渊源有自。明儒及清儒对宋学兼收二氏的特点看得十分清楚。明黄绾说:"宋儒之学,其入门皆由于禅。濂溪、明道、横渠、象山则由于上乘;伊川、晦庵则由于下乘。"①清颜元更说:"论宋儒,谓是集汉、晋释、道之大成者则可,谓是尧、舜、周、孔之正派则不可。"②元祐二年十二月,赵挺之曾劾奏苏轼,云"苏轼学术本出《战国策》纵横揣摩之说"③。而实际上,混一儒墨、博取众长,乃苏氏及宋学之显著特征。苏轼曾说:"余以为庄子盖助孔子者……庄子之言皆实予而文不予,阳挤而阴助之,其正言盖无几。至于诋訾孔子,未尝不微见其意。其论天下道术,自墨翟、禽滑厘、彭蒙、慎到、田骈、关尹、老聃之徒,以至于其身,皆以为一家,而孔子不与,其尊之也至矣。"④他的《易传》已多杂以禅理,苏辙的《论语拾遗》、《古史》、《道德经解》更化用三家思想。苏辙《道德经解》一书成,苏轼为之跋云:"使汉初有此书,则孔、老为一;晋、宋间有此书,则佛、老为不二。"⑤鲜明地亮出他们的学术主张。正如《四库全书总目》此书提要所评:"苏氏之学本出入于二氏之间,故得力于二氏者特深,而其发挥二氏者亦足以自畅其说。是书大旨主于佛老同源,而又引《中庸》之说以相比附。"⑥佛、老既同其源,儒家学说又堪佐证,无疑于说三教同源矣。所以,针对朱熹著《杂学辨》多攻二苏学说,《四库

---

① 黄绾撰,刘厚祜、张岂之点校《明道编》,中华书局,1959年,第12页。
② 颜元《上太仓陆桴亭先生书》,王星贤、张芥尘、郭征点校《颜元集》,中华书局,1987年,第47页。
③ 毕沅《续资治通鉴》卷八十,中华书局,1957年,第2031页。
④ 苏轼《庄子祠堂记》,孔凡礼点校《苏轼文集》卷十一,中华书局,1986年,第347页。
⑤ 苏轼《跋子由老子解后》,孔凡礼点校《苏轼文集》卷六十六,中华书局,1986年,第2027页。
⑥ 《四库全书总目》卷一百四十六,中华书局,1965年,第1243页。

全书总目》特予分析评说，而为辙之《道德经解》作辩曰："攻及此书，则不揣其本而齐其末，不如径攻老子矣。"①

宋儒特别强调不盲从古人，不迷信权威，不同于他人，提倡自立自断、自成一家。王安石说："某尝学《易》矣，读而思之，自以为如此，则书之以待知《易》者质其义。"②二程论学时说："思索经义，不能于简册之外脱然有独见，资之何由深，居之何由安？非特误己，亦且误人矣。"③程颐又论创新云："君子之学必日新，日新者日进也。不日新者必日退也，未有不进而不退者。"④张载也说，"须是自求。己能寻见义理，则自有旨趣。自得之，则居之安矣"，"志于道者，能自出义理，则是成器"。⑤创新精神同样见于元祐诸家的学术著作中。如，熙宁年间，王安石执政，以其所著《三经新义》颁布天下，成为取士标准，苏轼就极为不满，而作《东坡书传》，多驳其非⑥，后被朱熹认为是诸家《书》解中最好者。关于《诗经》的小序，历来多认为是孔子作，好立新意的王安石和程颐也以为非圣人不能作，而苏辙独提出异议，以为是卫宏所集录的毛公之言。甚至二苏之间也相互责难。如《论语》一书，二苏都曾加以解说，苏辙先著《论语略说》，苏轼谪居黄州时，撰《论语说》，对苏辙之说取十之二三；大观年间，苏轼已没，苏辙闲居颍滨，复取轼说之未安者，著成《论语拾遗》，其明显驳难苏轼之说者就有三条。

以上，大致归纳了元祐学术暨宋学的四个主要精神，其可资发

① 《四库全书总目》卷一百四十六，中华书局，1965年，第1243页。

② 王安石《答韩求仁书》，王水照主编《王安石全集》，复旦大学出版社，2016年，第1293页。

③ 程颢、程颐著，王孝鱼点校《二程集·论学篇》，中华书局，2004年，第1186页。

④ 程颢、程颐著，王孝鱼点校《二程集》，中华书局，2004年，第325页。

⑤ 张载《义理》，章锡琛点校《张载集》，中华书局，1978年，第273、274页。

⑥ 参晁公武撰，张猛校证《郡斋读书志校证》，上海古籍出版社，1990年，第58页。

明元祐词学者,已不需详论而自明。盖元祐词坛的总体风貌有两大突出的表征,其一曰"以诗为词"的共同倾向,其二曰风格的多样并存。时人及后人评苏轼之词,每曰:"以诗为词";黄庭坚评晏几道词,曰:"寓以诗人之句法";而晁补之评山谷词,亦曰:"著腔子唱好诗";人评后山之词,又曰:"妙处如其诗";评李之仪词:"直是古乐府俊语";评释仲殊:"非世俗诗僧比";贺铸自谓其作词:"吾笔端驱使李商隐、温庭筠,常奔命不暇。"无论是他们自评,还是他人、后人评他们;无论是从肯定的意思出发还是寓含微词,总是以诗为参照系,以诗的标准衡量他们的词,认为他们的词具有诗歌的特征。今人对加于苏轼身上的"以诗为词"每予辩护,但却未曾注意到:"以诗为词"恰是东坡词乃至元祐词坛的一个客观创作事实,是元祐词的重要特征之一,也是元祐词坛对词史的最大贡献。元祐词家打破诗词各自固有的畛域,援诗入词,增大了词的题材容量,丰富了词的表现手法和表现形式,扩大了词的功能,将它从狭隘的藩篱中解放出来,赋予它以崭新的生命。显然,"以诗为词"不是简单的形式问题,它的背后隐藏着开放的、具有兼容精神的宋学思想,是熔冶百家、以为我用的元祐学术精神的生动体现。

这段时期荟萃名家如此之多,各家之间关系如此之密切,作品思想价值和艺术成就如此之高,在两宋词坛固然首屈一指,放眼整个词史似乎亦难寻其二。然而,一旦人们想要像对待其它词学现象那样,用一句简洁明了的话、一个常见的词学术语对它加以概括,就会发现,这是一件很棘手的事,甚至根本就无法做到,譬如,称它为"苏门词人"或"苏门词人群体",表面看来,似乎比较接近,其实,难以周详。因为"苏门"只是表示词人关系的不太严密的称呼,不是严格的词学意义上的称呼。事实上,隶属"苏门"的词人,风格差异也比较大,故吴梅先生拈出北宋词坛"迭长坛坫,为世诵习者"八家,而以贺铸、秦观与东坡并峙①。这就是元祐词坛另一显明的风貌:多元风格并存。元祐词家登上词坛之初,柳永已不在人世,但其"浅斟低唱"的"旖旎近情"②之作却仍然一统天下,柳词虽不能说是当时惟一声音,却代表最好的声音。这与学术、政治思想领域王安石"一道德"说相为表里。苏轼等人勇锐地打出"独创"的旗号,以词抒写自己的生活、情感,以词运用于各种文学场合。从反对"王学"的"好使人同己"开始,到苏轼明确标榜自己在柳词之外另立一家,到他不满秦观学柳,无不表明,元祐词坛的主流倾向是反对依傍他人、随人作计,而崇尚戛戛独造、开拓创新。当然,创新并不是不学习前人,不学习他人,但一切学习的目的都是为了养成自家面目,成就独具特色的个人风格。所以,表面看来,苏轼干预秦观学柳,有违"自由"之旨趣,而实质上,只有抛开一切典范,独运匠思,才能获得真正的"自由",才能真正进入艺术创作的"自由王国"。苏轼成为文坛祭酒以后,并未要求众门下"同己",黄、秦、晁等人也不特意地去向东坡风格靠拢,而是各人坚持走各人的创作路子,保持自家面目。另外,他们不但相互之间自由批评,而且,还敢于发表对苏轼词作的不同意见,甚至不是恭敬之辞。这些,与元祐学术的怀疑精神、创新精神是一脉相承的。

科举时代,士子们必须诵读四书、五经等儒家经典著作及权威注疏,其学术兴趣往往很早就培养起来了,学术方法和学术思想也从那时起渐渐形成,而倚声填词的功夫显然要晚一些。正因为如此,学术活动才有可能对其词创作产生一定的影响。元祐主要词家或有学术专著流传,或曾经有过而未能传下来,或从事过学术活

---

① 吴梅《词学通论》第七章《概论二·两宋》,人民文学出版社,2018 年,第 90 页。
② 《四库全书总目》卷一百九十八,中华书局,1965 年,第 1807 页。

动而未形诸著述,总之,他们多是博闻深思、学有根柢之人,不随人短长,而又能吸取别人的优点融化以成自家面目。故其词风格自异,而得于学术精神者则同。

第三节　元祐学术对元祐词创作的双面影响

元祐学术不单在词坛风貌的形成过程中具有一定的作用,对词创作本身也发挥着相应的影响。这种影响需要从积极的和消极的两方面进行分析。

黄庭坚指导人作诗时曾说,"所寄《释权》一篇词笔纵横,极见日新之效。更须治经,深其渊源,乃可到古人耳","诸文亦皆好,但少古人绳墨尔。可更熟读司马子长、韩退之文章"。[1] 又说:"诗政欲如此作,其未至者,探经术未深,读老杜、李白、韩退之诗不熟耳。"[2]他认为对方的诗尚未达至一定境界,未臻于完美,其原因即在于经术不深,研读前代名家之作不熟,他所反复强调的,一是研治经术,二是多读书,这两个方面又可合起来理解。而诗词一理,其适于诗歌者,亦适于词。

元祐诸公以学者身份为词,其学术影响施之于词创作者,首先当是词的议论化倾向。宋学特重义理,义理的阐发须出以议论之笔,故议论实是宋儒常用之法。元祐词人腹笥既厚,濡染亦深,不经意间,便流露出议论的痕迹,尤以怀古词为著。政治家王安石的

---

① 黄庭坚《答洪驹父书》,刘琳、李勇先、王蓉贵点校《黄庭坚全集》正集卷十八,四川大学出版社,2001 年,第 475 页。

② 黄庭坚《与徐师川书》,刘琳、李勇先、王蓉贵点校《黄庭坚全集》正集卷十九,四川大学出版社,2001 年,第 479 页。

《桂枝香·金陵怀古》最喜议论,姑且不说,其《浪淘沙令》亦云:

> 伊吕两衰翁。历遍穷通。一为钓叟一耕佣。若使当时身不遇,老了英雄。　　汤武偶相逢。风虎云龙。兴王只在笑谈中。直至如今千载后,谁与争功。

认为历史上留下赫赫功名的伊尹、吕尚的穷通变迁,商汤、周武王的君臣际合,都是偶然之间的事情,假使当初伊、吕不遇,也会像普通人一样老死而埋没其才;若是汤武君臣不能风云际会,又何谈千载之下的不世功勋! 这颇有晚唐小杜"东风不与周郎便"的翻案作风。李之仪《雨中花令》:

> 休把身心攒就。著便醉人如酒。富贵功名虽有味,毕竟因谁守。　　看取刀头切藕。厚薄都随他手。趁取日中归去好,□莫待、黄昏后。

富贵功名引人追求,但得到富贵后到头来又有何用? 如同以刀切藕,是厚是薄,听由别人掌管,一旦被名利拘束,岂不同样如此! 这类作品数量不在少数。

元祐词人往往对社会和历史的变化、朝代的兴衰更替、生命的真谛、个人的宠辱得失,表现出积极的思考和热烈的关怀。他们常常反省自己的所作所为,并试图从寻常的普通事件中发现其蕴涵着的哲理。他们又喜欢"标新立异",善于运用逆向思维方法,从前人、他人的观点或诗词中激发灵感,所以,他们的词作与《花间集》以来的婉丽、绵密、柔缓风格相比,议论化的成分大增,确可称之为"别调"。

　　学术影响于元祐词创作的第二个方面，是使词中洋溢着浓郁
的人文旨趣。黄庭坚论作诗时曾说："词意高胜，要从学问中
来。"①苏轼也认为"腹有诗书气自华"②。在他们看来，有无学问直
接关涉到作品气格的高下，韵趣的浅深。与元祐诸家同时的李复
认为杜甫"深于经术，其言多止于礼义。至于陶冶性灵、留连光景
之作，亦非若寻常之所谓诗人者"③。这里仿佛也有着文、野之分。
李清照论词较为认可秦观，认为他同晏几道、贺铸、黄庭坚四人是
极少数知道词"别是一家"的人，但她仍然着眼于词人的学养与词
的韵、格之间的关系，对秦提出了严厉的批评，说："秦即专主情致，
而少故实，譬如贫家美女，虽极妍丽丰逸，而终乏富贵态。"④这里
的"富贵态"，指的应是词所显示出来的主体的学术底蕴及其文化
气质。如前所述，秦观因为学柳曾遭东坡批评，再联系李清照的
话，似乎可以这么认为：秦词之"病"，其要害可能即在于学术的粗
疏，他是苏门中词名最著而学术最不足以匹之的一人⑤。据秦观
自述，他也尝"取经传子史事之可为文用者，得若干条，勒为若干
卷，题曰《精骑集》"⑥。可见，学养及其所流溢出来的醇味厚旨，乃

---

①　黄庭坚《论作诗文》，刘琳、李勇先、王蓉贵点校《黄庭坚全集》别集卷十一，四川大学
　　出版社，2001年，第1684页。胡仔《苕溪渔隐丛话》前集卷四十七引用时，"词意"作
　　"诗词"。

②　苏轼《和董传留别》，王文诰辑注，孔凡礼点校《苏轼诗集》卷五，中华书局，1982年，
　　第221页。

③　李复《与侯谟秀才》，魏涛点校整理《李复集》卷五，西北大学出版社，2015年，第56页。

④　李清照《词论》，胡仔撰，廖德明校点《苕溪渔隐丛话》后集卷三十三引，人民文学出
　　版社，1962年，第254页。

⑤　《百陵学山》、《夷门广牍》、《说郛》、《知不足斋丛书》、《龙威祕书》、《艺苑捃华》等丛
　　书所收《蚕书》一卷，皆题宋秦观撰，属于农学著作，但宋人未说何人所作，《四库全
　　书》则归于秦湛名下。湛，字处度，秦观之子。

⑥　秦观《精骑集序》，秦观撰，徐培均笺注《淮海集笺注》，上海古籍出版社，2000年，第
　　1546页。

长期的、严谨的学术生涯的结果,非耳食目略者所能比。然而,从"经传子史"中摘取若干事,条分而类别之,以为创作之资,实不失一个简便的方法。苏轼曾批评唐代诗人孟浩然的诗"韵高而才短,如造内法酒手,而无材料"[①],东坡所说"材料",即谓"经传子史"中的故实。他开出的对症良方就是"不如默诵千万首,左抽右取谈笑足"[②]。通过读书、学习而得到的这些材料,正是李清照所谓的"故实",它不是简单的字面层次上的用典问题,还包括从经典中炼取题材、熔铸意象,等等。

元祐词的故实处处可见。不独贺铸笔下常现李商隐、温庭筠等人的诗句、诗意、诗境,即使秦观,其词在常见典故外,亦不乏出处较为冷僻而又被熔化无痕者,至其名句"斜阳外,寒鸦万点,流水绕孤村"(《满庭芳》),本出自隋炀帝"寒鸦千万点,流水绕孤村",一时之间众人皆以为是其独创,而"蒙蔽"许多人,胡仔还专门为之辨别[③]。而苏轼、黄庭坚诸人的词,所用"故实"甚至扩大到老庄之籍和佛释内典,更在经、史之外。南宋刘辰翁说:"词至东坡,倾荡磊落,如诗如文,如天地奇观,岂与群儿雌声学语较工拙。然犹未至用经用史,牵'雅'、'颂'入郑卫也。"[④]此言颇令人费解,因为苏轼词中运用经史典故的地方实在很多。下文论及诸家七夕词的部分将指出:与曾经创作过七夕词的柳永、张先、欧阳修的词相比,元祐词人"新发现"了两个七夕典故,并对它们进行了创造性的使用。

---

① 陈师道《后山诗话》,何文焕辑《历代诗话》,中华书局,2004 年,第 308 页。
② 苏轼《次韵孔毅父集古人句见赠五首》之四,王文诰辑注,孔凡礼点校《苏轼诗集》卷二十二,中华书局,1982 年,第 1157 页。
③ 胡仔撰,廖德明校点《苕溪渔隐丛话》后集卷三十三引《艺苑雌黄》,人民文学出版社,1962 年,第 248 页。
④ 刘辰翁《辛稼轩词序》,《须溪集》卷六,《丛书集成续编》,台北新文丰出版公司,1988年,第 108 页。

其实,元祐词中的"新"故实何止一处两处。对这些深于经术、通览百家者而言,在创作时,不是他们去搜寻故实,而是各种故实辐辏杂沓,纷攘自效,宜其多且"新"也。元祐词中"集句"一体、隐括一体,应是词人们以学问为词、化用前人故实的典型体现,或有径斥为"文字游戏"者,实亦未深究这段时期的文化背景及元祐诸人的学者身份。

议论化和人文旨趣,为元祐词坛打上了鲜明的时代烙印,在它与以前的文人词之间划开了一条界线;也扩大了词的题材范围,丰富了词的表现手法,增加了词的文化含量,提高了词的品格地位;还给予后世特别是南宋的辛、刘等词人以很大的创作启迪。

然而,正如马克思所说:"辩证法在对现存事物的肯定的理解中同时包含对现存事物的否定的理解。"[①]列宁也指出:"一般说来,辩证法就在于否定第一个论点,用第二个论点去代替它(就在于前者转化为后者,在于指出前者和后者之间的联系等等)。"[②]事物总是以其矛盾着的两个方面相对存在的,并随着矛盾双方的斗争而相互转化。元祐学术给元祐词坛带来了议论化、人文旨趣两大显明的特色,同时也不可避免地造成了一些负面影响,留下值得人们深刻记取的创作教训。

其一,过度的议论化,难免减少词的形象性和抒情性,使词流于说理论道,而损害其文学价值。词毕竟是抒情文学,而非"载道"之具;它讲究抒情的微婉曲折,忌讳直露;它不排斥议论手法,但不能纯是议论。故词家而使用议论之法,必时时有履于薄冰之上、置身达摩克利斯剑下之谨心,稍一纵意,便可能导致失败。元祐词人

---

① 　[德]马克思《〈资本论〉第一卷第二版跋》,见《马克思恩格斯选集》第 2 卷,人民出版社,1966 年,第 218 页。

② 　[苏联]列宁《哲学笔记》,人民出版社,1956 年,第 244 页。

多数具有娴练运用各种文字技巧、各种文学手段的能力，真正做到"随心所欲不逾矩"，然说理过度、直露之弊、以议论代替形象之拙，仍是存在。严羽论诗曾曰："诗有词理意兴。南朝人尚词而病于理；本朝人尚理而病于意兴；唐人尚意兴而理在其中；汉魏之诗，词理意兴，无迹可求。"①元祐诸公"以诗为词"，其词之失，正与诗同。苏轼少数谈禅语玄之作，黄庭坚那些瘦硬劲峭的作品，都属于此类。而颇遭人议论的秦观的词，气格孱弱固是缘于学术不深的一病，然其形象性、抒情性的特点，在元祐诸家中又是最为突出、最受人褒扬的。

其二，书卷气固然可以部分程度上弥补直露之不足，然故实过多，又可能出现一定的"头巾气"，有"掉书袋"之虞。南宋沈作喆尝批评说"黄鲁直离《庄子》、《世说》一步不得"②，清王夫之也说苏、黄"除却书本子，则更无诗"③。他们的词虽然尚未如此严重，而"头巾气"却不时可闻。平心以论，后人对苏、黄的研究，有不少精力是放在释笺这些故实上，甚或以得到真解确说为喜，这可以说是后人之悲，也不能不说是苏、黄之失。元祐词家提倡自成一家，独出机杼，而大量的故实必将模糊、淹没他们的独创性，牵制了他们个人情感的抒发，使他们不能进一步做到"自铸伟词"。

---

① 严羽著，郭绍虞校释《沧浪诗话校释》，人民文学出版社，1961 年，第 148 页。
② 沈作喆《寓简》卷八，《丛书集成初编》，中华书局，1985 年，第 61 页。
③ 王夫之《夕堂永日绪论》，王夫之著，戴鸿森笺注《姜斋诗话笺注》，上海古籍出版社，2012 年，第 122 页。

第四章　佛禅与元祐词坛

　　词学上以苏轼及其弟子为主要作家的的元祐时期，禅宗最为流行。临济宗黄龙慧南（1002—1069）和杨歧方会（992—1049）分别开创黄龙、杨歧二派，方会再传为法演（？—1104），三传为圆悟克勤（1063—1135）；云门宗有雪窦重显（980—1052）而大振宗风，五世大觉怀琏（1009—1090）进一步光大宗门，亲自住持汴京兴禅院。曹洞宗自洞山嫡传云居道膺不绝如缕，至此期六世芙蓉道楷（1043—1118）而渐盛，再经丹霞子淳（1064—1119）传宏智正觉（1091—1157），提昌默照禅，与临济宗的看话禅并行。此前，临济宗禅师汾阳善昭（947—1024）用颂古的形式咏唱禅宗公案，成《颂古百则》。这是禅宗史上出现最早、规模最大的颂古诗。接着，云门宗雪窦重显《颂古百则》，曹洞宗投子义青（1032—1083）、丹霞子淳（1064—1117）、宏智正觉（1071—1157）都创作了同类诗歌。他们将禅与诗结合起来，而出以具体鲜明的形象、意境。圆悟克勤更应无尽居士张商英及其门人之请，宣讲演唱雪窦的《颂古百则》，经门人记录整理而成被公认为"禅门第一书"的《碧岩录》，它再把公案、颂古和佛教经论结合起来，根据佛禅理论，解释、发挥那些公案。

　　宋初一些正统学者，坚持传统伦理观念，多排斥佛教，并撰文反对，如孙复《儒辱》、石介《怪说》、李觏《潜书》、欧阳修《本论》，尤以欧阳修影响为巨。同欧阳修等人的排佛、去佛不同,元祐主要词人多与佛禅建有各种关系,他们的作品中,留下了与僧人交往的各种文字,词是其中一种。这时还出现了一些词僧,如寿涯禅师、圆禅师、则禅师、了元(即佛印)等,他们流传的词作数量不多,但在禅与词的关系上无疑添上了重重的一笔,而释仲殊本身亦禅亦词,可以看作是词与禅结缘的形象说明。禅有时直接化用、借用甚至完全搬用文人诗词,而赋予新的理解,以表达禅思;文人有时也借用、化用禅语禅句表情达意。故禅与文人及其词(诗歌)之间,交互为用,相互影响。

第一节　佛禅语言与元祐词坛

词与佛禅关系,第一层次是语言,首先是运用佛语禅句入词。苏轼《西江月·真觉赏瑞香二首》"老夫鼻观先通",鼻观本佛教观想法,观鼻端白,词中指作为六尘之一"香"之"体"的嗅觉。《临江仙》(我劝髯张归去好)之"尘心消尽道心平",《蝶恋花》(泛泛东风初破五)之"天公为下曼陀雨",《南歌子》(苒苒中秋过)之"寓身化世一尘沙",皆用佛语。黄庭坚《沁园春》(把我身心):"恨一回相见,百方作计,未能偎倚,早觅东西。镜里拈花,水中捉月,觑著无由得近伊。"以镜花水月比喻可望难即。《两同心》"一笑千金"一阕之"自从官不容针","秋水遥岑"一阕之"更说甚、官不容针",其中"官不容针",往往与"私通车马"相连,早已是禅林公语,《禅林僧宝传》、《五灯会元》等禅集用得十分普遍。如《五灯会元》卷十二北宋瑞州大愚山守芝禅师与僧问答之语:"虽然如是,官不容针,私通车马。"意谓禅宗虽然不立文字,但为了接济学人,往往也"放一线道",开方便门,通过语言进行暗示启发。黄庭坚的词类乎歇后语,出以前句而意在后句。秦观《河传》(乱花飞絮)"若说相思,佛也眉儿皱",《满园花》(一向沉吟久)"近日来,非常罗皂丑,佛也须眉皱",拉佛来比况相思之深之苦。李之仪《更漏子》(暑方烦)有"心清闻妙香";《西江月》(昨夜十分霜重)有"好事寄来禅侣";《南乡子》(春后雨余天)有:"欲问此情何所似,缘延。看取窗间坠柳绵。"黄裳《瑶池月·烟波行》:"况是物、都归幻境,须臾百年梦,去来无定。"陈师道《满庭芳》(闽岭先春):"笙歌散,风帘月幕,禅榻鬓丝斑。"以及《南乡子》(晴野下田收):"禅榻茶炉深闭阁,飕飕。横雨旁风不到头。"贺铸《临江仙》(暂假临淮东道主):"筋骨难强,久坐沐猴禅。"禅榻、坐沐猴禅,都表明自己参禅。晁补之《一丛花》(碧山无意解银鱼):"文史渐抛,功名更懒,随处见真如。"真如指佛性。

在这个层面,佛禅的影响仅仅限于语词的运用。秦观词的佛皱眉,是把佛当作一种存在,虚幻的存在,像"天"一样,与他的"闷损人,天不管"(《河传》之"恨眉醉眼"阕),"天还知道,和天也瘦"(《水龙吟》),"天若有情,天也为人烦恼"(《失调名》),表达的是同一意思。陈师道词中的"禅榻",是一件与禅相关的物事,表明他有参禅的行为。黄庭坚、米芾、李之仪等人词中的禅语,是对语言的一种特殊引用,或与佛相关,如米芾的词,或已经化为普通语言,如黄庭坚的词。这些语辞,属于偶尔出现,不占词的主要篇幅,此外别无禅意佛趣,禅语不参与词的内容、审美的构建。

佛禅对词语言的影响,还体现在词大量使用口语、俗语。禅宗反对任何形式的区别对待,强调"凡圣同居",本无所谓语言的"雅俗"之别;同时,主张"平常心是佛",佛法存在于一切事物中,瓦砾石块、着衣吃饭都是佛,"信手拈来草,无可无不可","吃饭吃茶无别事,见山见水总皆然"。故禅语不尚浮华,朴实自然,一如三家村里纳税汉及婴儿所说,活泼、生动。宋词之使用口语,不自元祐始,柳永的许多词,都采用当时的民间口语。然在元祐前,似乎也只有柳词如是,张先、晏殊、欧阳修三大家之词,口语、俗语很少见。元祐词人,黄庭坚、秦观、晁端礼等人,便是这方面的行家,这在整个宋词中,都是不可多得的。大量以口语、俗语入词,显然是元祐词的特点之一,这与禅宗的影响不无关系。黄庭坚《江城子·忆别》(新来曾被眼奚搐)、《归田乐引》两首、《归田乐令》(引调得)、《望远行》(自见来)、《鼓笛令》四首、《丑奴儿》(济楚好得些)、《少年心》(对景惹起愁闷),及《千秋岁》(世间好事)中的"奴奴睡,奴奴睡也奴奴睡",数量甚多。秦观《满园花》(一向沉吟久)之"我当初不合、苦撋就。惯纵得软顽,见底心先有。行待痴心守。甚捻着脉子,倒把人来僝僽"云云,还有《品令》二首直接用高邮方言入词,向来为人津津乐道。晁端礼的词,通篇口语的,不下二十阕,如《河满子》(草草时间欢笑)、《踏莎行》(骂女嗔男)、《一落索》(道着明朝分袂),等等。且欣赏其《滴滴金》一阕:

> 庞儿周正心儿得。眼儿单、鼻儿直。口儿香、发儿黑。脚儿一折。　　从来薄命多阻隔。未曾有恁相识。除非烧香做功德。且图消得。

全词就用女孩儿的直白口语说出,并一连用了七个儿化语。晁补之词也用口语,《蓦山溪》云:

> 自来相识,比你情都可。咫尺千里算,惟孤枕、单衾知我。终朝尽日,无绪亦无言,我心里,忡忡也,一点全无那。　　香笺小字,写了千千个。我恨无羽翼,空寂寞、青苔院锁。昨朝冤我,却道不如休,天天天,不曾么,因甚须冤我。

也是模拟人的口语情态。苏轼词口语俗语可能没有这几位词人的多，但也不是没有，像《减字木兰花·赠胜之》下阕：“今来十四，海里猴儿奴子是。要赌休痴，六只骰儿六点儿。”

尤其重要的是，禅宗为了破除学人的凡圣迷执，道其开悟，每每以一些粗俗恶劣甚至污秽的字眼回答问法者，把被寻法者奉为尊贵、清净、庄严的佛、法身等同于干屎橛、厕坑头筹子，等等。《五灯会元》卷七龙潭信禅师法嗣：

> 这里无祖无佛，达磨是老臊胡，释迦老子是干屎橛，文殊普贤是担屎汉，等觉妙觉是破执凡夫，菩提涅盘是系驴橛，十二分教是鬼神簿、拭疮疣纸，四果三贤、初心十地是守古冢鬼，自救不了。①

可谓极呵佛骂祖之能事。卷十一汝州叶县广教院归省禅师：

> 问：“如何是金刚不坏身？”师曰：“百杂碎。”曰：“意旨如何？”师曰：“终是一堆灰。”……问：“如何是清净法身？”师曰：“厕坑头筹子。”问：“如何是戒定慧？”师曰：“破家具。”②

《临济录》载：

> 时有僧问：“如何是无位真人？”……云：“无位真人是什么干屎橛！”便归方丈。③

---

①② 普济著，苏渊雷点校《五灯会元》卷七、卷十一，中华书局，1984 年，第 374、688 页。
③ 《镇州临济慧照禅师语录》，颐藏主编集，萧萐父、吕有祥点校《古尊宿语录》卷四，中华书局，1994 年，第 56 页。

又，《禅宗颂古联珠通集》卷二十一保宁勇颂："撒尿撒屎浑闲事，浩浩谁分臭与香。"此类语甚多，禅典中随处可遇。这种语言风格影响到元祐词，使俗语的运用远过柳词。黄庭坚词《望远行》（自见来）"这䐈尿粘腻得处煞是律"，"䐈尿"应该就是"屎尿"。《鼓笛令》（见来两个宁宁地）将男女之间的眉目传情形容为"眼厮打、过如拳踢"，写女子故意嗔骂情郎："腊月望州坡上地，冻着你、影躲村鬼。"晁端礼《痴人娇》（旋剔银灯）写男子端详女子容貌，见其十分漂亮而形容为："端相一晌，揉搓一晌。不会得、知他甚家娘养。"在词中都显得极为粗俗，然别有情趣。

禅宗语言本自平常朴实，但在语言的组织上，却常常奇特怪异，不与日常语言同。这些特殊句式与话语方式，一经词家活用，便益发灵活精警，顿放异彩。

禅师开启学人，有时用看似矛盾荒谬的句式，使之超越语言的束缚，祛除区分对立的俗念。《五灯会元》卷二十法忠禅师："张公吃酒李公醉，子细思量不思议。"[①]卷十二可真禅师："南山起云，北山下雨。"[②]《古尊宿语录》卷六道踪禅师："新罗国里坐朝，大唐国里打鼓。"[③]《续古尊宿语要》卷三白云端禅师："李公醉倒街头，自是张公吃酒。"[④]《碧岩录》卷一圆悟克勤宣讲沩山问"适来新到在什么处"语云："东边落节，西边拔本，眼观东南，意在西北。"[⑤]凡此，皆运用"不二法门"，强调诸法从缘生，从缘灭，此有彼有，此灭彼灭，故须超越一切对立，回归纯明本心。苏轼《醉落魄》（轻云微

[①②] 普济著，苏渊雷点校《五灯会元》卷二十、卷十二，中华书局，1984 年，第 1312、729 页。

[③] 赜藏主编集，萧萐父、吕有祥点校《古尊宿语录》卷六，中华书局，1994 年，第 96 页。

[④] 师明编集《续古尊宿语要》卷三，《续藏经》第 118 册，台北新文丰出版公司，1994 年，第 948 页。

[⑤] 圆悟克勤《碧岩录》卷一，《续藏经》第 117 册，台北新文丰出版公司，1994 年，第 262 页。

月）："家在西南，常作东南别。"词人为官东南，常为离情别绪所苦，加之远离家乡，情何以堪。词表达的是客中别离之情，但方式显然比"客中送客"之类生新别致。类似的还有苏轼《蝶恋花》（花褪残红青杏小）："墙里秋千墙外道。墙外行人，墙里佳人笑。笑渐不闻声渐悄。多情却被无情恼。"又，苏轼《江神子》"梦中了了醒时醉"，王诜《蝶恋花》（钟送黄昏鸡报晓）"忙处人多闲处少"，晏几道《秋蕊香》（歌彻郎君秋草）"无情莫把多情恼"，等等。

　　唐代诗僧王梵志有诗云："梵志翻著袜，人皆道是错。乍可刺你眼，不可隐我脚。"表现出故意与人不同，因为"禅宗否定外在的权威，突出本心的地位，以起'疑情'为参禅的基本条件，以唱反调为顿悟的重要标志，'即心即佛'可翻作'非心非佛'，'时时勤拂拭，莫使惹尘埃'可翻作'本来无一物，何处著尘埃'，破关斩壁，转凡入圣，大抵都有点'翻案'的精神。禅宗起疑情、唱反调一般都以一则公案、一个话头或一首偈颂为对象，这就启示宋诗人以前人作品为对象，从中翻出自己的新见解、新意境、新风格来"[①]。由王梵志的诗衍出翻著袜法，亦即翻案法，后来再衍生为江西诗派乃至宋诗的一大艺术法门，在诗学批评中招致众多争议。殊不知，此法被元祐词人运用得更加充分。李贺《金铜仙人辞汉歌》有名句"天若有情天亦老"，苏轼《满江红·正月十三日送文安国还朝》首句则云："天岂无情，天也解、多情留客。""万事转头空"本是佛语及世俗常用语，苏轼《西江月·平山堂》则翻一层说："休言万事转头空，未转头时皆梦。"文学作品中的"断肠"，本来来自一个惨痛的传说，是极端痛苦的代名词，秦观《阮郎归》（潇湘门外水平铺）结尾云："人人尽道断肠初，那堪肠已无。"肠早已无，意思是比断肠更苦；而陈师道

① 周裕锴《宋代诗学通论》，巴蜀书社，1997年，第196—197页。

《木兰花》(阴阴云日江城晚)则云:"不辞歌里断人肠,只怕有肠无处断。"又翻一层。苏轼有名句"明日黄花蝶也愁",在《九日次韵王巩》诗里用,在《南乡子·重九涵辉楼呈徐君猷》词中再次出现:"万事到头都是梦,休休。明日黄花蝶也愁。"陈师道《南乡子·九日用东坡韵》直接翻其案:"人意自阑花自好,休休。今日看时蝶也愁。"翻案法使词之语汇得以丰富发展,出新出奇。

其它如禅宗的"点铁成金"法、"夺胎换骨"法,背触法,以及独特的问答法,在词中都有浅深不同的运用,因限于篇幅,不一一细述。

第二节　佛禅思想、意象、意境与元祐词坛

佛禅与词之关系第二层次,意义层,是化用佛禅思想、意象、意境,来表达作者的思想、抒发作者的情感。这是佛禅影响的深化。佛教有着"像教"别称,本不离形象;禅宗为了接引学人,更是不免入泥入水,施以金针,渡以津筏,虽着形露相,粘皮滞骨,而"老婆心切",慈悲为怀。故佛禅具有十分丰富的形象资源,往往成为文学创作资用的宝库之一。化用禅宗意象,始终是元祐词人创作的兴趣所在,其中著名的有牧牛、明月、渔父、散花、澡浴、拈花等。这里仅举牧牛、散花两个意象,略窥一斑。

"牧牛图"及颂,是禅宗最形象直观的一种意象。禅宗认为:心性本静,无奈色、声等六尘凭依六根为贼,自劫家宝,导致狂牛放荡,心国不宁,必须调伏妄心,制伏这头牛。此即禅宗《住鼎州梁山廓庵和尚十牛图颂并序》(往往简称《十牛图》),以十幅图画,并诗(颂)、文(著语)的形式,表示从觅牛到得牛还家而又不居正位,回归现实中,露足跣胸,赤条条、净洒洒的全过程。十幅图的题目分

别为：《寻牛》、《见迹》、《见牛》、《得牛》、《牧牛》、《骑牛归家》、《忘牛存人》、《人牛俱忘》、《返本还源》、《入廛垂手》。晁补之《满庭芳·用东坡韵题自画〈莲社图〉》："社中客，禅心古井无波。我似渊明逃社，怡颜盼、百尺庭柯。牛闲放，溪童任懒，吾已废鞭箠。"黄庭坚《南歌子》："庖丁有底下刀迟，直要人牛无际是休时。"这两首词所用意象，应该说皆来自牧牛图，且皆属于第八重境界（图），其禅颂为："鞭索人牛尽属空，碧天辽阔信难通。红炉焰上争容雪，到此方能合祖宗。"大意是说：骑牛归家还是不够，不但要人牛俱忘，连使用的工具鞭、索（晁补之的词加上了牧童所披蓑衣）也要忘却；不但迷惑的心脱落了，连觉悟的心也不要存在。所谓"凡情脱落，圣意皆空。有佛处不用遨游，无佛处急须走过"（著语），一切得失、善恶、美丑、高低、贵贱、生死之相对观念，如片片飞雪，被自性的炉火消融于绝对，如此才算是祖师禅之境界。

佛经中散花、天女形象甚多，广为人知者莫过《维摩经·观众生品》中的维摩诘事：居士维摩诘有病，世尊佛遣诸人问疾，"时维摩室有一天女，见诸大人闻所说说法，便现其身，即以天华散诸菩萨、大弟子上，华至诸菩萨即皆堕落，至大弟子便著不落。一切弟子神力去华，不能令去"。天女散花本来是验证诸菩萨、声闻的向道之心，若结习未尽，花则著身。进入文学作品中，用来形容雪花纷飞或空中飘洒的景象。苏轼《三部乐·情景》："何事散花却病，维摩无疾。却低眉、惨然不答。"《殢人娇·赠朝云》："白发苍颜，正是维摩境界。空方丈、散花何碍。"这两处，还都缠绕佛经故事，与生病的维摩诘形象相伴随，但散花、天花仍然有其形象。李之仪《蓦山溪·采石值雪》："匀飞密舞，都是散天花，山不见、水如山，浑在冰壶里。"以天女散花模仿雪花，"匀飞密舞"是描摹雪花也是想象当日天花飞舞的情景。米芾《渔家傲·金山》："宝阁化成弥勒世。龙宫对。时时更有天花坠。"将金山寺的庄严、树花的飘落,同佛教的传说揉和一处,虚虚实实,空灵蕴纳。

佛禅思想影响到词,具代表性的是人生如梦似幻,万事皆空。"佛家讲'如梦',是因为我、法两空,比中国固有的老、庄思想深刻得多。"①苏轼《念奴娇·赤壁怀古》的"人生如梦",《南乡子》的"万事到头都是梦,休休",《醉蓬莱》的"笑劳生一梦",《西江月》的"世事一场大梦",久为人所熟知。苏辙《渔家傲》云"七十余年真一梦……忧患已空无复痛",梦、空,正是佛家思想,苏辙以之表现自己暮年经历世事后参透人生的境界,忧患、痛楚都不复侵蚀于心。黄裳《瑶池月》下阕:"更安得、世味堪玩。道未立、身犹是幻。浮生一梭过,梦回人散。卧松庵、当会灵源,现万象、无中须看。"身体是虚幻,人生如浮沤如梦寐,转瞬即逝,是万象中的"无"。宗室词人赵令畤《西江月》:"人世一场大梦,我生魔了十年。明窗千古探遗编,不救饥寒一点。"悟得人生皆空,读书无用。晏几道的《小山词》,则几乎就是由梦幻构成。其自序谓:"始时沈十二廉叔、陈十君宠,家有莲、鸿、蘋、云,品清讴娱客,每得一解,即以草授诸儿,吾三人持酒听之,为一笑乐。已而君宠疾废卧家,廉叔下世,昔之狂篇醉句,遂与两家歌儿酒使俱流转于人间。自尔邮传滋多,积有窜易。七月己巳,为高平公缀缉成编。追维往昔过从饮酒之人,或垄木已长,或病不偶,考其篇中所纪悲欢合离之事,如幻如电,如昨梦前尘,但能掩卷怃然,感光阴之易迁,叹境缘之无实也。"这篇序言结末处几句,不但光阴易迁、境缘无实是佛家观念,而"如幻如电"云云,亦是典型的佛思。《金刚经·应化非真分》:"一切有为法,如梦、幻、泡、影,如露亦如电,应作如是观。"此即六如(六喻)。而昨

---

① 　孙昌武《佛教与中国文学》,上海人民出版社,1988年,第159页。

梦,在佛经中意为生死涅槃,《圆觉经》称:"始知众生,本来成佛。生死涅槃,犹如昨梦。"前尘在佛教则指当前由色、香、声、味、触、法六尘组成的非真实的境界。《楞严经》卷二:"佛告阿难,一切世门大小内外、诸所事业各属前尘。"结合序文前面的内容,可知晏几道所述与沈、陈二君及莲、鸿、蘋、云的"过从",其使酒、篇句、悲欢离合、生死病痛,便是梦、幻、泡、影、电、露,便是昨梦、前尘;而序言所概括,又是全部《小山词》的内容。

禅宗的境界论,主要揭示返本归心、明心见性的参悟体验和精神境界,其境界范式则有一切现成的现量境、能所俱泯的直觉境、珠光交映的圆融境。① 这里仅举词人秦观的禅悟境界为例略作说明。一直以来被看作纯情词人的秦观,其代表作之一《踏莎行》,其实是写他绍圣四年(1097)贬窜郴州时缘于政治打击而获得的禅悟体验。词云:

> 雾失楼台,月迷津渡。桃源望断无寻处。可堪孤馆闭春寒,杜鹃声里斜阳暮。 驿寄梅花,鱼传尺素。砌成此恨无重数。郴江幸自绕郴山,为谁流下潇湘去。

在禅宗文献里,春水桃源象征着人性本源,是人的精神故里。仅在《禅宗颂古联珠通集》中,就保留有大量的资料。卷八鼓山珪颂:"世路风波不见君,一回见面一伤神。水流花落知何处?洞口桃花别是春。"卷十二成枯木颂:"亲到桃源景物幽,一壶明月湛如秋。反思洞口春残日,无数红英逐水流。"它是综合了陶渊明的理想国和阮晨、刘肇天台山桃源奇遇仙子的传说,而构建出来的极美的所

---

① 参吴言生《禅宗哲学象征》,中华书局,2001 年,第 185 页。

在,没有风波,不见险恶,与万丈红尘的奸佞机诈、浮华躁动适成对比,是人类"本来面目"的诗化。而一旦失却进入桃源的津渡,即捕鱼人再次寻找、刘郎孜孜寻觅的"洞口",便宣告着自我的迷失和惆怅。《禅宗颂古联珠通集》卷十四肯堂充颂云:"重叠峰峦俱锁断,知谁深入到桃源。行人只见一溪水,流出桃花片片鲜。"卷三十八柏庭永颂:"入到桃源旧游处,一层峰锁一层峰。"桃源被峰锁被雾封,令人寻觅不着。少游贬谪郴州,陶渊明的桃源正在湖南武陵（一说）;加之他早已对佛禅用力参悟,故自然会将二者联系起来。词上阕三句描写的就是烟雾迷离、月色朦胧,而寻觅不见桃源津渡的景象,它象征着少游此时有所逐而迷茫的心态。"可堪"二句实写当下处境和心境,不见桃源洞天,只有闭锁于心灵的"孤馆"之中;但禅典中实不乏此类语句与境界。《五灯会元》卷十一风穴延沼禅师:"师曰:三月懒游花下野,一家愁闭雨中门。"延沼（896—973）上继兴化存奖,下启首山省念,为临济正宗。从此二句,即可看出少游词对禅宗的借鉴。下阕首三句思量自身迷昧"本来面目"的原因,所谓"驿寄梅花"是指朋友情深义重,"鱼传尺素"是指男女欢爱别恨,词中以二者概括世间所有使人迷失本性的贪爱瞋痴,是它们"砌成此恨（不见桃源、丧失自家）无重数",它们是"失楼台"的"雾"、"迷津渡"的"月"。我们知道,少游一生深于友情,重于爱情,这是其为人长处,也是为身累处。一旦找出这"雾"、"月",桃源即现,自家面目即呈:这便有词结束处两句的开悟。船子和尚法嗣夹山善会禅师在回答僧问"如何是一老一不老"时曰:"青山元不动,涧水镇长流。手执夜明符,几个知天晓。"（《五灯会元》卷五),滁州琅邪山慧觉和尚语录云:"佛与道相去多少?数片白云笼古寺,一条渌水绕青山。"至于"为谁"久为禅师们惯说的看禅"话头"。雪窦颂古有"百花春至为谁开"句,克勤释云:"'百花春至为谁开',

可谓豁开户牖，与尔一时八子打开了也。几乎春来，幽谷野涧，乃至无人处，百花竞发，尔且道更为谁开？"(《碧岩录》卷一)悟得水绕青山、水为谁流，少游已如慧眼禅子之真悟。一首《踏莎行》，由禅悟的几重境界构成：不见桃源——自闭春光——寻找原因——开悟得见，是一种诗意的象征，禅悟的体验。明了《踏莎行》表现的是秦观"悟"的体验，就容易理解他的《点绛唇·桃源》表现的是未悟的迷茫：

> 醉漾轻舟，信流引到花深处。尘缘相误。无计花间住。　　烟水茫茫，千里斜阳暮。山无数。乱红如雨。不记来时路。

语汇、意境、意象、象征，与《踏莎行》没有二致。有人以为此词非秦观作，而是苏轼所作，恐是对苏、秦二人禅学修为的不了解所致。

第三节　佛理禅趣与元祐词坛

元祐词坛，尚有几家著名词人禅学湛深，滔滔浩浩。他们除了上文述言运用禅语、佛思、禅象、禅境入词外，还以全词通首阐述佛理禅趣，以词说佛说禅。

王安石有《望江南·归依三宝赞》四首，所谓归依，即表示对三宝的归顺依附；三宝，《释氏要览·三宝》云："三宝，谓佛、法、僧。"故四词分别以"归依众，梵行四威仪"、"归依法，法法不思议"、"归依佛，弹指越三祇"和"三界里，有取总灾危"开篇，描写归依三宝入佛的仪式，表达遍游佛土、永灭世间痴，六根寂静、了法无疑，登无上觉、智悲双修的愿望。这几首词虽然有一些佛语，但一般读者阅读起来并不感到艰涩晦昧。王安石还有《诉衷情·和俞秀老鹤词》四首,只第一首直接咏鹤,其余均以禅理为意,但难免驳杂。第三首云:

> 茫然不肯住林间。有处即追攀。将他死语图度,怎得离真丹。　　浆水价,匹如闲。也须还。何如直截,踢倒军持,赢取沩山。

死语,犹死句,与"活句"相对,指落于俗套、有义路可通的言句,禅宗反对参禅参死句,提倡不涉理路当下悟入。图度,犹言揣度、揣测。明杨慎《太史升庵文集》卷七十三"真丹"条云:

> 此词意劝秀老纯归于禅,住山不出游也。真丹,即震旦也。军持,取水瓶也,行脚之具。踢倒军持,劝其勿事行脚也。沩山和尚欲谋住山,曰:此山名骨山,和尚是肉人,骨肉不相离,言人不当离山也。皆用佛书语。"浆水价,也须还",则用《列子》五浆先馈事。[1]

用《列子·黄帝》中列子之齐而途遇伯昏瞀人之事,则不属纯用佛禅。《诉衷情·又和秀老》:

> 莫言普化祇颠狂。真解作津梁。蓦然打个觔斗,直跳过羲皇。　　临济处,德山行。果承当。将他建立,认作心诚,也是寻香。

---

[1]　杨慎《太史升庵文集》卷七十三,明万历十年(1582)蔡汝贤刻本。

似乎也有劝俞秀老诚意向禅之意。《南乡子》词是比较彻底论禅的
一首：

> 嗟见世间人。但有纤毫即是尘。不住旧时无相貌，沉沦。
> 只为从来认识神。　　作么有疏亲。我自降魔转法轮。不是
> 摄心除妄想，求真。幻化空身即法身。

这首词一方面感叹世人迷于尘心和佛心，不能破除凡圣之见，拘执
于疏亲分别相，一方面表达自己降魔调心，求得真我，认识到空身
法身等同的觉悟。

苏轼《如梦令》题泗州雍熙塔下浴院两首，发挥禅宗净、垢不二
观。其一：

> 水垢何曾相受。细看两俱无有。寄语揩背人，尽日劳君
> 挥手肘。轻手。轻手。居士本来无垢。

其二：

> 自净方能净彼。我自汗流呀气。寄语澡浴人，且共肉身
> 游戏。但洗。但洗。俯为人间一切。

苏轼借洗浴之事，先寄语揩背人，后寄语澡浴人，传达的都是超越
净垢、不妄分别的思想。禅宗认为：净垢、利衰等相对意识，来源
于自心，无垢净亦不存。故要断除分别对待心，获得净垢一如的体
验，消解对立带来的迷惑烦恼。《景德传灯录》卷七"兴善惟宽法
师"条载：元和间，白居易问惟宽禅师如何修身养性，师曰："心本

无损伤,云何要修理? 无论垢与净,一切念勿起。"白居易不解,问:
"垢即不可念,净亦无念乎?"师曰:"如人眼睛上,一物不可住。金
屑虽珍宝,在眼亦为病。"①苏轼词"细看两俱无有"、"且共肉身游
戏",所表达的正是这种净垢不二的体证。

黄庭坚被禅门定为临济宗南岳下十二世黄龙祖心禅师的法嗣
之一,是元祐时期禅词创作量最大的词人。其《渔家傲》五首可称
为以词阐佛的代表。第一首演绎达磨东来之意:

> 万水千山来此土。本提心印传梁武。对朕者谁浑不顾。
> 成死语。江头暗折长芦渡。   面壁九年看二祖。一花五叶
> 亲分付。只履提归葱岭去。君知否。分明忘却来时路。

相传达磨度过万水千山,于梁武帝大通元年十月一日至京陵,武帝
问法,答语与帝意不合而帝不悟,达磨遂一苇渡江,潜回江北,于嵩
山面壁九年,得二祖慧可,以正法眼藏付之,并向慧可说偈,预言禅
宗日后之事:"吾本来此土,传法救迷情。一花开五叶,结果自然
成。"后来圆寂,葬于定林寺,但三年后,有人从西域回,遇达磨于葱
岭,见其手提只履。山谷复述这段禅史,恐怕主要还是表示自己对
禅的体悟,那就是参死语不能成佛。

第二首咏福州灵云志勤禅师在沩山因桃花悟道事:

> 三十年来无孔窍。几回得眼还迷照。一见桃花参学了。
> 呈法要。无弦琴上《单于》调。   摘叶寻枝半虚老。拈花特
> 地重年少。今后水云人欲晓。非玄妙。灵云合被桃花笑。

---

① 释道元编《景德传灯录》卷七,《四部丛刊》景常熟铁琴铜剑楼藏宋刻本。

《景德传灯录》等书记载：志勤禅师初在沩山，见桃花而悟道，作偈云："三十年来寻剑客，几回落叶又抽枝。自从一见桃华后，直至如今更不疑。"禅宗认为，每个人都有自明的本来心性，只因迷于外尘，难见这个"主人公"，参禅者即是要寻得它。许多人却是向外访求，"终日拈香择火，不知身是道场"（《五灯会元》卷二宝志禅师）。志勤禅师因桃花而悟，后人便在桃花及其枝叶上寻觅，丧失"拈花微笑"之旨，终究死于桃花之下。

第三首赞药山惟俨法嗣船子和尚华亭渡人：

> 忆昔药山生一虎。华亭船上寻人渡。散却夹山拈坐具。呈见处。系驴橛上合头语。　　千尺垂丝君看取。离钩三寸无生路。蓦口一桡亲子父。犹回顾。瞎驴丧我儿孙去。

德诚在药山处尽道三十年，到华亭随缘渡人，终得夹山善会传衣钵。有偈云："一句合头语，万劫系驴橛。"当年药山与云岩游，山腰间刀响，药山抽刀蓦口（突然）作斫势；而船子和尚与夹山问答，师曰："垂丝千尺，意在深潭。离钩三寸，子何不道？"夹山准备开口回答，被船子和尚一桡打下水去；才上船，船子又曰："道，道。"夹山再准备开口，船子又打。夹山豁然大悟，乃点头三下。从药山至德诚，其禅风可谓迅疾陡峻，石火电光，间不容发。

第四首颂百丈怀海一门事：

> 百丈峰头开古镜。马驹踏杀重苏醒。接得古灵心眼净。光炯炯。归来藏在袈裟影。　　好个佛堂佛不圣。祖师沉醉犹看镜。却与斩新提祖令。方猛省。无声三昧天皇饼。

这里交代的是一连串的故事：当年南岳怀让见到马祖时，马祖还是个未开悟的僧人，常日坐禅。怀让问他："坐禅图什么？"答："图作佛。"怀让便取一块砖在马祖参禅的庵前石头上磨，马祖问："磨砖作么？"怀让答："磨作镜。"马祖曰："磨砖岂得成镜耶？"怀让曰："磨砖既不成镜，坐禅岂得成佛耶？"怀让继续开启，终至马祖开悟。后来马祖开悟百丈则是：百丈侍马祖行次，见一群野鸭飞过，马祖问："是甚么？"百丈曰："野鸭子。"马祖问："甚处去也？"师曰："飞过去也。"马祖遂扭百丈鼻子，百丈负痛失声，马祖曰："又道飞过去也？"百丈遂于言下省悟。而百丈弟子古灵启悟其本师又不同：古灵得百丈指点悟道后，想回报本师，回到原寺院，一日本师澡浴，让古灵搓背，古灵趁机说："好所佛堂而佛不圣。"其本师略感诧异而未悟。又一日，本师在窗下读经，有蜂子投窗纸求出，古灵便道："世界如许广阔，不肯出，钻他故纸，驴年出得。"其本师于是召集众僧，请古灵说法，古灵登座举百丈门风，本师当下感悟。与药山一系大异，此一系皆通过言语、事件的启发而悟，但显然表明坐枯禅、读死经成不了佛，悟不得道。

第五首乃是参悟后的体验：

> 踏破草鞋参到老。等闲拾得衣中宝。遇酒逢花须一笑。重年少。俗人不用嗔贫道。　　是处青旗夸酒好。醉乡路上多芳草。提着葫芦行未到。风落帽。葫芦却缠葫芦倒。

衣中宝，来自佛经，《楞严经》卷四："譬如有人，于自衣中，系如意珠，不自觉知，穷露他方，乞食驰走。"比喻自性的明珠藏在自身，而蒙昧者常常外求，过着客子流浪乞讨的生活。有人踏破草鞋寻觅，到老仍然不知不见，有人等闲获得，这就有悟性差异在。但在悟求的过程中,却不可妄意勉强;到处酒旗夸逞酒好,到处芳草美丽,故"遇酒逢花"不妨一笑,随意随便,风流自在,也是一种做派。词虽以佛理为主,但青旗美酒、芳草萋萋的景境,大葫芦缠小葫芦的形象,活泼泼地,充满趣味。

第四节　元祐词与佛禅的一次交锋

以上皆佛禅对词之影响,词属被动接受。而元祐词坛迥异于其他任何时期的,是词与禅的正面交锋,充分显现出佛禅与词关系的生动性。

元祐五年(1090),苏轼在杭州任上,携一妓女往见净慈寺住持法通禅师,当法通"愠形于色"时,苏轼令妓歌其所赋词《南歌子》一首,词云:

> 师唱谁家曲,宗风嗣阿谁。借君拍板与门槌。我也逢场作戏莫相疑。　　溪女方偷眼,山僧莫眨眉。却愁弥勒下生迟。不见老婆三五少年时。

其事其词,当时曾引起震动,成为元祐词坛重要的词学事件;但通常被认为是苏轼的一时游戏之举。今从苏轼当即令妓歌词这一事实看,他是有备而来的,词亦是为了拜谒法通禅师而提前写好,并非一时兴到的游戏。从词史的角度看,此事此词另有深意,包孕禅机。

苏轼登上词坛之时,有两大难题摆在他面前,一是柳词一统天下,一是自《花间》以来形成的词托体于男女之情的局面,使世人小视之,目之为"艳情"之作。前者属于词学内部问题,后者属于词学外部问题。苏轼欲革新词坛,须从内外两方面着力。就词学的生存环境而言，佛禅无疑是对词学造成挤压的一个重力。这从法秀道人责呵黄庭坚作"艳词"之事可见一斑。《五灯会元》卷十七"太史黄庭坚居士"条，及黄庭坚《小山集序》等，皆记载说，黄庭坚年轻时，好作艳词，被法秀禅师当头棒喝，山谷不服，禅师则说："汝以艳语动天下人淫心，不止（将来转生）马腹中，正恐生犁舌狱也。"这可以看作是禅佛对词的一次正面打击。禅家文字记载说，黄庭坚悚然悔谢，从此以后不再作词。这显然是不顾事实的夸大之语，但禅佛的这次行动，对词学的打击力度却是不容低估的。盖文人词自《花间集》以来，便奠定了艳情旖旎、婉约当行的风格，塑造了以男女之情为骨架、艳丽之语为皮肉的形象，即便如诗文革新运动的领袖人物欧阳修，虽间或有清丽生新之作如《采桑子》咏颍州西湖的组词问世，但其艳丽之作更多，影响亦更大，遑论其他词人！故法秀的叱责可谓正击中词的要害，对词的生存空间构成的威胁甚巨。

作为词坛的革新者，苏轼为改善词的生存空间，进一步提高词的社会地位，做过多方面的努力。在著名的《祭张子野文》中，他正式提出词为"诗之裔"的主张，一面从文学传统中为词争得上继诗骚的地位，另一面，又从词学内部对词家提出约束和努力的方向，要求词家以诗家作诗之心为词，以诗学精神拯救词弊；以诗之内容、题材、意境、手法入词，此即词史上广有争论的"以诗为词"。所以，他要批评门下词人秦观"不意别后，公却学柳七作词"，要批评另一门下词人黄庭坚的《浣溪沙》所描绘的渔父"才出新妇矶，又入女儿浦，此渔父无乃太澜浪乎"。而作为当事人的黄庭坚，既为自己的词作有所后悔，又在《小山集序》中针对法秀道人的呵责积极为自己辩护，为词学辩护。苏门另一词人张耒也为词力做辩护。①

————————————

① 　参下第五章《元祐词人的词学观念》。

故苏轼携妓见法通,实际是向佛禅显示:正如妓女无碍本心、无碍佛性一样,男女之情亦无损于词。苏轼这首词几乎全用佛语禅言写出。禅僧相见,常常询问山头,上慧者可以据此顿悟,据实回答者便遭棒喝。傅注苏轼此词引《景德传灯录》载:关南道吾和尚,因见巫师乐神,打鼓作舞云:"还识神也。道吾于此大悟。见德山,申其悟旨,德山印可。后往后每于升座时,著绯衣,执木简作礼。僧问:"师唱谁家曲?宗风嗣阿谁?道吾答:"打动关南鼓,唱起德山歌。"问:"如何是和尚家风?"答:"禅床女人作。"拜云:"谢子远来,无可相待。"在《五灯会元》中,"师唱谁家曲,宗风嗣阿谁"之类话头比比皆是。而"拍板与门槌"、"弥勒下生"之类,尽皆佛语①。"老婆三五少年时",本于唐代薛逢语,薛逢晚年落魄,曾赴朝,路遇新及第进士榜下,进士团见薛穷困潦倒,喝道曰:"回避新郎君!"薛遣人语曰:"报道莫贫相!阿婆三五年少时,也曾东涂西抹来。"词意犹言:现今的老婆子,即是当年花枝招展的少女;当年的豆蔻少女,就是如今的老婆子,实质惟一,本无分别。言下意自是:妓女与良家女一如。所以,当大通禅师"愠形于色"、皱眉眨眼时,已自输了一筹。

黄庭坚得知此事,立即和词二首,更以观世音菩萨化作放荡的马郎妇(往往与锁骨菩萨化作延州放浪妇人混一)的佛家典故,为词伸张;这同他在《小山集序》中为晏几道词所作辩护如出一辙。词其一云:

　　　　郭大曾名我,刘翁复是谁。入廛能作和锣椎。特地干戈相待使人疑。　　　　秋浦横波眼,春窗远岫眉。补陁岩畔夕阳

---

① 　参邹同庆、王宗堂《苏轼词编年校注》,中华书局,2002 年,第 639、640 页。

　　迟。何似金沙滩上放憨时。

　　《五灯会元》卷十七:"若一向恁么,达磨一宗扫土而尽,所以大觉世尊初悟此事,便开方便门,示真实相,普令南北东西四维上下、郭大李二邓四张三,同明斯事。云岩今日不免效古去也。"①黄庭坚的意思是:什么妓女、良家女,只是符号而已,正如人们平常所称呼的郭大、李二、刘翁之类,有什么分别? 佛的境界泯灭彼此对待,入世随俗方见手段,和光同尘方能一尘不染。庄严宝相的观世音菩萨,也曾幻化作马郎之妇,放荡无羁,以泛爱普渡众生,你又何必大惊小怪,干戈相待! 词其二云:

　　　　万里沧江月,清波说向谁。顶门须更下金椎。只恐风惊草动又生疑。　　金雁斜妆颊,青螺浅画眉。庖丁有底下刀迟。直要人牛无际是休时。

　　大意说:佛性澄明清净,无所不在,如果妄作区分,迷于尘见,只有以极其峻烈的手段予以粉碎,就像在其顶门上痛下一锥,使其开觉。"顶门一锥"乃禅家常用语,宗师惯用手段。《景德传灯录》卷九希运:"老汉行脚时,或遇草根下有一汉,便从顶门一锥。"《五灯会元》卷十六如璧:"多少茫茫瞌睡人,顶后一锥犹未觉。若不觉,更听山僧剌剌剌。"《圆悟录》卷五:"须要本分作家,以金刚锤与他顶上一扎,正觅处起不得也。"又卷七:"及到海会遇见个老和尚,被他脑后一槌,从此丧却目前机,去却胸中物。"皆是此意。下阕的词意,就是要放弃凡圣之见,人牛无际,佛与妓女不生区别,这在前文

———————————

① 普济著,苏渊雷点校《五灯会元》卷十七,中华书局,1984年,第1153页。

牧牛意象中已有涉及。

释仲殊听说苏轼携妓见僧之事，也和作一首，值得注意的是：他的和作，反映的也不是禅家立场，而是世俗词家的立场。词云：

> 解舞清平乐，而今说向谁。红炉片雪上钳槌。打就金毛狮子也堪疑。　　已信身如梦，何知眼共眉。蟠桃因甚结花迟。不向风前一笑待何时。

据说黄庭坚一读到此词，即大为欣赏。什么原因？以为它也从禅学角度反映了苏轼携妓拜禅师、作词以自彰显的意义。《祖堂集》卷五载长髭见到石头禅师，一言之下，顿忘悟，"如红炉上一点雪"；《五灯会元》卷十九慧勤："去年今日时，红炉片雪飞。今日去年时，曹娥读夜碑。"卷二十绍悟："有时放下，似红炉点雪，虚含万象。"那是一种表里纯净、微尘不立之悟心悟境，"禅宗在使用红炉片雪象征时，更多的是注重它的顿悟性质。片雪投入彤红的炉中，立刻融化，象征波若空慧能当下消除一切执见和虚妄之情"①。钳槌本是锻铁时使用的一种工具，禅宗借用以表示锻炼佛性的手段，如："禀烹佛锻祖之钳锤，颂出纳僧向上巴鼻。"（《碧岩录》普照序）又如："精金百炼，须要本分钳锤。"（《明觉语录》卷三）金毛狮子，本为文殊世尊乘骑，佛教比喻可以破除一切邪说、威猛异常的佛法，金毛狮子据地一吼，狐兔辈闻风丧胆。仲殊词意，也是称赞苏轼此举之猛烈而风正，可惜知音难觅，"作家子"少，如同红炉片雪再加本分钳槌的烹锻，打就了金毛狮子，却还被人怀疑。

故苏轼携妓见大通禅师之事及相关之词，不妨看作是以苏轼

---

① 　吴言生《禅宗哲学象征》，中华书局，2001年，第293—294页。

为首的元祐词家,为争取词学生存空间、从外部环境着力建设词坛的一次努力,是词与佛禅交往、碰撞的体现。它说明在元祐词坛,词与佛禅交往,不是一味地借用佛语禅言,以禅典禅事阐述佛理禅趣,而是曾经主动向佛施以棒喝的。

第五章　元祐词人的词学观念

　　一般说来,文学观念的产生是在文学创作出现以后,是在对创作经验的直观感悟或理论总结的基础上形成的。文学观念具有历史的承继性和变动性,它一经产生,就会在相当长一段时间内对创作发生决定性的影响,但它也不是一成不变的,随着特定时期的理论或创作实践的变化,观念也会变化。作为文学观念的一种,词学观念自不例外。在元祐之前,已经存在着各种各样的词学观念,它们对元祐词人必然产生了一定的影响,元祐词人必然继承过前人的词学观念,但是,元祐是历史上比较独特的一段时期,也是词史上的辉煌时期,它的词创作与以前颇不相同,词人的词学观念也有了很大的变化,而这二者又相互影响,相辅相成。因此,梳理元祐词人的词学观念,不单是本论题不可或缺的一环,而且,也是更好了解元祐词创作的必经路径。我们的方法有二,一是联系当时广阔的时代背景和文化、文学环境,了解当时人对词学的普遍看法、他们对词的功能的认识,以及词在他们心目中的地位,二是辨析几个被广泛使用的词学术语,考察它们的历史演变,确定元祐词人所赋予它们的“新”意,从而从中了解元祐词人的词学观。

第一节　"小道"与"诗之裔"

关于词体,人们普遍认为宋人是极端轻视它的。最典型的例证莫过于钱惟演的"厕上读词"说。欧阳修《归田录》云:

> 钱思公虽生辰富贵而少所嗜好。在西洛时尝语僚属,言平生惟好读书,坐则读经史,卧则读小说,上厕欲阅小词,盖未尝顷刻释卷也。[1]

叙述者是怀着对钱氏一生好学不倦精神的崇敬之情复述这件事的。钱惟演生长富贵之家(其父乃十国之吴越王俶),而鲜嗜寡欲,惟一的爱好就是读书,无论坐还是卧,甚至入厕,他都手不释卷。在叙述者看来,这是一种非常好的品质,值得记录下来。但此种叙述,还是可以见出当事人钱惟演轻视小词的态度。

与此类似的记载尚见于魏泰的《东轩笔录》:

> 欧阳文忠素与晏公无它,但自即席赋雪诗后,稍稍相失。晏一日指韩愈画像语坐客曰:"此貌大类欧阳修,安知修非愈之后也。吾重修文章,不重它(按:似当作他)为人。"欧阳亦每谓人曰:"晏公小词最佳,诗次之,文又次于诗,其为人又次于文也。"岂文人相轻而然耶。[2]

---

[1] 欧阳修《归田录》卷二,李逸安点校《欧阳修全集》卷一百二十七,中华书局,2001年,第1931页。江少虞《事实类苑》据《庐陵居士集》收入时,文字略有改动。

[2] 转引自施蛰存、陈如江辑录《宋元词话》,上海书店出版社,1999年。辑录者按云:"此条据《永乐大典》卷18222补。"

欧、晏二人不顾各自的身份而相互贬损。晏殊说他重视欧阳修的文而不重视其人,欧阳修则更进一层,说晏殊词最好,诗次之,文又次之,人复次之。他们的相互攻讦,暗中都包含着这样的意思:词不如诗,诗不如文,文不如人。他们的手段就是通过说对方的文(广义)比人好,以达到贬低他的目的。这种逻辑显然是被社会广泛认可的。晏殊身在台阁,词名又极著;欧阳修曾主盟文坛,为一代文宗,又是苏轼之师,词亦佳。二人尚且如此,遑论其他。故毋庸讳言,元祐词人生活在这样一种轻视词的社会文化环境之中,不可能完全不受影响,他们在一定程度上也接受了前人和时人对词的看法。苏轼《题张子野词》曾义愤于流俗只称张先词而不称其诗:"子野诗笔老妙,歌词乃其余技耳。《湖州西溪》诗云:'浮萍破处见山影,小艇归时闻草声。'与余和诗云:'愁似鳏鱼知夜永,懒同蝴蝶为春忙。'若此之类,皆可以追配古人。而世俗但称其歌词。昔周昉画人物皆入神品,而世俗但知有周昉士女,皆所谓'未见好德如好色者'欤?"[1]在他看来,张先的诗词写得都好,诗歌甚至比词还好[2],问题是,他认为人们只知其诗不知其词,正应了那句"未见好德如好色者"的话,他的心目中,诗词之间的级差,竟如德之于色。这种观念的产生,有两个方面的原因,一是自晚唐五代以来词多写艳事幽情,缠绵柔靡,从而使人形成"词为艳科"的印象;二是古人特重道德事功,此外的一切皆微不足道,皆是"余事"。

《左传·襄公二十四年》:"大上有立德,其次有立功,其次有立言,虽久不废,此之谓不朽。"三不朽中,首先是立德,其次是立功,再次是立言。孔颖达疏"立言"云:"立言,谓言得其要,理足可传,

---

[1]　苏轼《题张子野词》,孔凡礼点校《苏轼文集》卷六十八,中华书局,1986年,第2146页。

[2]　《四库全书总目》辩驳苏轼之说云,苏轼所举二联,皆涉纤巧,"平心而论,要为词胜于诗"。

其身既没,其言尚存。"实际指的是著述,亦即著书立说。德,今泛曰道德,属于社会意识形态范畴,是指由一定社会的经济基础决定的、社会人群共同生活及其行为的准则和规范,即所谓"礼乐政教"。而一旦将词与道德相联系,自然让人想起"词为小道"这种流传已久的说法。"道"的含义亦较广,可以指礼乐政教,也可以指技艺、技术。"小道"可能最早出现于《论语·子张》:"虽小道,必有可观者焉。"古人把礼乐、教化以及功业之外的各种能力、技艺都当作小道。其能指范围很广,所指则视使用时的具体情形而定。故文人所谓小道,自是说诗赋、文章之类。汉郑玄注《论语》此句话云:"小道,如今诸子书也。"说的是当时诸家文集著述。然圣人也承认小道之中"必有可观者",这样也就等于认可了诗、赋等存在的价值和必要,因为它们有补于道。

而"小道可观"的产生,可能是出于对《诗经》的教化作用的认识。传说孔子曾经整理过《诗》,删除了其中的一部分,保留了一部分,保留下来的都是合乎"道"的规定的,是作诗者"志之所之",关乎王道、礼义、政教、风俗、人伦、刑政[①]。《诗》是古老的诗歌,又经圣人之手,其内容合于"德"与"道",遂被尊奉为"经",被确认为后世诗、文及其它文学创作的楷式。汉代人说"大儒孙卿及楚臣屈原,离谗忧国,皆作赋以风,咸有恻隐古诗之义"[②],即从其中所反映出来的作者的思想认识、感情是否合乎"道",或者合乎《诗经》的标准这个角度进行立意。刘安说:"《国风》好色而不淫,《小雅》怨诽而不乱,若《离骚》者,可谓兼之矣。"[③]《离骚》体兼《诗》之"风"、"雅"二义,所以被推崇。而班固认为刘安"斯论似过其真",原因是

---

① 《毛诗序》,阮元校刻《十三经注疏》,中华书局,2009 年,第 565 页。

② 刘歆《诗赋略》,陈国庆编《汉书艺文志注释汇编》,中华书局,1983 年,第 184 页。

③ 司马迁《史记·屈原贾生列传》,中华书局,1982 年,第 2482 页。

屈原"露才扬己","责数怀王",又多用"虚无之语","皆非法度之政、经义所载"。① 誉之以《诗》,贬之以"道",而《诗》与道,其相合者一也,贬誉两方乃各取其需各行其辞而已。以后的文学批评,未尝不以由《诗》确立的"诗教"精神为依归,以"道"为衡石,而其它各种文体欲取得"合法"地位,便只有向《诗经》靠拢。"道德文章",先道德后文章,其次序固定不渝。显而易见,所谓"小道"、"余事",均是相对于道德、事功而言,如果有贬低含义的话,也只是在与道德、事功相比较时,此其一。 其二,以上是远源,至于近源,则在词为"艳科",与宋之士人崇道重儒不合。故强调"道"的优先地位,关键在于提倡以"士"之精神品性振兴词格,挽救词的生命(参第六章《"以诗为词"》)。其三,"小道"云者,仍与"道"相关:高者可上攀"道",次者亦可有补于"道"。其四,从文学角度言,"小道"不是单独针对某一文体而言,诗词文等皆在其内。这四者构成一个完整的有机体,突出其中一个方面,不等于排除其他两个方面。

元祐词人正是在这样的理解层面上,接受和使用了"小道"这个范畴,从而对词同时又持一种较为"尊重"的态度。苏轼《祭张子野文》可当作代表:

> 清诗绝俗,甚典而丽。搜研物情,刮发幽翳。微词宛转,盖诗之裔。②

这句话中的两个"诗",不是同一概念。"清诗绝俗"之"诗",谓张先

---

① 班固《离骚序》,严可均辑《全上古三代秦汉三国六朝文·全后汉文》,中华书局,1958 年,第 1221 页。
② 苏轼《祭张子野文》,孔凡礼点校《苏轼文集》卷六十三,中华书局,1986 年,第 1943 页。

之诗,"诗之裔"之"诗",谓《诗经》。这是一篇祭文,刘勰《文心雕龙·祝盟》曰:"若乃礼之祭祀,事止告飨;而中代祭文,兼赞言行。即而兼赞,盖引神而作也。"①这是一种严肃的文体。按照规范,它应兼有赞颂的内容。苏轼为张先作祭文,先已赞其德操:"仕而忘归,人所共蔽;有志不果,日月其逝。惟余子野,归及强锐。优游故乡,若复一世。遇人坦率,真古恺悌。庞然老成,又敏且艺。"②接着赞其诗其词,评价他的诗清妙绝俗,典雅华美,能够传达物态世情,阐发其中隐秘的幽微深意;评价他的词含蓄委婉,为《诗经》之流裔。"婉而多讽"是历代对《诗经》特别其中《国风》部分的概括,包含着对《诗经》艺术手法的体认和思想内容的肯定。苏轼认为张先之词在这一点上与它相通,所以可以称为"诗之裔"。南宋朱弁《风月堂诗话》卷上云:"韩退之曰'余事作诗人',未可以为笃论也。东坡以词曲为《诗》之苗裔,其言良是。然今之长短句,比之古乐府歌词,虽云同出于《诗》,而祖风已扫地矣。"③宋人亦正如此理解。苏轼将张先词提升到"诗之裔"的高度,以赞美张先的德不但与行一致,而且,还贯彻于诗和词之中,在诗、词之中也得到体现。

从形式上看,苏轼的类比,不外乎前人特别是汉儒推尊屈骚伎俩的翻版,无甚新意;从词的起源及词体特性看,苏轼的"诗之裔"无甚高见,甚或大可商榷。然而,苏轼此说的意义在于,它第一次明确地将词这种新兴的文体同正统文学的经典之作《诗经》攀上渊源,从而为词争得一种为官方和文学传统双方所认可的合法身份,有望提高词体的地位。另外,他特意拈出用以推出"诗之裔"说的

---

① 刘勰著,范文澜注《文心雕龙注》,人民文学出版社,1962年,第177页。
② 苏轼《祭张子野文》,孔凡礼点校《苏轼文集》卷六十三,中华书局,1986年,第1943页。
③ 朱弁撰,陈新点校《风月堂诗话》卷上,中华书局,1988年,第101页。

"宛转"二字,既是他对词的委婉曲折的艺术手法和婉转的风格体性的认识,也是他对词内容的有意约束和限定,是对宋初以来《花间》艳词统序的有力反拨。否则,苏轼很清楚,词既不足以远绍《诗经》祖风,他也不会把它往《诗经》上提拉。

　　当然,对这句话中的"诗"字,也存在另外一种解释,那就是认为两个"诗"是一致的,均指诗歌:苏轼评价张先的诗如何如何,又评价他的词是诗歌之流亚,具备诗歌的某些特点和功能,也能"搜研物情,刮发幽翳"。其实,这种理解与《诗经》说并无原则冲突。盖在古人看来,后世之诗歌,其源头正是《诗经》,言志之作,抒情之作,皆可从"诗三百"中找到其根本所自。而且,"搜研物情,刮发幽翳"八字,着重点在于"言志"而非"言情"。自"三百篇"至汉乐府,至唐代元、白新乐府,其中一线贯穿着的是反映现实、表达诗人心志的精神主脉。苏轼有意提高张先词的地位,必然从这条主线上思考,而不会从纯粹抒发情感的角度出发(当然不是说苏轼反对以词抒情)。这也就是朱弁阐释苏轼话时,用"今之长短句比之古乐府歌词……同出于诗"的涵义。清初丁澎为龚鼎孳词集作序云:"诗余者,三百篇之遗,而汉乐府之流系,其源出于诗,诗本文章,文章本乎德业,即谓诗余为德业之余,亦无不可者。"①好似专为疏解苏轼之语而发,且又巧妙地将词、诗、《诗经》、德业这几个纷繁错综的头绪绾结在一起,集中到同一纵切面上,这也正是本文的理解。

第二节　"小词"与"诗之余"

　　"小词"之称,本谓倚声填谱的短篇歌词。五代十国时,前蜀牛

---

① 丁澎《定山堂诗余序》,冯乾编校《清词序跋汇编》卷二,凤凰出版社,2013 年,第141 页。

峤《女冠子》词云:"浅笑含双靥,低声唱小词。"所写的这位女子双靥含着浅浅的笑,低声唱着街市流行的歌曲。宋人主要用它称呼民间歌谣或曲艺。胡仔《苕溪渔隐丛话》后集卷三十九引《复斋漫录》:"都门盛唱小词曰:'喜则喜,得人手;愁则愁,不长久;忔则忔,我两个厮守;怕则怕,人来破斗。'虽三尺之童皆歌之,不知何谓也。"[1]指民间歌谣或童谣一类,谓其词意当时难以知晓,事后方能明白。耐得翁《都城纪胜·瓦舍众伎》:"嘌唱,谓上鼓面唱令曲、小词。"[2]指的是可以用鼓声伴奏来演唱的曲艺。与音乐紧密相连,可歌,应是小词的基本要求;小者,谓其体制不长也,其中未必含有喜、恶之意。小词被用以指称词体,是很自然的事,因为初期词体也与音乐相关连,也可歌。庞元英《文昌杂录》:"时故相晏元献公守陈,方制小词一阕,修改未定,而孔大娘已能歌矣,又何怪也。"[3]晏殊词刚作好即被唱,其可歌是显然的。有时,小词纯粹指词体文字。吴处厚《青箱杂记》云:"文章纯古,不害其为邪;文章艳丽,亦不害其为正。……韩魏公晚年镇北州,一日病起,作《点绛唇》小词……司马温公亦尝作《阮郎归》小词……"又曰:"(裴)湘又喜为小词……有咏并门《浪淘沙》小词……复有咏汴州《浪淘沙》小词……"[4]皆客观而平实地使用这个称语,以指词体。但更多的时候,它被无端增加了一些感情色彩,轻视的含义,对词之作为一种文体所具有的价值与地位的无视或否定。有三种情况促使了宋人对词的轻视。其一,词自《花间》以来,一直侧艳绮靡,柔婉纤巧,可

① 胡仔撰,廖德明校点《苕溪渔隐丛话》后集卷三十九,人民文学出版社,1962 年,第 326 页。

② 耐得翁《都城纪胜·瓦舍众伎》,《丛书集成续编》,台北新文丰出版公司,1988 年,第 269 页。

③ 庞元英《文昌杂录》卷一,《丛书集成初编》,中华书局,1985 年,第 8 页。

④ 吴处厚撰,李裕民点校《青箱杂记》卷八、卷十,中华书局,1985 年,第 81—82,110 页。

谓"自甘堕落"；其二，与德业事功相比，它十分微小，不但不能为主人增重，反足以为其累，故王安石要讥笑晏殊："为宰相而作小词，可乎？"[1]有人为维护欧阳修声誉而说那些艳词是仇人所作栽诬于欧（参释文莹《湘山野录》等）；一些"文章豪杰之士"作了之后，"随亦自扫其迹"[2]，这同上一节所说一部分人的"小道"观念一脉相承；其三，词体后起于诗，是为小。由后二者，又滋生出"诗余"之说。

今按，宋人所谓"诗余"，有三个方面的意义指向。

从道德观看，词同其它各种文艺形式一样，是"德"之余，是作者的道德、事功的一部分，最微末的部分。苏轼《文与可画墨竹屏风赞》云："与可之文，其德之糟粕。与可之诗，其文之毫末。诗不能尽，溢而为书，变而为画，皆诗之余。"[3]他把文与可的书法、绘画都当作诗之余，而诗又是文之末，文则是德之糟粕，那么，诗是德之糟粕之糟粕，书、画可谓糟粕之糟粕之糟粕，它们与道德之间隔着三层。文同不是词人，倘以词人来议，其标准与距离应该不变，也就是说，词与德之间也隔了几层。这与古希腊哲学家柏拉图的"理念"说倒有几分仿佛。不过，有时，他们并不作如此细碎而精确的推算，而是带有笼而统之之意。黄庭坚尝云"文章最为儒者末事"[4]，其"文章"包含各种文体。彭乘为其叔父彭几（渊材）乐书作跋云："渊材在布衣有经纶志，善谈兵，晓太乐，文章盖其余

---

① 魏泰撰，李裕民点校《东轩笔录》卷五，中华书局，1983年，第52页。

② 胡寅《向芗林酒边集后序》，胡寅撰，严文汉点校《斐然集》卷十九，岳麓书社，2009年，第373页。

③ 苏轼《文与可画墨竹屏风赞》，孔凡礼点校《苏轼文集》卷二十一，中华书局，1986年，第614页。

④ 黄庭坚《答洪驹父书》，刘琳、李勇先、王蓉贵点校《黄庭坚全集》正集卷十八，四川大学出版社，2001年，第475页。

事。"①也是泛称所有文字。曾丰论苏轼时也这样认为:"文忠苏公,文章妙天下,长短句特绪余耳,犹有与道德合者。"②不论是文之余,还是诗之余,其实质皆一,都是德之余。自韩愈吟出"多情杯酒伴,余事作诗人"后,"余事"二字便成为文人的习用之语,向上可以澡浴德、业以自高,向下犹能卑之以自饰。这种矛盾的心态,固反映一般文人不敢与世抗争的软弱性格,以及他们自身在一定程度上的轻视词,同时,也体现出词的一种在夹缝中求生存的智慧和本领。词即借助此种技巧而得以存在并发展。

从文学发展角度看,在中国文学中,每一种新兴的文体都被认为是前一主流文体的余绪:文之后是诗,诗之后是词,词之后是曲,曲之后是小说。祖先崇拜和宗法制社会的性质使人们自然产生贵古贱今的思想,所以,诗曾经被当作文之余,而词体出现于诗歌之后,注定要遭受低诗歌一等的待遇,被看得比诗轻。然词既为诗之后,其与诗之间当血脉未断,诗之精神气质、功能手法,词亦能得其"余"。罗泌论欧阳修词云:"盖尝致意于《诗》,为之本义,宽柔温厚,所得深矣。吟咏之余,溢为歌词。"③欧阳修尝致力于《诗经》研究,著有《诗本义》十五卷,于"三百篇"温柔敦厚之旨心得颇深,便以研究所得发之于诗歌,诗歌之余,又溢而为歌词。词直接作者的诗歌创作,诗歌创作又禀承《诗经》的"诗教"精髓,这进一步支持了前文所论苏轼的"诗之裔"说,同时也说明词与诗的渊源关系。钱锺书先生认为:"'诗余'之名,可作两说:所余唯此,外别无诗,

---

① 彭乘撰,孔凡礼点校《墨客挥犀》卷六,中华书局,2002 年,第 350 页。

② 曾丰《知稼翁词集序》,祝尚书编《宋集序跋汇编》卷二十九,中华书局,2010 年,第 1364 页。

③ 罗泌《欧阳文忠公近体乐府跋》,《欧阳文忠公集》卷一百三十三,《中华再造善本》景宋庆元二年(1196)周必大刻本。

一说也。"①似即此之谓。

从创作主体看,作者在创作了诗歌之后,才力有余,遂溢而作词,词便称为诗之余。苏轼说张先"诗笔老妙,歌词乃其余技耳"②。以为张先才力富赡,诗歌笔致老到而超妙,又用其余力创作歌词,仍然不凡。王灼评苏轼云:"东坡先生以文章余事作诗,溢而作词曲,高处出神入天,平处尚临镜笑春,不顾侪辈。"③在王灼眼中,苏轼以做文章的余力作诗,再用余力作词,但他的词高者人难企及,低者亦非流俗辈所能望项。这里面实际上涉及到作者的创作能力、创作技巧和创作方法问题,其要义乃是"以诗为词",这在下文将有专节讨论。此外,"诗余"说还关系到创作态度。作者填词时不是馨尽全力,而是用作诗之余力进行,或者像李之仪《跋吴思道小词》所说:"长短句于遣词中最为难工……晏元献、欧阳文忠、宋景文,则以其余力游戏,而风流闲雅,超出意表。"④晏殊、欧阳修、宋祁各家词作"风流闲雅,超出意表",而他们竟然是以其余力、以游戏的态度作词的,这给今天的理解增加了一定的难度。按:古人每每强调创作态度要谨严,所谓"狮象搏兔,皆用全力",于长短句却毫不讳言以余力、游戏待之,除了对作者的业绩、才力多所夸饰外,只能是对词体的不太重视了。不过,此说似不可拘泥,盖古人有时喜自我张扬,本竭尽心力为某事,偏言"余力为之",似谦逊其事不足一说,实则亦有吹嘘、自傲之意在。钱锺书先生所论"诗

---

① 钱锺书《谈艺录(补订本)》,中华书局,1984年,第29页。

② 苏轼《题张子野诗集后》,孔凡礼点校《苏轼文集》卷六十八,中华书局,1986年,第2146页。

③ 王灼撰,岳珍校正《碧鸡漫志校正(修订本)》卷二,人民文学出版社,2015年,第26页。

④ 李之仪《姑溪居士文集》卷四十,《丛书集成初编》,中华书局,1985年,第310页。

余"之名有两说,其另一说"自有诗在,羡余为此"①,似指此义。

综观"诗之余"说的三个意义层面,都包含着相互对立而相互依存的两个方面:首先是对词体的轻视,这层意思集中体现在"余"字上,不论是事之余、力之余,还是德之余,糟粕、末事,以及不经意为之、不全力为之等含义均现其中。其次,从渊源上对词予以部分认可,这层意思集中体现在"诗"字上。词这种新兴的音乐文学样式在五代时被称为"乐曲"、"歌曲"、"曲子"、"诗客曲子辞"(欧阳炯《花间集序》),前三者只表示其音乐属性,后者则表明作词者的身份,"诗之余"总算让它"认祖归宗"了,尽管这个归属未必那么正确。这样两层相互对立的意义,又相互依存于一体,并从根本上决定了宋人对它的矛盾态度。只看见前者,或只看见后者,皆失于片面。

第三节   词的功能及元祐词人的
词学功能观

论及词的功能,首先须分别对待两件事,即:将文人散见于序跋专著中的文字批评或曰"理论"和他的实际创作分别开来;将他们的一时言语同他们的整体态度分别开来。恩格斯曾说:"判断一个人当然不是看他的声明,而是看他的行为;不是看他自称如何如何,而是看他做些什么和实际是怎样一个人。"②判断一个人须如此,判断他的态度犹须如此。今人已普遍注意到这样一种有趣的

---

① 钱锺书《谈艺录(补订本)》,中华书局,1984年,第29页。
② [德]恩格斯《德国的革命和反革命》,见《马克思恩格斯选集》第1卷,人民出版社,1966年,第579页。

现象：宋人对词，口头上轻视，内心里喜欢。其实，宋人未必什么时候口头上都轻视词，也未必什么时候内心里都欢喜词，准确说来，他们对词，理论上是一套，创作上又是一套；有时是这样，有时又是那样。这就是要分别对待的理由。而分别的目的则恰在于综合，在于更好、更准确地从总体上把握他们的词学态度。

一、由《花间集序》的被误解看词的歌唱娱宾

五代欧阳炯为赵崇祚所编《花间集》作序云：

> 镂玉雕琼，拟化工而迥巧；裁花剪叶，夺春艳以争鲜。是以唱《云谣》则金母词清，挹霞醴则穆王心醉。名高白雪，声声而自合鸾歌；响遏行云，字字而偏谐凤律。《杨柳》、《大堤》之句，乐府相传；《芙蓉》、《曲渚》之篇，豪家自制。莫不争高门下，三千玳瑁之簪；竞富尊前，数十珊瑚之树。则有绮筵公子，绣幌佳人，递叶叶之花笺，文抽丽锦；举纤纤之玉指，拍按香檀。不无清绝之词，用助娇娆之态。自南朝之宫体，扇北里之娼风。何止言之不文，所谓秀而不实。有唐已降，率土之滨。家家之香径春风，宁寻越艳；处处之红楼夜月，自锁嫦娥。在明皇朝，则有李太白应制《清平乐》词四首；近代温飞卿复有《金筌集》。迩来作者，无愧前人。今卫尉少卿字弘基，以拾翠洲边，自得羽毛之异；织绡泉底，独殊机杼之功。广会众宾，时延佳论。因集近来诗客曲子词五百首，分为十卷。以炯粗预知音，辱请命题，仍为叙引。昔郢人有歌《阳春》者，号为绝唱，乃命之为《花间集》。庶使西园英哲，用资羽盖之欢；南国婵娟，休唱莲舟之引。时大蜀广政三年夏四月日叙。[1]

---

[1]　赵崇祚编，李一氓校《花间集校》，人民文学出版社，1958年，第1—2页。

这是一篇在相当程度上被人误解的文章。作者从传说中西王母、穆天子的谣谚叙起，认为这历史上最早的歌谣，已具备"词清"的特点、歌唱以侑宴饮的功能和令人心醉的效果。以下，历述阳春白雪、响遏行云之故事，六朝乐府《杨柳曲》、《大堤曲》之篇章等，也是为了说明歌唱性及音乐之美。从"《芙蓉》、《曲渚》之篇"开始，文意渐变，作者认为那是石崇等"豪家自制"，专以富艳为尚，其言下已略有不满之意，然还有所肯定，那就是它们"不无清绝之辞"；而至"自南朝之宫体"四句，笔锋转过，批判梁陈宫体冶荡淫靡，风格不雅，并以"何止言之不文，所谓秀而不实"二句加以痛砭，且语气严厉。"有唐已降"数句，叙唐代以来的享乐香艳之风，虽未明示褒贬，然其意甚显。"在明皇朝"数句叙李白、温庭筠二家，这是他所认可的，尤其拈出李白的应制之词，其意在于暗示它与前面"南朝宫体"、"香径春风"等的不同。"迩来作者"，指的是与他同时代的词作者，"无愧前人"的前人，指的当是宫体香艳以外的作者，而非包括文中所有的人。回顾了歌词的历史之后，文章进入正题，交代本集的编选情况，"拾翠洲边"四句谓编者自信其摭遴所得十分珍异，也煞费心思。"广会众宾"以下，谓编者又广泛征求各方面的意见，不断采纳好的建议，终于编集成这五百首词，因为"我"粗知音乐，而请"我"作序，"我"考虑到昔日曾有郢人歌一曲高雅的《阳春》，号称绝唱，就命名为《花间集》；希望此书的编撰，能为英哲们游赏景致时增添几分欢乐，使南国的佳人们，不再唱那采莲歌曲。

通观全文，作者的思路很清晰，意思很明确，一是以歌唱性为主线，叙述古今歌词(可歌之词)的历史；二是以"清"、"清绝"为审美标准，对各个时期的代表作品和代表作家予以评价，并表明自己的褒贬之意。根据文意揣测，他所认为的词的源头，应该是沿着西王母为穆天子所歌《白云谣》这条线发展而来的可歌作品，前期偏于民间歌谣,六朝时虽以乐府民歌为主,但开始出现"豪家自制"曲,风格也开始变化,至南朝宫体而大变,亦大坏;李、温之作,于唐代的香艳之风中显得不同;近来词家,无愧于古人。他对词史的看法与宋人及今人迥然相异,然不管正确与否,应承认它是自成一家,而且,这是目前所知最早的研究"词史"的文章,具有鲜明观点的一篇作品。至于他的思路、主张与《花间集》的内容实际不符,则另当别论。

今人对这篇序文的误解十分严重,根本不分清其中的褒贬之意,而将他所不取的,当作是他赞同的,甚至认为:"欧阳炯……主张,词应上承齐梁宫体,下附里巷倡风,亦即以绮靡冶荡为本。"真可谓厚诬古人了。另外,也每每忽略贯穿其中的"可歌性"这条线索,致使"昔郢人……号为绝唱"与"乃命之为《花间集》"之间断了脉络,让人不知其命名之意(按:花间者,可能指常在花间唱歌之黄莺、黄鹂等,其鸟善鸣,人以为能唱,并用以比喻人之善唱——俟考),而若忽略这条线索,据文意该接着"阳春"二字命名为《阳春集》的①。这里不惮辞费,发明这篇序言之微义,非仅仅是为欧阳氏辩护,而是引出词的歌唱功能,并且强调这个功能是词的基本功能、原始功能,也是较早被词论所讨论的功能。

欧阳炯所期望的词的歌唱功能,主要表现于"资羽盖之欢"和莲舟之唱,亦即为雅人达官游玩赏观时助兴,以及供歌女们演唱时使用。宋人同样重视词的歌唱功能。夏承焘先生曾说,李清照的

---

① 李一氓先生校本《花间集》序后校云:"接《花间集》下,晁、茅、玄、雪诸本皆有'庶以阳春之甲'句,毛本同,惟'甲'作'曲'。阳春之甲于义未安,阳春之曲文义虽正,但既重上文,又于下骈句不接应。今从鄂本、汤本删去。"按:李先生忽略了"乃命之为《花间集》"与上文《阳春》云云有不接应;同时,诸本均有彼一句,似不当轻易删汰。当然,加上一句,文义仍难通顺,故笔者始终怀疑这里有断文。

《词论》在开头"叙述一段唐开元、天宝间李八郎'转喉发声歌一曲，众皆泣下'的故事，这段故事跟下文似乎不大联接；后来我悟得，她是借这故事来说明词跟歌唱的密切关系，是拿它来总摄全文的"①。这与欧阳炯文章的命意、结构及观点，甚至文意之"不大联接"何其相似乃尔！宋人多看重这一点。晏殊词云："萧娘劝我金卮，殷勤更唱新词。暮去朝来即老，人生不饮何为"（《清平乐》），欧阳修也说："青春才子有新词，红粉佳人重劝酒"（《玉楼春》）。据说连仁宗皇帝也喜爱听人唱柳永小词，"每对酒，必使侍从歌之再三"②。元祐词人无疑同其他宋人一样，接受了，可说是毫无保留地接受了这个功能观。苏轼于词中写道："江南好，千钟美酒，一曲《满庭芳》"（《满庭芳》），他及同时其他词人的许多词作，确实是为唱而创作。宋代士大夫享有富足的物质待遇，公私宴会不断，而歌妓制度又促进了歌唱技艺的发展；再加上宋代官员于赴任、任满离职时流行遣歌女或歌妓唱歌以送往迎来的风气，遂将词的歌唱功能发挥至极点。词，实际成了娱宾之具。

然而，需要辨别的是，词被用于娱宾，并无空间限制，尊前宴席固可，登山临水也可，不局限于某一特点场所；同时，在内容上也无特殊的规定，绮情肉欲、靡靡之音可，个人的一时想法、心中感慨也可。元祐词人的不少作品，虽具娱宾之用，而内容实质与一般的歌舞宴席之词不同。如苏轼在黄州时，冬日雨雪，太守徐君猷携酒相过，苏轼于席上作《浣溪沙》三首（其一"覆块青青麦未熟"，其二"醉梦昏醺晓未苏"，其三"雪里餐毡例姓苏"）以侑酒，或写景寄情，或抒发胸臆；黄庭坚元符中于当涂假守离席上所赋《木兰花令》数阕，

① 夏承焘《李清照词的艺术特色》,《夏承焘集》,浙江古籍出版社、浙江教育出版社,1997年,第249页。
② 陈师道《后山诗话》,何文焕辑《历代诗话》,中华书局,2004年,第311页。

几乎全是有针对性的抒怀言志之词。清人谓北宋词多无聊之作以应歌，实不可一概而论。应该看到，应歌在很大程度上丰富了宋人的创作，促进了宋词的发展；特别是它内容的无限定性，不啻于为词人们提供了即兴创作、自由发挥、随意挥洒胸襟的机会。石遗老人评苏轼《和子由踏青》诗云："不甚高妙景物，名大家能写得恰如分际，小名家则非雅事不肯落笔矣。"①对于元祐名家而言，任何场合都可以进行词创作，他们胸中积郁着深厚的人生感触，心里贮存着渊博的学问、故实，故其应歌之作也自有高格。所谓歌唱由人，陶写在我；风物虽同，其美迥殊。

二、遣兴自娱

相对于应歌的娱宾、娱他人，还有从创作主体这方面着眼的遣兴、自娱说。

嘉祐三年(1058)，陈世修为其外祖冯延巳《阳春集》作序云："公以金陵盛时，内外无事，朋僚亲旧，或当燕集，多运藻思，为乐府新词，俾歌者以丝竹而歌之，所以娱宾而遣兴也。"明确提出作词目的乃是歌以娱宾遣兴。这是将创作与欣赏放在一处笼统而言。与此相比，元祐词人往往更偏于从创作角度表述这种功能观。

晏几道自述其作词本意云：

> 叔原往者浮沉酒中，病世之歌词不足以析酲解愠，试续南部诸贤绪余，作五七字语，期以自娱。不独叙其所怀，兼写一时杯酒间闻见及同游者意中事。②

----

① 陈衍编《宋诗精华录》卷二，巴蜀书社，1992 年，第 241 页。
② 晏几道《小山词序》，《彊村丛书·小山词》，上海古籍出版社，1989 年。

晏几道是个落拓公子,无求于世,无干于贵人,不知是尘世遗弃了他,还是他遗弃了尘世,在他眼中,不论写了什么内容,表达了怎样的情感,他对词的功能的定位都是自娱。"尘世难逢开口笑",天若有情天亦悲。人生既没有多少可以释怀舒颜之物,何不转而内求,以文字自娱,记住岁月点滴? 这,可能是小山及一部分词人"自娱"的心理。

陈师道废居徐州时,曾致书黄庭坚,自述其潦倒坎坷之状云:"……以例罢官……复遭家祸……不蒙注拟,罢官六年,内无一钱之入。艰难困苦,无所不有;沟壑之忧,近在朝夕。甚可笑也。"最后,又说:"迩来绝不为诗文,然不废书,时作小词以自娱,用以卒岁,毋以为念也。"[1]词人蒙党争祸连,罢官六年,一直被悬置未授新的职位,又遭家祸,精神上极受磨折,而物质上也倍见窘迫,内无一钱之入,几乎要穷死沟壑了。在这种情况下,他便完全以小词自娱,聊以卒岁。

朱弁《风月堂诗话》卷上载:"(晁)无咎晚年,因评小晏并黄鲁直、秦少游词曲,尝曰:'吾欲托兴于此,时作一首以自遣,致使流行,亦复何害,譬如鸡子中元无骨头也。'"[2]晁补之晚年同样受党祸之灾,隐居乡里,不预世事,东皋栽柳,西园赏梅,儿女围坐,酒茗相随,创作了大量词作,脍炙人口,足以流传后世,而他对词的定位与其他诸公如出一辙:自遣。

考察所谓"自娱"、"自遣",可以发现,这里面仍然潜性存在着以道德、功业为参照系的问题。比较而言,事功、德业乃国家盛衰、民族存亡、公众利害之攸关,而词的创作自属个人之私,是一己情

---

① 　陈师道《与鲁直书》,《后山居士文集》卷十,影印北京图书馆藏宋刻本,上海古籍出版社,1984 年。
② 　朱弁撰,陈新点校《风月堂诗话》卷上,中华书局,1988 年,第 101 页。

感、情绪之抒发,一己忧乐、荣辱之倾诉,其小大自见。尤其是,从元祐诸家"自娱""自遣"说的背景可以看出,当时他们都有着相同相近的身世际遇,功名无望,德业艰难,生存已是问题,遑论其他。即使雄心尚存,无奈廉颇老矣,时不我与。故他们共持"自娱""自遣"之说,又有着大致相同的心理背景。屈原《离骚》云"和调度以自娱兮,聊浮游而求女",尚纯粹是一种感情的自我调适;陶潜归隐,作《五柳先生传》,则提出"常著文章以自娱,颇示己志",始正式将为文和自娱联系起来,把"自娱"作为一种文学功能观确定下来。后来,欧阳修在《新五代史·唐臣传·李袭吉》评李氏时也曾说:"袭吉为人恬淡,以文辞自娱。"结合以上诸家"自娱"说,似乎可以得出这样一个印象式的判断:以文辞自娱,多是在作者归隐以后,或是遭致一定的政治不幸之后,或是其人"为人恬淡"。当然,这种判断还有待于深入论证,且未必适合于所有的作家,但就元祐以前及元祐时期而言,是基本不错的。

　　然"自娱""自遣"并不是说创作时以"儿戏"态度视之,创作后以无价值之物待之。从创作心态言,它以创作主体自身为"娱乐"对象,实际只是为了表达自我内心而作,没有道德上的、技巧上的外在要求,也就挣脱了各种羁绊,从而避开了可能干扰创作的种种负面因素,使主体进入一种无求无待的内在自足状态,也即最佳状态,"解衣般礴",心手相应,有可能创作出上乘之作。从创作者的心理背景言,"自娱""自遣"说根本不同于"无病呻吟"式的创作,某种程度上可以说是"有为而作"。唐元稹《进诗状》尝自述云:"自律诗百韵至于两韵七言,或因朋友戏投,或以悲欢自遣。""以悲欢自遣"实质就是以创作排遣内里的悲欢之感、离合之情,也就是小晏"期以自娱"的原初情景,"不独叙其所怀,兼写一时杯酒间闻见及同游者意中事",将其所感(怀)、所思、所闻叙写出来,以达到"自娱"、"自遣"的目的。换言之,创作过程即是创作目的,就是自娱、自遣,而推动创作的内驱力,又成为创作的内容。再者,从"自娱"、"自遣"说表述者的原初之意推测,他们也并不是将"自娱"、"自遣"定位于今人所理解的"娱乐"、"消遣"这样的层面上:陈师道六年谪居,过着"内无一钱之入"而"艰难困苦无所不有"的生活,以作词自娱,"用以卒岁",则创作已经成为他惟一的精神寄托,情感慰藉,词人不可能也没有那样的闲情逸致去以词消遣;晁补之晚年因评黄庭坚、秦观二家之词,说他自己亦"欲托兴于此",并说这样做无害,"譬如鸡子中元无骨头也",明确表示以词"托兴",也就是寄托自己的种种情趣,这与艳情绮思应该是迥乎相异的。

晏几道的"自娱"虽有以杯酒、男女为主的倾向,但他对自己词的内容定位却是:"考其篇中所记悲欢离合之事,如幻如电,如昨梦前尘,但能掩卷怃然,感光阴之易迁,叹境缘之无实也。"其词集原名《补亡》,所谓"追维往昔过从饮酒之人,或垄木已拱,或病不偶",则他浇注于其中的人生苦短、盛事难再之感可能远大于、远重于杯酒、男女本身,或者说后二端只是表象而已。陶渊明已将"著文章以自娱"与"示己志"等同起来,元祐词家的"自娱"、"自遣",完全亦可用"示己志"加以概括,尽管这个"志"尚不足以完全等同于"诗言志"之"志",而是一部分与之重合,另一部分专指"情"。

三、寄情

张耒为贺铸《东山词》作序云:

> 文章之于人,有满心而发、肆口而成,不待思虑而工、不待雕琢而丽者,皆天理之自然,而情性之至道也。世之言雄暴虓武者,莫如刘季、项羽。此两人者,岂有儿女之情哉? 至其过故乡而感慨,别美人而涕泣,情发于言,流为歌词,含思凄婉,

闻者动心焉。此两人者,岂其费心而得之哉? 直寄其意耳。
予友贺方回,博学业文,而乐府之辞高绝一世,携一编示予,大
抵倚声而为之词,皆可歌也。或者讥方回好学能文,而惟是为
工,何哉? 予应之曰:是所谓满心而发、肆口而成,虽欲已焉
而不得者……①

"寄意"即寄托情感。张耒认为刘邦、项羽二人以行伍出身,本来就
寡情,鞍马间又未尝费心为文,然他们的诗歌"含思凄婉,闻者动心
焉",具有强烈的感人力量,关键就在于他们受特殊情境的触发,抒
发了自己的真情;贺铸的词正如刘、项的诗,发乎真情,不求其工而
自工。《毛诗序》云"情动于中而形于言",张耒所谓"满心而发、肆
口而成",乃本乎此,说的都是作者内心的某种情愫已经充溢不能
自已,不能不抒发出来,故创作完全是为了抒发情感,寄托情意。
同"自娱"、"自遣"说略异的是,前者偏于"志",言志以抒怀;"寄情"
说则强调性情,不论是刘邦过故乡的感慨,还是项羽别虞姬的伤
心,皆是性情的自然流露。

寄托性情也是元祐词人共同的观点。黄庭坚说:"诗者,人之
情性也。"②他序晏几道的《小山集》,说小山磊隗权奇,疏于顾忌,
不为世重而陆沉下位,他遂怪而问之,晏答:"我槃跚勃窣,犹获罪
于诸公,愤而吐之,是唾人面也。"黄评云:"乃独嬉弄于乐府之余,
而寓以诗人句法。清壮顿挫,能动摇人心,士大夫传之,以为有临
淄之风耳,罕能味其言也。"最后赞小山词:"可谓狎邪之大雅,豪士

---

① 张耒《贺方回乐府序》,李逸安、孙通海、傅信点校《张耒集》卷四十八,中华书局,
1990 年,第 755 页。
② 黄庭坚《书王知载〈胊山杂咏〉后》,刘琳、李勇先、王蓉贵点校《黄庭坚全集》正集卷
二十五,四川大学出版社,2001 年,第 666 页。

之鼓吹,其合者高唐洛神之流,其下者岂减桃叶团扇哉!"①在黄庭坚看来,晏几道率性任真,不傍贵者之门,不作新进士语以干时冒进,不谋营生计较钱财,人负之而不恨不疑,可谓至性至情之主,他的词便是他胸臆间不平之气"愤而吐之"的结果。

苏轼更是将性情当作创作的原动力。元好问说:"自东坡一出,情性之外,不知有文字。"②苏轼认为:"夫昔之为文者,非能为之为工,乃不能不为之为工也。山川之有云雾,草木之有华实,充满勃郁,而见于外。夫虽欲无有,其可得耶!"③行文之工拙,并非单独的表现方法问题,而是取决于作者情感的有无与多少,倘情感深厚浓郁,"充满勃郁"于内,自然会"见于外"。这同张耒论贺铸词的观点极其一致。他又说"文以达吾心,画以适吾意"④,文章和绘画都是在自己有了较为强烈的"心"、"意",需要加以表达时才创作出来的。他论文同画竹又云:"与可独能得君(竹)之深,而知君之所以贤。雍容谈笑,挥洒奋迅而尽君之德。……得志,遂茂而不骄;不得志,瘠瘠而不辱。群居不倚,独立不惧。文可之于君,可谓得其情而尽其性矣。"⑤竹具不骄、不辱、不倚、不惧四种品格,文与可独能深得之而有获于心;而其得竹之情尽竹之性,渲染于纸墨之上,实即倾吐己之情己之性,则其创作亦是性情之寄托。这些皆不是直接论词之语,但在苏轼眼中,各种艺术门类之间相通相连,其

---

① 黄庭坚《小山集序》,刘琳、李勇先、王蓉贵点校《黄庭坚全集》正集卷十五,四川大学出版社,2001年,第413页。

② 元好问《新轩乐府引》,狄宝心校注《元好问文集编年校注》卷六,中华书局,2012年,第1383页。

③ 苏轼《南行前集叙》,孔凡礼点校《苏轼文集》卷十,中华书局,1986年,第323页。

④ 苏轼《书朱象先画后》,孔凡礼点校《苏轼文集》卷七十,中华书局,1986年,第2211页。

⑤ 苏轼《墨君堂记》,孔凡礼点校《苏轼文集》卷十一,中华书局,1986年,第356页。

"道",即创作思想,亦贯通无碍,所谓"诗画一律"、词乃"诗之裔",故由这段话完全可以推知苏轼于词也是持寄托性情观的。

元祐诸家的"寄情"说,高扬"性情"大旗,主张情感要真实而自然,要强烈而饱满,这无疑给当时的词坛吹进一股强劲的新鲜空气。盖自五代以来,《花间》词风盛行,社会上流行小曲多唱于歌儿女伎之口,词家每每模拟其声吻,逼肖其神态,揣摩其心理,"男子而做闺音",根本不见自家面目,更失却自家心性,千人一面,百口一辞,宜其为人所低视。元祐词家强调以其士大夫之情怀、个人真实之情感,注入词体之中,从而为词输入了生命的元气,将它从狭隘的男欢女爱的藩篱中解放出来,使它获得了新生,走上健康发展的道路;同时,要求表达出主体的情性,自具声口,从而变伶工之词为士大夫之词,纠正了词在社会上的不良形象,提高了词的地位。而就批评观点的整体性看,"寄情"说不但补充了他们的"自娱"、"自遣"的创作说,使"情"与"志"结合,相互为用,而且,对其"娱宾"说更是十分重要的说明和注释,某种意义上说,也是一种匡补,使他们的批评观点前后保持一致,使他们的创作与批评也基本符契密合,而不发生大的错位。

第四节　元祐诸家的词人意识

北宋社会对词的态度从总体上说是矛盾的:暗中创作而公开时却不认帐,半边嘴歌唱小词而半边嘴却说词为体不尊。这种矛盾已引起人们的充分注意,但还有一个更大的矛盾往往遭到忽视,那就是在普遍轻视词体的风气中,北宋社会也潜生着一股"暗流":上(皇帝)以词觇知臣下的心思动静;下则以词讽上,或相互之间以词婉转传达心曲。这与《诗经》"上以风化下,下以风刺上"(《毛诗序》)的精神颇为接近。这股"暗流"至元祐时终于涌出地面,化而为元祐词家的词人意识。

王明清《挥麈录·余话》卷一记载:"熙宁中,蔡敏肃挺以枢密直学士帅平凉。初冬置酒郡斋,偶成《喜迁莺》一阕……词成,闲步后园,以示其子朦,朦置之袖中。偶遗坠,为应门老卒得之。老卒不识字,持令笔吏辨之。适郡之娼魁素与笔吏洽,因授之。会赐衣袄中使至,敏肃开燕,娼尊前执板歌此……中使得其本以归,达于禁中。宫女辈但见'太平也'三字,争相传授,歌声遍掖庭,遂彻于宸听,诘其从来,乃知敏肃所制。裕陵即索纸批出云:'玉关人老,朕甚念之。枢管有阙,留以待汝。'以赐敏肃。未几遂拜枢密副使。御笔见藏其孙积家。"[①]这首词描写了苍莽衰飒的边疆景物,"剑歌骑曲悲壮"的军旅生活,也写了"尽道君恩难报"的责任感与"谈笑。刁斗静。烽火一把,常送平安耗"的英雄气概,并歌颂了皇帝的英明、宽大:"圣主忧边,威灵遐布,骄虏且宽天讨。"最后表达久成思归的情怀:"岁华向晚愁思,谁念玉关人老。"神宗皇帝从中读出了蔡挺的种种情感,感而召回重用。又,《石林诗话》卷上云:"元丰初,虏人来议地界,韩丞相名缜自枢密院都承旨出分画。玉汝有爱妾刘氏,将行,剧饮通夕,且作乐府词留别。翌日,神宗已密知,忽中批步军司遣兵为搬家追送之。玉汝初莫测所因,久之,方知其自乐府发也。……玉汝之词,由此亦遂盛传于天下。"[②](胡仔《苕溪渔隐丛话》前集卷二十八所引略异数字。)韩缜(字玉汝)得与爱妾

---

① 王明清撰,田松青校点《挥麈录·余话》卷一,上海古籍出版社,2012年,第190页。关于此词本事,魏泰《东轩笔录》卷六的记载简约而与此略同,彭乘《墨客挥犀》则仅言"此曲成,大传都下",而无拜枢密事。

② 叶梦得撰,逯铭昕校注《石林诗话校注》卷上,人民文学出版社,2011年,第27—28页。

团聚,起作用的是小词,神宗皇帝因读其词而特别开恩成全臣子之私情。

司马光《涑水记闻》云:"景祐四年,锁厅人最盛,开封府投牒者至数百人,国子监及诸州不在焉。是时,陈尧佐为宰相,韩亿为枢密副使。既而解牒出,尧佐子博古为解元,亿子孙四人皆无落者,众议喧然,作《河满子》以嘲之。流闻达于禁中,殿中侍御使萧定基时掌誊录,因奏事,上问《河满子》之词,定基因诵之……于是诏令后锁厅应举人与白衣别试,各十人中解三人,在外者众试于转运司,恐其妨白衣解额故也。"①宰臣子孙、现任官员或有爵禄者应试(后者即锁厅举人),与一般举子同试而侵其名额,又因有势力后台而皆被录取,故引起众多举子的不满,遂作《河满子》词以嘲之,仁宗皇帝因词而改革锁厅试办法,使锁厅举人别试,不侵占白衣者录取名额。释文莹《湘山野录》卷中载,吕申公退休时,仁宗坚意要他推荐一名可以代替他的人选,吕荐陈尧佐,陈便被"大拜"为相。"后文惠公(按:即陈尧佐)极怀荐引之德,无以形其意,因撰《燕词》一阕,携觞相馆,使人歌之……申公听歌,醉笑曰:'自恨卷帘人已老',文惠应曰:'莫愁调鼎事无功'。"②陈尧佐特意作《踏莎行》词,命人歌于筵席,以表达他对吕氏荐引的感戴之情。

类似的事情还可以在宋人的记载中找出许多,如神宗读苏轼词"又恐琼楼玉宇,高处不胜寒",知其"终是爱君",而由黄州量移汝州,等等。它们无疑向人们显示:在绮情艳思之外,词还有别的内容,因而具有别的功用;而即使在筵席之上,唱词也不仅仅是为了娱乐宾客。上至皇帝对大臣的任用,下至普通人的倾诉愤闷不

①　司马光撰,邓广铭、张希清点校《涑水记闻》卷三,中华书局,1989年,第50—51页。
②　释文莹撰,郑世刚、杨立扬点校《湘山野录》卷中,中华书局,1984年,第28页。

满之情,中至社会要人的达情传意,词已被采用于各种正规的场合,处理比较严肃、重要的事件。可以说,词的功能已日渐扩大,适用范围也获得了根本性的改观:由下层市民圈子走向上层社会,从娱乐圈子走向政治生活,它的生存空间已经不是那么紧张了。

正是在这样的时代背景之下,元祐词人才能够凭借其超越同侪的敏锐洞察力,发掘词体抒情、言志的巨大潜力,赋予传统词学观念以新的内涵,对词的认识也发生了根本性的变化。他们对传统词学观念的"新"解已见上文,他们对词体认识的变化,则集中体现了明确的词人意识。元祐诸家的词人意识,主要表现在三个方面:承认自己的词作;为词辩护;争做词手。

胡寅为向子諲《酒边词》作序云:"词曲者,古乐府之末造也……方之曲艺,犹不逮焉,其去典礼则愈远矣。然文章豪杰之士,鲜不寄意于此者,随亦自扫其迹,曰谑浪游戏而已也。"像他说的这样"自扫其迹"的情况,词坛上并不少见,如孙光宪《北梦琐言》卷六载:"晋相和凝,少年时好为曲子词,布于汴、洛。洎入相,专托人收拾焚毁不暇。"①就是一个极端的例子。在填词足以成为"德之累"、士大夫们纷纷"自扫其迹"之时,元祐词人(主要是苏门)却从不讳言自己作词。熙宁年间,苏轼在密州任上,与人书云:"近却颇作小词,虽无柳七郎风味,亦自是一家。"②"乌台诗案"后他被贬谪至黄州,仍不改其态度:"近者新阕甚多,篇篇皆奇。迟公来此,口以传授。"③不但说自己作词,且颇以词之"奇"、"自成一家"

① 孙光宪撰,贾二强点校《北梦琐言》卷六,中华书局,2002年,第135页。
② 苏轼《与鲜于子骏书》,孔凡礼点校《苏轼文集》卷五十三,中华书局,1986年,第1559页。
③ 苏轼《与陈季常十六首》之九,孔凡礼点校《苏轼文集》卷五十三,中华书局,1986年,第1568页。

而自豪。受"诗祸"的影响,他这个时期虽创作了大量诗歌,却不敢承认,不断地向人表白:近来绝不作诗,但他同时却不掩盖自己作词的事实①。陈师道元符间废居徐州,也作有数量众多的诗文,与人书中却云:"迩来绝不为诗文,然不废书,时作小词。"②黄庭坚同样说:"闲居绝不作文字,有乐府长短句数篇,后信写寄。"③元祐词人讳言作诗,显然是党争、诗祸特定心理的反映,但他们不讳言作词,甚至在遭受政治打击之时也如此,这说明他们并不认为作词是不光彩的事情,不认为词人的身份会连累他们的名声。

元祐词人还敢于为词辩护。黄庭坚在《小山词序》中说,他少年时"间作乐府以使酒玩世,道人法秀独罪余以笔墨劝淫,于我法中,当下犁舌之狱",但是他辩说,法秀道人"特未见叔原之作耶",他的话含有晏几道的词比他少年时的词作更加艳丽的意思。但他接着说:"虽然,彼富贵得意,室有倩盼慧女,而主人好文,必当市购千金,家求善本,曰:独不得与叔原同时耶。若乃妙年美士,近知酒色之娱;苦节臞儒,晚恨裙裾之乐,鼓之舞之,使宴安鸩毒而不悔,是则叔原之罪也哉!"对于那些富贵而比晏几道人生得意,最起码不像他这样偃蹇的人,家有漂亮伶俐美女,主人又好文,高金购买小山之文,恨不能与他同时;那些少年美士,方知酒色之娱,那些苦节臞儒,年龄老大才悟得男女之乐,他们读了小晏的词"宴安鸩毒而不悔",这确实是小山之罪了——可是,这又绝不能说是小山

---

① 苏轼《与陈大夫八首》之三云:"比虽不作诗,小词不碍。"孔凡礼点校《苏轼文集》卷五十六,中华书局,1986年,第1698页。

② 陈师道《与鲁直书》,《后山居士文集》卷十,影印北京图书馆藏宋刻本,上海古籍出版社,1984年。其该期所作之诗可参任渊注与冒广生补笺之《后山诗注补笺》中编年,中华书局,1995年。

③ 黄庭坚《与宋子茂书》六首之一,刘琳、李勇先、王蓉贵点校《黄庭坚全集》别集卷十五,四川大学出版社,2001年,第1789页。

之罪,不能说是他"笔墨劝淫"。这里用的是反笔,山谷之意是说,有些事情出于人性之自然,或其自身发展之必然,非笔墨所能"劝",亦非笔墨所能止,将"笔墨劝淫"的罪名加诸词人之身,有失公道。当然,他的辩护带有强词夺理的嫌疑,于理难以周全,但某些方面也有一定的道理;同时,敢于为词而辩,也正说明他有自觉维护词人名声的意识。苏轼虽未明确为词而辩,但他曾劝诗僧参寥不必废诗,说:"此于正道殊不相妨,何为废之邪?"并鼓励他"当更磨揉以追配彭泽(陶潜)"[①],揆以其"诗词一体"观,以之为词而辩亦无不可。前揭朱弁《风月堂诗话》卷上引晁补之晚年之言,说他欲托兴于词,时作一首自遣,"致使流行,亦复何害,譬如鸡子中元无骨头也",这实际也是为词辩护。在他看来,作词没有什么害处,就好像鸡子里面本来没有骨头一样,而他所用的方式似乎比黄庭坚、苏轼高明,他用了一个完全不容人置疑的事实作比方,一句话织成一张保护网,从四面八方将对词体的可能指责全数阻隔在外,使词不受任何损害,也使其它任何的辩解都成为多余。

元祐词人还有较强的争做词手的意识。张耒曾经说过:"予自童时即好作文字,每于他文尝为之,虽不能工,然犹能措词。至于倚声制曲,力欲为之,不能出一语。"[②]他用尽心力填词,然于倚声之道,始终不能有所成就。陈师道《后山诗话》云:"今代词手,惟秦七、黄九尔,唐诸人不迨也。"对秦观、黄庭坚二家可谓推崇有加,然同书又云:"余他文未能及人,独于词,自谓不减秦七、黄九。"(后者又见于其《书旧词后》)其晚年所作《渔家傲》词亦云:"拟作新词酬

① 苏轼《与参寥子二十一首》之二,孔凡礼点校《苏轼文集》卷六十一,中华书局,1986年,第 1860 页。
② 张耒《倚声制曲三首序》,李逸安、孙通海、傅信点校《张耒集》卷三,中华书局,1990年,第 34 页。

帝力。轻落笔。黄、秦去后无强敌。"其意不啻于云自己亦是当代
词手。这句话不能简单视之。盖后山诗文极负时名,其文师唐宋
八大家之一的曾巩,其诗学黄庭坚而相与颉颃,后人以之为"江西
诗派"的"三宗"之一,他为自己的诗文甚至不肯瓣香于苏轼,而与
词相较,竟然说"他文未能及人",只有词不比秦、黄二家稍劣,这里
面固然不乏自负、高自标置的成分,而词人意识更为强烈,更有价
值,也更应引起注意。胡仔《苕溪渔隐丛话》前集卷五十一引后山
之语而驳之,曰:"无己自矜其词如此,今《后山集》不载其小词,世
亦无传之者,何也?"所言不为无理①,然只是就事论事,没有充分
重视事情背后所透露的消息,没有尝试着自己来解答这个"何也"。
当名公巨卿们为保护名声而"自扫其迹",当许多人讳言词时,后山
先生堂而皇之地与秦、黄争当词手,公开降低自己的诗文之名而提
高词名,这确实反映了元祐词人尤其是苏门先进的、与众不同的词
学观,它对扩大词的影响,提高词的社会地位,具有深远的意义。

---

① 　按:《后山集》不载词,未足以指责后山。今人每以宋人将词附载于诗文后为轻视
　　词之证,如此,则《后山集》不载词适足以说明他重视词。其实,版本有时并不能说
　　明什么问题,如今所传《后山诗余》即有《后山集》本,而宋陈振孙《直斋书录解题》又
　　有单行之《后山词》一卷,《宋史・艺文志》也有单行之《后山语业》一卷,前者并不能
　　说明后山轻词,后者也不能说明他重词,这是明显的。

第六章 "以诗为词"

　　元祐词坛的"以诗为词"现象颇为引人瞩目。这个问题最早是以对苏轼个人创作中某些不遵守词的规则行为的批评而提出来的;与此差不多同时,黄庭坚等人在评词时也每以诗为参照系;而后人对苏轼之外的其他元祐词家的品评,虽未明确标举"以诗为词"四字,也同样以诗为比照。这说明,"以诗为词"绝非个别词人的个别创作现象,而是元祐词人的集体行为,是元祐"作品群体"的共同倾向和共同特征。就苏轼等少数革新者来说,他们的"以诗为词",可能发轫于偶然的创作行为,但逐渐成为并最终主要是一种自觉的词体革新、词体发展意识,这里面除了对题材、手法、技巧等属于"艺"的层面因素的借鉴外,还含有"道"的追求在内,那就是挺立"士"节以为"诗心",以"诗心"振立词格,发扬诗歌精神,拯挽词坛颓势。

第一节 "以诗为词"的共同倾向

　　陈师道《后山诗话》云:

　　　　退之以文为诗,子瞻以诗为词,如教坊雷大使之舞,虽极天下之工,要非本色。今代词手,惟秦七黄九尔,唐诸人不迫也。①

文中,"教坊雷大使"系指徽宗朝教坊大使雷中庆②。宋蔡絛《铁围山丛谈》卷六载:"太上皇在位,时属升平。手艺人之有称者……教坊……舞有雷中庆,世皆呼之为'雷大使'。"太上皇指宋徽宗。论者据"时属升平"四字谓上引《后山诗话》评东坡词的材料不可能出自陈师道之手,因为陈氏卒于徽宗建中靖国元年(1101),而元符、建中靖国之间,政局动荡,非"升平"时期;《四库全书总目提要》、郭绍虞先生《宋诗话考》等亦对此条是否出自后山之手表示怀疑。本文以为,这种疑问似缺少足够的证据。在蔡絛眼中,整个徽宗统治时期都是"升平"时期,他的意识中不可能将元、建排除在外;倘若以今人的眼光看,则是整个北宋末皆不"升平",故"升平"二字不能作为直接证据。而从元符三年的十一月至建中靖国元年十二月,后山俱官秘书省正字③,他得以见识或知道雷中庆之舞的机会还是有的。另,张戒《岁寒堂诗话》卷上曾提到陈师道"以为退之于诗无所得",后山《书旧词后》亦云:"余于他文未能及人,独于词,自谓不减秦七、黄九。"这些观点,与上引《后山诗话》的表述适相吻合。至于文中对苏轼词评价不高,不但不足以证明它是伪作,恰可从侧面说明它的真实性,因为元祐其他词人也有对东坡词不够"恭维"者,而"是其所是",不以人论词,这正是元祐词人的批评风格。

《后山诗话》大概是对"以诗为词"观念的第一次明确的揭示,尽管它的本意只是评苏轼的词,不具真正的理论建构意义,但它在

---

① 陈师道《后山诗话》,何文焕辑《历代诗话》,中华书局,2004年,第309页。
② 王水照《走近"苏海"》,《苏轼研究》,河北教育出版社,1999年,第10—11页。又,海宁、晓文《"教坊雷大使舞"考释》,《文学遗产》1998年第5期。
③ 参郑骞《陈后山年谱》,台北联经出版事业公司,1984年。

流行以后所产生的影响,已超越具体的评论对象,获得普遍的价值。这个普遍价值的获得,恰又是在元祐其他词人的互评、自评以及后人对元祐词人的普遍评论的基础上而逐渐形成的。也就是说,"以诗为词"已成为对元祐词坛的总评,这自然包括对陈师道的评价在内。这恐怕是他们始料所未及的。

《王直方诗话》(《苕溪渔隐丛话》前集卷四十二引)云:"东坡尝以小词示无咎、文潜,曰:'何如少游?'二人皆对曰:'少游诗似小词,先生小词似诗'。""小词似诗"即"以诗为词"的另一种说法。这则材料包含两方面的信息:第一,晁、张二人同样认为苏轼词如其诗;第二,诗、词之间可以互为参照系,那时,不单有苏轼的"词似诗",还有秦观的"诗似词",这里面都有着对诗、词自身"质"的规定性的认同在内。李清照《词论》评宋代名家词云:"至晏元献、欧阳永叔、苏子瞻,学际天人,作为小歌词,直如酌蠡水于大海,然皆句读不葺之诗尔,又往往不协音律者。"①所谓"句读不葺之诗",不是着眼于诗、词句式之别,而是说苏轼的词(晏殊、欧阳修二家同)除了句式这一个较为显明的形式因素与诗不同外,其实质与诗歌无异。此数家观点,几乎皆可作后山"以诗为词"说的注脚。

李清照《词论》曾将黄庭坚置入"乃知(词)别是一家,知之者少"的少数几家之列,然胡仔《苕溪渔隐丛话》后集卷三十三引《复斋漫录》云:"无咎评本朝乐章,不见诸集,今录于此,云:'……黄鲁直间作小词,固高妙,然不是当家语,自是着腔子唱好诗'。"②晁补之《评本朝乐章》久佚,其见解赖他人之书展转抄录得以保存。他

---

① 胡仔撰,廖德明校点《苕溪渔隐丛书》后集卷三十三,人民文学出版社,1962年,第253页。魏庆之《诗人玉屑》卷二十一所引与此略异。
② 同上。吴曾《能改斋漫录》卷十六所引与此小异。

认为黄庭坚词不是当行家语,而"自是着腔子唱好诗",腔子指曲调、乐调,他承认黄词的合律可歌性,但又认为它们在本质上是诗,尽管是"好诗"。在晁补之看来,黄庭坚也有"以诗为词"的倾向。同陈师道、李清照评苏轼的话一样,这在晁补之心目中,不无贬意,然于山谷,未尝不是一种"自觉"尝试或有意追求,未尝不可当作赞誉。在那篇著名的《小山集序》中,山谷曾评晏几道"嬉弄于乐府之余,而寓以诗人之句法",这是称赞语,说明他认同小山"以诗为词"的合理性,不认为"以诗为词"有何不妥,换言之,他本人很有可能把"以诗为词"当作积极的创作方向。

陈师道于元祐诸家中,着力鼓吹"本色"、"当行",上引《后山诗话》中评苏轼词之语,所用"以诗为词",暗寓一定的微讽之意。但令他料不到的是,比他稍后的王灼,在其词学著作《碧鸡漫志》卷二中,评有宋各家词短长,对他的评价也恰恰是"如诗":"陈无己所作数十首,号曰'语业',妙处如其诗,但用意太深,有时僻涩。"①更令他想不到的是,"如诗"已成为很高的褒扬,他的词,"妙处"才当得此评,其非"妙处"尚不能膺此一语。上文已经肯定后山明确提出"以诗为词"这一词学范畴的意义和价值,这里倒不是讽刺他明于知人暗于知己,而在于说明"以诗为词"是时代风会,是大势所趋,不论当事者有无自觉的意识,也不论理论家是否认可,它都是一个真实的,不以人的意志丝毫改变的客观存在。

贺铸尝自言"吾笔端驱使李商隐、温庭筠,常奔命不暇"②,程俱为他所撰的《宋故朝奉郎贺公墓志铭》亦云"其诗词雅丽,有古乐

---

① 王灼撰,岳珍校正《碧鸡漫志校正(修订本)》卷二,人民文学出版社,2015 年,第 26 页。

② 叶梦得《贺铸传》,《石林居士建康集》卷八,清道光二十四年(1844)叶廷琯刊本。又见于《宋史》卷四百四十三贺铸传等。

府之风"①,这二则材料都涉及贺铸"以诗为词"的问题,前者偏于技巧、意境、事典等,后者偏于风格。明末毛晋辑《宋六十名家词》本《姑溪词》跋尾评李之仪词云:"至若:'我住长江头,君住长江尾。日日思君不见君,共饮长江水。'直是古乐府俊语矣。"实际上,姑溪词颇多古乐府风调,不止一首《卜算子》而已。至于秦观,如果张、晁二家评他的"诗似词"可以成立的话,"词似诗"这个命题对他也同样可以成立,也即是说,他的词与他的诗风格接近,有"以诗为词"的倾向。

通过以上的分析可以发现:"以诗为词"在元祐之时,有的词家有明确的意识,有的没有明确的意识;有的持肯定态度,有的持否定或贬低态度。但无论如何,它是一种集体行为,是元祐词人共同的创作特征,也是词坛主流趋势。

指出"以诗为词"这个共同特征,肯定其存在的合理性,并不是否定各个词家风格的独特性和多样性。事实上,"以诗为词"的真实理解应该包含两层意思:其一,打破诗词之间体式、风格、手法等方面的固有界限,援诗入词,扩大词的容量和功用;其二,就创作层面言,则是诸家之词"亦各如其诗"(王灼《碧鸡漫志》卷二语),各以其诗为其词。后者正是元祐词风多元化发展的重要保证。要之,他们的诗本来就是千人千面,不拘一格,故他们虽然都"以诗为词",但其词仍各具面目,"自成一家"。如,秦观诗以柔美为主,时人有称之为"入小石调"、后人有讥之为"女郎诗"者,其词亦以婉约风格为尚。又如黄庭坚,其诗偏重奇崛奥峭一路,其词亦颇具"瘦硬"之风。"以诗为词"不但不扼杀词家的创作个性,反而促成了、

---

① 程俱所撰《墓志铭》,见南京图书馆藏丁丙八千卷楼抄本《庆湖遗老诗集》卷末,转引自贺铸撰,钟振振校注《东山词》,上海古籍出版社,1989 年,第 523 页。

增加了词的风格的多样性。这一点对元祐词坛尤其重要,亦尤具价值。

第二节 宋代诗学精神与词格

钱锺书先生曾经说过:"文章之革故鼎新,道无它,曰以不文为文,以文为诗而已。向所谓不入文之事物,今则取为文料;向所谓不雅之字句,今则组织而斐然成章。谓为诗文境域之扩充,可也;谓为不入诗文名物之侵入,亦可也。"①这段话从文体发展的必然之阶这个高度论述了破体为文、"以文为诗"的历史必然性、合理性,而从根本上说,"以诗为词"同样是文体发展的必然。不过,这个"必然"更多地表现为苏、黄等人自觉的文体革新意识。

晚唐五代以来,诗风极为不振,浮艳华靡、雕琢刻绘之陋习盛行,所谓"文自咸通后,流散不复雅,因仍历五代,秉笔多艳冶"②。而宋初在相当长一段时间内,则因承晚唐五代诗风之弊,"宋兴七十余年,民不知兵,富而教之,至天圣、景祐极矣,而斯文终有愧于古"③。诗风凋敝的根本原因,在于士风不振,诗人品性卑屑、气格摧弱。故柳开、石介等虽力攻西崑、倡言复古,因未能从士风、世风之根本问题上入手,取效甚微,且致使险怪生涩的"太学体"风行一时。真正改革有宋诗风的是欧阳修及梅尧臣、苏舜钦诸人。仁宗庆历之际,随着范仲淹、欧阳修等人领导的政治革新运动的开展,诗文革新已成必然之势,亦是这些先驱者的一份自觉。而他们革新诗文的关键,乃是对"道"的提倡与重新解释,以及"文"、"道"位

---

① 钱锺书《谈艺录(补订本)》,中华书局,1984年,第29—30页。
② 王禹偁《五哀诗·高公》,《小畜集》卷四,《四部丛刊》初编景经鉏堂钞本。
③ 苏轼《六一居士集叙》,孔凡礼点校《苏轼文集》卷十,中华书局,1986年,第317页。

置的正确摆放。欧阳修认为:"六经之所载,皆人事之切于世者。"①一切经典应以"切于世"为尚。而文章是个人精神修养、人格品质的自然流露:"心定则道纯,道纯则充于中者实,中充实则发为文者辉光。"②"其言之所载者大且文,则其传也章;言之所载者不文而又小,则其传也不章。"③自中唐韩愈至宋初王(禹偁)、柳(开)、石(介),他们未尝不提"道"不重"道",但欧阳修之"道"显然有所不同。正如学者所指出的二者之分:"区别之显著者有二端:(一)欧公以外诸人之所谓'道',乃周孔学统,乃仁义道德,欧公之道,则为经世体用之治道。(二)欧公以外诸人之文道关系说,乃文以载道,实质以道统代文统,欧公之文道关系说,则主文道合一,反对因文废道或因道废文。"但实质上,欧公之"道"与诸家之"道"又是一脉相贯的:"先就欧阳修论文道关系之整体思想而言,经世政事与挺立道德实体,实为不可分,前者为后者的进一步开展,此亦宋代人文思想之特质,即周敦颐所谓'志伊尹之所志,学颜子之所学'。同时,先道后文,道为第一,文为第二,乃中唐以来中国思想的一大模式,欧公所论,亦在此模式之内。其次,倘就中唐以至北宋儒学复兴运动之大势而言,就诸家为何以'道'振起文风之动机而言,则欧公之主张,既不在此一种人文精神大势之外,欧公之动机,亦与诸人论道为一。一言以蔽之,匡文人士风之浇漓,返精神实体之正大,为中唐至北宋文道论日渐显明的共同精神蕲向。

---

① 欧阳修《答李诩第二书》,李逸安点校《欧阳修全集》卷四十七,中华书局,2001年,第669页。
② 欧阳修《答祖择之书》,李逸安点校《欧阳修全集》卷六十九,中华书局,2001年,第1010页。
③ 欧阳修《代人上王枢密求先集序书》,李逸安点校《欧阳修全集》卷六十八,中华书局,2001年,第985页。

故欧阳修等人之论，非止于诗学一隅，其精光所聚之处，为同一种深沉的历史文化生命意识，实为宋文化精神之一种显现。"①

欧阳修之后，苏轼以振兴斯文为己任②，肩文统、道统于一身，孜孜矻矻，终身以求。尤其当他主盟文坛之时，经过熙宁、元丰"新法"施行以来激起的趋势竞利之世风的搅扰，世道人心已经大坏，欧阳修等人诗文革新运动所取得的成果，几乎体现不出来了，神宗皇帝亦深以为忧（参第一章《元祐更化与元祐词坛》），新党中人亦骂士风不正③；而词学领域本来就是被欧阳修等诗文革新者所有意无意遗忘的"角落"，故苏轼欲革新文坛，必须比欧阳诸人更彻底、更全面，词学也是必须占领的一块重要阵地；而他欲革新词坛，乃师欧阳氏的作法仍不失为有效的手段，因为它只是被"新法"冲断了一段时间，未能彻底、全面地执行而已。苏轼的难处在于词向被置于正统文学之外，文人雅士或私下进行创作，或事后"旋亦自扫其迹"，苏轼即使欲有所行动，苦于寻不到具体的"目标"，无着力之处。在这种情况下，他只有多方面地着手改革：第一，自己亲自染翰操觚，向世人展现别一种风格、别一种样式的词作；第二，以盛行词坛经久不衰的柳词及自己门下士的词为批评对象，确立反面之鹄；第三，继续大力倡导"道"，挺立士人之精神、人格，并提出词为"诗之裔"的范畴，赋予"诗之余"观念以新的内涵和理解，使词上承"诗道"而接续"文统"，将它纳入文学家族之中，收归"道"的掌管与鉴照之下。这三个方面可谓相辅以行，缺一不可，而尤以第三项

① 胡晓明《中国诗学之精神》第三章《弘道》，江西人民出版社，1991年，第88—89页。
② 李廌《师友谈记》："东坡尝言，文章之任，亦在名世之士相与主盟，则其道不坠。方今太平之盛，文士辈出，要使一时之文有所宗主。昔欧阳文忠常以是任付与某，故不敢不勉。异时文章盟主，贵在诸君，亦如文忠之付授也。"
③ 陈鹄《西塘集耆旧续闻》卷四载："许下士大夫云：章子厚当轴，喜骂士人，常对众云：'今时士人如人家婢子，才出外求食，个个要作行首。'"

为吃紧,它实为词坛革新成败之关捩。

苏轼曾借评论文与可画竹、张先小词之机,呼吁人们不要仅仅欣赏二家的"艺",而要透过"艺"看到其人之"德",亦即由"艺"进乎"道"。黄庭坚也说"文章者道之器也,言者行之枝叶也……耕礼义之田而深其耘"①,又云"句中稍觉道战胜,胸次不使俗尘生"②,他称赞理学家周敦颐人品甚高,"胸中洒落,如光风霁月"③,有"道者气象"。从此可以看出,元祐诸公之"道",就是这样一种发自内心生命真源的"洒落"出尘之思与洪大光朗的精神气象;元祐诸公之诗之词,就是自这生命、精神之"道"汨汨流出又体现着这"道"的文字。朱熹曾说:"东坡之言曰:'吾所谓文必与道俱。'则是文自文而道自道,待作文时,旋去讨个道来入放里面,此是他大病处。"④这是对东坡之"道"的误解或厚诬。第五章已论及苏轼等人"诗之裔"、"诗之余"说以及词与"道"的关系说的精髓,第一章也论及苏轼通过倡气节、惩浮躁的士风建设,以振兴词格,这里需要强调的是,正如上文所言,这两方面的内容是高度一体化的,其实质亦即要求以经世政事、士节士风相互补充、相互为用,内充实化而为主体的道德自觉,外辉光而流溢为文章为诗词。元祐时期苏、黄等人的"以诗为词",正是这样以"诗道"、"诗心"为词,从而化"诗心"为"词心",铸造新的词格。可以说,"以诗为词"是他们革新词坛的根本理路和方法。

---

① 黄庭坚《次韵杨明叔四首》诗题,刘琳、李勇先、王蓉贵点校《黄庭坚全集》正集卷六,四川大学出版社,2001年,第124页。
② 黄庭坚《再次韵兼简履中南玉三首》,刘琳、李勇先、王蓉贵点校《黄庭坚全集》正集卷七,四川大学出版社,2001年,第173页。
③ 黄庭坚《濂溪诗·序》,刘琳、李勇先、王蓉贵点校《黄庭坚全集》正集卷十二,四川大学出版社,2001年,第308页。
④ 黎靖德编,王星贤点校《朱子语类》卷一百三十九,中华书局,1986年,第3319页。

第三节　"以诗为词"的艺术创新之路

上节主要探讨了"以诗为词"的形上价值和内涵,而落实到"艺"的层面,"以诗为词","就是把诗的作法、风格引入词中"①,进一步从外在形态上改变词长期以来养成的甜腻、巧媚的形象。如果说摄诗心入词心,乃词体革新之本(体),那么,把诗的作法、风格引入词中,就是词体革新之"用",由体达用,用以明体,乃革新者"题中应有之义"。

元祐词家"以诗为词"最为显亮、著名的一个命题,是黄庭坚的"寓以诗人之句法",这是他在《小山集序》中评论晏几道词时提出的。到底何谓"诗人之句法",他没有加以说明,故必须结合他的其它言论、元祐其他词家的论述,以及其他宋人的普遍用法,方可以得出"句法"之要义。

"句法"是江西诗派乃至整个宋诗重要的诗学范畴。莫砺锋先生《江西诗派研究》第二章《江西诗派三宗之一:黄庭坚》论"黄庭坚诗歌艺术的独创性"之"句法烹炼,音节拗峭"云,"那么,黄庭坚所谓的'句法',到底指什么而言呢? 我们认为,主要包括三点内容:第一,声调的拗峭;第二,句意的凝炼新奇;第三,语法上的散文化倾向","昔人所谓'黄庭坚体',主要指庭坚的句法,而且是兼指上述三种特点而言"。② 这个概括颇为精辟而又符合黄庭坚诗歌创作的实际。诚然,绾合山谷之创作及诗论,其"句法"宜有此诸义,然具体到词及词论,则不能不看到,山谷和其他宋人所谓"句

---

①　王水照主编《宋代文学通论》第三章第二节,河南大学出版社,1997 年,第 73 页。

②　莫砺锋《江西诗派研究》,齐鲁书社,1986 年,第 49、50 页。

法"，尚有一层舍弃"烹炼"工夫，直探心源而来的简易、平淡、浑成的风格之义。彭乘记山谷论陶潜诗云："鲁直曰：'……如渊明诗曰："采菊东篱下，悠然见南山。"其浑成风味，句法如生成。而俗人易曰"望南山"，一字之差，遂失古人之情状，学者不可不知。'"①"见南山"属无意中的行为，更衬出"悠然"的神态，富有无限神韵，"望南山"则是一种刻意的专注，仿佛心有别属，志不在此，与"悠然"不相匹合，也与陶潜的出处之心龃龉。山谷《奉答谢公定与荣子邕论狄元规孙少述诗长韵》又云："无人知句法，秋月自澄江。"②秋月澄江，绝妙好风景，而出于自然，得自天成，不烦绳削，不待斧斤，山谷所谓无人知的"句法"，即此一种自然而然的风格。这也就是他在另外一处评杜甫诗歌时所说的意思："但熟观杜子美到夔州后古律诗，便得句法：简易而大巧出焉，平淡如山高水深，似欲不可企及。文章成就，更无斧凿痕，乃为佳作耳。"③则这种"句法"，虽简易、平淡，然"大巧"、"山高水深"（比喻丰厚、丰腴、华美）在焉。

　　黄氏"句法"的这层涵义，亦见于其他宋人的论述中。朱弁《风月堂诗话》卷下云："此老（按：谓杜甫）句法妙处浑然天成，如虫蚀木，不待雕琢，自成文理。"④也是指崇尚自然、浑成，反对雕琢的风格。惠洪《冷斋夜话》卷四："吾弟超然喜论诗。……尝曰：'王维摩诘《山中》诗……舒王《百家夜休》……此皆得于天趣。'予问之曰：

---

① 彭乘撰，孔凡礼点校《墨客挥犀》卷一，中华书局，2002 年，第 287 页。
② 黄庭坚《奉答谢公定与荣子邕论狄元规孙少述诗长韵》，刘琳、李勇先、王蓉贵点校《黄庭坚全集》正集卷一，四川大学出版社，2001 年，第 12 页。
③ 黄庭坚《与王观复书》之二，刘琳、李勇先、王蓉贵点校《黄庭坚全集》正集卷十八，四川大学出版社，2001 年，第 471 页。
④ 朱弁撰，陈新点校《风月堂诗话》卷下，中华书局，1988 年，第 115 页。

'句法固佳,然何以识其天趣?'"①不过,关于这种风格的获得,他们既反对通过"雕琢"、"烹炼"之法,搜尽枯肠以攫取,也并非真的认为纯粹是"自然"天成,而认为它是主体性情、精神、胸襟、气度的"自然"呈露。张孝祥《黄龙侍者本高觅诗》云"句法有源流,人物乃清苦"②,《赠王茂升》云"句法能如此,胸中定自奇"③,在他看来,之所以有某种"句法",乃源于其人"清苦",源于其人"胸中奇",这与山谷言老杜自夔州经历家国沧桑之变后,其人愈益抱道守纯、返朴归真,其诗愈益"简易"、"平淡"的"句法",实质相通,也与上节所论元祐诸公以词承续"诗道"精神,挺立士节以振兴词格的思想若合符契。

　　由此反观山谷论晏儿道词之语,即可发现,他所谓"寓以诗人之句法",主要是指将主体之心志、性情、胸襟、情感等,全幅度浸浴于词中,自然地裸呈其本真状态,不雕琢不伪饰这样所显现出来的一种风格。晏儿道"磊隗权奇,疏于顾忌;文章翰墨自立规模,常欲轩轾人而不受世人之轻重……"于是"愤而吐之"以为词,遂乃成"狎邪之大雅,豪士之鼓吹"。这正是诗歌的风格,也是诗歌的作法。这种"以诗为词"法,是词学艺术发展的必然之路。只有跳出《花间》传统筑下的"代言"、雕绘辞藻、华靡柔曼的艺术窠臼,真实抒写自我,自然而平易,词学才能谐调于诸公词"道"改革的步履,才能走上健康发展之路。南宋汤衡《张紫微雅词序》云:"其后元祐诸公嬉弄乐府,寓以诗人之句法,无一毫浮靡之气,实自东坡发也。"④对于"寓以诗人句法"的理解,向前把它作为唐末词人"粉泽

---

① 惠洪撰,陈新点校《冷斋夜话》卷四,中华书局,1988年,第32页。
② 张孝祥撰,彭国忠点校《张孝祥诗文集》卷四,黄山书社,2001年,第43页。
③ 张孝祥撰,彭国忠点校《张孝祥诗文集》卷九,黄山书社,2001年,第108页。
④ 汤衡《张紫微雅词序》,张孝祥撰,宛敏灏校笺《张孝祥词校笺》,中华书局,2010年,第31页。

之工,反累正气"的对立面,向后着眼于它的"无一毫浮靡之气"的效果,立论甚高,所识甚大,非拘拘于文字技巧者所能喻。

"以诗为词"的"寓以诗人之句法"之义已如上述,此外,它也确实有更为外在化的一些内容,作为配合性的项目而存在。首先是以诗的题材入词,如第八章将要论到的悼亡词、咏茶词等。此外,还有这样几种情况:一、化用前人诗歌的意境、意象入词,如被元祐诸家广泛演绎着的"白发黄花"意象,源于晚唐小杜之诗。二、运用他人诗歌之成句嵌入词中。如黄庭坚《南乡子》(黄菊满东篱)一首分别嵌入杜牧《九日齐山登高》诗之"与客携壶上翠微"、"不用登临恨落晖",以及唐无名氏《金缕衣》之"莫待无花空折枝"三个成句。三、集诗句以为词,或改诗以为词,前者即集句体词,后者即檃括体词(分别详见第九章第二节各项)。四、运用诗歌句式入词,即打破词体原有的句式,而代以诗歌的常用句式,如苏轼《念奴娇·赤壁怀古》之"小乔初嫁了",按律,"了"字属下句方合;"多情应笑我,早生华发",本为四五句式,此则为五四句式,故清万树《词律》卷十六以此词为"又一体",今人龙榆生《唐宋词格律》亦以之为变格①。采用这些"以诗为词"的技法,颇似于前文莫砺锋先生所论黄庭坚"句法"之第一、第三义,亦即"声调上的拗峭"、"语法上的散文化倾向",因为无论是嵌入诗歌成句,还是檃括、集诗句以为词,还是直接运用诗歌句式,其结果都必然是在词律中嵌入诗律,打破词之固有声律、句式,出现"拗峭"、"散文化"的状况,要之,词的格律、句法与诗的要求毕竟不同。故如此"以诗为词",必然从形式上取得顿挫、拗涩的效果,从而在一定程度上补救纯粹施诸歌

---

① 当然,也有另外一种看法,认为它并不出格,如清丁绍仪《听秋声馆词话》卷十三,余可详参:万树《词律》,上海古籍出版社,1984 年,第 361—362 页;龙榆生《唐宋词格律》,上海古籍出版社,1978 年,第 118—120 页。

女唇吻所形成的妥溜圆转而至于"滑"失于"弱"的弊端,更接近于士大夫的声口,虽未必都须"关西大汉,执铁绰板"去唱,然毕竟可施诸男子之音,也就在声律、句法方面,与抒发士夫情怀、张扬士之精神的新"词格"协调一致,"声"、"情"俱善,表里相符,完成词体的全面改革。对苏轼以诗为词的反对意见,有不少就集中在攻击他的词的拗律上,放眼于词学全势,此一结局既然不可避免,亦未尝不可看作一"得"而予以肯定。

第四节 "以诗为词"的必然

"以诗为词"是词体发展的必经之阶,也是时代思潮使然。当北宋中期,几乎与政治危机所激起的政治改革同时,宋人普遍意识到"文"的危机,而自觉进行"文"的改革。所谓"文"的危机,是指宋人生于唐后,面对唐人所取得的诗文巨大成就,产生一种紧张感、压迫感、危机感,强烈意识到需要建立具有本朝显著特点的一代之"文";所谓"文"的改革,其重要的一项内容便是"破体为文",亦即破除各文体之间的森严壁垒,淡化其固有之界限,使"文中要自有诗,诗中要自有文"[1],诗文相生相融。故当时文坛上不断传出"自成一家"的呼声,对"破体为文"的讨论也十分活跃。

"自成一家"在宋人有两层意思:一是不同于古人尤其是唐人,二是不同于他人。而他们更是在包括诗文、绘画、书法等几乎所有艺术种类的大范围内提倡创新自立、自成一家的。宋祁(998—1061)早已指出:"夫文章必自名一家,然后可以传不朽。若体规画圆、准方作矩,终为人之臣仆。古人讥屋下作屋,信然。……

---

[1] 陈善《扪虱新话·上集》卷一,《丛书集成初编》,商务印书馆,1939 年,第 3 页。

五经皆不同体,孔子没后,百家奋兴,类不相沿,是前人皆得此旨。"①接着,蔡居厚(约 1109 年前后在世)亦指出"退之诗豪健雄放,自成一家"②,苏轼同样说"凡造语贵成就,成就则方能自名一家"③。黄庭坚评人书法云"随人作计终后人,自成一家始逼真"④,李复(1052—1128)评论人画亦云"笔法始类薛稷,后自成一家"⑤。"自成一家"实际成为宋人在各个艺术门类中的共同追求。正是在这样的高度自觉意识下,宋人才真正确立了自己不同于"唐风"的"宋调"。陈岩肖所撰《庚溪诗话》卷下云:"本朝诗人与唐世相亢,其所得各不同,而俱自有妙处,不必相蹈袭也。至山谷之诗,清新奇峭,颇道前人未尝道处,自为一家,此其妙也。"⑥显示的已不是对唐人的景仰,而是正确地评价了本朝之诗,认为它与唐诗不同,而"自有妙处",并与唐诗可以相颉颃;同时,对山谷诗的"自为一家"也加以肯定。

　　清赵翼《瓯北诗话》卷五曾云:"以文为诗,自昌黎始,至东坡益大放厥词,别开生面,成一代之大观。"其实,唐人之"以文为诗",自老杜就开始了,不过尚不是自觉的创作行为。而宋人"以文为诗"

---

① 宋祁撰,储玲玲点校《宋景文公笔记》卷上,《全宋笔记(第一编)》,大象出版社,2003年,第 47 页。
② 蔡居厚《蔡宽夫诗话》,郭绍虞辑《宋诗话辑佚》,中华书局,1980 年,第 393 页。
③ 李之仪《跋吴思道小词》,《姑溪居士文集》卷四十,《丛书集成初编》,中华书局,1985年,第 310 页。
④ 黄庭坚《以右军书数种赠丘十四》,刘琳、李勇先、王蓉贵点校《黄庭坚全集》外集卷十二,四川大学出版社,2001 年,第 1249 页。其《题乐毅论后》重申,《黄庭坚全集》正集卷二十七,第 712 页。
⑤ 李复《题张元礼所藏杨契丹吴道玄画》,魏涛点校整理《李复集》卷七,西北大学出版社,2015 年,第 81 页。
⑥ 陈岩肖《庚溪诗话》,丁福保辑《历代诗话续编》,中华书局,2006 年,第 182 页。别本或题作西郊野叟撰。

的最早意识，是从对韩愈诗歌创作现象的认识开始的。沈括（1031—1095）在英宗治平年间（1064—1067）任馆职时已发出"退之诗，押韵之文耳"的议论①，李复亦认为："退之诗非诗人之诗，乃文人之诗也。"②昌黎之诗，在北宋颇有学者，如欧阳修、王安石、王令等人，而当沈括说韩愈诗乃押韵之文时，吕惠卿则以为："诗正当如是。诗人以来，未有如退之者。"对韩愈"以文为诗"的发现和认同，直接启迪了宋人的灵感，使他们能在唐诗之外开辟出新的境界。

然宋人之"破体"，并不止于诗文二者。据朱弁《曲洧旧闻》卷三载："《醉翁亭记》初成，天下莫不传诵，家至户到，当时为之纸贵，宋子京得其本，读之数过，曰：'只目为《醉翁亭赋》，有何不可！'"陈师道《后山诗话》亦云："少游谓《醉翁亭记》亦用赋体。"此是以赋为文。至于欧阳修《秋声赋》、苏轼前后《赤壁赋》又是以文为赋了。与东坡诸人多有交往的释道潜有诗云："论书当亦似论兵，军律非严事不成。行伍会须同比栉，出奇方可语纵横。"③从军律之严中悟出书法出奇名家之法。王立之《王直方诗话》载黄庭坚尝提出源于杂剧的"打诨出场"的诗法观点："作诗正如作杂剧，初时布置，临了须打诨，方是出场。"④无独有偶，南宋吕本中《童蒙诗训》评论苏轼的诗歌也用杂剧为比：认为苏轼"波澜浩大，变化不测，如做杂剧，打猛诨入，却打猛诨出"。显是藉杂剧之法为诗。苏轼并提

---

① 惠洪撰，陈新点校《冷斋夜话》卷二，中华书局，1988 年，第 23 页。魏秦《东轩笔录》卷十二、彭乘《续墨客挥犀》卷九同。

② 李复《与侯谟秀才》，魏涛点校整理《李复集》卷五，西北大学出版社，2015 年，第 56 页。

③ 道潜《观恭师诗书以二绝句勉之》，道潜著，孙海燕点校《参寥子诗集》卷七，上海古籍出版社，2017 年，第 153 页。

④ 王立之《王直方诗话》，郭绍虞辑《宋诗话辑佚》，中华书局，1980 年，第 14 页。

出著名的"诗画一律"的命题,打通诗歌与绘画之间的关节,将二者联系起来。《易·艮》"君子以思不出其位"要求固守畛域、不越本位,与此相反,宋人之不同艺术种类甚至非艺术种类之间的相互借鉴,相互融通,反映的恰是一种难能可贵的"出位之思"。上面的材料排比已充分说明:当元祐前后,这种"出位之思"、"破体为文"实已不啻于一种具有广泛实践经验和思想基础的文艺思潮,在这种"思潮"影响之下,元祐词家的"以诗为词",也就是情理之中、情势之中的必然之事。李廌《师友谈记》记载有秦观的多次论赋之语,而当时他已从中悟及:"观少游之说,作赋正如填歌曲尔。"秦观则肯定其说曰:"诚然。"①可以说,至少有李、秦二家意识到作词与作赋之间的相同相通。后来,清沈祥龙《论词随笔》云:"词于古文诗赋,体制各异,然不明古文法度,体格不大;不具诗人旨趣,吐属不雅;不备赋家才华,文采不富。"②在认可"体制各异"的前提下,主张词家兼备古文法度、诗人旨趣、赋家才华,可谓通识之论,而究其来处,则不能不承认:元祐词家已先发其秘矣。而正是受此"思潮"影响,不太赞成苏轼"以诗为词"的诸人,也在创作中不知不觉地援诗入词,或改变了原来的看法。

　　"以诗为词"还与主体的创作经验、创作心态及才性有关。主体本来偏擅、偏好某一文体,或是积累了某一文体的创作经验,并且形成了自己的特色,而在转向从事另一文体的创作中,便有可能发生文体偏移、"错位"或渗透之事。上引李复关于韩愈诗是"文人之诗"的话,实际为他答复侯谟秀才关于杜甫、韩愈二家创作之书的一部分,其相关内容为:"承问子美与退之诗及杂文。子美长于

---

① 李廌撰,孔凡礼点校《师友谈记》,中华书局,2002 年,第 21 页。
② 沈祥龙《论词随笔》,唐圭璋编《词话丛编》,中华书局,2005 年,第 4059 页。

诗,杂文似其诗;退之好为文,诗似其文。退之诗非诗人之诗,乃文人之诗也。诗岂一端而已哉!子美波澜浩荡,词气高古,浑然不见斤凿,此不待言而众所知也……"这句话以杜甫、韩愈二家的创作事例,揭示了带有一定普遍性的一个创作现象,即同一作家的不同文体的作品之间相互渗透、相互迁移,而引起渗透、迁移的主要原因,正是作者特别擅长某一文体,使其他文体也与之接近。这种现象,还可以从苏轼作词的经历上得到验证。谢桃坊先生云:"苏轼少年时代习举业之时便掌握了声律对偶等作诗技巧,由于地处西鄙无机会接触都市歌舞和流行的歌词……他在北宋都城汴京参加科举考试时还不会作词,也不会讴歌,只是发觉其中的美妙。"又说:"苏轼开始作词之时,他早已纯熟地掌握了作诗的技巧,已形成很具特色的诗歌艺术风格,在诗坛上已有相当高的声誉,其杭州的诗作已被书贾们编刻流行。因此,他必然由于艺术习惯的驱使而用作诗的技巧来试作词。"[①]苏轼由作诗而作词,虽未必如此明显,且其在西蜀也未必接触不到歌词,然揆以事理,大致不差,因为诗赋毕竟是科举法定项目,其先习诗歌是必然的。此亦为彼时作者共同的创作经历,不独东坡一人为然。另外,像苏轼这样的作家,才情富赡,性喜自由,在创作时,必会倾其如"万斛泉涌"之胸臆与情采,汩汩滔滔,"不择地而出",也就不拘拘于文体之间的"楚河汉界",而能极自由地创作出个人的特色,故其"文非欧、曾之文,诗非山谷之诗,四六非荆公之四六",虽"皆非本色","然皆自极其妙"[②],也因此故,"以诗为词"在他这样的作家,是极自然之事。

---

① 谢桃坊《苏轼开始作词的动机辨》,《宋词辨》,上海古籍出版社,1999 年,第 181—182 页。按:关于苏轼作词的时间,薛瑞生《论苏东坡及其词》则力主"东坡词与诗文创作同步说",见其《东坡词编年笺证》,三秦出版社,1998 年。

② 曾季狸《艇斋诗话》,丁福保辑《历代诗话续编》,中华书局,2006 年,第 323 页。

　　问题是,既然由诗而词为当时文人共同之经历,追求创作自由者亦非苏轼一人,为何独有苏轼的"以诗为词"引起世人的关注和非难? 欲回答这个问题,不得不返回到前文的思路上去,即:他人虽有由诗为词的创作经历,但从根本上说,他们缺少一个重要的主观因素:强烈的词体革新意识。只有将由诗而词的经验转化为、上升为"以诗为词"改革词坛现状的自觉意识,才能以其不同"流行"的创作引起词坛的注意。同时,苏轼时已主盟文坛,崇高的地位决定了他的任何创作行为都将成为文坛的"焦点",合时流者赢得一片赞赏,逆传统者宜遭争论乃至非论。据前文所述,元祐词家除苏轼外,只有黄庭坚明确提出过"寓以诗人之句法"的概念,于晏几道的词创作表示认可,其他词人基本上都没认识到它的重要的理论意义和重大的词体革新价值,甚至连自身的同样现象也不能清晰地意识到,反而指责或讥讽苏轼,这不能不说他们观念落后,或者意识迟钝。这与李之仪、陈师道诸人固守"本色"、"当行"之说,在思想根源上前后如出一辙。

　　"以诗为词"应该具有动态的阶段性。就创作过程言,包括苏轼在内的作家,当其初始以诗人的经验为词、先诗后词时,未必就有怎样明确的意识,随着思虑的逐渐成熟,创作经验的日渐丰富,甚至可能是来自外部的反响的日益强烈,便上升为有意识的自觉状态。就整个词坛言,先只有晏几道、苏轼等少数词家"以诗为词",在他们的影响下,在"出位之思"的文艺思潮冲击下,其他人才开始有意识地,或者仍然是无意识地"如法炮制","以诗为词"的队伍渐渐壮大,终于汇成为元祐词坛的标志性特征。就表现形态言,元祐词家的"以诗为词",早期纯属创作行为、创作现象,渐渐发展到总结创作经验,至而明确提出"以诗为词"、"寓以诗人之句法"等各种理论或前理论。在这个形态变迁中,更应该看到,即使是理论、前理论阶段的"以诗为词",也并没有得到元祐词家的普遍赞同,甚至置诸两宋词坛、中国词史,它的命运亦复如是。造成这种局面,不外两个原因,一是接受者个人的局限,二是元祐词家的"以诗为词"本身也存在着一定的不足。前者且不去追究,后者却不能不说明。"以诗为词"繁荣了、发展了词体文学,尤其是扩大了词的题材内容,为它注入"士"的精神、情怀和诗歌的精神,从而提高了词的品格和社会地位,无疑于使它获得新的生命,对后世,特别是南宋初期的词坛产生了巨大而深远的影响,这些都是值得肯定的。但是,正如王水照先生所说:"'以诗为词'在艺术上能否成功,关键仍在一个'度'字,即是否保持词的婉曲多折的审美特性。苏辛一派,乃至姜张一派,其成功之作,大抵是词的适度范围内的诗化,但绝不是与诗同化或'合流'。对诗歌艺术因素的吸收、整合、变换等必须仍在以词体为本位的基础上,破体为文但不能摧毁其体,出位之思但不能完全脱离本位。"①而元祐词家的少数"失败之作",毕竟存在着"诗化"过"度"的问题,这样就授反对者以口实,使"以诗为词"不能全面地推广开去。尽管如此,元祐词坛"以诗为词"的贡献仍是不容低估的。

---

① 王水照主编《宋代文学通论》"文体篇"第三章《尊体与破体》,河南大学出版社,1997年,第75—76页。

第七章　元祐词人的词学生活

　　文学,归根结底,是文学家文学活动的成果;文学史,从某种意义上说,就是文学家的文学活动史。考察一代之文学,当时作家之文学活动应该是非常重要的因素。这种活动,有的已形诸文字,有的则不是文字。形诸文字的活动成果,就是今日所见之文学作品(广义);未形诸文字的那些文学活动,其价值是隐性的,往往被人们忽略,它们对文学作品的产生所起的重要作用,也得不到应有的重视。本书认为,形诸文字的文学活动成果,和未形诸文字的文学活动,它们都是文学的组成部分,都是文学研究的对象。鉴于上述认识,关于元祐词人的词学生活,这里着重讨论作家群体之间的词学交往及其给词坛所带来的生机活力与变化迁移,而不限于形诸文字的词学创作。今试从三个方面对此略加申述,以期再现当时词人生动、多样的词学活动的情景。

第一节　"西园雅集"的意义

　　治中国文学史尤其是词史的学者大多相信:在元祐二年或三年的春天,在北宋都城汴京的一座私家园林里,苏轼及其门人、好友共同参加过一次集会,与会者皆是文人雅士,他们不但赏玩丝竹,挥麈清谈,而且还诗词唱和,创作过一些作品。这就是著名的

"西园雅集"。而治中国美术史的一些学者则对此产生疑问,他们断然否定这件事,认为它根本不可能发生。双方各有证据,各执其说,难以遽作定夺。与苏轼等人同时,且交往颇密的书画家兼词人米芾曾写过一篇《西园雅集图记》,这里先引用一下,以期明了"西园雅集"的发生经过及详细情形:

李伯时效唐小李将军为著色泉石云雾、草木花竹,皆绝妙动人。而人物秀发,各肖其形,自有林下风味,无一点尘埃气,不为凡笔也。其乌貌黄道服、捉笔而书者,为东坡先生。仙桃巾紫裘而坐者,为王晋卿。幅巾青衣、据方几而凝伫者,为丹阳蔡天启。捉椅而视者,为李端叔。后有女奴云鬟翠饰侍立,自然富贵风韵,乃晋卿之家姬也。孤松盘郁,上有凌霄缠络,红绿相间;下有大石案,陈设古器瑶琴,芭蕉围绕。坐于石盘傍,道帽紫衣,右手倚石,左手执卷而观者,为苏子由。团巾茧衣,手秉焦蓁而熟视者,为黄鲁直。幅巾野褐,据横卷画《渊明归去来》者,为李伯时。披巾青服、抚肩而立者,为晁无咎。跪而捉石观画者,为张文潜。道巾素衣,按膝而俯视者,为郑靖老。后有童子执灵寿杖而立。二人坐于盘根古桧下:幅巾青衣、袖手侧听者,为秦少游;琴尾冠紫道服摘阮者,为陈碧虚。唐巾深衣、昂首而题石者,为米元章。幅巾、袖手而仰观者,为王仲至。前有鬅头顽童捧古砚而立,后有锦石桥,竹径缭绕于清溪深处。翠阴茂密中,有袈裟坐蒲团而说《无生论》者,为圆通大师。旁有幅巾褐衣而谛听者,为刘巨济。二人并坐于怪石之上,下有急湍潨流于大溪之中,水石潺湲,风竹相吞,炉烟方袅,草木自馨,人间清旷之乐,无过于此。嗟乎!汹涌于名利之域而不知退者,岂易得此耶?自东坡而下,凡十有六人,以文章议论、博学辩识、英辞妙墨、好古多闻、雄豪绝俗之资，高僧羽流之杰，卓然高致，名动四夷。后之揽者，不独图画之可观，亦足仿佛其人耳。①

文章对"西园雅集"作了十分生动、详细而清晰的描述，给人具体、真实的感觉。从中可知，米芾为作记的这幅《西园雅集图》，为李公麟所绘。李公麟，字伯时，号龙眠山人，舒城（今属安徽）人②，著名画家，与苏轼及苏门亦多交往。但这篇文章不见于米芾《宝晋英光集》，而见于它的《补遗》，故否定者便怀疑它不是米芾所作，甚至还怀疑李公麟是否画过《西园雅集图》，历史上是否真实发生过苏轼等人的西园雅集之事。自然，北宋人的集子中，尚未见到有关此事的记载，但南宋人楼钥《跋王都尉湘乡小景》云："顷见《雅集图》，坡、谷、张、秦一时钜公伟人悉在焉。"③王都尉指王诜，字晋卿，尚英宗女蜀国长公主，官拜左卫将军、驸马都尉，即西园的主人，其形象亦见于图中，与苏门关系相当密切。刘克庄《郑德言书画·西园雅集图》，也说郑德言所藏《西园雅集图》可以"比之龙眠（李公麟）墨本"④，这说明他们都见过或认为有李公麟所画这幅图。另外，台湾衣若芬女士已考证出，历代所著录的《西园雅集》画作共有 47幅，而仅她所见到的存世的《西园雅集图》，就有 41 幅。

在中国古代文学作品中，西园雅事屡见不鲜。《文选·张衡东京赋》："岁维仲冬，大阅西园，虞人掌焉，先期戒事。"薛综注："西

---

① 米芾《西园雅集图记》，《宝晋英光集·补遗》，《丛书集成初编》，中华书局，1985 年，第 76 页。
② 按，《宋史》谓李公麟为舒州人，《全宋词》同，俱误，此据孔凡礼《苏轼年谱》，中华书局，1998 年，第 760 页。
③ 楼钥撰，顾大朋点校《楼钥集》，浙江古籍出版社，2010 年，第 1348 页。
④ 刘克庄《后村先生大全集》卷一，《四部丛刊》初编景上海涵芬楼藏赐砚堂钞本。

园，上林苑也。"指的是在上林苑游猎。《资治通鉴·汉灵帝光和四年》："帝著商贾服，从之饮宴为乐。又于西园弄狗，著进贤冠，带绶。"也是指上林苑。曹植《公宴诗》："清夜游西园，飞盖相追随。"唐张说《邺都引》："城郭为墟人代改，但见西园明月在。"二诗中西园所指均是河南西园，在临漳邺县旧治北，相传为曹操所建。而《资治通鉴·梁简文帝大宝元年》："辛酉，纶集其麾下于西园。"这里的西园是在湖北武昌县西。这几个在常见辞书中即可查到的"西园"，向我们说明：西园是具体园林之名，但各地差不多都有叫这个名字的园子，甚或一个地方可能有多个西园。介入"西园雅集"之争的文章，不论哪一方，多数都对宋代以前及宋代以来的"西园"作过考察，想从这个地名上找到突破口，以支持其观点。他们的搜寻范围不可谓不广，但独对词学领域少有问津，这是颇有趣的。其实，北宋词中，"西园"词例多得指不暇偻。

柳永词：

　　花发西园，草薰南陌　　　　　　　　　　　　（《笛家弄》）

张先词：

　　燕子归栖风紧，梨雪乱西园　　　　　　　　　（《相思儿令》）
　　西园人语夜来风，丛英飘坠红成径　　　　　　（《归朝欢》）
　　赖有西园明月、照笙歌　　　　　　　　　　　（《南歌子》）
　　有情宁不忆西园，莺解语　　　　　　　　　　（《天仙子》）
　　曲池斜度鸾桥，西园一片笙箫　　　　　　　　（《清平乐》）

苏轼词：

　　不恨此花飞尽,恨西园落红难缀　　　　　　(《水龙吟》)

　　扑蝶西园随伴走。花落花开,渐解相思瘦　　(《蝶恋花》)

黄庭坚词:

　　苦唤愁生。不是西园作麽平　　　　　　　　(《减字木兰花》)

秦观词:

　　西园夜饮鸣笳。有华灯碍月,飞盖妨花　　　(《望海潮》)

晁补之词:

　　西园红艳绿盘龙,辜负一年春好　　　　　　(《御街行》)

　　终岁忆春回,西园行尽　　　　　　　　　　(《感皇恩》)

毛滂词:

　　飞盖西园午夜,花梢冷、云月胧明　　　　　(《满庭芳》)

　　望西园,飞盖夜,月到清尊　　　　　　　　(《于飞乐》)

晁冲之词:

　　蝴蝶满西园,啼莺无数　　　　　　　　　　(《感皇恩》)

因为柳永早已去世,张先在元丰元年(1078)也谢世,故这些词中的西园,不可能是同一座园林,西园也不能作为元祐雅集的直接证据。但苏门以及与他们关系密切的毛滂、晁冲之词都有"西园",倘以之作为雅集的间接证据,似乎也说得过去。再往细处说,毛滂、秦观二人的词调都是《满庭芳》,词中都有"飞盖"、花、月等,仅仅用"巧合"来解释,恐难以令人信服(尽管上述"雅集图"未提到毛滂)。胡仔《苕溪渔隐丛话》前集卷四十一引《王直方诗话》记有"东坡与孙巨源同会于王晋卿花园中"之事,同时,我们还注意到,苏轼《殢人娇》(满院桃花)词,题作"王都尉席上赠侍人",王都尉即王诜(字晋卿);与苏门交往深厚的赵宋宗室词人赵令畤的《浣溪沙》(风急花飞昼掩门)词,词题是"王晋卿筵上作",晁补之《碧牡丹》(院宇帘垂地),词题是"王晋卿都尉宅观舞",它们说明,苏门至少是苏门的某些成员确实曾经参加过王诜的家宴,王诜确实在家中宴请过文人雅士当然包括词人(实际生活中这是极有可能发生的,也是极其寻常的)。

　　不过,我们的意思也并非据此绝对肯定"西园雅集"的真实存在。对这个问题,还可以继续争论下去。正如王水照先生所指出,"从事件而言,苏轼等十六人(今按:加王诜之家姬,当为十七人)可能不会在元祐时同一天集会于一处,因其时有的画上人物不在汴京","而从研究苏门的角度看,此图乃是一种艺术创作,它不是对苏轼等十六人某次聚会的照相式的如实记录,而是把苏门聚会时常有的或挥毫,或作画,或听弹阮琴,或题石,或讨论佛理(画面即分此五个单元)的场景艺术地再现出来。它形象有力地说明苏门乃一才俊云集、精英如林的人才网络结构,显示出苏门成员之间高品位的文化交流水平"。[①] 所以,我们应该换个角度,考察为什么后人要津津于此事,为什么会有那么多画家要仿摩此图或热中于这个题材。

---

① 　王水照《苏轼研究》,河北教育出版社,1999年,第5、6页。

　　其实,元祐年间为苏轼及其门下一生中最为顺利和得意的时期,他们上得皇帝和太皇太后的信任,位地清要而崇高,下有广泛的社会声誉和文坛美名,这在整个中国封建社会,可以说都是文人的千载理想或梦想,是他们的人生终极关怀;而自古以来,文人心目中就从没放弃过对"雅"和"隐"的向往和追求,即使在身居要职的时候,也存着山林之志、烟霞之癖,"西园雅集"中的当事人,以清要之身份,得享友朋雅集和园林之乐,恰从两个方面兼顾了他们的"入世"之志和"出世"之思,满足了他们内心深处的两重愿望。所以,他们述说苏门韵事,描绘元祐雅集,不啻编织着自己的向往,寄托着他们个人的理想。这才是"西园雅集"题材博得历代艺术家青睐的根本所在。

　　那么,"西园雅集"的词史意义何在呢? 概括起来,约有四端。其一,文人的雅集丰富了元祐词的创作素材,扩大了词人的创作量。虽然词体自晚唐五代以来的发展情况历来如此,并非只有元祐词坛是这样,但元祐年间苏轼等人的京城聚会,却具有非同寻常的意义,因为在元祐四年苏轼离京之后,类似这样的雅集实已不大可能;元祐以后,苏门集体遭贬,与他们相关者也多数未能幸免,"雅集"对他们来说,只能成为历史的记忆。所以,秦观的《望海潮》(梅英疏淡)、《千秋岁》(水边沙外)等词都可见往日雅集、游玩的痕迹,而含有深深的思忆。其二,它提醒我们:活跃在元祐词坛上的主要词人,本身都具有很高的文化素养和艺术素质,既非泛泛的普通文人所能比,更非庸碌无才、粗俗贪禄者所能望其项背,他们贡献给词坛的,将不仅仅是文字的或语言的艺术,而更重要的,可能是注入词中的士大夫情怀和人文旨趣,他们可能不废对男女情爱的吟咏,但他们更注重这之外的东西,更关注人生的意义和价值。于是,这段时间里,词的主题的变化也就是顺理成章的事。其三,词中的文人雅集,有一部分已移驾于园林,而私家园林以其隔绝于尘世却通于家庭的独特的封闭式结构,以其融合山水木石与台榭亭阁、融合自然与人工景物的独特的美质,使士大夫们不离尘俗而得遂世外逸志,使他们获得休憩心灵的空间。这样,词作中便增加了一些独特的审美形象和审美境界。随之而来的必是:其四,"雅"与"俗"被出人意料地结合在一起,词的内容既有现实的应酬和声色描写,又有超现实的精神追求,语言、风格既有雅的一面,也有俗的一面,俗中见雅,雅中见俗。

由"西园雅集",我们还可以联想到直接性的词人"雅集",如传诵千古的前、后"六客词"之词会。苏轼《书游垂虹亭》云:"吾昔自杭移高密,与杨元素同舟,而陈令举、张子野皆从君过李公择于湖,遂与刘孝叔俱至松江。夜半,月出,置酒垂虹亭上。子野年八十五,以歌词闻于天下,作《定风波令》,其略云:'见说贤人聚吴分,试问,也应傍有老人星。'坐客欢甚,有醉倒者。此乐未尝忘也。今七年耳,子野、孝叔、令举皆为异物,而松江桥亭,今岁七月九日,海风驾潮,平地丈余,荡尽无复子遗矣。追思曩时,真一梦也。元丰四年十月二十日,黄州临皋亭夜坐书。"①当熙宁七年(1074),苏轼移任密州经过湖州时,与杨绘、陈舜俞、张先、李常、刘述至松江,夜饮垂虹亭,张先作《定风波令》(即前六客词)纪其事②,有沈强辅者为出胡琴助兴,东坡赋《南乡子》词③;张先赋《木

---

① 苏轼《书游垂虹亭》,孔凡礼点校《苏轼文集》卷七十一,中华书局,1986年,第2254页。
② 唐圭璋编《全宋词》,中华书局,1965年,第74页。
③ 唐圭璋编《全宋词》,中华书局,1965年,第291页。苏轼《南乡子》词:"公旧序云:沈强辅雯(按:似为'雪'之误)上出文犀丽玉作胡琴,送元素还朝,同子野各赋一首。"吴聿《观林诗话》:"东坡在湖州,甲寅年,与杨元素、张子野、陈令举由雪泛舟至吴兴。东坡家尚出琵琶,并沈冲宅犀玉共三面胡琴。又州妓一姓周,一姓邵,呼为二南,子野赋'六客词'。"

兰花》赠周、邵二妓①；东坡又和陈舜俞词②。此即前六客词及词会③。其后十七年④，即元祐六年(1091)，苏轼于杭州守任上，以翰林学士承旨召还，与曹辅(子方)、刘季孙(景文)、苏坚(伯固)、张弼(秉道)同过吴兴，应州守张询(仲谋)之请，赋《定风波》(月满苕溪照夜堂)词，此即"后六客词"及词会。张询并将前后词及赓和之作刻于墨妙亭(《嘉泰吴兴志》卷十八载)，而至南宋胡仔(1108？—1168?)时，吴兴郡圃已建成"六客亭"⑤。

类似的词人雅集，在元祐时还有一些，有的留有词作，有的未留下词作，它们都具有超越词本身的意义，因为那是一个轻视词、不尊重词人身份的时代，词人们的任何词学活动，即使是微不足道的一言一行，都无疑是在世人的心目中积增着、累加着词体的比重和分量，也积增着他们对词的信任和重视。因此，我们今天，无论怎样去提高对元祐词人雅集、词会的意义和作用的认识和评价，都不会显得过分，都是让人能够接受的。

第二节 《坡门酬唱集》的启示

南宋孝宗淳熙十六年(1189)，浙江金华人邵浩在江西豫章(今

---

① 唐圭璋编《全宋词》，中华书局，1965年，第75页。张先《木兰花》词序："席上赠周、邵二生。"

② 傅幹注坡词本苏轼《菩萨蛮》词序："席上和陈令举。"词有"故教月向松江满"、"从君都占秋"之句。按：《全宋词》苏轼此词无序。

③ 关于六客词问题，村上哲见先生有专文考证，见[日]村上哲见著，杨铁婴译《唐五代北宋词研究·附考五·六客词本事考》，陕西人民出版社，1987年，第291—295页。

④ 按：苏轼《定风波》词自序、胡仔《苕溪渔隐丛话》后集卷三十九等均言"十五年"，此据薛瑞生之说，见其《东坡词编年笺证》，三秦出版社，1998年，第586—589页。孔凡礼《苏轼年谱》卷三十，中华书局，1998年，第966—967页。

⑤ 胡仔撰，廖德明校点《苕溪渔隐丛话》后集卷三十九，人民文学出版社，1962年，第320页。《舆地纪胜》卷四《安吉州》又云州有"六客堂"。

南昌)为官,邂逅退休的官员谢某和幕僚张叔椿,先后向二人出示其所编《苏门酬唱》之书,二人大喜,均以为善,极力怂恿他把书稿付诸枣梨,谢氏并建议他将书名改为《坡门酬唱》,由"两公(按:指苏轼与苏辙)并立"而为"老仙(按:谓东坡)专之"(见邵氏所作"引")。邵氏显然采纳了二人的建议,于是次年,即光宗绍熙元年(1190),《坡门酬唱集》问世了。

顾名思义,这部书是苏门唱酬诗歌的总集,录作家八人,即苏轼、苏辙、黄庭坚、秦观、张耒、晁补之、陈师道、李廌(缺与诸人唱酬之作),全书二十三卷,诗660首,多为同题共韵之作,先列原唱,后列和酬之诗。其中,作为原唱者,苏轼占了十六卷,苏辙四卷,黄庭坚一卷,秦、张一卷,晁、陈、李一卷。有时是一人唱一人酬,有时是一人唱数人酬,有时是数人相与唱酬,皆是有唱有酬。该书现存清八千卷楼钞本、《四库全书》本、宣统间贵池刘氏玉海堂景宋本。其中景宋本最有价值,从中我们可窥见宋本原貌:半叶九行,行十六字,小字双行十六字,白口,单鱼尾,上为数字,中标书名及卷次、页码,下为刻工姓名,有彭卞、吴丙、金光、余光、邓安等,卷后钤朱文大长方"濮阳李廷相双桧堂书画私印",亦属名家之藏。

书的编者邵浩,字叔义,据其《坡门酬唱引》称:绍兴二十八年(1158),他肄业于成均(官设的最高学府),当时,他尚"年未冠"——由此可推知他约生于绍兴十年(1140)左右,孝宗隆兴元年(1163)中进士。《四库全书》根据江苏巡抚采进的旧钞本录入该书,钞本的序及引将刊刻年代"绍熙"讹为"绍兴",致使《提要》费160余字加以考辩,而不知有宋刻本原不误。《提要》参合诸家本集,说它"亦不能无所挂漏",这是对的,又云"次韵之诗惟东坡变化不穷,称为独绝,而诸家才力颇足以相抗",也无不可,但紧接着认为邵浩编辑此书的目的在于"使读者参比互证,得以稍窥用意之所在",而所谓"用意之所在",显指唱和之意,这就既有违邵氏初衷,也与其直接旨意相左。邵氏《引》中已明确交代说,他本来因为倾全力于科举考试,对古文和诗不留心,中第后,有人以诗篇求他相与唱和,而他"藐不知所向",这才找来二苏的诗歌,玩味他们的唱和之作,这样,反复阅读几年之后,他已能与人唱酬,而由此开始,他对二苏诗歌的妙处往往心领神会,兴趣也更大,便又取"六君子"的作品,尽撮其中属和之篇,汇而成一帙。"无事展卷,则两公、六君子之怡怡偲偲气象宛然在目,神交意往,直若与之承颜接辞于元祐盛际,岂特为赓和助耶?"也就是说,编书的本意已超越其读书时的原初动机,不是仅仅为了学习与模仿,而在于仰慕苏门的雅谊,这正与刘世珩景宋本跋所言其影印此书的目的无二:"以见坡门唱和之雅,更可见当时师友之谊云。"《提要》误以其读书动机为编书宗旨。这种"师友之谊",大得后人景仰①,其所开创的以私人交谊为连接纽带的词学新局面,在中国词学史上,是前所未有的。

在张先以前,词体很少甚至几乎没有被用于唱酬应和,而张先的词唱和,主要发生在其晚年(前此亦有,但较少),亦即上节所述"前六客词"时期,其相与唱和者,乃是苏轼及其友人杨绘等人。当然,元祐时期的词唱酬,不限于苏门。如,王安石与俞紫芝(秀老)也曾以词酬唱。又如苏门政敌舒亶,在贬退鄞县后,也多与一些休职官员以词酬和②。南宋理学家朱熹曾批评说:"元祐时有无限事合理会,诸公却尽日唱和而以。"③这从反面正说明这个时期作家

---

① 叶适《习学记言序目》卷四十七:"初,欧阳氏以文起,从之者虽众,而尹洙、李觏、王令诸人,各自名家。其后,王氏尤众,而文学大坏矣。独黄庭坚、秦观、张耒、晁补之始终苏氏,陈师道出于曾而客于苏,苏氏极力援此数人者,以为可及古人。"赞苏门之谊过于欧门、王门,但忽略苏门更是"各自名家"。
② 周建国《论新党舒亶及其文学创作》,《文学遗产》1997 年第 2 期。
③ 黎靖德编,王星贤点校《朱子语类》卷一百四十,中华书局,1986 年,第 3333 页。

唱和风气之盛。苏、黄诗歌唱酬之作颇遭后人诟病,被认为太俗、太滥,然其唱酬之词却绝不能作如是观。因为,苏轼等人生活的时代,词体仍然得不到社会应有的尊重,作家们只有通过种种努力,才能逐渐扩大词的影响,改变世人的成见,而唱酬是其中较有成效的一种方法,故这部《坡门酬唱集》虽为诗歌唱和之书,但对我们研究元祐词坛不无启示意义。

首先,元祐词人将诗歌常用的唱和方式移入词的创作中,这是一种"以诗为词"的集体行为,它说明他们在实践上已经迈出了向诗歌靠拢、扩大词的功能、提高词的社会地位的第一步,而元祐词坛的繁荣,与词人们之间的相互唱和是分不开的,那些同调同题或同韵同题,或者调、题、韵皆同的唱和词作,不但增加了词的创作总量①,而且,容易形成一定的阵势或气势,其本身即代表着词人之间的团结,象征着词坛的兴盛。南宋人或后代人之所以对这个时期的词坛倍加赞叹,无限向往,也正是因为这一点。

其次,同文学中其它体裁样式的唱和情况一样,元祐词人的相互酬唱赓和,在很大程度上促进了词的艺术的发展。词人们在唱和时,往往存在比竞心理,或出奇制胜,或花样翻新,尽量不落他人窠臼,从而产生了一些优秀作品,并从整体上提高了元祐词的艺术水平。如苏轼的名作《水龙吟》(似花还似非花),即是次章楶(质夫)同调词之韵而作。又如陈师道的《南乡子》(晴野下田收)一首,用东坡同调重阳词韵,其末句云"今日看时蝶也愁",显然是苏轼原作"明日黄花蝶也愁"一句的翻案文字,结合词中"横雨旁风不到

---

① 笔者仅据《全宋词》统计,苏轼的唱和词约占其全部创作的10%,李之仪的约占25%,舒亶的占28%,黄庭坚的占15%,晁补之的占15%,陈师道的近8%。但《全宋词》所据底本并非皆有序或题目,不少依韵唱和之词未得统计,故实际数字要大于此。

头"、"人意自闲花自好"等句看,这首词所表达的意境凄清而寂寞,故也可以说它比苏轼原作"翻进一层"。

其三,它告诉我们:元祐时期,由于以苏门为主体的文学集团的形成,作家们之间的创作活动,呈现出更为紧密的相互联系、相互影响的局面,在他们的赓韵唱酬中,更易于产生相同或极为近似的主题、风格,因此,我们在注意作家创作个性的同时,欲把握元祐词坛的总体风貌,就不要太多地孤立研究一个一个的词人,而应该重视他们在创作上的联系和相互影响,注重他们在大致相同的时代、文化背景下的创作共性,以及共性下的"个性"。王水照先生在这方面已经成功地为我们树立了典范,他的《"苏门"诸公贬谪心态的缩影》一文[①],即是根据秦观《千秋岁》词得到苏轼、黄庭坚、李之仪、惠洪等北宋五人、南宋二人,计七家九首词的唱和"这一特殊文学现象",发现它"不仅反映了和韵之风从诗坛到词坛的展延,并影响到词的内容和艺术的变化,而且具体地表现出所谓'元祐党人'横遭贬谪后彼此心灵的交融和撞击,他们共同的和不同的心理反应"。所论极有见地,而所用方法尤其值得我们借鉴。

第三节　平等、自由的词学批评

元祐时期,词学批评异常活跃,词人们往往一身二任,在进行创作的同时,还兼当批评家,自由发表自己的词学见解;而不论是针对某一词学现象,还是针对某一具体词人、具体词作,因为他们有丰厚的创作实践和深刻的经验感受为基础,故其所言所议,往往均能独具创见、深中肯綮,不但对当时的创作发挥着一定的导航、

---

① 王水照《苏轼研究》,河北教育出版社,1999年,第112—128页。

正向作用,还对后世的词坛产生了深远的影响。

　　就形式看,这时的批评,有口头的、书面的两种主要方式。口头批评,实际表现为一种问答体的形式。如,南宋黄昇《唐宋诸贤绝妙词选》卷二苏轼《永遇乐》词末载:

　　　　少游自会稽入都,见东坡。东坡曰:"不意别后,公却学柳七作词!"少游曰:"某虽无学,亦不如是。"东坡曰:"'销魂、当此际',非柳七语乎?"①

　　这是发生在苏轼与秦观之间的一次问答,它涉及到词的气格以及当时词坛流行的学柳词的风向等问题(第一章已讨论),从中可以看出苏轼明显的反柳词倾向,而秦观的辩解和最后的语默,也反映一个事实:他确实学柳词,在苏轼的批评下,他也多少意识到自己那种做法的不当。属于此类的还有《王直方诗话》所记苏、张、晁三人关于苏轼词与秦观词的比较,《吹剑续录》中苏轼与幕士之间关于苏轼词与柳永词以及豪放、婉约两种风格的确认,等等。

　　书面的批评是主要的方式。它也有几种情况。一是在与人来往的书信或其他文体中,发表词学意见,著名的如苏轼《与鲜于子骏书》、《答陈季常书》等,就是在书信中论词,而他的《祭张子野文》,更是在祭祀文中论词。沈括《梦溪笔谈》乃笔记,其中亦有谈词之语。二是在为文集、诗集、词作或词集所写的序跋中,提出某个词学观点或某一见解。如黄庭坚的《小山集序》即是为其好友晏几道《小山集》所写的序。苏轼的《跋黔安居士渔父词》、李之仪《跋戚氏》、《题贺方回词》、张耒《东山词序》、黄庭坚《跋东坡乐府》、《跋

―――――――――――

① 黄昇《唐宋诸贤绝妙词选》卷二,《四部丛刊》初编景明刊本。

东坡长短句》等，则是单篇词或词集的序跋。三是见于诗话、词话或专门的词学著作中。陈师道的《后山诗话》有论词之语十数则，赵令畤《侯鲭录》也有词学批评之语。这时候还出现了中国词史上"最古之词话"（梁启超：《记〈时贤本事曲子集〉》），那就是与苏轼等人关系密切的词人杨绘所撰写的《时贤本事曲子集》。苏门词人晁补之也撰有《骪骳说》八卷，该书一名《晁无咎词话》（陈振孙：《直斋书录解题》卷十一），惜已佚，但他另有《评本朝乐章》，当是较早的论词专文，比李清照的《词论》恐怕要早。此外，陈师道的《菩萨蛮》（清词丽句前朝曲），以词体形式评其友人赵使君（或前代人）的词，大概可以说是最早的论词词。黄庭坚《再次韵呈廖明略》（《山谷外集诗注》卷六）云："君不见，晁家乐府可管弦，惜无倾城为一弹。"《赠高子勉四首》之二（《山谷内集诗注》卷十六）："张侯海内长句，晁子庙中雅歌。"以诗论张耒、晁补之二人词，堪称早期论词诗。

　　就品评的对象看，他们有的涉及到唐、五代词人，如苏轼《书（一本作"跋"）李主词》评南唐李后主词，《鹧鸪天》（西塞山边白鹭飞）（一说此词为黄庭坚所作）之题序评张志和《渔父词》，沈括《梦溪笔谈》记唐昭宗《菩萨蛮》词事，陈师道《后山诗话》记吴越王钱俶"金凤欲飞遭掣搦"词事；更多的却是评本朝人词，包括已经去世的寇准、张先、柳永、欧阳修、司马光，以及与评论者同时的诸人（不具）。

　　就内容看，有三个方面。其一，关于词与音乐的关系问题。沈括《梦溪笔谈》卷五论述诗体向词体的演化过程中和声的作用，批评"今声词相从，唯里巷间歌谣及《阳关》、《捣练》之类，稍类旧俗"。并认为："唐人填曲，多咏其曲名，所以哀乐与声尚相谐会。今人则不复知有声矣。哀声而歌乐词，乐声而歌怨词，故语虽切而不能感动人情,由声与意不相谐故也。"①强调词的文意情感要与乐曲的声腔相谐。而他的《和声"说,则得到李之仪的声援,其《跋吴思道小词》云:"唐人但以诗句,而用和声抑扬以就之,若今之歌《阳关词》是也。至唐末,遂因其声之长短句,而以意填之,始一变以成音律。"王安石注意的则是声与词孰先孰后的问题:"古之歌者,皆先有词后有声,故曰:'诗言志,歌咏言,声依永,律和声。'如今先撰腔子后填词,却是'永依声'也。"②这在现在看来并非问题,但在当时还是引起了他们讨论的兴趣。词与音乐的关系,颇为复杂,元祐时期的讨论,显然还有待深化,但已属不易,而它的意义还在于引出了对词的体性的争论。其二,关于词体属性的问题。这个问题与词的音乐性有关,而主要针对的是苏轼的词体改革。《王直方诗话》云:"东坡尝以小词示无咎、文潜曰:'何如少游?'二人皆对曰:'少游诗似小词,先生小词似诗'。"③陈师道《后山诗话》也说:"退之以文为诗,子瞻以诗为词,如教坊雷大使之舞,虽极天下之工,要非本色。"在他们看来,苏轼的词算不得本色词,而与诗为近。他们所谓"本色",着眼点可能还在词体自晚唐五代以来入律可歌、声情婉转的传统上,如李之仪就认为作词应像吴思道那样"以《花间集》中所载为宗"④。而"可歌"又有二层含义,即:作者能歌;他创作出来的词可以被歌唱。对这两个方面,当时人及后人都做过专门争论,一部分人认为苏轼能歌,他的词入律(如李之仪《跋戚氏》记载苏轼能当宴"随声随写,歌竟篇就,才点定五六字尔"),另一部分人

---

① 沈括撰,金良年点校《梦溪笔谈》卷五,中华书局,2015年,第45页。
② 赵令畤撰,孔凡礼点校《侯鲭录》卷七,中华书局,2002年,第183页。
③ 胡仔撰,廖德明校点《苕溪渔隐丛话》前集卷四十二,人民文学出版社,1962年,第284页。
④ 李之仪《跋吴思道小词》,《姑溪居士文集》卷四十,《丛书集成初编》,中华书局,1985年,第310页。

则持反对意见。其三,主体与词的关系问题。黄庭坚为晏几道集作序,称赞他"磊隗权奇,疏于顾忌,文章翰墨,自立规模"。"其乐府可谓狎邪之大雅,豪士之鼓吹,其合者《高唐》、《洛神》之流,其下者岂减《桃叶》、《团扇》哉!"[①]认为作者不偶于世的怀抱,独立不倚的个性,最终成就了他的不同凡响的词。黄庭坚又跋东坡《卜算子》词云:"语高意妙,似非吃烟火食人语。非胸中有万卷书,笔下无一点尘俗气,孰能至此?"在强调作者胸襟超逸、无世俗之气之外,还要求读书多,腹笥厚。他的《书王观复乐府》同样重视读书。李之仪《跋吴思道小词》以为张先"才不足而情有余,良可佳者",张耒《东山词序》更直接云:"文章之于人,有满心而发、肆口而成,不待思虑而工,不待雕琢而丽者,皆天理之自然而情性之至道也。"原于此,他推崇贺铸之词"幽洁如屈宋,悲壮如苏李"。

综观元祐人的词学批评,可以发现,它们的涉及面相当广,几乎词学中的重大问题,他们都做过一定的探讨,这恐怕也正是元祐词坛兴盛的一个标志吧。另外,他们的批评始终是在自由平等的气氛中进行的,苏轼固然可以批评他的门下,而"六君子"或"四学士"同样可以批评苏轼,甚至在为词人排座次时,无论像前引黄庭坚《赠高子勉四首》之诗句下的自注那样,说"无咎乐府,于今第一",显是推晁补之为词学第一家,还是陈师道的"今代词手,唯秦七、黄九尔,余人(按:一本作'唐诸人',一本作'他人')不迨也"[②],苏轼都不在内,相反,对他倒有种种委婉甚或比较直露的批评,而苏轼从未在意计较,这种自由品评之风,与整个词坛"不主一家"的创作倾向又是相表里的,它们都促进了元祐词坛的繁荣。

---

① 黄庭坚《小山集序》,刘琳、李勇先、王蓉贵点校《黄庭坚全集》正集卷十五,四川大学出版社,2001年,第413页。
② 陈师道《后山诗话》,何文焕辑《历代诗话》,中华书局,2004年,第309页。

第八章　主题的变奏

　　元祐词最引人注目之处,莫过于主题的变化。一些前此未曾出现的题材,现在出现了;前此仅处于萌芽状态的题材,现在得到进一步的发展;前此仅有少数词人偶尔创作的题材,现在却引起普遍的关注。主题的变化是元祐词人词学观念的印证和实现,是苏轼等人进行词坛革新的根本措施。从主题倾向看,这个时期的变化,可以概括为四个方面,即:男女之情的净化,生活情趣的雅化,士夫情怀的世俗化,幽隐心灵的物化。

第一节　男女之情的净化:
妻子形象的出现

　　词得"艳词"、"艳科"之恶谥,根本原因在于男女之情的滥化、俗化。《花间集》中对女性服饰、步态、容貌、肌肤,甚至更为隐秘部位的过分关注和描写,使它有色情之嫌,而几乎成为艳情文学的代表。这里面体现着男性对女子的极不尊重的态度。入宋之后,"花间"传统不绝如缕,时得一些人的效尤,名家正人如欧阳修,尚有《系裙腰》(水轩檐幕透薰风)之作,其末云:"起来意懒含羞态,汗香融。系裙腰,映酥胸。"可谓"不减花间"。吴处厚(?—1093?)尝云:"余观近世所谓正人端士者,亦皆有艳丽之词。"而特为之辩曰:

"文章纯古,不害其为邪;文章艳丽,亦不害其为正。"并以唐代宋璟为相铁石心肠,而作《梅花赋》却"清便富艳,得南朝徐庾体"为证[①],从人性的基本属性及情感需要的丰富多样性看,其道理是对的,辩解也颇堪入理,然毕竟不免"强为之辩"之迹。柳永涉及男女之情的不少词作,表达男女之间相知相爱、海誓山盟的真实情感,情调基本上都是健康的,但他以浪子之身,寄迹青楼楚馆间,面对的又是"秀香"、"英英"等歌舞之妓,艳情内容实难根除,用"托体不高"四个字来评价这些词,也不为过。

爱情向有文学的"永恒主题"之称,男女之情乃创作"原动力"之一,词以它为内容,本身并无不可,亦无邪、正之别,关键在如何描写,在作者以怎样的态度看待女性,看待它所写的男女之情。而这又取决于两个因素,一是作者的女性观,二是它所描写的对象是谁。这两个因素有时相互分离,有时相互关联,相互制约。元祐词人不可能避开这个古老而又富有魅力的主题,也不可能丝毫不涉及到艳丽成分,但是,在他们的笔下,这个题材获得了前所未有的本质性的突变,他们以自己"新"的女性观,塑造出了前所未有的词中"新"女性形象,照亮了整个元祐词坛和两宋词史,并从"男女之情"这个根本上改变了它的"劣根性",使词获得新的生命之光。这便是他们创作的"妻子"形象。

一、题材分布

元祐新女性,主要出现在下述两种类型的词中,其一,悼亡词;其二,寄内、寿内词。

悼亡词主要有苏、贺二家。苏轼的《江神子》(十年生死两茫茫),宋傅幹注本题作"乙卯正月二十日夜记梦",元延祐本题同傅

---

① 　吴处厚撰,李裕民点校《青箱杂记》卷八,中华书局,1985年,第81页。

注本,而调作《江城子》,明茅维刻全集本题同傅注本,别有题注云:
"公之夫人王氏先卒。味此词,盖悼亡也。"明曹氏刻《东坡先生外
集》本题作"梦初室王氏,乙卯正月十二日"。综合各本可以肯定:
此词是苏轼为悼念亡妻王氏而作,时间在熙宁八年(1075)。他的
《亡妻王氏墓志铭》云:"治平二年五月丁亥,赵郡苏轼之妻王氏,卒
于京师。"治平二年(1065)至熙宁八年,恰是十年。全词如泣如诉,
以叙为主,辅以自己的哀衰模样、妻子梳妆的生活"小照"、墓地的
幽凄之景三处描写,深情款款,读来令人神凄意伤,直欲走进数百
年前的时空,去感知作者与其亡妻会面的幽梦。贺铸的《半死桐》
(重过闾门万事非),此前本非调名,以其"寓声乐府"例,当如一般
词调后之题,其所寓之"声",乃《鹧鸪天》,宋刻本则注云:"《思越
人》,亦名《鹧鸪天》。"清人及今人多以为《思》与《鹧》非同调。"半
死桐"三字,其来已久。汉枚乘《七发》云:"龙门之桐……其根半生
半死。……斫斩以为琴……飞鸟闻之翕翼而不能去,野兽闻之垂
耳而不能行,虮蛴蝼蚁闻之拄喙而不能前,此亦天下之至悲也。"后
人也正是在"至悲"这层意义上使用它,并进而与悼亡连在一起,如
唐李峤《天官崔侍郎夫人吴氏挽歌》云"琴哀半死桐",白居易《为薛
台悼亡》有"半死梧桐老病身",故贺铸以此三字为调(题),实已寓
有悼亡之意,可谓"先声夺人"。此词约作于徽宗建中靖国元年
(1101),时作者因事重过苏州,其夫人赵氏在此数月或数年前去
世,词人感于上次二人同来,此次仅自己独自回归,而做此寄
情。① 全词将情感集中于自己的孤独失侣上,通过半死梧桐、失伴
鸳鸯、空窗听雨几个意象,诉说着内心的悲伤,"挑灯夜补衣"的生
活场景,尤能见出妻子的贤德和双方相濡以沫的深情。

---

① 以上分析,参贺铸撰、钟振振校注《东山词》,上海古籍出版社,1989 年,第 25 页。

　　在中国诗歌史上,自晋潘岳之后,悼亡一直是传统题材,但在词中,苏、贺二家似为最早,这应该看作是他们"以诗为词"的一种尝试。日本学者甚至认为:"可以说东坡就是这样地将词中从未咏过的主题采入到词中,从而扩大了词的世界的。如果认为尽管这样的主题是历来诗中所歌咏的,但是诞生在词的世界的,仍然同诗是截然不同的东西,那么,必须说在整个诗词历史中,这是一个新的境地。就是说,可以说东坡是在诗与词之间发现了新的境地,从而扩大了词的世界。"[①]

　　应该承认,苏轼之前,柳永的《定风波》(伫立长堤)一首,其结句"算孟光、争得知我,继日添憔悴","孟光"用汉梁鸿、孟光夫妇典,指的当是词人的妻子,但我们反复多次遍寻全词,始终找不出比这两个字哪怕多一点点的关于他的妻子的信息,更谈不上正式的形象描写了。因此,我们有充分的理由认为:苏轼词中的"小轩窗,正梳妆",是词史上"妻子"形象的第一次直接的、正面的"闪亮登场",它比词人自己写于元丰四五年间的《念奴娇》(大江东去)中"小乔初嫁了"的周瑜之妻还要早数年。从此以后,作家们在创作之时,才偶尔"放逐情人"找回妻子,"寄内"、"寿内"的题材也从诗歌走向了词坛。

　　寄内词源于词人宦游或羁旅在外,不能与妻子相聚,或者爽期未归,便写此以"陈情",与一般的家书颇有几分相象。其内容则是陈述不得归家的原因,描写羁旅途中景况及自己的心境,设想妻子盼望他归来的情景,如赵令畤《虞美人·光化道中寄家》、晁补之《满江红·寄内》、毛滂《殢人娇·约归期偶参差戏作寄内》等。所

---

① ［日］村上哲见著,杨铁婴译《唐五代北宋词研究》,陕西人民出版社,1987 年,第298 页。

叙多是一些平淡小事,语言也直白如话家常,但平淡中蕴涵深情,朴素中流淌着关怀。晁补之另有《御街行》一首,题曰:"待命护国院,不得入国门。寄内。"可知作于建中靖国元年(1101),时词人因坐元祐党事遭外放已有数载,这一年始得命还朝,却仅能于护国院待命,虽说境遇比以前有所改善,然仍属"不公正",词人遂将内心感慨告诉妻子,让她分担自己的忧愁。词人是把妻子当作朋友或同志者看待,故词中非显性出现的妻子形象,已获得某种实质上的"升华"。

寿内词以晁补之的五首词为代表,这五首词均题作"永嘉郡君生日",永嘉郡君即其妻子杜氏。张耒《晁无咎墓志铭》云:"娶户部侍郎杜纯之女,治家教子皆有法,封永嘉郡君。"[①]晁补之自己也有《永嘉县君赴颍昌杜丈之丧送至鹿县境上赠别》之诗[②],称县君,当是郡君之前的封赠,诗云:"二十年糠秕,相从无腼颜。"盖夫妻之间感情深厚,相濡以沫。这五首词未必是同时所作,但它们的写法基本相同,都描写春天景色,渲染、衬托祥和的气氛以为妻子祝寿,或者表达与妻子偕老归隐的愿望。寿内词可能是宋初以来颂圣、寿圣之风,特别是元祐前后拜寿世风渗透的结果[③],但它以情感为基础,不含有应酬性质、功利目的,故有别于一般的寿词。

二、形象类型

元祐词人的妻子形象,可分为如下几种类型。

---

① 张耒撰,李逸安、孙通海、傅信点校《张耒集》卷十二,中华书局,1990年,第902页。

② 晁补之《鸡肋集》卷八,《四部丛刊》初编景明诗瘦阁仿宋刊本。

③ 朱彧《萍洲可谈》卷三云:"近世长吏生日,僚佐画寿星为献,例只受文字,其画却回。王安礼自执政出知舒州,生日属吏为寿,或无寿星者,但以他画轴红绣囊缄,谓必退回,王忽令尽启封……"寿词在宋代尤多,所寿对象也渐由皇帝而降至官长、亲属、友朋,还有自寿、寿女婿者,不一而足。

第一种,青春美丽型。苏轼之妻王氏,去世时年仅 27 岁[1],故词人在《江神子》悼亡词中,留下她"小轩窗,正梳妆"的青春背影。张耒《风流子》:"玉容,知安否,香笺共锦字,两处悠悠。"在他的思忆中,妻子总是玉容如旧。这种青春、美丽,当然带着作者的强烈的感情色彩,是相对的,却也是永恒的。甚至在苏轼的《念奴娇》中出现的周瑜之妻小乔,仅有"初嫁了"三字,也散发着青春的魅力。

第二种,美貌而有才华型。晁补之《清平乐》(寒风雁度):"也到文闱校文处,也到文君绣户。"言风吹到自己身边,也吹到妻子的绣阁,由此而想念她。秦观《满庭芳》茶词末云:"归来晚,文君未寝,相对小妆残。"词人参加文酒之会晚归,妻子正小妆未寝,二人乃赌茗为乐[2]。这些词中的文君,正如晁补之《斗百草》(往事临邛)所说:"解赋才高,好音情慧,琴里句中暗识。"她是一位解音识曲、聪慧多情的妻子。汉代以来,文人笔下的文君多是风流寡妇的代称,元祐词人则赋予她全新的妻子的身份,这也是一种创造。

第三种,思妇型。陈师道《南乡子》词云:"急雨打寒窗,雨气侵灯暗壁缸。窗下有人挑锦字,行行。泪湿红绡减旧香。""挑锦字"系用《晋书·列女传·窦滔妻苏氏》所载:苏蕙因思念丈夫而织锦为回文诗的典故,想象妻子灯下思念他的情状。苏轼《减字木兰花》(晓来风细)、黄庭坚《留春令》(江南一雁横秋水)等词中,都让人感受到思妇深情的目光。而陈师道塑造的"窗下挑锦字"的形象,最为成功,几乎可以与贺铸的"挑灯夜补衣"的贤德妻子相媲美。

第四种,朴素耐劳型。张耒《满庭芳》(裂楮裁筠)词末:"谁相

---

① 苏轼《亡妻王氏墓志铭》,孔凡礼点校《苏轼文集》卷十五,中华书局,1986 年,第472 页。

② 《古今词统》卷十二据此词云:"少游夫妇不减赵明诚,固应深谙茶味与赌茗之乐。"《古今词话·词辨》卷下更言此词为少游夫人所作,特为辨正之。

对,时烦孟妇,石鼎煮寒蔬。""孟妇"系指《后汉书·逸民传·梁鸿》中鸿妻孟光,"为椎髻,著布衣,操作而前。鸿大喜曰:'此真梁鸿妻也,能奉我矣。'字之曰德耀。……遂至吴,移大家皋伯通,居庑下,为人赁舂。每归,妻为具食,不敢于鸿前仰视,举案齐眉"①。这首词可能作于词人晚年,他已经历了元祐时的京城辉煌,也经受了随之而来的远方贬窜,"谩取黄金建厦,繁华梦、毕竟空虚"(下片),世事人情一场"春梦",只有老妻荣辱厮守。这与贺铸"挑灯夜补衣"的妻子同属勤劳、朴素一类。至如晁补之《引驾行》(春云轻锁)中"庆孟光齐眉,冯唐白首",虽同是此孟光,但"齐眉"已指长寿②,词有庆幸糟糠之妻与己同寿之意。

还有一种是综合型的妻子形象,她兼有上述两种或更多的品德。黄庭坚《浣溪沙》:"一叶扁舟卷画帘。老妻学饮伴清谈。人传诗句满江南。"这位妻子与他偕隐,又学着饮酒与他对樽,还伴他清谈,可谓知书、多情、善解人意的知识型妻子,但一个"老"字又似乎赋予她"孟妇"的贤淑(当然,"老"未必指年龄,还可以指夫妻感情深、相伴时日长)。贺铸的《□□□》(楼上鼓)、《夜捣衣》(收锦字)、《杵声齐》(砧面莹)、《夜如年》(斜月下)、《剪征袍》(抛练杵)、《望书归》(边堠远)一组六首词,皆"寓声"于《捣练子》,其中的女性,既有思妇之深情厚意,又有孟妇的辛苦、勤劳。

三、"妻子"形象的意义

元祐词中的"妻子"形象,同《花间集》及柳永笔下的一些女性相比,可以说是极端的质朴无华,但正是这些朴素、平淡的形象的出现,改变了词史上传统女性的面貌,改写了词的历史,具有重大

---

① 范晔《后汉书》卷八十三,中华书局,1965 年,第 2766—2768 页。
② 《俚言解》卷一:"夫妇偕老曰齐眉。扬雄《方言》:眉、黎,老人之称。齐东谓老曰眉。《诗·七月》篇:'以介眉寿',犹言同寿,非指梁鸿、孟光举案齐眉事。"

的意义。

第一,舍弃过多的容貌、形体、言语描写,而代以简笔勾勒。《花间集》及柳永词对女性,或是描写其容貌服饰,或是描画其形体,或是模拟其语言声吻,细腻而逼真,然多数没有鲜明的个性特征,往往此女与彼女相象,类同化,且失于烦而流于艳,可谓"狎而不恭"。元祐词的女性形象,则一律出以简笔,不论是苏轼的"小轩窗、正梳妆",还是贺铸的"挑灯夜补衣",陈师道的"窗下挑锦字",词人们只是勾勒出妻子的一个背影,显示一幅生活小照,或出以一个具体的生活细节,但又能显现其精神、品质,显现其永恒的生命活力。这可能与当时文人画的盛行及其重神似而不重形似有关①,但主要是词人的态度不同。

第二,黜落浮华,不施铅黛,不事雕琢,而择用自然、平白的语言,简单、平常的生活事例或意象,来描写妻子形象。这是对《花间》浓墨重彩、奢靡侈丽的写人传统的反动。就所再现的空间言,这里基本上没有《花间集》中常见的那些珠光宝气、流金溢彩的人间洞天,而是衰飒的墓地,孤寂的深闺,荒凉的行旅;就所使用的典故言,也是些几乎失却"典故"之义的通用故事,如文君识曲、孟光举案、苏蕙织锦之类,早已明白如话。其实,"文君"等语典更多的被词人们当作妻子的代名词,而不纯粹是用典。如果说典故在一定程度上有雅化的倾向,那么,它带给这些词的,也只能是"素雅"。

第三,深厚的情感,尊重的态度。《花间集》中小词,所写男女

---

①   苏轼等元祐词家重神似、轻形似之论甚夥,而尤可注意者,乃是他们不但有一些题画词,明确将绘画与词体结合起来,而且,在其它咏写美女的词中,也自觉地贯穿"神似"理论,如陈师道《南乡子》词末句云"困倚阑干一欠伸",自注云:"周昉画美人,有背立欠伸者,最为妍绝,东坡为赋《续丽人行》。"另一首《南乡子》(袅娜破瓜余)亦云:"醉侧不须扶。唤作周家行画图。背立欠伸花絮底,知无。未信丹青画得出。"都善于捕捉人物的传神之处。

之间的感情,未必不真,其中的女性,未尝不值得同情、尊重,但那些情感,与真正的夫妻之情,性质毕竟不同;作者对她们的态度,尤其是形体、情态方面的过多描写所透露出来的一种赏玩、猎艳心理,与此也根本不可同日而语。元祐词家虽未对妻子作工笔细密的形象刻画,未像《花间集》词人那样在词中去表白自己怎样的恨、愁、思、誓,但正是这种描写上的"空白",充分显示出他们对妻子的尊重;正是这种不表白,显示着他们夫妻之间深厚的感情基础。这又颇似于绘画中的"空白"艺术,是典型的"不写之写"。倘稍加咀嚼即可感到,他们的笔端饱蘸着挚爱,他们词的字里行间,都充溢着尊重。这是一种净化了的男女之情,净化的根本在于对象的不同和态度的转变。可以说,妻子身份的特异,以及他们对妻子的尊重态度,是他们创作出新的女性形象的决定因素,也是产生"不写之写"、"空白"艺术效果的促成因素。

元祐词人写妻子的词作,在当时及后世产生了广泛的影响。就悼亡词言,苏轼之后,黄庭坚创作了《千秋岁·次韵吊高邮秦少游》①,晁补之创作了《满江红·次韵吊汶阳李诚之待制》、《离亭宴·次韵吊豫章黄鲁直》追悼友人,和《青玉案·伤娉娉》伤悼早亡少女的词。而南宋作家刘克庄也有《风入松·福清道中作》二首悼念亡妻之词,其中"旧日风烟草树,而今总断人肠"(其一)、"萧瑟捣衣时候"(其二),与苏、贺的悼亡之词构思极为相似。就寄内词言,略迟于元祐诸家的词人周邦彦,创作有《玉楼春》(玉琴虚下伤心泪)、《宴清都》(地僻无钟鼓)、《扫地花》(晓阴翳日)数首词,写行旅途中景物,表达羁旅之思,以"知曲意"的"文君"代指妻子,以"恨人

---

① 此词作者颇有争议。吴曾《能改斋漫录》卷十七云:"晁无咎集中尝载此词,而非是也。"胡仔《苕溪渔隐丛话》后集卷三十九、《乐府雅词》卷上则云为晁补之作。《全宋词》两存之而各加按语。

金徽，见说文君更苦"表示对妻子的理解、体贴、关心和尊重，都与元祐词人的作品接近。

　　总之，元祐词坛出现的"妻子"形象，是词史上崭新的女性形象，它反映着一种正确的、先进的女性观；也以相同的描写对象，类似的情感处理方式，初步显示了元祐词家（主要是苏门）共同的创作倾向，显示了"群体"的某些特征和时代的主题。惜乎他们不能以平等之心对待所有女性，致使这种词数量有限，未能构成强大的创作流，对整个词坛的冲击力尚未达到足以引起世人广泛关注的程度。但无论如何，作为一种新的创作现象和创作主题，它们都是值得充分肯定的。

第二节　日常生活的诗化：元祐茶词笺论

　　元祐时期，苏轼及其门下主要生活在京城的上层文化圈里（苏轼等后期离开京城），与他们交往的多是书画名家，如李公麟、米芾等；效力于翰林院、秘书省的工作，也为他们提供了更多的接触各种优秀文化成果，特别是前人书、画、纸张、古玩等精致、优雅的文化品的机会。他们自身皆具有多方面的文艺才能和艺术审美能力，所以，这段时期，他们的诗歌词作中，充满着人文素材、人文意象、人文旨趣。较为优厚的物质待遇，使他们能够在日常生活中超越现实的功利目的，获得或葆有审美的心态，故即使是日常生活，在他们那里，也得到了人文化、诗意化的提升。咏茶词是他们诗意化的日常生活的集中体现，寄寓着他们的审美理想。其中，"器"的赏玩显示了他们茶事知识的渊博，茶的饮用更超脱了一般生理性的需求，进入纯粹的审美愉悦状态，进入对身心自由境界的体验，对"道"的追求。

茶作为中华民族的传统饮品，有着悠久的历史。《华阳国志》说武王伐纣时已有茶，这未必可靠，但西汉初年成书的《尔雅》，其"荼"字，所指即是茶。《晏子春秋》记载晏子相齐景公，"食脱粟之饭，炙三戈五卵茗菜"。茗，亦是茶。西汉王褒《僮约》有"武阳买茶"、"烹茶净具"之句，说明当时有卖茶者。《三国志》、《晋中兴书》、《世说新语》等书中所记的茶事也不少。至唐代，陆羽写出《茶经》一书，"言茶之源、之法、之具尤备，天下益知饮茶矣……其后尚茶成风"[1]。赵宋王朝兴起，而茶业大盛。以茶入文章，较早的是晋鲍照妹令晖所著《香茗赋》和杜育所写《荈赋》。以茶入诗，则略为复杂。《诗经》中的"荼"字，或指一种苦菜，如《邶·谷风》"谁谓荼苦，其甘如荠"；或指杂草，如《周颂·良耜》"以薅荼蓼"；或指茅、芦一类植物的白花，如《郑·出其东门》"有女如荼"。晋左思《娇女》诗结尾二句云："心为荼荈剧，吹嘘对鼎䥶。"今人或以为是最早的咏茶诗句，但实际只是以茶之苦比人心之苦，谈不上是咏茶。真正的咏茶诗可能出现于唐代，李白《答族侄僧中孚赠玉泉仙人掌茶》(并序)、杜甫《重过何氏五首》之"落日平台上，春风啜茗时"一首，都是难得的佳构。中唐以后，咏茶诗歌大量涌现，钱起、白居易、柳宗元等人，纷纷操觚，皮(日休)、陆(龟蒙)唱和，各咏茶具10首；北宋大家如苏轼、黄庭坚等，也为茶创作，名作迭出；南宋陆游的茶诗竟达300余篇，堪称一时之最。同诗歌苑地繁荣兴盛的局面相反，在词学阵地，却一直冷冷清清，如同一鼎凉水，始终沸腾不起"浮花"、"雪浪"；直到苏轼及其门人，因为时代风会及个人遭际的关系，点燃了文人雅士的缕缕心火，才使词作中飘出阵阵茶的清香。而苏门茶词，又集中于元祐时期。今试对苏门咏茶之作略加

① 《新唐书》卷一百九十六陆羽传，中华书局，1975年，第5612页。

论述，然后分析其盛于元祐的原因。

一

元祐茶词的内容，包括描写茶的外在之形、烹煮时的情状，茶之功用以及人饮用后的感觉等几个方面。

外在之形。苏轼《行香子》（绮席才终）："看分香饼，黄金缕，密云龙。"又，黄庭坚《品令》"凤舞团团饼"，秦观《满庭芳》（雅宴飞觞）"密云双凤，初破缕金团"，陈师道《满庭芳》"雪里游龙舞凤"，李之仪《满庭芳》"龙团细碾"。这里面涉及到茶形、茶的装潢、茶名。宋时，仅仅经过蒸造，供人食用的茶，叫散茶；但有时是蒸制之后再放进卷模中，制成饼状，即"团"茶，正名叫片茶；其中拣选茶芽而制成的名贵品种，特置于龙凤模中，以成龙凤之形，即为"龙"茶、"凤"茶。龙凤茶始于太平兴国初；密云龙则是元丰年间制造的，绍圣（或云元祐）时改名瑞云翔龙。这种茶造成后，通常是要上贡的，故外面再用油布包裹，以金缕线缠绕，此即"黄金缕"、"缕金"的含义。当然，这里所说都是指建茶。建茶在陆羽《茶经》中尚未被提起，宋时却最为看重，建安北苑并成为皇家茶园，故北苑茶尤得上层社会青睐，秦观《满庭芳》云"北苑研膏，方圭圆璧，万里名动京关"[1]，可见其非同寻常。黄庭坚晚年所作《阮郎归》（黔中桃李）云："青箬裹，绛纱囊，品高闻外江。"以青箬、绛纱包裹，又是一种样式，精致而显南方特色。

烹煮情状。黄庭坚《阮郎归》："碾声初断夜将阑，烹时鹤避烟。"《品令》："金渠体净，只轮慢碾，玉尘光莹。"《满庭芳》："碾深罗细，琼蕊暖生烟。"又秦观《满庭芳》有"粉身碎骨"云。以上所咏均

---

[1]　吴曾《能改斋漫录》卷十七以为此词系山谷增损其少作《满庭芳》（北苑龙团，江南鹰爪）而成。

为煮前碾茶的情形。宋人饮茶,与今人的饮汁水不同,而有"吃"的成分,故须先将茶碾碎、罗净、烹煮,几成粥状。宋徽宗撰《大观茶论》专论罗碾之法云:"碾以银为上,熟铁次之……凡碾为制,槽欲深而峻,轮欲锐而薄。……罗欲细而面紧,则绢不泥而常透。碾必力而速……罗必轻而平。"对器具、操作方式提出一整套的严格要求。经过碾罗之后,进入烹煮阶段,这时,水又须讲究。苏轼《西江月》云"谷帘自古珍泉",黄庭坚《西江月》云"谷帘第一泉香",秦观《满庭芳》云"开瓶试一品香泉"。对水,《茶经》说山水为上,江水为中,井水下,《大观茶论》提出"清轻甘洁"四个标准,则认为泉水为上,经常有人汲用的井水次之,江河水因有鱼鳖之腥、泥泞之污,即使"轻甘"也不取。苏、黄词中的谷帘,指的是庐山康王谷瀑布(其状如帘),《茶经》次第天下水为二十品,谷帘居首。苏轼《西江月》"汤发云腴酽白,盏浮花乳轻圆",黄庭坚《阮郎归》"雪浪浅,露花圆",秦观《满庭芳》"轻涛起,香生玉尘,雪溅紫瓯圆",李之仪《满庭芳》"雪乳浮瓯",所写又是烹煮时的情状:茶水翻滚着浅浅的白浪,浮起一个个圆圆的水花。秦观《满庭芳》"银瓶蟹眼,波怒涛翻",黄庭坚《西江月》"松风蟹眼新汤",对水花的描写更细致一些,蟹眼,谓水初沸时泛起的小气泡(渐大则称为鱼眼)。黄庭坚《品令》"汤响松风",又写出烹煮之声,正如其《煎茶赋》中"汹汹乎如涧松之发清吹",而堪与其"煎成车声绕羊肠"(《以小龙团及半挺赠无咎……》)之诗句相呼应。陈师道《满庭芳》中"松风竹雪",也以松间风涛、飞雪敲竹来形容茶声,别有境界。

功用与感觉。茶的功用很多,见于前人文字者,有:解渴,延年益寿,治疗头疼,消除酒肉之毒,以及瀹气涤烦、引发清思等。词人则往往着眼于后面数端。苏轼《行香子》:"绮席才终,欢意犹浓,酒阑时,高兴无穷。"强调酒宴之后的特殊时刻,显然是以茶醒酒。

黄庭坚《品令》:"汤响松风,早减了二分酒病。"秦观《满庭芳》:"相如方病酒……为扶起,樽前醉玉颓山。"也是写茶的解酒功能。然如黄庭坚《阮郎归》"消滞思,解尘烦",则是清醒头脑、舒畅精神之功用。苏轼《行香子》:"斗赢一水,功敌千钟。觉凉生、两腋清风。"秦观《满庭芳》:"饮罢风生两腋,醒魂到明月轮边。"其中"风生两腋"一语及飘飘欲仙的感觉,皆源于卢仝著名的"七碗茶诗"《走笔谢孟谏议寄新茶》:"七碗吃不得也,唯觉两腋习习清风生。蓬莱山,在何处,玉川子乘此清风欲归去……"但词人们又各加创造性的发挥,如黄庭坚《品令》云:"味浓香永,醉乡路,成佳境。恰如灯下,故人万里、归来对影。口不能言,心下快活自省。"将饮罢茶后那种美妙无比的感觉上升到与久别归来的朋友夜话的人生体验,显得更进一层,"能道人所不能言"①。秦观《满庭芳》:"频相顾,余欢未尽,欲去且流连。"则是换个角度写对茶的流连,令人想见那种感觉的无比美好。陈师道《满庭芳》:"渐胸里轮囷,肺腑生寒。唤起谪仙醉倒,翻湖海、倾泻涛澜。"这种"生寒"及胸中倒海翻江的感觉,迥异于他人,当是后山先生的独特感受和独创。

　　二

　　元祐茶词体现出典型的士大夫情趣。这可以从三个层面加以把握。

　　"器"的赏玩。有宋结束五代纷争以后,经过太祖、太宗,尤其是仁宗等数位皇帝的惨淡经营,奠定了百年太平基业,发展了农业、手工业生产,使经济和文化事业都得到进一步繁荣;自太祖起,又传下一条所谓的"祖宗家法",那就是优待文人士大夫,多给他们

---

① 胡仔撰,廖德明校点《苕溪渔隐丛话》前集卷四十六,人民文学出版社,1962 年,第317 页。胡氏并称此词为山谷诸茶词第一。

"子女玉帛",不但使之衣食无忧,而且还有充分享受生活的能力。
士大夫们一方面在物质生活上奢侈腐化,纸醉金迷,另一方面,对
精神文化生活,又表现出特别的爱好和追求。宋代士人的综合文
化素质也要高于前代。他们或嗜古成癖,耽玩古代的各种金玉器
物、书画碑帖、文房用品,或讲究日常生活的诗意化,把实用与审美
结合起来。而更多的则是两种情况兼而有之。茶的品玩,是他们
诗化生活的一个缩影。在宋代,"茶之为民用,等于米盐,不可一日
以无"①,只有超越这种纯粹的实用才能进入审美,这就要求:首
先,有丰足的衣食之资,以便获得审美可能;其次,要有充足的闲暇
时间,以保持审美心境。宋徽宗深识个中关键,他在《大观茶论》中
指出:"时或惶遽,人怀劳悴,则向所谓常须而日用,犹且汲汲营求
惟恐不获,饮茶何暇议哉! 世既累洽,人恬物熙,则常须而日用者,
固久厌饫狼籍,而天下之士,励志清白,竞为闲暇修赏之玩,莫不碎
玉锵金,啜英咀华,较箧笥之精,争鉴裁之别。"②他所说的"时",偏
指国家安定的时代环境,有自我美化赵宋统治之嫌,但也适用于每
个饮茶品茶的个体,那就是必须有一个相对和平的大环境和闲暇
的小环境。当元祐时,词人们恰恰获得了这样的外部条件。在他
们的茶词中,往往还显示出对有关茶事知识的掌握、对茶的外形和
装潢的欣赏。他们很关注茶的品级和外形,讲究"摘山初制小龙
团,色和香味全"(《黄庭坚《阮郎归》),强调"龙焙今年绝品,谷帘自
古珍泉"(苏轼《西江月》),很看重头纲茶:"龙焙头纲春早"(黄庭坚
《西江月》)。他们除了描写茶之包装,如前文所言之"饼"形、黄金
缕,交代烹煮过程和细致观察烹煮时的浪花细泡外,还注重各种器

---

① 王安石《议茶法》,王水照主编《王安石全集》,复旦大学出版社,2016 年,第 1258 页。
② 赵佶撰,唐晓云点校《大观茶论》,上海书店出版社,2015 年,第 39—40 页。

皿,如"金瓯"(黄庭坚《阮郎归》),"翻匙雪浪"、"兔褐金丝宝碗"(黄庭坚《西江月》),"水瓷莹玉"(秦观《满庭芳》),"紫瓯"(秦观《满庭芳》),"金鼎"(陈师道《满庭芳》),等等。在他们的词中,茶不只是一种消费品,而更像是工艺品、艺术品。宋代制瓷业、金属手工业的高度发展,为这一切提供了物质的、技术的保证,使士大夫对茶的"器"的赏玩具有"雅致"的文化品位。

"道"的追求。茶在唐代时就已进入"道"的境界,即茶道,以陆羽《茶经》的问世为标志。盖茶本为木,生于土,盛于鼎(金),净以水煮以水,焙以火成于火,兼有"五行",相克相生而相谐,具备了构成世界万事万物的基本元素,合于《周易》原理,尤其煮茶之炉多铸成鼎形,而"鼎"乃《周易》六十四卦之一,卦象为巽下离上,巽即风,离为火,故陆羽于鼎足上镌刻"坎上巽下离于中"几个字(坎为水),尤言水置于上,风吹于下,火燃于中,此不啻一幅以儒家哲学思想为依归的烹茶煮茗图。在茶器、茶具的制造中,又要求"方其耳,以令正也。广其缘,以务远也。长其脐,以守中也"①,其中所提出的"方正"、"务远"、"守中"准则,也是儒家经世修身思想的体现。茶能使人健身长寿、恬淡自持,又合于道家的养身之道及回归自然、清静无为的主旨;茶为人涤去烦虑、驱除睡魔,茶道更要求心无旁骛,意念集中,也近于参禅,其功能则宜于释子打坐,故茶道实涵蕴中国传统文化中儒、释、道三大家的思想精华,与古代士大夫的文化人格"异质同构"。细观苏门茶词,可以发现,它们大致完整地再现了茶道所规定的操作程序,先是"分"或"破"茶团,次碾末,次开瓶加水,次煮,最后才是饮,这是对外在形态的"道"的自觉遵守。

---

① 陆羽《茶经》卷中《四之器·鍑》,《丛书集成新编》第47册,台北新文丰出版公司,1984年,第714页。

茶道要求不损害茶的自然色泽、芬芳,要求水的品位要高、器具要洁净,也往往给人返朴归真、洒然出世之感,如黄庭坚《品令》"金渠体净"、"玉尘光莹",秦观《满庭芳》"一种风流气味,如甘露不染尘凡",都有一种超脱尘俗的清旷。苏门中茶词流传不多的晁补之,在其《黄莺儿》中写道,夏日午后梦未全醒时,听远树蝉声,追思往事,依依于梦中情绪,"观数点茗花,一缕香萦住",不单有着"羲皇上人"式的清闲安逸,而且还从杯面浮起的茶花中体悟到生命的真谛,这是另一种"道"的体悟。茶词中经常出现一双"纤纤"玉手,如"纤纤捧"(秦观《满庭芳》),"捧瓯春笋寒"(黄庭坚《阮郎归》),"纤指缓,连环动触"(黄庭坚《看花回》),"绮窗纤手,一缕破双团"(陈师道《满庭芳》),写的都是一位女性用纤细而白皙的手,拿着线分开茶团,擎着银瓶倾水入鼎,捧起杯盏为人斟茶。从源头上说,这双"纤纤"之手,似乎出自韩愈"茗碗纤纤捧"之诗句,属于典故的沿用,但颇让人怀疑她是一位司掌茶道的专门人员,在秦观的《满庭芳》词中,我们有幸一睹她的"放大"了的丰采,"娇鬟宜美盼。双擎翠袖,稳步红莲",她那双手擎举的姿势,轻巧平稳的脚步,都显示出与歌儿舞女的不同。应该说,从唐代以来就一直存活在茶诗茶词中而青春永葆的这双纤细的手,是茶道中亮丽的一页,体现着茶文化特有的阴柔之美,是对茶道精神的形象化凸显。与酒的狂放、迷乱相比,茶更有理性的清醒、宁静,所以,茶往往伴随在酒后(参上文),对酒狂起节制、调控作用,使饮酒者"无因更发次公狂"(黄庭坚《西江月》),这也是茶道精神的内涵之一。陈师道《满庭芳》结尾云"笙歌散,风帘月幕,禅榻鬓丝斑",写的则是一种典型的饮茶参禅方式,是茶与禅的结合,是又一形态上的茶道精神。

歌舞娱乐。元祐品茶常常伴随着文人雅会,有唐人钱起"茶会"、"茶宴"遗风。苏轼《行香子》"绮席才终",黄庭坚《阮郎归》"烹茶留客驻雕鞍",秦观《满庭芳》"雅宴飞觞,清谈挥麈,使君高会群贤",都勾画出宴会的情形:宴筵丰盛而华美;与会者皆为高雅或有身份之人,能够挥麈清谈,也能浮白飞觞。但这些"雅"人"韵"士,有时也难免发一发"狂奴故态",变成病酒的相如(秦观《满庭芳》),颓倒玉山的叔夜(黄庭坚《阮郎归》、《看花回》,秦观《满庭芳》)。好像只有先饮醉了酒,才能显出茶的功效;又似乎为显茶的功效而醉酒,总之,醉醉醒醒,俱见精神。苏门茶词尚可见出饮茶环境的布置。本来,茶道也是要求茶室精致的,而词人骚客,又要弄出几分浪漫,多几分情调。苏轼《行香子》"少却纱笼",秦观《满庭芳》"点上纱笼画烛,花骢弄、月影当轩",黄庭坚《阮郎归》"绛纱笼下跃金鞍"与《看花回》"是醉时风景,花暗残烛",使碧纱灯笼和华美的蜡烛,成了品茶时不可或缺的"道具"。那朦胧的灯烛,迷离的色彩,淡淡的月光,婆娑的花影,给人如梦似幻、如诗如画的美感。倘若再薰燃沉香,闲看香气从兽形或鸭形炉中喷出不绝如缕(黄庭坚《阮郎归》),或一缕香线萦回缭绕画出篆形文字(晁补之《黄莺儿》),那感觉又当何如! 与此同时,还有小型的歌舞表演助兴:黄庭坚笔下是歌声、檀板打节拍声,加上美妙的舞蹈(《阮郎归》),或歌如断续的珍珠、舞似翩跹的飞燕(《看花回》),苏轼与陈师道笔下则是笙歌相伴(《行香子》、《满庭芳》),秦观笔下也有歌声飞扬(《满庭芳》),而欣赏者虽是醉眼如眯,却偏能看清"红袖"、"翠裳"的情影:"酒阑传碗舞红裳"(黄庭坚《阮郎归》),偏知道有人"烂漫坠钗堕履"(黄庭坚《看花回》),偏要"犹整醉中花,借纤手重插"(黄庭坚《惜余欢》)。这时,人的所有的感官都被调动起来了,可以说是极尽视听之享受,最后,甚至"暂留红袖,少却纱笼。放笙歌散、庭馆静,略从容"(苏轼《行香子》),或是像秦观那样"归来晚,文君未寝,相对小窗前",重温夫妻缱绻旧梦,其乐亦自"陶陶"、"融融"。元祐之时,党争激烈,不但有新党旧党之间的暗斗,还有旧党内部洛党(以程颐为代表)、蜀党(苏轼被认为是代表)、朔党(以刘挚、梁焘、王岩叟、刘安世为首)之间的明争,苏门身入政治漩涡之中,以诸人的个性、性格,此绝非其本意,故他们在公事之余品茶,流连于茶道,并表现出相当程度的心醉,未尝不是对党争的一种逃避,一种精神上的避难。

三

元祐茶词呈现着明显的宋代文化的特征。首先,从茶品上看,他们词中的茶,正如前文所述,多是小龙团、密云龙、龙凤团一类,这种十分珍贵的极品茶,本来就是贡茶,前代没有,是宋代宫廷消费物,它们从采摘到挑拣,到焙制、装潢、存护贮藏,到烹煮、饮用,每一步骤,都比常品茶耗费数倍甚或十倍、百倍的人力、财力,即使同茶圣《茶经》中所载的茶相比,也要工序繁复许多、档次高级许多①。其次,就茶道言,《茶经》中所载的器具,不论是采摘时用的篮、蒸制时用的甑,还是贮藏时用的纸囊,饮茶时用的碗,都以竹器、木器、石器、陶器为主,连碾子也是"以桔木为之,次以梨、桑、桐、柘为之",只有极少数器具,如锅,考虑到耐久,才用铁为原料(尚有以瓷、石为锅者),其最为奢侈的,无过于漉水囊的"格"(框架),是用生铜制成,"以备水湿无有苔秽、腥涩之意",一切都古朴、自然,有趋于原始、回归本真之倾向或思想,苏门茶词所描绘的则是豪华、精致、贵重,极尽贵族气,令人想见当时士大夫的享乐、奢侈;至于茶道执行过程中的不同,如那些纱笼烛炬、红袖歌舞,以及在饮茶前醉酒,也绝不是唐代茶道所有的内容,又令人想到宋廷的

---

① 按,宋人自认为精于茶道,而以为唐人论茶甚至陆羽《茶经》,均"持论未精",参胡仔撰,廖德明校点《苕溪渔隐丛话》前集卷四十六,人民文学出版社,1962年。

文人政策及士大夫的"子女玉帛"。总体上说,苏门茶词,有合于一般茶道的地方,也有超越一般茶道的地方:讲究高雅情趣,追求精神享受,自觉地克制醉酒的狂乱,以达到自我修养,这是元祐茶词茶道精神的体现;追求奢华高贵、偏于视听娱乐和感官享受,将一般茶道所具有的那种精致、严格,发挥而推向极至,用柔美的实体形式(女性、歌舞表演)取代或替换茶道固有的阴柔之美,这些,是它异于一般茶道或曰超越于一般茶道的地方。另外,对器物的耽玩,对茶的烹煮过程的细致观察,对饮茶后个体感觉的精细体味,也见出一种内敛型的、趋于自我的文化心理,表现出宋型文化的特点。

元祐茶词刻着鲜明的苏门群体印痕。上文曾不止一次述及,元祐词人笔下的茶,多是龙团、龙凤团,是宋宫廷之物,他们得以享受,自是蒙皇上赏赐,沾渥帝恩浩荡。要知道,北宋时期,这是非常令人艳羡的殊荣。欧阳修在其《龙茶录后序》中说:"茶为物之至精,而小团又其精者,《录序》所谓上品龙茶者是也。盖自(蔡)君谟始造而岁贡焉。仁宗尤所珍惜,虽辅相之臣未尝辄赐。惟南郊大礼致斋之夕,中书、枢密院各四人共赐一饼,宫人剪金为龙凤花草贴其上;两府八家分割以归。不敢碾试,相家藏以为宝,时有佳客,出而传玩尔。至嘉祐七年,亲享明堂,斋夕,始人赐一饼,余亦忝预,至今藏之。余自以谏官供奉仗内,至登二府,二十余年,才一获赐。"①这就难怪苏轼视之为家珍,要特别地夸耀:"酒阑时,高兴无穷。共夸君赐,初拆臣封。看分香饼,黄金缕,密云龙。"(《行香子》)陈师道也要强调:"闽岭先春,琅函联璧,帝所分落人间。"(《满

---

① 欧阳修《龙茶录后序》,李逸安点校《欧阳修全集》卷六十五,中华书局,2001 年,第 955 页。

庭芳》)考苏门行实,他们多因"元祐更化"而先后仕于京城:苏轼先除起居舍人,迁中书舍人,又迁翰林学士知制诰,知礼部贡举;黄庭坚先为秘书郎,又任《神宗实录》检讨官,编修《神宗实录》,后迁著作郎,加集贤校理;秦观除宣教郎、太学博士,校正秘书省书籍,迁秘书省正字,兼国史院编修官,预修《神宗实录》;晁补之先任太学正,后除秘书省正字,迁校书郎;只有陈师道,元祐时得苏轼等人荐举,以布衣出为徐州教授,不在京城为官。苏轼在元祐年间,确曾蒙恩赐茶,如:他在元祐四年(1089)出任杭州时,皇上赐茶一斤,并御笔亲自封题[①]。宋杨湜《古今词话》[②]云:"秦、黄、张、晁为苏门四学士,每来必取密云龙供茶,家人以此记之。廖明略晚登东坡之门,公大奇之。一日,又命取密云龙,家人谓是四学士,窥之,则廖明略也。"(《东坡事略》等也有类似记载)宋何薳《春渚纪闻》卷六"龙团称屈赋"、苏辙《栾城先生遗言》也载有元祐间苏轼与黄庭坚、张耒等人食后饮龙团茶事。苏轼以其所得赐茶,招待门下士,自是情理中事。当然,苏门中任何一人,也都有可能在与其他人的交往中获得、获饮密云龙或其他团茶,但其最早时间,应该不会在元祐为官京城之前。故茶词实关涉到元祐年间苏门词人群体共同的行止与荣耀。这也是苏门甚至宋代茶词出现于元祐时期的一个主要原因。

　　自然,元祐茶词所写不仅仅是那些龙团风饼,还有其它品种,如双井茶,这是黄庭坚家乡的优质茶,鲁直颇为之自豪,欧阳

---

① 王巩《随手杂录》言此事是苏轼亲口告诉他的。苏辙《亡兄子瞻端明墓志铭》则谓此事发生在该年离京前往杭州刚刚出京郊时,所赐乃"龙茶、银合":"公出郊未发,遣内侍赐龙茶、银合,用前执政恩例,所以慰劳甚厚。"《宋史》苏轼本传从之。

② 沈辰垣等编《历代诗余》卷一百十五引《古今词话》,影印清康熙内府刻本,上海书店出版社,1985年,第1363页。

修《归田录》卷一说景祐以后,双井白芽茶"其品远出日注上,遂为草茶第一"①,叶梦得《避暑录话》将它与长兴所产顾渚茶并称为草茶极品,又说"元祐间,鲁直力推赏于京师,族人交致之"②,这在山谷的诗歌中,可以找到很多佐证,山谷是利用元祐年间在京城广交上层人士的机会,为家乡茶做宣传,而苏轼《西江月》直接推它为北苑贡茶的"苗裔",可能又是帮助黄庭坚为双井茶张扬声势,这是元祐词坛的一段"茶话"。同时,苏门茶词所写也不仅仅是品茶、赏茶,还有摘茶的劳动过程,如黄庭坚的《踏莎行》:"画鼓催春,蛮歌走向,火前一焙争春长。低株摘尽到高株,高株别是闽溪样。"《阮郎归》:"黔中桃李可寻芳,摘茶人自忙。"不但真实描写采摘时从低株摘到高株的详细情形,而且,在与大自然争夺时间的紧张感中,充满着采摘动作的节奏韵律和劳动的欢快,也描写了南方少数民族特有的风情民俗,具有健康、清新的美质。这些词是山谷晚年贬谪时的作品,它们极大地丰富了苏门茶词的审美内涵。

元祐茶词的出现,标志着元祐词人对扩大词的题材范围所做的可贵尝试。茶是宋代重要的经济作物,漆侠先生《宋代经济史》指出:宋代植茶面积与陆羽记载的唐代植茶面积相比,扩大了两三倍以上;当时南方诸路(除去淮北诸路)到处产茶,南宋初年的统计显示,仅东南十路产茶地(不包括川峡诸路)就有六十六州、二百四十二县;宋政府专门设置榷场以榷茶,并到江南诸路收购③。种

---

① 欧阳修撰,李伟国点校《归田录》卷一,中华书局,1981年,第8页。
② 叶梦得撰,徐时仪点校《避暑录话》卷下,《全宋笔记(第二编)》,大象出版社,2006年,第323页。
③ 漆侠《宋代经济史》第22章《宋代茶叶生产以及茶专利制度下国家与商人、茶园主、茶农之间的关系》,上海人民出版社,1988年,第746页。

植面积的扩大,产量的增加,国家的重视,使茶成为全社会普遍接受的消费品。上文曾引王安石的话,说"茶之为民用,等于米盐",差不多与王安石同时,刘弇也以为茶在宋初百年以来已经"极于嗜好,略与饮食埒者"①,可见,茶确实已成为民生日用品。宋人王禹偁、梅尧臣、欧阳修、蔡襄等,都创作过一些咏茶诗,而苏门茶诗尤多,他们不但平时个人单独创作茶诗,而且,在聚会品茶时,还分韵赋诗,或是赓歌次韵,如苏、黄双井茶唱和(往复达数次),黄、张、晁团茶唱和,苏、晁扬州石塔寺烹茶唱和,等等,其诗作见于各家集子②,而元祐年间之痕迹亦班班可考焉。问题是,为何前此已有许多人引茶入诗,独苏门进一步引茶入词?答案恐怕与苏轼个人的词学观、词创作及其对门下诸词人的影响有关。盖苏轼持有一种比较宏通的词学观点,他不仅以"横放杰出"的豪放词打破婉约词的禁区,而且,还有意识地打通各文体之间的界限;不仅"以文为诗",而且还"以诗为词"、"以文为词"。他的努力和尝试,尤其是他不拘拘于格律、声韵的做法,他的词的风格,未必得到所有人的认可,但他开拓词境的贡献,还是少有訾议者,最起码,得到他门下诸人的支持,这样,才有"以诗为词"、以他人不用的题材入词的茶词的出现。可以说,茶词是苏门词人"以诗为词"集体创作行为的又一表现。

　　苏门茶词对当代及后代产生了一定的影响。如苏轼的政敌舒亶(1041—1103),即作有《醉花阴》(露芽初破云腴细)、《菩萨蛮》(金船满引人微醉)两首茶词;被人目为"大晟词人"的晁端礼(1046—1113),也有《少年狂》(建溪灵草已先尝)、《金蕉叶》(楼头

---

① 刘弇《龙云集》卷二十八《策问中·茶》,《丛书集成续编》第 101 册,上海书店出版社,1994 年,第 1186 页。
② 并参邵浩《坡门酬唱集》,清宣统间贵池刘氏玉海堂景宋本。

已报銮銮鼓)2 首咏茶之作;李元膺(与诸家同时或稍迟)有《浣溪沙》(饮散兰堂月未中)茶词 1 首;与苏门关系非常密切的词人毛滂(1060—1124?),则作有《摊破浣溪沙》(日照门前千万峰)、《蝶恋花》(花里传觞飞羽过)、《更漏子》(席上芙蓉待暖)3 首茶词。至于谢逸的《武陵春》云:"画烛笼纱红影乱,门外紫骝嘶。分破云团月影亏,雪浪皱清漪。捧碗纤纤春笋瘦,乳雾泛冰瓷。两腋清风拂袖飞,归去酒醒时。"其描写手法、意象、结构等,与苏门茶词都十分接近,更易见苏门茶词的影响。

第三节　幽隐心灵的物化:
咏物词的兴盛

清谢章铤《赌棋山庄词话》卷七云:

> 夫咏物南宋最盛,亦南宋最工……①

清蒋敦复《芬陀利室词话》卷七亦云:

> 词原于诗,即小小咏物,亦贵得风人比兴之旨。唐、五代、北宋人词,不甚咏物,南渡诸公有之,皆有寄托。白石、石湖咏梅,暗指南北议和事。及碧山、草窗、玉潜、仁近诸遗民,《乐府补遗》中,龙涎香、白莲、莼、蟹、蝉诸咏,皆寓其家国无穷之感,非区区赋物而已。知乎此,则《齐天乐》咏蝉,《摸鱼儿》咏莼,皆可不续貂。即间有咏物,未有无所寄托而

---

① 谢章铤《赌棋山庄词话》卷七,唐圭璋编《词话丛编》,中华书局,2005 年,第 3415 页。

可成名作者……①

这段话对南宋咏物词的特点,对咏物词的基本要求,都作了比较正确的概括,但对北宋咏物词的评判,却不太公正。事实上,长期以来,人们也都持与谢氏、蒋氏接近的观点,认为咏物词自是以南宋为工、为佳,北宋人很少创作咏物词,且无其寄托可言,因而北宋咏物词不足取,不足论。这个观点当然是错误的,因为它根本不符合北宋词的创作实际,不符合咏物词的发展历史。

一、元祐咏物词的基本情况

晚唐五代时,咏物词已经出现,如牛峤写有《杨柳枝》(解冻风来未上青)和《梦江南》(含泥燕)、(红绣被)三首咏物之作,前者被明代汤显祖评价为"极咏物之致"(玉茗堂评本《花间集》卷二),后二首被南宋咏物词大家姜夔称为"咏物而不滞于物者也"②。北宋创作咏物词的词人开始增多,李遵勗(988—1038)《望汉月》(黄菊一丛临砌)可能是宋代最早的咏物词,而柳永可能是当时咏物词数量最多的作家,他的《受恩深》(雅致装庭宇)咏菊,《望远行》(长空降瑞)咏雪,《瑞鹧鸪》(天将奇艳与寒梅)咏梅,《木兰花》(剪裁用尽春工意)咏杏花,同调"东风催露千娇面"咏海棠,"黄金万缕风牵细"咏柳枝,渐开有宋咏物之声,他的《黄莺儿》即咏黄莺,调与"题"合,咏写黄莺虽然从幽谷得以"乍迁芳树",但露水湿其金缕衣,浓叶隐其如簧语,它们只能"终朝雾吟风舞",在树枝上"把芳心、深意低诉",与占据大好春光的海燕无法相比(参张相《诗词曲语辞汇释》对"饶"的解释),故词是代黄莺诉说心中的失意,应该说是寄寓

---

① 蒋敦复《芬陀利室词话》卷三,唐圭璋编《词话丛编》,中华书局,2005 年,第 3675 页。

② 沈雄《古今词话·词评》卷上,唐圭璋编《词话丛编》,中华书局,2005 年,第 971 页。

有身世之感的①。柳永还将咏物与慢词联系起来,这确是一大贡献。与柳氏同时而长寿的词人张先有《减字木兰花》(碎霞浮动晓朦胧)咏井桃,《汉宫春》(红分苔墙)咏腊梅;晏殊有《瑞鹧鸪》咏红梅 2 首,《渔家傲》咏荷 14 首,《菩萨蛮》咏黄葵 3 首;欧阳修有《望江南》(江南蝶)咏蝴蝶,《玉楼春》(江南三月春光老)咏子规,《梁州令》(翠树芳条飐)咏石榴。稍后,王琪作有连章体《望江南》词 10 首,其中,"江南柳"咏柳,"江南燕"咏燕子,"江南竹"咏竹,还有数首分咏草、雨、水、月、雪;沈唐有《望南云慢》(木叶轻飞)咏木芙蓉;杜安世有《行香子》(黄金叶细)咏柳,《贺圣朝》(其一"东君造物无凝滞",其二"牡丹盛拆春将暮")2 首咏牡丹;元绛《映山红慢》(谷雨风前)咏牡丹。总体来说,元祐以前,咏物词的数量已有不少,但是,除了少数作品如柳永的《黄莺儿》之外,它们都没有多少"寄托"可言,咏物同其他题材也没什么两样,只是词人们小试才华,或是表达某种绮思艳情的工具。典型的如杜安世《行香子》咏柳,词云:

> 黄金叶细,碧玉枝纤。初暖日、当乍晴天。向武昌溪畔,于彭泽门前。陶潜影,张绪态,两相牵。　　数株堤面,几树桥边。嫩垂条、絮荡轻绵。系长江蚱蜢,拂深院秋千。寒食下,半和雨,半和烟。

词写了柳的色、叶、枝、絮及垂拂摇曳的形状,使用了五六个相关典

---

① 黄苏《蓼园词评》云:"翩翩公子希宠承恩,岂海岛孤寒能与伊争韶光哉。语意隐有所指,而词旨颖发,秀气独饶,自然清隽。"虽将词意恰恰理解反了,但指出它有寄托、清秀自然,这一点仍可取。

故，而缺少一个中心的意义，缺少词人自己的情感或思想，从而也就缺少"物"的灵魂。咏物词真正的兴盛要等到元祐时期的来临，等待元祐词人群体的出现。只有在这个时候，北宋的咏物词才获致独立研究的价值。

从词人数量看，元祐词作家几乎都进行过咏物词的创作，都留有咏物词，而这之前却只有少数名家从事咏物词的创作。从"物"的种类看，范围则比以前扩大了许多，不单是增添了"物"的品种，而且，还扩大到生活用品、人体的某一部分、饮用之品等。大致归类，则有：一般植物，如柳、苔、草；动物，如鸿；水果，如橄榄、橘、柑、樱桃、荔枝、柿子；自然现象，如雪、月；乐器，如琵琶、笛、琴；花卉最多，如菊、海棠、荷花、芍药、牡丹、杏花、水仙、琼花、丁香、石榴花、木香、瑞香、木芙蓉、月季、兰、小桃、金沙、芭蕉、锦带、梅花；还有足、浮桥、余甘汤、长松汤、甘草，等等。有些纯属无聊之作，如咏足。但多数还是有意义的，有价值的。

从上面的简单介绍中可以发现：一，元祐咏物词类型很多，范围很广，创作咏物词的作家很多；二，元祐咏物词以咏花卉、植物为主，其中又集中在菊、牡丹、梅花、柳，以及月、雪等少数题材上，形成几个"热点"，而这几个方面恰恰也是后世咏物词的"热点"，这充分说明元祐咏物词的影响和历史地位；三，动物形象仍未引起元祐词人的更多注意，或者说，动物形象尚不是元祐词人吟咏的要点。

二、元祐咏物词的审美特征

后世（主要是清及近代）之所以忽视北宋咏物词的存在，主要是因为南宋遗民词人王沂孙、周密、张炎等人感于元僧杨琏真伽发掘宋六陵之事，感念有宋之亡，以结社的形式编了一本咏物词集《乐府补题》，该书在清康熙年间复出吟坛，立即引起清初词风的大变,并影响了整个清代词的发展①,从而也影响了一代清人的词学观念,尤其影响了清人对咏物词的看法,以至于他们偏执地以为:只有南宋有咏物词;只有南宋的咏物词可称为"工";只有君国之思、亡国之痛才是寄托,其它概非寄托。清人的这些观点自有其特殊的时代背景,我们应以"同情"的态度待之而不必苛求,但也没有必要完全附和,完全受其左右,否则,丰富多彩的咏物词史将被一笔抹杀。

元祐咏物词以其独特的审美特征,充分地证明了自己的存在价值。

(一) 鲜明的形象性

许多批评家尽管一再批评有些咏物词只雕绘了物的形象,但我们不能据此一概反对咏物词的形象性。咏物而只见其形象,固不甚高明;然咏一物而不能具现其形象,或不能准确具现其形象,则必是失败之作。形象性应是咏物词的第一要义。

元祐咏物词多能准确而鲜明地描绘出物的形象。这里所谓"形象",不单指物的外在表征,还包括物之"神"、功用等,凡与物相关、有助于增加其形象性者,均在内。如苏轼《水龙吟》咏笛一首,曾备受宋人赞誉,关键在于它形象地传达了笛的形、神、声、功等方方面面,立体地再现出它与众不同的形象。词云:

> 楚山修竹如云,异材秀出千林表。龙须半剪,凤膺微涨,玉肌匀绕。木落淮南,雨晴云梦,月明风袅。自中郎不见,桓伊去后,知孤负、秋多少。　　闻道岭南太守,后堂深、绿珠娇

---

① 严迪昌《乐府补题与清初词风》,载《词学(第八辑)》,华东师范大学出版社,1990 年。

小。绮窗学弄，《梁州》初遍，《霓裳》未了。嚼徵含宫，泛商流羽，一声云杪。为使君洗尽，蛮风瘴雨，作《霜天晓》。

宋张端义《贵耳录》以"八字谥"论此词之咏笛，所谓"八字"，即质、状、时、事、人、曲、音、功八个字，言它咏了笛之八个方面：

> "楚山修竹如云，异材秀出千林表"，此笛之质也。"龙须半剪，凤膺微涨，玉肌匀绕"，此笛之状也。"木落淮南，雨晴云梦，月明风袅"，此笛之时也。"自中郎不见，将军（按：此处文字与《全宋词》略异）去后，知孤负、秋多少"，此笛之事也。"闻道岭南太守，后堂深、绿珠娇小"，此笛之人也。"绮窗学弄，《梁州》初试，《霓裳》未了"，此笛之曲也。"嚼徵含宫，泛商流羽，一声云杪"，此笛之音也。"为使君洗尽，蛮烟瘴雨，作《霜天晓》"，此笛之功也。五音已用其四，乏一"角"字，"霜天晓"，歇后一"角"字。①

张侃《拙轩词话》则引孙仲益语以地、材、时、怨、人、曲、声、功八字说此词②，张炎《词源》卷下将它与《水龙吟》咏杨花并举，认为"皆清丽舒徐，高出人表"③，可见，南宋人并不无视北宋人的咏物词作，并不一味以"寄托"为惟一标准去绳衡所有咏物词。

陈师道《西江月》咏丁香菊词上阕云："浅色千重柔叶，深心一点娇黄，只消可意更须香。好个风流模样。"纯任白描之笔，分别写了丁香菊之色、叶、香及叶之形状（千重）和质感（柔），使其形象凸

---

① 张端义撰，李裕民点校《贵耳集》卷下，上海古籍出版社，2012年，第131页。
② 张侃《拙轩词话》，唐圭璋编《词话丛编》，中华书局，2005年，第195页。
③ 张炎著，夏承焘校注《词源注》，人民文学出版社，2018年，第33页。

现在纸上。同上揭苏轼笛词相比较,苏词用事,此则白描,它们分别代表元祐咏物词使用"赋"笔描写"物"之形象的两种样式,两种风格。大致说来,用事多了些书卷气、历史感,增加了典雅之致,白描则更为直观些,形象性略强些。然二者都只是手段,彼此之间不存在冲突,故有些词既白描物之形象,又使用典故意象。张炎《词源》曾专论词中用事,"词用事最难,要体认著题,融化不涩"①,要"不为事所使",其中"体认著题"要求用事准确,不能偏误;"融化不涩"要求用事不能过著痕相,而要尽量隐去字面,要化用故实;"不为事所使",是说用事本为一个目的服务,不能为了用事而用事,丧失了用事的意义。我们以为,咏物词的白描同样"难",因为不用此法难以刻画物之形象,仅用此法又不能见出物之神,所谓"体认稍真,则拘而不畅;模写差远,则晦而不明"②,"度"的把握令词家颇费周章。即如上引陈师道咏丁香菊词,词人对其"形"的描摹,只出现在上阕,下阕不得不宕笔换气,运意别谋,这,往往就涉及到下面将要讨论的咏物词的主体性的问题。

(二)突出的主体性

咏物词的主体性问题,归根结底就是"物"、"我"关系问题,就是主体的观照方式问题。从逻辑上讲,咏物词的观照方式应该有三种,即:一,"以物观物",不带主观性的观照;二,"以我观物",全从主体的"情"或"意"出发的观照;三,物、我两忘,物、我不分,物即我、我即物,不见观照的观照。论者每以这三种方式为三个层次,第一种为第一层,亦是最低层,第三种为第三层,亦是最高层,咏物词的审美理想层。对此,我们以为,这三种观照方式或者说三个审美层次,元祐咏物词都具备;它所缺少的,只是人们的认可而

---

①② 张炎著,夏承焘校注《词源注》,人民文学出版社,2018年,第20、21页。

已。其中第一种方式要求"杜绝"主观性,也就谈不上主体性不主体性;第三种方式是物、我合一,水乳交融,也就无所谓主体性不主体性;且前文所言与"客观的观照"方式为近,因为只有持客观态度才能较真实地再现物之形象,而第三种方式拟待下文进行讨论,故这里仅论第二种方式。

元祐咏物词常常可见到真实的作者自我的形象在,词中每言"我"对物怎么样,"我"对物如何如何,这个"我"既未像第一种方式中的"我"那样隐去,也未像第三种方式中的"我"那样化身到物中去,更没有像王国维先生所说的那样"使物皆著我之色彩"(《人间词话》),在这里,我就是我,物就是物,词人所要表白的也很简单:是我来观物,故我可以怎么样怎么样。还是让我们先欣赏具体的词作。

陈济翁《踏青游》:

> 濯锦江头,羞杀艳桃秾李。纵赵昌、丹青难比。晕轻红,留浅素,千娇百媚。照绿水。恰如下临鸾镜,妃子弄妆犹醉。　　诗笔因循,不晓少陵深意。但满眼、伤春珠泪。燕来时,莺啼处,年年憔悴。便除是、秉烛凭阑吟赏,莫教夜深花睡。

词咏成都海棠花。"晕轻红"二句写其色是浅白的花片上晕着轻红,"照绿水"写其生长之地(与首句呼应),"燕来时"三句写其花时,这些是对海棠的全部描绘了,此外的文字,"羞杀"句是总赞,"纵赵昌"句是以花与画比较,"千娇百媚"也是赞叹,"恰如"二句是比喻,同时用事,"诗笔"二句是用杜甫不写海棠诗之典,夹着议论,有为其鸣不平意,结尾三句表达惜花之情,又使用苏轼《海棠》诗"只恐夜深花睡去,故烧高烛照红妆"典,而不论是赞叹、比较,还是比喻、议论,都明确而又明显地突出着"我"的存在,尤其结尾处虚拟中的"秉烛"、"凭阑'、"吟赏",更将"我"与物分离开来。

类似的词还有陈济翁的《蓦山溪》咏牡丹,词末云:"晚风生处,襟袖卷浓香,持玉斝,秉纱笼,倚醉听更漏。"又如晁端礼的《水龙吟》咏杏花词结处云:"料明年更发,多应更好,约邻翁看。"贺铸《海月谣》咏月:"追游汗漫。愿少借、长风便。……顿觉蓬莱方丈,去人不远。"苏轼的名作《水龙吟》咏杨花,忽花忽人,扑朔迷离,但其结尾处亦云:"春色三分,二分尘土,一分流水。细看来,不是杨花点点,是离人泪。"带有议论、评判之笔,"细看来"三字尤能见出主体。上引陈师道《西江月》词下片"诗人此日凄凉",也是突出"人"与"物"的分离。咏物词中,凡有此等笔致者,皆具此等功效。

将其它词与苏轼的名作并论,恐易于引起误解,以为是故意攀附。但事实上,若能以公平之心而不以"不离不即"之类的预定标准去看待以上诸词,它们算不上怎样的低劣,相反,倒是颇有几分阅读价值的。不过,无论是承认它们还是贬低它们,它们都是元祐咏物词的一个特征,一个不容回避的存在,引苏词的目的只在于说明:即使大家也有这方面迹象。

主体性的另一方面就是带有强烈主观色彩的观物方式,是作者在特定性绪或意志支配下,将一己之情志投射于物上,"使物皆著我之色彩"。但这种咏物词,元祐年间很少出现,也就是说,元祐咏物词"以我观物"的特征尚不明显。

(三) 强烈的"人格化"倾向

元祐词人不惯于在咏物词中直接抒情,使物笼罩上一己的主观色彩,或因主观情感太强烈而使物变形,他们更偏爱就着物的自然形态,根据其某一方面特征,赋予它们人的形象,人的精神、品质,使之人格化。元祐咏物词的人格形象,可以分成如下两个大类。

其一,女性化。由物之外表或外在形象把它联想成女性,这是咏物词最常见的作法。陈师道《南乡子》咏棣棠菊云:

> 乱蕊压枝繁。堆积金钱闹作团。晚起涂黄仍带酒,看看。衣剩腰肢故著单。　　薄瘦却禁寒。牵引人心不放阑。拟折一枝遮老眼,难难。蝶横蜂争只倚阑。

"涂黄"、"带酒"、"单(衣)"、"腰肢"、"薄瘦",这些字眼鲜活地勾画出一位美丽的女性形象,但同时,它们又都不离开"物(菊花)"固有的形象或属性,几乎每一个关键的字、每一个关键的词语,都与原物相对应、相对照,都可以落到实处。将"物"美化为女性,无疑使之更为生动、传神,更具直观形象性。

沈义父尝云:"作词与诗不同,纵是花卉之类,亦须略用情意,或要入闺房之意。"[①]而词人对物的女性化,不只是进行外在形象的比喻、比拟,他们还进一步刻画这些"女性"的内心,表现"她们"的命运,使"她们"获得真正的生命,具有人的灵魂。毛滂《浣溪沙》咏樱桃花词:

> 小圃韶光不待邀。早通消耗与含桃。晚来芳意半寒梢。　　含笑不言春淡淡,试妆未遍雨萧萧。东家小女可怜娇。

词写的是樱桃花在冬日的傍晚,不顾萧萧风雨而冒寒开放,词的下

---

① 沈义父著,蔡嵩云笺释《乐府指迷笺释》,人民文学出版社,2018 年,第 77 页。

阕，如果不联系上文，不看题目，写的就是一位天真少女，她娇小可怜，含笑不语，天生的爱美，寒意未去就急不可待地试穿春衫，无奈天却下起了雨……樱桃花与东家小女在娇小可爱、不畏严寒呈现自己的美丽这一点上一致，也便获得了东家小女的"精神"。

谢逸《鹧鸪天》咏牡丹云："红晕香腮粉未匀。梳洗闲淡稳精神"；又云："眉黛浅，为谁颦。莫将心事付朝云。"是牡丹，也是一位为心事而颦眉的女子，我们甚至可以猜测她是一位怀春的少女，或一位怀远的思妇……实际也确有不幸的青楼女子、思妇、弃妇等的形象在，苏轼的杨花词："也无人惜从教坠。抛家傍路，思量却是，无情有思。萦损柔肠，困酣娇眼，欲开还闭，梦随风万里，寻郎去处，又还被莺呼起。"写出了杨花的"神魂"，作者着眼于"物"与"人"的神似，而脱略二者的形迹，"只见精灵，不见文字"①。

其二，自我化。女性化的物象当中，有些也具有被看作词人自己化身的可能性，如苏轼词中的杨花，若从贬谪、离别的特定角度看，未必没有词人的影子。这里所讨论的，主要指没有进行过多的女性化的外部形象描写而与作者的情感、思想或遭遇等相通的物象。

苏轼《卜算子》词：

> 缺月挂疏桐，漏断人初静。时见幽人独往来，缥缈孤鸿影。　　惊起却回首，有恨无人省。拣尽寒枝不肯栖，寂寞沙洲冷。

---

① 沈际飞《草堂诗余正集》卷五，邓子勉编《明词话全编》，凤凰出版社，2012 年，第 5371 页。

这是一首引起宋人和后人广泛讨论、广泛争论的词,仅以为它是为某一女子而作者,就有吴曾的《能改斋漫录》(卷十六)、杨湜的《古今词话》(引《女红余志》)、袁文的《瓮牖闲评》(卷五)等,而争论的焦点自是集中在它有无寄托、寄托为何上。宋鮰阳居士首主寄托之说:"'缺月',刺明微也。'漏断',暗时也。'幽人',不得志也。'独往来',无助也。'惊鸿',贤人不安也。'回头',爱君不忘也。'无人省',君不察也。'拣尽寒枝不肯栖',不偷安于高位也。'寂寞吴江冷',非所安也。此词与《考槃》诗极相似。"[1]俞文豹亦主寄托,而与鮰阳居士之说略异:"'缺月挂疏桐',明小不见察也;'漏断人初静',群谤稍息也;'时见幽人独往来',进退无处也;'缥缈孤鸿影',悄然孤立也;'惊起却回头',犹恐谗慝也;'有恨无人省',谁其知我也;'拣尽寒枝不肯栖',不苟依附也;'寂寞沙洲冷',宁甘冷淡也。"[2]宋陈鹄则谓"拣尽寒枝不肯栖"一句"取兴鸟择木之意"[3]。清黄苏以为:"此词乃东坡自写在黄州之寂寞耳。初从人说起,言如孤鸿之冷落,第二阕,专就鸿说,语语双关。"[4]清谢章铤认为它"别有寄托",而又力诋鮰阳之说为"断章取义",为"刻舟求剑","大非也"。[5] 张惠言(《词选》)、张德瀛(《词征》)、谭献(《复堂词话》)等也赞同寄托说。而清王士禛明确反对寄托说,批评鮰阳居士为"村夫子强作解事,令人欲呕"[6]。王国维也认为此词乃"兴到之

① 鮰阳居士《复雅歌词》,唐圭璋编《词话丛编》,中华书局,2005年,第60页。
② 俞文豹《吹剑录(附外集)》,《丛书集成初编》,中华书局,1991年,第29—30页。
③ 陈鹄撰,孔凡礼点校《西塘集耆旧续闻》卷二,中华书局,2002年,第301页。
④ 黄苏《蓼园词评》,唐圭璋编《词话丛编》,中华书局,2005年,第3032页。
⑤ 谢章铤《赌棋山庄词话》卷二、《续编》卷一,唐圭璋编《词话丛编》,中华书局,2005年,第3343、3486页。
⑥ 王士禛《花草蒙拾》,唐圭璋编《词话丛编》,中华书局,2005年,第678页。

作,有何命意! 皆被皋文(张惠言)深文罗织"①。总体上说,寄托说似占上风。

　　我们以为,此词未必不是"兴到之作",但当其临文之时,未尝不可融进身世之感。盖东坡因"乌台诗案"被贬为黄州团练副使,元丰三年(1080)二月至黄,最初即寓居县东南之定惠院,其心情之抑郁、多感是可想而知的。其《初到黄州》诗云:"自笑平生为口忙,老来事业转荒唐。……逐客不妨员外置,诗人例作水曹郎。只惭无补丝毫事,尚费官家压酒囊。"抒发了心中的牢骚、不平。而《定惠院寓居月夜偶出》诗又云:"幽人无事不出门,偶逐东风转良夜。"直以"幽人"自称,这与词中"幽人"似可比勘。诗又云:"清诗独吟还自和,白酒已尽谁能借。……自知醉耳爱松风,会拣霜林结茅舍。"其中的孤独、寂寞之感,以及"拣"、"霜林"之字面和卜居之意,亦同词相合;诗又云"醉里狂言醒可怕"、"倒冠落佩从嘲骂",其忧谗畏讥之心,与词中的惊惧似也可比。总之,词人是偶听孤鸿之声而兴起自己的身世之感,鸿即是充分人格化的词人自我。当然,像铜阳居士诸人那样"字笺句解"(谢章铤语),一字一句务求落实,反失却咏物词"寄托"的神髓,显得晦涩,难免"粘皮带骨"之嫌。

　　再看晏几道《蝶恋花》咏莲一首:

　　　　笑艳秋莲生绿浦。红脸青腰,旧识凌波女。照影弄妆妖欲语。西风岂是繁华主。　　可恨良辰天不与。才过斜阳,又是黄昏雨。朝落暮开空自许。竟无人解知心苦。

秋莲尽管妖柔艳丽,且"旧识凌波女"——与女神有过交情,无奈秋

---

①　彭玉平《人间词话疏证》,中华书局,2011 年,第 276 页。

风不是东风，她所置身的季节专主威杀，而非繁华，天不赐予她良辰，斜阳刚过，又洒来一阵黄昏雨，她的美丽娇艳毕竟何用，又有谁人解知她内心的苦闷？这里传达两层意思：一，所遇非时，或者说身不逢时；二，世无知音。黄庭坚曾评价小晏，说他"磊隗权奇，疏于顾忌，文章翰墨，自立规摹，常欲轩轾人而不受世人之轻重；诸公虽爱之，而又以谨小望之，遂陆沉于下位。……仁宦之连蹇而不能一傍贵人之门，是一痴也；论文自有体，不肯一作新进士语，此又一痴也；费资千百万，家人寒饥，而面有孺子之色，此又一痴也；人百负之而不恨，己信人，终不疑（凝）其欺己，此又一痴也"①。词人的才华、个性、经历、遭遇，与词中的"莲"一一暗合，莲，即是词人的化身，但这种"暗合"又极其自然妥溜，无人工粘贴之痕，所谓"身世之感，通于性灵。即性灵，即寄托，非二物相比附也"②。

第四节　士夫情怀的世俗化：节日时序词

张炎在其词学论著《词源》之《节序》中说：

> 昔人咏节序，不惟不多，付之歌喉者，类是率俗，不过为应时纳祐之声耳。所谓清明"拆桐花烂漫"、端午"梅霖初歇"、七夕"炎光谢"，若律以词家调度，则皆未然。岂如（周）美成《解语花》赋元夕……史邦卿《东风第一枝》赋立春……黄钟《喜迁莺》赋元夕……如此等妙词颇多，不独措辞精粹，又见时序风物之盛、人家宴乐之同，则绝无歌者。至如李易安《永遇乐》

---

① 黄庭坚《小山集序》，刘琳、李勇先、王蓉贵点校《黄庭坚全集》正集卷十五，四川大学出版社，2001 年，第 413 页。
② 况周颐著，王幼安校订《蕙风词话》卷五，人民文学出版社，1960 年，第 127 页。

云:"不如向帘儿底下,听人笑语。"此词亦自不恶。而以俚词歌于坐花醉月之际,似乎击缶《韶》外,良可叹也。[①]

这段话往往被人引作论咏节序词的准则,话中所提到的"拆桐花烂漫",乃柳永《木兰花慢》清明词首句,"梅霖初歇"为南宋吴礼之《喜迁莺》端午词首句,"炎光谢"为柳永《二郎神》词首句,此皆他所不满者。而周邦彦、史达祖、李清照三家,为他所首肯。其实,张炎的要求并不高:他批评诸词,是因为它们每当节日便被歌唱,实在已经太俗、太滥;他赞称诸词,是因为它们"措辞精粹,又见时序风物之盛、人家宴乐之同",亦就是说,只要以精粹雅致的语言写出节日景物和气氛,即算好的时序节日词。他没有提到苏轼等词家的节日词,这让人颇费思量,也令人费解。不过,既然他的标准不高,即使被他在此提上一笔,也不足以说明什么问题。如果我们从主题的变化这个角度思考问题,可以发现,元祐节日词与以前相比,呈现出不少新的内容,而且,这种新变化还具有明显的集体性、时代性。时序节日词是元祐词家"入世"精神的体现,也是他们士大夫情怀的深化。这里集中讨论的,只是时序词中的两种:七夕词和重阳词。

一、天上人间的会别:七夕词

正如日本学者宇野直人《柳永论稿》第十一章《柳永二郎神词与历代七夕诗的嬗变》中所述,作为文化学、民俗学、人类学意义上的七夕,其"习俗源于西亚,是农耕民族的精神产品之一,其基本原理简单说就是:通过女神和男神的会合来调和阴阳、调整宇宙运行之节奏,产生新的活力。地上的人们趁此机会祈求五

---

① 张炎撰,夏承焘校注《词源注》,人民文学出版社,2018年,第23页。

谷丰登"①。在中国神话中,织女是天帝女孙,手巧能织造云锦,自
从嫁给河西的牛郎后,不再织锦,帝怒,为惩罚二人,令其分离,只
能每年七月七在天河上相会一次。当夕,有无数乌鹊为他们搭桥,
即鹊桥;而人间的女子们则设瓜果以向织女乞巧。这个神话故事
见于《月令广义·七夕令》引梁朝殷芸《小说》、南朝梁宗懔《荆楚岁
时记》,以及《岁华纪丽》卷三引汉应劭《风俗通》等。最迟从《古诗
十九首》起,七夕就已成为诗人们常常吟咏的题材,宋蒲积中《古今
岁时杂咏》所集录汉至唐的七夕诗,就有 102 首,实际上尚不止此
数。宇野直人先生将七夕诗的诗材传统分为两大系列,即"吟咏牛
郎织女会合的七夕故事"、"吟咏人间七夕乞巧习俗",而将其内容
分为四类:一、比较客观地描写织女渡河;二、对牵牛织女因一水
之隔而难以相会的悲剧寄予同情;三、进而专写织女的悲伤;四、
进而移入感情,通过写织女的悲伤来寄托作者或作品中女主人公
的悲伤。这种划分大体是不错的。

　　宋词中的七夕作品,最早的一首似乎当推柳永的《二郎神》。
其词如下:

　　　　炎光谢。过暮雨、芳尘轻洒。乍露冷风清庭户,爽天如
　　水,玉钩遥挂。应是星娥嗟久阻,叙旧约、飙轮欲驾。极目
　　处,微云暗度,耿耿银河高泻。　　　　闲雅。须知此景,古今
　　无价。运巧思、穿针楼上女,抬粉面、云鬟相亚。钿合金钗
　　私语处,算谁在、回廊影下。愿天上人间,占得欢娱,年年
　　今夜。

---

① ［日］宇野直人著,张海鸥、羊昭红译《柳永论稿》,上海古籍出版社,1998 年,第
286 页。

词的上阕先写七月的节候及七夕的天气情况,接着猜度该是织女
嗟叹佳期久阻,而驾车前去赴约,望中那朵暗度的轻云,恐怕就是
她吧。下阕则是先写人间七夕风情:绣楼上女子们正抬首穿针乞
巧;然后表达一种美好的愿望。按:"钿合"二句及下面"愿天上人
间"句,均系化用唐白居易《长恨歌》中唐明皇与杨贵妃相会、相别
典故(白诗有"七月七日长生殿,夜半无人私语时"、"但愿心似金钿
坚,天上人间会相见"等句子),这是唐人赋予七夕题材的新质,而
恰是宇野直人先生仅据"类书中的七夕观"列出"另一种七夕观"所
忽略的①。"回廊"其实是对李、杨七日长生殿相会场面的想象,自
然也可以看作人间男女幽会的地方,然其不待柳词标出已先在;同
样,上阕之"庭户",即一般人家的庭院,乃"极目处",亦即遥望夜空
里牛女相会者的观察点,与笔记小说中男女幽会的"门"、"户"不是
一回事,并非像宇野直人先生所认为的那样②。通过这个辨析,我
们觉得柳词的七夕,与诗歌中的七夕传统没有多少区别,只能说是
对传统的继承,看不出有什么"超越",更谈不上"具有明显的前卫
意识"③。

---

①   宇野直人根据《艺文类聚》、《初学记》等类书中的七夕类,认为古代不仅有牵牛、织
     女故事,还有《列仙传》、《神仙传》、《汉武内传》、《汉武故事》等天上神仙与世间凡人
     交往的系列故事,它们是原始七夕观的变型及其故事化,是柳永《二郎神》词风格形
     成的远因。见[日]宇野直人著,张海鸥、羊昭红译《柳永论稿》,上海古籍出版社,
     1998 年,第 288、289 页。
②   宇野直人通过排比宋代小说中的材料以为,"庭户"和"回廊","这两个词常常在故
     事的关键处出现,是一种引发故事的符号,具有使故事得以展开的作用",从而认为
     柳词"以'庭户'(等于"出入口")作为前阕男女约会的契机,并为后阕埋下伏笔;后
     阕描写幽会时,仍然通过小说中常用的'回廊'(等于'廊下')引起,从而词境有临
     场感","在这首词中,柳永汲取了当时繁华街市演艺场中的某些文化因素,因而它
     能较好地代表柳词创作风貌的一个方面"。见《柳永论稿》,第 292、294 页。
③   [日]宇野直人著,张海鸥、羊昭红译《柳永论稿》,上海古籍出版社,1998 年,第
     288 页。

　　柳永之后,张先以《菩萨蛮》调创作过两首七夕词,一首咏牛、女之会,而首句即云"牛星织女年年别,分明不及人间物",开后来许多七夕词比较天上、人间爱情孰幸孰不幸模式的先河;另一首则是写人间的乞巧活动,上下阕的结句分别是"不见渡河时,空闻乌鹊飞"和"寄语问星津,谁为得巧人",对乞巧表现出一定的怀疑态度,"西南低片月,应恐云梳发"二句想象新奇。石延年(994—1041)有《鹊桥仙》七夕词残句,咏乞巧风俗,难得的是它已将调名与内容结合起来。欧阳修作有《渔家傲》七夕词3首,分咏牛女相会、人间乞巧、牛女相别,这里没有丝毫的对此一风俗的怀疑,作者写得相当投入。其中相会的一首,破题即云"喜鹊填河仙浪浅。云軿早在星桥畔",突出织女早早来到桥边等待牛郎,这与柳词中那位只因"嗟久阻"而去"叙旧约",且让我们等了七句之后她才"飙轮欲驾"的织女完全不同。词的下片:"一别经年今始见,新欢往恨知何限。天上佳期贪眷恋。良宵短。人间不合催银箭。"既似织女的内心独白,也像作者的同情、议论,颇堪玩味。写乞巧的一首,下阕值得注意,词云:"奕奕天河光不断。有人正在长生殿。暗付金钗清夜半。千秋愿。年年此会长相见。"同样是运用李、杨长生殿密誓典,表达一种美好的祝愿,与柳词结处同一机杼,足以支持我们对柳词的理解。写相别的一首,充满哀怨,显见得也是注入了一定的情感,如上阕云:"别恨长长欢计短。疏钟促漏真堪怨。此会此情都未半。星初转,鸾琴凤乐匆匆卷。"词的"脉脉横波珠泪满"一句,将织女的泪比做银河水一样多,就"地"取譬,形象而贴切。其《渔家傲》连章体鼓子词之"七月芙蓉生翠水"一首,也是写七夕的,但上阕主要描写乞巧女的脸新、妆媚和腰细,属于人间风情,只有结尾处的"此夕有人千里外,经年岁,犹嗟不及牵牛会",虽承张先比较人间天上的模式而来,但反其意构思,叹息人间还有人连一年一会都不可能，既体现出词人的人间关怀，也见出艺术上的匠心独运。

以上的文字，回顾了元祐之前词坛上七夕词的创作情况，从中可以看出，一、词的内容涉及两个方面，即：牛女相会或相别；人间的乞巧活动。二、个别作家能够揣摩、体会织女的心理，注入一定的、同情之外的感情，多数写得较为客观；以擅长描写男女心理见长的柳词，于此题材偏偏抱着少见的冷静态度。三、出现了天上人间的比较模式，并有艺术上的翻新斗奇倾向。

元祐阶段，七夕题材成为作家们普遍关注的对象。这里不妨先列出相关作家及其词作：晏几道有《蝶恋花》(喜鹊桥成催凤驾)、《鹧鸪天》(当日佳期鹊误传)；苏轼有《渔家傲》(皎皎牵牛河汉女)和《鹊桥仙》二首(其一"缑山仙子"，其二"乘槎归去")，以及《菩萨蛮》(风回仙驭云开扇)、《浣溪沙》(花满银塘水漫流)；黄裳有《洞仙歌》(世间言笑)；黄庭坚有《鹊桥仙》二首(其一"八年不见"，其二"朱楼彩舫")；秦观有《鹊桥仙》(纤云弄巧)、《渔家傲》(七夕湖头闲眺望)；贺铸有《思牛女》(楼角参横)、《寒松叹》(鹊惊桥断)；释仲殊有失调名残句三组；陈师道有《菩萨蛮》四首(其一"行云过尽星河烂"，其二"东飞乌鹊西飞燕"，其三"绮楼小小穿针女"，其四"银潢清浅填乌鹊")；谢逸有《虞美人》(风前玉树珑金韵)、《减字木兰花》(荷花风细)；毛滂有《诉衷情》(短疏紫绿象床低)。除了晁补之、张耒二家外，苏门甚至可以说整个元祐词坛的主要作家，都集中在这个名单内。七夕题材的魅力，于此可见一斑。

元祐七夕词，直接写乞巧风俗的相对减少，有之，亦不占主要篇幅。晏几道《蝶恋花》仅有"乞巧双蛾加意画"一句，苏轼《鹊桥仙》仅于词末云："人生何处不儿嬉，看乞巧、朱楼彩舫。"又出以议论之笔，不是纯粹的写乞巧。黄庭坚《鹊桥仙》虽有"朱楼彩舫，浮

瓜沉李"等语,但同样出以议论之笔。陈师道《菩萨蛮》四首,仅第
三首云"绮楼小小穿针女",写乞巧风俗但他对能否乞到巧颇持怀
疑态度。谢逸《减字木兰花》上阕:"荷花风细。乞巧楼中凉似水。
天幕低垂。新月弯环浅晕眉。"算是写的较多的一首。此外,就只
有释仲殊的几组残句了。像欧阳修《渔家傲》那样大篇幅地写乞巧
的,此期不可能再见到。乞巧描写的减少,意味着其它内容的增
加。那么,元祐七夕词的内容侧重于哪些方面呢? 经过分析、比
较,我们得出三种看法:

其一,偏于写牛女之会、别。晏几道《蝶恋花》云:"喜鹊桥成催
凤驾。天为欢迟,乞与初凉夜。"牛女之会,既有喜鹊搭桥,更赢得
"天"的同情,赐予凉爽的夜晚。最富有激情、诗意和理想色彩的,
自然是秦观的《鹊桥仙》,曰"纤云弄巧,飞星传恨,银汉迢迢暗度。
金风玉露一相逢",曰"柔情似水,佳期如梦,忍顾鹊桥归路",纤细
的巧云为她们美化天空,流星为她们预先传达彼此的心意,天公成
人之美,也做出个"金风玉露"的好天气……不单是当事的牛女二
人有"佳期如梦"的感觉,就是今日读来,恐怕也要用"如诗如梦"这
样本来极俗的字眼来形容了,而"柔情似水"四字,又令人平添无限
遐思。这是一种类型的"会"。在苏轼笔下,还可以见识到另一种
类型的"会"。其《渔家傲》上阕:"皎皎牵牛河汉女。盈盈临水无由
语。望断碧云空日暮。无寻处。梦回芳草生春浦。"牵牛、织女临
水而立,河水清莹,二人却相对无言,直至不得不离去,各自只能遥
望对方。不用说,这个会面让人感到很沉重。与这种情绪相应的,
是别离之愁。苏轼《渔家傲》:"鸟散余花纷似雨,汀州蘋老香风度。
明月多情来照户。但揽取。清光长送人归去。"黄裳《洞仙歌》:"过
几刻良时,早已分飞。"谢逸《虞美人》:"星河渐晓铜壶噎。又是经
年别。"《减字木兰花》:"残漏疏钟,肠断朝霞一缕红。"皆着笔于短

暂良会之后的长久分离。晏几道《鹧鸪天》下阕:"欢尽夜,别经年。别多欢少奈何天。情知此会无长计,咫尺凉蟾亦未圆。"不但没有星、云们锦上添花,连月亮近在咫尺也不圆一圆,反更有残漏催别、疏钟促离,诉尽会短别长的愁苦。

其二,写七夕之夜人间的情会。这方面内容,几乎都使用李、杨长生殿密誓模式。晏几道《蝶恋花》下阕云:"分钿擘钗凉叶下。香袖凭肩,谁记当时话。"人间儿女幽会于树叶下面,香袖凭肩,款款私语,海誓山盟,信誓旦旦。贺铸《思牛女》:"拥髻柔情,扶肩昵语。可怜分破□□□",也极尽小儿女两情绸缪之态。毛滂《诉衷情》全词云:

> 短疏萦绿象床低。玉鸭度香迟。微云淡著河汉,凉过碧梧枝。　　秋韵起,月阴移。下帘时。人间天上,一样风光,我与君知。

笔触所指完全是人间男女的欢会,而用"人间天上,一样风光"八字将牛郎织女的鹊桥会一笔代过,故与其说是写牛女之会,不如说写的就是凡世之爱。黄裳《洞仙歌》:"彩楼人送目,今夕无双,巧在灵丝暗相许。"借乞巧之线丝传情思之"思",虽未正面出现欢会场面,而已将"乞巧"之意暗中换过。其构思是很巧妙的。如前所述,柳词已有人间幽会的暗示性的描写,这个时期,在"量"上显然增大了。

其三,借牛郎织女之别写人间之别,或作者与他人的离别。苏轼《鹊桥仙》(缑山仙子)一首,《唐宋名贤百家词》本、毛晋《宋六十名家词》本、今通行之《全宋词》本,均题作"七夕",而傅幹注坡词本、元刊本,却题作"七夕送陈令举"。陈令举即陈舜俞,尝参加词史上著名的"(前)六客词会",乃苏轼词友,熙宁七年与苏轼等人小聚后即别去。可见此词确是苏轼送别友人之作,而词的"缑山仙子,高情云渺,不学痴牛呆女"三句实际是说陈令举对妻子很有情义,不像痴呆的牛女那样一年才见一面,言下意是陈一年不止一次探家;"相逢一醉是前缘"等语,是说自己能与陈相逢饮酒,堪称缘分。在词中,"缑山仙子"、牛女,只是陪衬,七夕只是时间,与普通时间没什么区别,仙、云、月、天,等等,也只是渲染典故。黄庭坚《鹊桥仙》:"八年不见"云云,分明不是牛女之事,显是人间的离别,同调又一首题曰"席上赋七夕",词云"一年尊酒暂时同。别泪作、人间晓雨",也是尘世之别。贺铸《寒松叹》:"鹊惊桥断,怨凤萧闲,彩云薄晚苍凉。……伤春燕归洞户,更悲秋、月皎回廊。同谁消遣,一年年夜夜长。"词写的是七夕之夜,与一个女子别后,没有她陪伴,自己独自度过的情景,七夕的迹象淡得几乎看不出,故选取的是乌鹊惊飞鹊桥已断之时,暗示着欢会已罢。这个内容是元祐以前所未出现的。

　　元祐七夕词在结构形式上有两个特点。其一,新典故的发现。元祐词人"发现"了两个新的七夕典故,它们是"缑山飞升"和"乘槎"。前者见于《列仙传》(其它书中也有类似记载):"王子乔者,周灵王太子也。好吹笙做凤凰鸣,游伊洛之间。道士浮丘公接以上嵩山,三十余年后,求之于山,见桓良曰:告我家,七月七日待我于缑氏山头。果乘白鹤,驻山岭,望之不到,举手谢时人,数日而去。"前引苏轼词中"缑山仙子……凤箫声断月明中,举手谢、时人欲去"云云,即用此典,贺铸《赛松叹》"凤怨箫闲"也有此典之迹。后者又有两种版本,一是如晋张华《博物志》卷十所载:有人居住于海滨,年年八月见有浮槎来去,从不爽期,遂立飞阁于槎上,自身乘槎浮海而至天河,遇牵牛、织女,问是何地,牛女答曰:你回到成都问严君平就清楚了。此人后至蜀,见到卖卦的严君平,严曰:某年月日有客星犯牵牛宿。计其日正此人到天河时。一是如《荆楚岁时记》所载：张骞奉命出使西域等河源，经月乘槎，至一城，见一女子(实即织女)在室内织布，一男子(实即牛郎)牵牛饮于河，后带回织女赠送的支机石。这两种版本的"乘槎"典故，词人们或单用其一，或交叉运用两种，甚至与王子乔典一起使用。如苏轼的《鹊桥仙》先用王子乔典，接着用"乘槎"前典："客槎曾犯，银河微浪，尚带天风海雨。"同调又一首则是混用"乘槎"二典："乘槎归去，成都何在，万里江沱汉样。与君各赋一篇诗，留织女鸳鸯机上。"黄裳《洞仙歌》"乘槎看、鹊桥初度"，系笼统使用。黄庭坚《鹊桥仙》"百钱端欲问君平"，用"乘槎"前典，同调另一首："鸳鸯机综，能令侬巧，也待乘槎仙去。若逢海上白头翁，共一访、痴牛呆女。"又用后典。严格说来，"乘槎"典与七夕没有关系，大概也正因为这一点，前此的词人不用它，但它涉及到牛女，尤其是"乘槎"二字本身有奉命出使之意，可以象征官员的赴任；而儒家宗师孔子说过"道不行，乘槎浮于海"的话，"乘槎"便具有了归隐之意；原典中又有具体的地名、人名，故词人们往往别出心裁地将这些内容杂糅在一起，从而赋予它以新意，如苏轼的"成都何在"，显以成都代指蜀中，进一步指其故乡峨眉，在宦海浮沉中，词人忽然思忆家乡，产生了乡情。黄庭坚欲以百钱问卜君平，目的是"早晚具、归田小舫"，是为了归隐。这些内容，与传统的七夕、与牛女没有多大关涉，而是词人自抒怀抱，是真实的个人情绪的流露。而正是这些"新"典故的运用，反映出作家的艺术创造性；正是在"新"典故的运用中，七夕题材被赋予新的内容，具有作家个性、情感的内容。

其二，天上人间比较模式的广泛运用。前文述及张先《菩萨蛮》、欧阳修《渔家傲》二词已经从正、反两方面确定了天上人间的比较模式，张词言天上牛女之爱不如人间(姑定为正方)，欧则言人间不如天上（姑定为反方）。在元祐阶段，这个模式得到词人们的普遍响应，形式上正反都有，而指归却几无例外地向着人间。晏几道《蝶恋花》词末云："路隔银河犹可借。世间离恨何年罢。"作者认为牛女值得同情，但他们虽隔天河，犹有鹊桥可通，人间的离别恨"海"却无乌鹊为填，他关注的显然是尘世的男女。苏轼《菩萨蛮》词云：

> 风回仙驭云开扇，更阑月堕星河转。枕上梦魂惊，晓檐疏雨零。　　相逢虽草草，长共天难老。终不羡人间，人间日似年。

上阕写鹊桥会后织女的孤独之思，下阕肯定牛女爱情的不朽价值，然结处二句落笔于人间男女会合的艰难，从而使全词的语义重心发生倾斜，突出了作者对尘世的关怀。贺铸《思牛女》："□□□□有佳期，人间底事长如许。"根据上下文，必是说牛女尚有佳期，人间却为何这样长久别离。陈师道《菩萨蛮》其一云："天上隔年期，人间长别离。"其二云："离愁千载上，相远长相望。终不似人间，回头万重山。"都是形式上用张先模式，实质表达的意思却属于欧阳修的模式，叹息人间的苦难。与此相反，秦观的名作《鹊桥仙》则极强调牛女之爱的精神价值，认为"金风玉露一相逢，便胜却人间无数"、"两情若是久长时，又岂在朝朝暮暮"，形式属于欧阳修模式，而意思既非张也非欧，是一种"变题"。无独有偶，陈师道《菩萨蛮》其四也说："愁来无断绝，岁岁年年别。不用泪红滋，年年岁岁期。"感叹岁岁年年的别离，同时又以年年岁岁的期待、盼望自慰并劝慰对方，强调一年一度相会的精神价值。对秦、陈二人的"变题"，我们是这样理解的，即：它们实际上与前面所述几家词结构没有什么大的不同，只是换个角度，换个形式，多几个曲折，都是夫妻（当然也可能是情人）不能相会的人间苦难的折射。即如陈师道，家境一直贫寒，妻子皆无力养活，元丰末，只有将她们母子送随岳父郭概入四川（概任四川提刑），其《送内》、《别三子》诗"直叙情事，字字悲惨"①，元祐元年始得团聚，其间夫妻别离之辛酸愁苦，自非常人所能理会，故其七夕之作多而命意基本相同，皆言牛女之可羡，人间之可悯，第三首至云："经年谋一笑，岂解令人巧。不用问如何，人间巧更多。"说织女不能予人以巧，恐怕也是建立在天上人间不同的特殊心理上。对其他诸家，虽缺乏应有的材料不敢贸然做此推测，但道理自有相通之处，作如此之想似也可以。

　　元祐词人在七夕题材的处理上，有继承张先、欧阳修七夕词某些传统的一面，写牛郎、织女之间的相会、相别，写人间多情男女的幽会，但更多的是对传统的"革新"和"创造"，写人间的离别（而不限于男女之间），写词人自己的归隐之志；他们自身已经"介入"七夕活动之中，不再抱着客观、冷漠的"局外人"态度，而是更关注人间的离别，更关注有情夫妻不能相会的苦难现实，甚至在里面注入自己的人生经验或真实感情。可以说，元祐词人"改造"、扩大了七夕题材，使之更具有现实意义，具有自我表达、自我抒情的功能；元祐词人的艺术创造能力在七夕这一常见的题材样式上也得到具体的体现。

二、白发黄花的风流：重阳词

　　宋词中的重阳节，较早见于柳永的《应天长》（残蝉渐绝）、《玉蝴蝶》（淡荡素商行暮）二阕，稍后出现的，有欧阳修的《渔家傲》（九

---

① 陈师道撰，任渊注，冒广生补笺《后山诗注补笺》卷一引梅南本墨批，中华书局，1995年，第 11 页。

日欢游何处好）、（青女霜前催得绽），杜安世的《惜春令》（今夕重阳秋意深），但总体上说，在元祐之前，重阳词的数量非常少，尚未成为一个成熟的题材类型。元祐词家，如晏几道、苏轼、王诜、李之仪、黄裳、黄庭坚、晁端礼、秦观、贺铸、释仲殊、晁补之、陈师道、毛滂等，都有关于这个节日的词作。重阳词至元祐词坛蔚为大宗，并在元祐词坛形成共同性的特征。

经过岁月的淘簸，沉淀在中华民族文化历史长河中的重阳节，早已成为民俗的一部分，除了考证学家，没有人去探询它的起源，人们关注的是登高时的天气景物，以寓目骋怀；是插茱萸、戴菊花，以辟邪长寿；饮酒团圆，思家念友。景物、风俗、饮宴，便成为有着深深入世情怀的元祐词人重阳词的第一内容。王诜的残句"戴（带）了黄花，强饮茱萸酒"，写节日风俗。晁补之的《八六子》："喜秋暗，淡云萦缕，天高群雁南征。正露冷初减兰红，风紧浅凋柳翠，愁人漏长梦惊。……赖有黄花满把，从教渌酒深倾。"写秋日景物。黄庭坚《清平乐》"兄弟四人别住，他年同插茱萸"，表达的则是手足思念之情。而黄裳《桂枝香·重阳》堪称代表：

> 泼醅初熟。竞看九日，西风弄寒菊。姝子新妆，向晓淡黄千簇。清香闹处君须住，掺盈头、醉乡相逐。马台欢笑，龙山纵逸，佳话重续。　　共尽日、登临未足。更休问明年，浮世荣辱。难得良辰，鬓发见秋犹绿。且邀月照金尊上，近人寒、如对飞瀑。宴归还趁人来，茱萸佩垂红玉。

这首词写了泼醅荐秋、菊花献节、登高眺远，等等，几乎是重阳相关内容的总汇。

在文人的重阳传统里，还有着"龙山落帽"、"牛山沾衣"、"戏马台"、"明年此会知谁在"、"看茱萸"、"笑口难开"等前人的流风余韵,或名家诗文中的故典,这些也出现于元祐重阳词中。苏轼《醉蓬莱·重九上君猷》:"岁岁登高,年年落帽,物华依旧。……此会应须烂醉,仍把紫菊茱萸,细看重嗅。"这是正面效仿。《千秋岁·徐州重阳作》"明年人纵健,此会应难复"①,又从反面"翻案"。晁补之《洞仙歌》:"也何必、牛山苦沾衣,算只好龙山,醉狂吹帽。"谢逸《临江仙·重九》:"木落江寒秋色晚,飕飕吹帽风清。"都属于使用旧典。在今昔的交错往复中,词人们有时还产生出怀古之幽情。黄庭坚《清平乐》:"几回笑口能开,少年不肯重来。借问牛山戏马,今为谁姓池台。"贺铸《玉京秋》:"废榭苍苔,破台荒草,西楚霸图冥漠。记登临事,九日胜游,千载如昨。更想像,晋客□归,谢生能赋继高作。"仿佛从眼前的景物中,看到了项羽在戏马台前驰射,看到刘裕北征宴集时,集宴众宾,谢灵运赋诗最工……流露出淡淡的思古之情。

然这些是"应时"、"应节"之作所皆有,柳永、欧阳修等词中亦可见到,元祐重阳词的不同,在于词人们能够超越前辈的流风故典,结合重阳节的特定时、地情景,抒写自己特殊的遭际人生,将重阳节打上鲜明的个人印痕。

"伤心"词人晏几道以其一贯的"悼亡"做派,感伤人世欢乐之成空、佳人之逝离,《武陵春》词云:

> 九日黄花如有意,依旧满珍丛。谁似龙山秋兴浓。吹帽落西风。　　年年岁岁登高节,欢事旋成空。几处佳人此会同。今在泪痕中。

---

① 此词通行本题上有"湖州重来"四字,从傅幹注坡词本删。

苏轼在《醉蓬莱·重九上君猷》的开篇即云："笑劳生一梦,羁旅三年,又还重九。华发萧萧,对荒园搔首。"这是元丰年间他贬谪黄州时所作,所谓"羁旅"、"华发"以及"劳生一梦",实包含着切身的感慨在内。黄庭坚《定风波·次高左藏韵》："自断此生休问天,白头波上泛孤船。老去文章无气味,憔悴,不堪驱使菊花前。"同调《次高左藏使君韵》亦云："万里黔中一漏天,屋居终日似乘船。及至重阳天也霁,催醉,鬼门关外蜀江前。"二词均作于绍圣四年(1097)谪居黔州时①,其叹老嗟衰之情,因了异地重阳而包含进更为深沉的意蕴。秦观《满庭芳》(碧叶惊秋)一首,亦作于绍圣四年谪居郴州时,"几处处、砧杵声催"、"问篱边黄菊,知为谁开"数句,"抒发思归情怀"②,而"伤怀"、"怅望"、"愁"等语辞,直接表达了词人的内心伤悲。毛滂《玉楼春》(西风吹冷沉香篆)题即交代了词人创作时的背景和心境,"戊寅重阳,病中不饮,惟煎小云团一杯,荐以菊花",乃元符元年(1098)之作,同调另一首和自己韵之作(泥银四壁盘蜗篆)亦有题云："仆前年当重九,微疾不饮,但掇菊叶煎小云团,用酬佳节,戏作长短句以侑茗饮。逮去年,曾登山高会。今年客东都,依逆旅主人舍,无游从,不复出门,不知时节之变。或云今日重九,起坐空庭月下,复取云团酌一杯。盖用仆故事,以送佳节。又作侑茶一首以和韵。"一在病中,一在客中,甚至不知佳节之已至,令人感慨唏嘘。晁端礼《安公子》(帝里重阳好)乃京城重阳日,但见"满目风光还似旧",自己却老了,信马寻找往昔的伊人情侣,朱扉静掩,可能已经将他忘记了,这首词虽有冶游之思,而不见"淫词"鄙语,真实自然。写自己独特的节日情怀,是元祐重阳词的根本性特征,体现

---

① 参黄宝华选注《黄庭坚选集》,上海古籍出版社,1991年,第328页。
② 秦观撰,徐培均校注《淮海居士长短句》,上海古籍出版社,1985年,第44页。

出元祐词家对传统题材的突破。而贬谪的遭遇，晚景的凄凉，应是他们创作的"催发剂"。

由此也可见出，题材类型并不能决定一切，关键在乎作家怎样处理，持有怎样的词学观，如果仅仅把它当作"羌雁之具"、高雅游戏，便只能铺排故实，于前人作品中讨生活，使词道衰堕；而若像元祐词家这样把它当作陶写胸怀的手段，便能创作出不同于昔人的佳作，使词道得以弘扬。前人所用"应时纳祜"、"虚应故事"之评，并不适合元祐节日词。

元祐重阳词最精彩的一笔，则是词人们集体创造出了"白发黄花"的审美意象，将晚唐小杜"菊花须插满头归"的旧典，共同演绎成时代的风流。苏轼《千秋岁·徐州重阳作》："浅霜侵绿，发少仍新沐。……美人怜我老，玉手簪黄菊。"所谓"浅霜侵绿"，谓绿发已现白，白发簪黄菊，仅从颜色看即具有一种对比的美感，而白发见老态，插花见"风流"；白发而簪黄花，便又挺出几分不同流俗的姿态。此词作于元丰元年（1078），东坡43岁[①]，为元祐诸家"白发黄花"意象所本。按：苏轼恩师欧阳修《鹤冲天》（梅谢粉）有"戴花持酒祝东风"之句，《浣溪沙》（堤上游人逐画船）更出现"白发簪花君莫笑"的对比性意象，惟尚未明确地将白发与黄花、与重阳固着在一起，苏轼可谓创造性地学习了欧词。尽管以后苏轼的重阳词几乎没再出现过此一意象（《浣溪沙》"霜鬓真堪插拒霜"与之类似，然花即非菊，其色亦非黄），但它却得到了其他词人（主要是苏门）的应和。陈师道《木兰花》（湖平木落摇空阔）词云"不将白发并黄发，拟下清流揽明月"，乃故意翻过一层，而题即

① 参《东坡纪年录》，见孔凡礼《苏轼年谱》，中华书局，1998年，第404页；苏轼撰，薛瑞生笺证《东坡词编年笺证》，三秦出版社，1998年，第214页。

作"汝阴湖上同东坡用六一韵",东坡用六一韵指苏轼《木兰花令·次欧公西湖韵》词,西湖谓颍州西湖(在安徽),仁宗皇祐元年(1049)欧阳修在颍州西湖作《玉楼春》(西湖南北烟波阔),元祐六年重阳,苏与陈俱在颍,游湖而同次欧韵作词[1],其翻案之迹昭昭。苏门中一向少词的张耒,其《风流子》(木叶亭皋下)云"奈愁入庾肠,老侵潘鬓,漫簪黄菊,花也应羞",亦是"白发黄花"意象的变化,惟前面有"重阳近,又是捣衣秋",则非作于重阳日。

　　元祐词人化用"白发黄花"意象最多的,是黄庭坚。黄庭坚因为晚年贬窜远荒,重阳又多在异地度过,感慨颇深,如苏轼般有"一肚皮"的不合时宜,而此老偏又"倔强",固又将"白发黄花"意象进一步演化成他的"倔强中见姿态"的个人词风(参第十章《风格的多元并存》之第三节)。其《定风波》(万里黔中一漏天)下片云:"莫笑老翁犹气岸,君看,几人黄菊上华颠。戏马台南追两谢,驰射,风流犹拍古人肩。"不见丝毫疲衰气。《清平乐》(舞鬟娟好)云:"白发黄花帽,醉任旁观嘲潦倒,扶老便宜年小。"《南乡子·重阳日宜州城楼宴集即席作》:"花向老人头上笑,羞羞。白发簪花不解愁。"真是温婉多情的花,放达不羁的老人。上文已指出元祐词人的重阳词多作于他们贬谪或晚年,或晚年贬谪时,这是他们共同使用这一意象的重要原因,至黄庭坚,"白发黄花"终成为苏门乃至元祐词人群体重阳词的标志性意象。

---

①　王文诰辑注苏轼诗集,其《总案》谓辛未(元祐六年)八月五日轼有移颍之命,八月二十二日到颍州任,与陆佃为代,二十四日"谒文宣王庙,谒群望文,游西湖,闻歌者唱《木兰花令》词,则欧阳修所遗也,和韵"。薛瑞生《东坡词编年笺证》从之(三秦出版社,1998年,第600页)。而孔凡礼《苏轼年谱》谓苏轼到颍为该年闰八月之后月,良是,但系此词及陈师道词于该年十月(中华书局,1998年,第1008页),似不妥,据后山词之"不将白发并黄花"判断,其为重九日事甚明,盖意谓虽是重阳,而未在白发上簪菊花,却下湖中弄清流。

　　这种意象还可与老人、少女的对比性意象参读。苏轼《西江月·重九》:"莫恨黄花未吐,且教红粉相扶。酒阑不必看茱萸,俯仰人间今古。"此本为文人宴席旧习,以粉妓伴酒或歌唱以助兴,然青春佳人与老人相扶,毕竟有着一种衰飒的妩媚。其《千秋岁·徐州重阳》:"美人怜我老,玉手簪黄菊。"又将白发黄花与老人少女叠加在一处。黄庭坚《南乡子·重阳日怀永康彭道微使君,用坡旧韵》:"白发又扶红袖醉,戎州,乱折黄花插满头。"还有上文引用的"扶老便宜年小",都具有对比性。其中蕴涵着的,则是入世随俗的精神和随遇而安的人生智慧,以及不甘老境之至的雄心。老而狎妓艳游固属荒唐,但处于困境、老境,若连享受人生的雄心也失去了,还能有什么追求? 试读苏轼贬谪黄州时期的《点绛唇·庚午重九再用前韵》:"不用悲秋,今年身健还高宴。"黄庭坚晚年蛮荒之作《清平乐·重九》:"黄花当户,已觉秋容暮。云梦南州逢笑语,心在歌舞宴边。"老而弥坚的人格力量,几乎要散发开来,弥漫宇宙。

　　就艺术创造的成果言,元祐重阳词还开发了"明日黄花蝶也愁"的新构思,成为后世重九词的"故典"。此一构思最早亦为苏轼所用,其元丰元年在徐州所作《九日次韵王巩》诗后半云:"闻道郎君闭东阁,且容老子上南楼。相逢不用忙归去,明日黄花蝶也愁。"[①]后来,在《南乡子·重九涵辉楼呈徐君猷》词中,他完全挪移了自己诗中成句:"佳节若为酬,但把清尊断送秋。万事到头都是梦,休休,明日黄花蝶也愁。"此词元丰四年(1081)作于黄

州贬所①，其中人生如梦的思想可见证于黄州时的另外一些作品，如《江神子》（梦中了了醒醒）、《念奴娇》（大江东去）等，所谓"升沉去住，一生莫定，故开口说梦"②，而"明日黄花"未尝不蕴含着迟暮之感。陈师道《南乡子·九日用东坡韵》一首之末又用东坡词意而翻过一层："登览却轻酬。剩作新诗报答秋。人意自阑花自好，休休，今日看时蝶也愁。"虽太着痕迹，然其中自有一股潦倒无奈之气，非故作翻案文章者可比。其中"蝶也愁"与黄庭坚《南乡子》（黄菊满东篱）："满酌不须醉，莫待无花空折枝。寂寞酒醒人散后，堪悲。节去蜂愁蝶不知。"及苏轼"明日黄花蝶也愁"原词中"蝶也愁"三字，均系反用唐诗人郑谷《十月菊》诗"节去蜂愁蝶不知"之句，而郑诗不甚为人所知，因元祐重阳词才彰显于世。

　　元祐还有另一种重阳词，写得颇为清新生动。黄庭坚《南乡子·重阳日寄怀永康彭道微使君，用坡旧韵》："卧稻雨余收，处处游人簇远州。"陈师道《南乡子·九日用东坡韵》："晴野下田收，照影寒江落雁州。禅榻茶炉深闭阁，飕飕，横雨旁风不到头。"毛滂《生查子·登高词》全词云：

　　　　鲈蟹正肥时，烟雨新凉日。露蕊郁金黄，云液蒲萄碧。
　　此日古为佳，此醉君宁惜。高挂水晶帘，尽放秋光入。

它们或描写农村的秋收景象，或写秋令时鲜，或写自己与众不同的

---

① 此词王文诰"诰案"谓元丰三年作，《东坡纪年录》谓五年作，薛瑞生《东坡词编年笺证》证为四年作（三秦出版社，1998 年，第 290、291、292 页），并言题中"涵辉楼"系"楼霞楼"之误。孔凡礼《苏轼年谱》（中华书局，1998 年，第 515 页）同样系于四年，而云楼霞楼即涵辉楼。

② 黄苏《蓼园词评》，唐圭璋编《词话丛编》，中华书局，2005 年，第 3046 页。

重阳酬节法,既无老、困之嗟叹,也无前人的风流与故典,又复未受
文人故态的污染,仿佛从赤子心中流出,淡雅素洁,生香天成。尤
其毛滂的"高挂水晶帘,尽放秋光入"二句,激昂高放,一扫积郁在
多数词家心头的阴霾,为元祐重阳词写出了十分亮丽的一笔。

第九章　形式的意义

　　一般说来,形式是内容的载体,是作家表达其思想、抒发其情感的文字样式,脱离开内容,形式便无多少实质性的意义和价值。然而,正如词之作为一种文学样式在宋代勃兴,并成为有宋一代文学之代表,具有重大的文学史意义一样,词之内部诸种新词体的出现及其被运用,也反映了一定的艺术倾向性,同样具有"史"的意义和价值。本书认为,自晚唐五代以来,至元祐以前,词在形式上的发展,只有数件事情可表,一是柳永接受民间"新声"的影响,对慢词体制进行创造性的发挥运用,扩大了词体的容量,迎来了宋代词学的新时代;二是张先于词调后加上小序交代创作原由,或仅以几个字作为题目,将词体与"文"体结合起来,开后世填词标题或文词相济的先河;三是欧阳修的鼓子词、张先的次韵和韵词,前者系学习民间曲艺,后者系学习诗歌,惟欧之鼓子词只"唱"不"说",与真正的"说唱"文学相比,体式尚非纯正;张之年齿较长,其所与"和韵"、"次韵"者子瞻、元素辈,乃苏轼及其友人杨绘等①,属于此期,故二家功劳各自减半。而只有到了元祐诸公手中,词体艺术形式才大备,如诗如文,应有尽有;如春花秋月,光景常新。甚至苏轼

---

① 《全宋词》无杨绘之作,孔凡礼编《全宋词补辑》据《诗渊》补一首,中华书局,1981年,第3、4页。

《皂罗特髻·采菱拾翠》一首,81 字 13 句,而七用"采菱拾翠"句,清人已感到"不可骤解"、"无可考证"①,今人似也未能很好地加以索解。总之,伴随着内容上的革新、创造,元祐词在形式上也发生了相应的变化。考察这些形式的状态及其特征,对完全把握元祐词坛、真正理解苏轼等人"以诗为词"的全部内涵,都是必不可少的重要步骤。

第一节 向通俗曲艺的靠拢

一、《调笑》转踏词

　　王国维在其《宋元戏曲史》的第四章《宋之乐曲》②(下文引语均出此,故不另加书名、章次)中,对宋代的《调笑》转踏乐曲作过精辟的阐述,几成不刊之论,后人言及此者,必称引先生之语。然王国维是从戏曲史的发展角度论《调笑》的,于《调笑》之为词体,其固有之特点及性质如何等,著墨不多。此既非王国维所论"题中应有之义",当不必苛求。近来也有一些文学史著作或论文,在论述中力求突破王国维的范围,但它们或仍然只从"曲"的角度立论,或仅论其文学价值,都显得不够全面,不够深入。有鉴于此,本书将兼顾"曲"与"文"二端,对中国词史上这一独特的词体做进一步探讨。

　　《调笑》词之作起于唐代。唐戴叔伦、韦应物、王建几位词家,流传有数首《调笑令》词。五代冯延巳的《三台令》3 首,虽未用《调

----

①　邹祇谟《远志斋词衷》:"宋人诸体,亦有不可骤解者,如苏长公之《皂罗特髻》。"李佳《左庵词话》卷下:"东坡《皂罗特髻》词……或此调有此格,抑坡老游戏为之,无可考证。"
②　参王国维《宋元戏曲史》,上海古籍出版社,1998 年。

笑》调名,但实质无异,也属此列。它们的字数、平仄、句法均与宋人不同,故又称《古调笑》。唐五代《调笑》词,单调,三十二字(或三十四字),八句,四仄韵、两平韵、两叠韵,起首为两个二字叠句,且多是物名,如"胡马"之类,其第六、七句,倒转第五句末二字而相叠;宋代《调笑》词,亦单调,或名《调笑转踏》,或名《调笑集句》、《调笑歌》、《调笑词》、《调笑令》,三十八字,七句,七仄韵,不转韵,不叠句,不用倒转句法。唐五代《调笑》词也有用联章体者,但规制较小,多是二章或四章相联;宋代《调笑》词规模较大,多是五、六章,甚至十章、十二章相联。这些,都可以说是宋代《调笑》词与前代不同的地方,但是,还不能作为它的本质特征。从根本上说,宋代《调笑》词有自己独特的体式、内容、风格特征,具有独特的价值。

(一) 体式

王国维认为,《调笑》词"前有勾队词,后以一诗一曲相间,终以放队词……然至汴宋之末,则其体渐变。……勾队之词,变而为引子;放队之词,变而为尾声;曲前之诗,后亦变而用他曲",这个说法一直被作为对《调笑》词体制的经典概述。但根据现存宋人词作,一首结构完整的《调笑》词,通常是由这样几个部分构成的:白语、题目、诗、词、破子、遣队语①。

白语(即王先生所称勾队词,而洪适词中也确称勾队) 是放在《调笑》词前面的一段独立文字,类似于戏曲的开场白,它的格式基本固定:八句,如郑仅的《调笑转踏》、无名氏的《调笑集句》、洪适的《番禺调笑》;或十句,如晁补之、毛滂的《调笑》;四六体,讲究对偶,属骈体文字。白语的内容,多是慨叹时光易逝、盛事难再,劝人及时行乐、且尽眼前之欢,虽然带有一定的感伤色彩,但实际是

———————————

① 从创作实践看,完整包含全部体式的,仅有毛滂一家。

一般戏曲开场时都有的、用以说明其主旨的套话。《调笑》的白语于此处表现出更明显的"词体"功能性质,它们几乎无一例外地宣称:唱此曲的目的是"用陈妙曲,聊佐清欢"(郑仅)、"上佐清欢,深惭薄技"(晁补之)、"少延重客之余欢,聊发清樽之雅兴"(毛滂)、"助今日之余欢"(无名氏)。这与词体的"花间"、"樽前"的娱宾遣兴功能毫无二致,同时也进一步见出《调笑》词具有宴席表演的实践性的特点①。

口号　在白语与题目之间,七言四句,押一韵。宋人《调笑》词有口号者,见于曾慥《调笑令》及无名氏《调笑令集句》。曾氏之作,无白语、题目、诗,仅于词前存此四句,故易被人混同于正文之诗;但它的调下已明确标有"并口号"字样,当是后人自误。无名氏词中口号,置于白语之后、诗词题目前,十分醒目。《全宋词》据《过庭录》收邵伯温《调笑》调之诗四句,注云:"案宋人调笑词前,例有口号八句。此四句盖口号,非词文。"②以之为口号可,但以为"例有口号八句",似亦将口号与正文部分的诗句混淆了。

题目　指的是《调笑》的诗与词的题目(有的则不显示题目)。它们有时冠于诗前;有时置于词后,而标曰"右某某",或并在"右"后加"一"、"二"等表示次序。多是两个字(极少数为三个字)。根据诗、词咏写的内容而变化,从字面看,有的是地点名词(实亦是用典),如晁补之词中的"大堤",无名氏词中的"巫山"、"桃源"、"洛浦";有的是物名,如晁补之的"琵琶";有的是一个典故,如晁补之

---

① 王昆吾先生《隋唐五代燕乐杂言歌辞研究》第五章《著辞》三《杂言著辞》之《改令辞》将戴叔伦、韦应物、王建、冯延巳数家《三台令》(《调笑令》)入改令辞类,则宋代《调笑》转踏词的酒筵表演性质可能即是从唐五代《调笑令》词延续而来。中华书局,1996 年,第 233 页。

② 唐圭璋编《全宋词》,中华书局,1965 年,第 636 页。

的"解珮"、"回纹"。更多的则是人名,如明妃、文君、春草(即小樊)(详下文内容部分)等。

诗　《调笑》词中的诗都是七言八句。多押二韵,第五句转韵。押一韵的较少,且平、仄通用,如郑仅《调笑转踏》的第六首,韵脚为都、胡、垆、户、素、慕,属平声七虞、仄声七遇通用;晁补之《春草》,韵脚是时、笴、随、国、掷、忆,属平声四支与入声十一陌、十三职通用;无名氏《明妃》,韵脚是时、宜、衣、日、碧、忆,属平声四支、五微与入声四质通用。不少人都认为此七言八句诗是七律,其实,只是误解。

词　是《调笑》的主体部分,其句式、韵脚、字数、前文已加介绍,兹不赘。值得注意的是:词的首句(二字),必须与诗的末句最后二字相同,这样,词首衔接诗尾,体式转而语句连,复迭相合。这是宋之《调笑》体式,是它与唐、五代《调笑》之于词中第六、七句倒逆第五句末二字而叠用的体式不相同的地方,也是它得名"转踏"或"缠达"的由来。

破子　《调笑》词有破子者不多,今仅见于毛滂、曾慥和洪适三家之作。它在字数、句数、格律方面与《调笑》的词部分规格完全一样,而有二首。毛氏两首分别以"酒美"、"花好"开头,曾氏的则以"花好"、"酒美"开头,洪适的则以"南海"、"高会"开篇。它们对前面数节所咏唱的内容加以概括、总结,或泛泛地唱叹风光景物,可能是故事与放队之间的过渡。

放队　又称遣队。它与白语遥相响应,白语是召唤表演者入队,放队则是宣布散场,如洪适的遣队词末云:"歌舞既终,相将好去。"不过,白语用念白散文,放队用韵文,七言四句,押一韵(洪适的遣队词在四句韵语后另有两句散句,当是变体)。放队的内容与前面各题诗词无必然关联,它是针对当场演出而发,有一种"曲终人散"的淡淡感慨,但套话的痕迹还是比较明显,如无名氏放队云:

"玉炉夜起沉香烟，唤起佳人舞绣宴。去似朝云无处觅，游童陌上拾花钿。"与郑仅的放队诗没有多大变化。毛滂的《遣队》也是让听（观）者从表演所营造的氛围中"走"出来，其"更拟缘云弄清切，尊前恐有断肠人"二句，甚至有劝人及早回家的用意。

（二）内容

《调笑》词都以女子为抒情主体，其题材基本不出男女相爱相悦、离愁别恨的范围，而以对别离之后女子情感世界的刻画为主要内容。

从每节（由一诗一词组成）的题目看，《调笑》的抒情人物可分为三类。一是具体的某一女子，如罗敷、莫愁、文君、杨贵妃、苏苏、西施、崔徽、泰娘、莺莺等；二是非具体称名，但能在文学作品中指出其原型的人物，如郑仅词中的"相慕，酒家女"一首，咏的即是汉代陈延年诗中的酒家胡，无名氏的《琵琶》，所咏即是唐代白居易《琵琶行》中的琵琶女；三是难以指实、比较模糊的人物，如郑仅的"春艳，桃花脸"一首，以及"梦悄，翠屏晓"一首，似皆不易确指其人。与此相关，从题材看，这些人物又可分为两类，一是历史上的真实人物，如杨贵妃、班婕妤、卓文君等，二是文学人物，如罗敷、莺莺、盼盼等。但事实上，即使是历史人物，她们也与史书的记载不同，已经被融进了文学的虚构和加工，其文学成分已大于历史成分，如无名氏的《明妃》、《班女》等。

《调笑》的内容也可分为四类。

一是写青春男女之间一见倾心式的爱慕：或女子对心目中男子的喜爱，或男子对美貌女子的恋悦。郑仅笔下的罗敷"二十未满十五余"，光彩照人，在南陌采桑，惹得使君见后"春思如飞絮，五马徘徊频驻"。晁补之词中的西子在江头浣纱，"天然玉貌铅红浅"，勾引得"紫骝嘶去犹回盼"；大堤的女郎"花容绰约"，如宜城春酒，使"郎"竟然"醉倒银釭罗幕"。秦观的《采莲》一首,写若耶溪边采莲女"盈盈日照新妆面",游冶郎见了不禁"尽日踟蹰临柳岸",魂飞肠断。这类词清新爽丽,欢快明畅,似南朝乐府民歌。女子对男子的思慕与此略异。郑仅词中的文君,因见相如年少而多才调,心中暗动,"苦恨相逢不早"。晁补之词里的宋玉(《宋玉》),"风流名重楚",引得主人之女殷勤关心。她们多通过弹琴或其他情事来表达爱意,不似男子那样直露。

二是写男女欢会,或是经过离别之后复得相聚终成眷属。秦观的《崔徽》云:裴郎(敬中)一见崔徽,便"心如醉","笑里偷传深意。罗衣中夜与门吏。暗结城西幽会";《莺莺》也是"红娘深夜行云送,困弹钗横金凤";无双女先得尚书许婚,中间经过数年别离情苦,最后终得与情郎见面,"笑指襄江归去"。

第三类是写男女之间的生离死别。郑仅词"梦悄"一首,将视角对准她与他欢会之后天即将亮时,写他们临别前的难堪之情:"梦悄,翠屏晓。帐里薰炉残蜡照。赏心乐事能多少。忍听阳关声调。明朝门外长安道。怅望王孙芳草。"秦观笔下的王昭君在离开汉宫时,不断地"回顾","偷弹玉箸",越行越远,直至望不见未央宫,还"目送征鸿南去",情感依依。而更多的则是写别离之后女子的刻骨相思。郑仅"时节"一首,写贵妃身在仙界,按着《霓裳曲》,舞钗斜蝉,"兰心底事多悲切",万分感念"明皇恩爱云山绝"。晁补之的《春草》,写"郎"为她(小樊)取名春草,她本希望能如春草一样步步随郎,但他一去风流的吴王旧国,她即担心,知道那里"自有芊绵碧色",却又恨自身不得相随。毛滂的《泰娘》、《盼盼》、《灼灼》、《张好好》等,无名氏的《明妃》、《班女》、《吴娘》等,都是写她们离别之后的思念、追忆,以及不能再见对方的痛苦情怀或无助的情境。还有一些词,写的是人遇仙女的奇特经历,如郑仅的"烟暖"一首

（无名氏的《桃源》同），敷衍刘、阮武陵之事，晁补之《解佩》写郑交甫汉皋遇二仙女赠佩，无名氏《洛浦》写曹植（未正面出现）遇见洛水女神，等等，词中除了描写仙女光艳的容止、超凡的服饰、轻盈的体态外，着力渲染的是仙境的缥缈恍惚，以及当事人似真如幻的感觉，一种可遇而难求的情感历程。它们与前文所述写女子别后思念的词只有抒情主人公的区别，情绪感受相同，故实际属于同类。

　　至于第四类，姑且名之曰杂类。如秦观的《乐昌公主》，叙述破镜重圆的故事，突出公主"旧欢新爱谁是主，啼笑两难分付"的情感抉择的艰难。毛滂的《苕子》，写杜牧"自是寻春恨不早"的平生之恨；郑仅"春艳"一首写红颜少妇面如桃花，笑倚银屏，准备迎接其少年郎君平戎归来，"调笑"一首写越女们粉面修眉，在江边擘荷折柳，相互调笑，齐唱渔歌，都是比较少见的内容。

　　宋代《调笑》词，大部分都是继承原型故事、原型人物，而未作多少改变，如王昭君、班婕妤、泰娘、吴娘等，其悲剧命运仍被保留下来，词人们的创造性贡献在于，对处在这种命运中人物的心态、神情，做合理的想象、逼真的刻绘，以再现那样一段情感经历，唤起人们的同质体验。还有一些则是选取原型故事基本构架中的一个段落，而不是展现整个情节，这样，就其所显示出来的这部分看，对人物命运另做安排，不啻是一种创造。如郑仅词中的罗敷，并无使君逼迫一节内容，使君只是爱而踟蹰，徘徊不忍离去，罗敷则是自由地"笑指秦楼归去"。晁补之词里的西子，既非吴越之争的工具，也非范蠡五湖扁舟上的伴侣，她只是在江头浣纱，在晚色中"自弄芙蓉"，当那匹多情的紫骝马（实指代其主人）嘶鸣着离去"犹回盼"时，她便"笑入荷花不见"。这种选择原型中的一段进行改造、创造的做法，可能与《调笑》词体式短小、不宜于表现转折多变的情节有

关，但同时也与词作者的个人风格有关。如，同是莺莺故事，毛滂
笔下是"薄情年少如飞絮，梦逐玉环西去"，与原型情节相同，别离
而成梦思；秦观的则是西厢欢会，春意融融。这种个人风格，还表
现为整组《调笑》词风格的差异。毛滂所写八人，抒情主人公都是
处在相思和痛苦、愁恨之中，秦观的十人，倒有五人是双方团圆（含
乐昌公主的新旧两难），"柳岸"一首的"肠断"，与一般的别离之思
也大不相同。

（三）表演性质及与唱赚的关系

《调笑》词具有明显的表演性质，是唱赚的早期形式。

《调笑》的表演性体现在三个方面。一、有念白、放队，相当于
戏曲的开场白和尾声。它的四句口号及八句诗，也是用念的形式，
交代故事情节。二、有歌唱和舞蹈。它的词、破子，是"唱"的部
分。郑仅词中的白语云"用陈妙曲，上助清欢"，毛滂词的"遣队"云
"歌长渐落杏梁尘"，强调的是"歌"；毛滂词"遣队"中的"舞罢香风
卷绣茵"，无名氏"放队"中的"唤起佳人舞绣筵"，所示均见舞的存
在。三、有表演人员。郑仅词的白语云"女伴相将，调笑入队"，女
伴、队，都显示参加表演的绝非一人，而且，具有一定的规模，比较
正规、整齐。王国维云："传踏之制，以歌者为一队，且歌且舞，以侑
佳宾。"这是符合实际的；但他又认为宋代另一种歌舞形式"队舞"，
"与此相似，或同实异名"，恐非。正如王国维书中引用的《宋史·
乐志》所说，队舞有小儿队和女弟子队，小儿队七十二人，分十队；
女弟子队一百五十三人，也分十队，实在是太庞大了，可能是大曲
用的，《调笑》恐无此规模。

另外，毛滂的《调笑》，在"白语"之前，还有一个"掾"字。掾，是
对官府中佐助官吏的通称，但也是古代戏曲中常见的一个人物。
《西京杂记》卷四云："京兆有古生者，学从（纵）横、揣磨、弄矢、摇

丸、樗蒲之术,为都掾史四十余年,善詆谩。二千石随以谐谑,皆握其权要,而得其欢心……京师至今俳戏皆称古掾曹。"①古生精于多种技艺,又擅谐谑,颇能讨得官长欢心,在由官吏到戏曲人物的"角色"转变过程中,他起了关键作用。而这一戏曲人物的来历,正与《调笑》词的外谑内庄、以娱乐性的形式表达非娱乐性内容之特点相符。当然,掾的出场,还有烘托场面气氛、使之趋于轻松的作用。

南宋耐得翁《都城纪胜》云:"唱赚在京师日,有缠令、缠达:有引子、尾声为缠令;引子后只以两腔互迎、循环间用者为缠达。"并云:"凡赚最难,以其兼慢曲、曲破、大曲、小唱、耍令、番曲、叫声诸家腔谱也。"②如此,缠令、缠达当是唱赚的早期形式。王国维指出,宋代乐曲,"其歌舞相兼者,则谓之传踏(曾慥《乐府雅词》卷上),亦谓之转踏(王灼《碧鸡漫志》卷三),亦谓之缠达(《梦粱录》卷二十)。北宋之转踏……其曲调唯《调笑》一调用之最多"。则《调笑》之为唱赚之前期形式已无疑问。自然,王国维所说"前有勾队词,后以一诗一曲相间,终以放队词"这种"体格"因素,是关键性的标志,但是,向被忽略的"掾"和"破子"二者,似乎更能说明问题。

前文已述及,"掾"的职能是念白,这与大曲中的"竹竿子"是非常相似的。在南宋史浩大曲的《太清舞》开头部分,除了"后行吹导引曲子,迎五人上,对厅一直立"的背景音乐和人员安排外,就是"竹竿子勾念",所念也是四句押韵诗;进入唱之前,还有多次念白(与"花心"穿插问答)。"破子"与大曲的"入破"不同,而只相当于其舞曲的一个部分。同样以史浩大曲为例,《太清舞》在唱了六曲

---

① 葛洪撰,周天游校注《西京杂记校注》,中华书局,2020年,第198—199页。
② 耐得翁《都城纪胜·瓦舍众伎》,《丛书集成续编》,台北新文丰出版公司,1988年,第270页。

之后,后行吹太清歌,众舞,竹竿子念,花心念,接着便是"众唱破子",所唱破子的内容也是一首词,破子之后才是舞蹈、"竹竿子念遣队",演员散场。"破子"二字,别不经见,而见于大曲中,正可印证二者之间的关系。然大曲的"破子"仅有词一首,《调笑》则有二首,这又是它们的区别所在。

　　正如王国维所说,"传踏仅以一曲反复歌之;曲破与大曲,则曲之遍数虽多,然仍限于一曲",唱赚却是"取一宫调之曲若干,合之以成一全体",可以说,作为转踏代表形式的《调笑》词,确实是较为简单的一种乐曲形式。然而,作为一种独立的客观存在,《调笑》词的价值不在于或不仅仅在于它的"唱赚的早期形式"身份上,它还有自己独特的文学价值。

　　(四) 文学性及"雅"的风格追求

　　诗、词、文三者结合,注重对人物情感心理的刻画,是《调笑》词文学性的生动体现。

　　宋代文学史上,文与词的结合,可以追述到张先,他的一些词作,已于词前冠有小序,交代创作原由,或创作经过,如《木兰花》(去年春入芳菲国)的序言云:"去春自湖归杭,忆南园花已开,有'当时犹有蕊如梅'之句。今岁还杭,南园花正盛,复为此词以寄意。"不到 40 个字,在今昔对比中,见出词人的多情,言简而意永,但都是散句。宋彭乘《墨客挥犀》卷四载卢氏女子天圣中(1023—1032)题于驿舍壁之《凤栖梧》词,其序已近 50 字,云:"登山临水,不废于讴吟;易羽移商,聊抒于羁思。因成《凤栖梧》曲子一阕,聊书于壁,后之君子览之者,毋以妇人窃弄翰墨为罪。"[①]而且,开始数句还用了对偶句式。以后,苏轼等人进一步发展这种体

---

① 　彭乘撰,孔凡礼点校《墨客挥犀》卷四,中华书局,2002 年,第 322 页。

式,而篇幅更长,至以八九十之字序其《洞仙歌》(冰肌玉肤)、《江神子》(梦中了了),序文比词长,文学性也得到加强,如后一首词的序,几可脱词而单行。欧阳修鼓子词《采桑子》十三首,前有"西湖念语",达150字,且全为骈四俪六体。《调笑》词的白语,与欧阳修的"念语"性质相同,虽篇幅较小,但格式基本固定,有勾出舞队、引导观众和听者进入情境的作用,而全用骈体的样式,四六相间,讲究对偶,可谓声彩并茂,极富辞章之美。

宋人笔记、小说中常见有人同时赋诗填词者,但尚谈不上是诗与词的结合;前引张先词序中夹有诗句,黄庭坚《减字木兰花》(举头无语)词序引岑参(实为杜甫)诗句,《渔家傲》(踏破草鞋参到了)词序又引自己诗歌两首,也都是兴之所至,偶尔为之,与《调笑》词的有意识地结合诗词不同。《调笑》中的诗,往往善于描摹人物语言动作,刻画其外貌形象,如秦观《采莲》一首云:"若耶溪边天气秋,采莲女儿溪岸头。笑隔荷花共人语,烟波渺渺荡轻舟。数声水调红娇晚,棹转舟回笑人远。"全诗八句,此六句皆是写采莲女子的笑、语、唱、采莲、回舟等,在声音与一连串的动作中,完成对人物的描写。它们有时还直接将笔触对准人物衣饰、脸面,如郑仅写罗敷"金镮约腕携笼去",写贵妃"绰约艳姿号太真,肌肤冰雪怯轻尘……霞衣乍举摇红影……舞钗斜弹乌云发",晁补之诗中的春草当年是"花面丫头年未笄",大堤女是"青云作髻月为珰"。

《调笑》中的诗还善于描写景物,渲染环境,形象再现人物活动的空间。郑仅写刘阮武陵之遇云:"湲湲流水武陵溪,洞里春长日月迟。红英满地无人扫,此度刘郎去后迷。行行渐入清流浅,香风引到神仙馆。琼浆一饮觉身轻,玉砌云房瑞烟暖。"整首诗几乎全是写流水、春光、落花、香风、瑞烟,及台阶、房室,从而将一座桃源仙境真切地展现在人们眼前,给人身临其处的感觉。又如毛滂的

《莺莺》诗云:"春风户外花萧萧,绿窗绣屏阿母娇……西厢月冷濛濛花雾,落霞零乱墙东树。"通过风、花、月、雾、落日、树木等自然景物,和门、窗、屏风、院墙等家居场景,形象勾勒出莺莺所处的西厢的环境背景,为她的心理活动创造了自然空间和情感空间。似乎可以这样说:《调笑》词中的诗歌,一反宋诗重哲理、说教的倾向,更关注人物形象、景物环境和情感心理。

浓郁的抒情性,是《调笑》词文学生命的保证。如果说它的诗歌部分具有一定的叙事色彩和人物的外貌描写、景物描写特征,那么,它的词部分,则主要致力于人物的情绪感受和心理描写。毛滂《美人赋》写的是文君等待相如到来时的情形,词云:"钗冷。鬓云晚。罗袖拂人花气暖。风流公子来应远。半倚瑶琴羞懒。云寒日暮天微霰。无处不堪肠断。"先是日暮中有些寒意,由钗而达鬓发,而让她感觉到,这当是自然的寒;接着,想到等候的是心上人,心里便涌起一股暖流,连拂在罗袖上的花气也感觉是"暖"的,这个"暖"当偏于主观感受;进而想到他是一个风流公子,未必践约,而且,即使他来,也该是路途还远着,自己这么痴痴地等候,是不是太可笑,会不会是太傻——想到这,不禁有些羞,又有些不自在;天色愈来愈暗,雾气也渐渐升上,人却未见到来,她便感到"云寒",这个"寒",同样是心理上的;最后,当断定他不会来的时候,所见无不让她感到断肠。由"冷"而"暖"而"寒",这个戏剧性的变化,正昭示着抒情主人公的心路历程,显示了她由满怀希望到失望的整个过程。又如晁补之《回纹》一首,诗云:"窦家少妇美朱颜,藁砧何在山复山。多才况是天机巧,象床玉手乱红间。织成锦字纵横说,万言千语皆怨别。一丝一缕几萦回,似妾思君肠寸结。"交代的是一个家喻户晓的传说:窦(滔)家少妇苏氏(蕙)因丈夫外出久未归来,极端思念,出于慧心巧思,在锦上织成诗句,纵横可读,千言万语,诉说着别离之苦。而词云:"寸结。肝肠切。织锦机边音呜咽。玉琴尘暗薰炉歇。望尽床头秋月。刀裁锦断诗可灭。恨似连环难绝。"则是在整个事件中横向截取苏氏织锦这一段,写她的情绪:肠已寸结;情状:呜咽暗泣;心境:薰炉不燃香煤,玉琴不弹,一任上面落满灰尘;神态:不断望着床头的一轮秋月,渴盼着他归来,又失望于他的不归;心意:锦可被刀裁断,锦上诗句可以毁灭,但内心的愁恨却如连环,永不断绝。与诗歌相比,词的抒情性要更加突出、显露。而诗词二者,虽然分工不同,却又相辅相成、相映相得。

　　从"调笑"二字的字面及其表演性质看①,都给人通俗甚至庸俗的感觉,但实际上,它追求的却是"雅"的风格。这首先表现在它的主题取向上。《调笑》词的人物,不少都是文学题材中有名的歌妓,或是著名的美女,自有许多"绮艳"的成分,而《调笑》的作者们,则是掉转笔触,去着力挖掘抒情主人公与所爱别离后痛苦、极端思念的内心世界,去展示她们不可避免的悲剧命运。即使是善于改变人物命运,偏爱"团圆"结局的秦观,他笔下的《莺莺》,注重的也是"西厢待月"所体现出来的"玉人情重",可谓"发乎情",重乎情;《无双》一曲,更多的篇幅写的是"肠断别离情苦"及"数年睽恨"。那些写采桑女、采莲女、酒家女的作品,不但没有对挑逗、轻薄细节的描写,反而始终充满着劳作的辛苦与青春的欢跃,始终响着她们纯真、爽朗的歌声笑语,体现出健康、清新之美。其次,《调笑》词的语言高度净化,既没有俗恶艳丽的字眼,也没有方言俚语。不用艳丽词语这一点比较容易让人理解,当与《调笑》的主题取向一脉相承,后者恐非常情所能推度。盖宋词自柳永时已有使用方言口语

---

① 如王昆吾《隋唐五代燕乐杂言歌辞研究》据唐五代《调笑令》指出:"'调笑'应是指它的游戏特点。"中华书局,1996年,第238页。

的倾向,北宋中后期更加明显,一时名家如黄庭坚等人,也以之入词,而多遭人诟病。秦观的《品令》二首,至用其家乡高邮的方言土音:"幸自得,一分索强,教人难吃。好好地、恶了十来日,恰而今、较些不。"而其作《调笑》词却无一处如此。《调笑》词对"雅"的这种自觉追求,或可从"体"的规定性上加以说明。南宋时专演唱赚的遏云歌社,其"社规"《遏云要诀》①云:"夫唱赚一家,古谓之道赚。腔必真,字必正……更忌马嚣镫子、俗语乡谈。如对圣案,但唱乐道、山居、水居、清雅之词,切不可以风情花柳艳冶之曲,如此,则为渎圣。"前面数句讲的是唱腔与语言,尤其忌讳使用乡谈俗语,后数句则是题材内容忌讳风情冶艳。唱赚约兴起于南宋初年②,《调笑》作为它的早期形式,不可能要求这么严格,但唱赚是在转踏、大曲等的基础上发展起来的,它的风格规定性,当是总结诸种乐曲样式的经验而来,故它的规定,在一定程度上,也可以说就是《调笑》的规定。

（五）元祐词人的特殊贡献

宋人《调笑》之作,多集中在北宋末期,究其原因,可能与那一段时期特殊的经济文化背景有关。

宋初以来,约有一百余年的时间,国家"承平无事",处在相对安定的时期。同五代相比,农业生产和商业、手工业、海外贸易等,都得到进一步发展,从而促进了城市经济的繁荣,也刺激了市民文化的兴盛,使说唱、话本、杂戏、小说等文艺样式相继出现,并迅速发展。社会大众的文艺消费和审美需求,必然反过来影响文人的审美趣味和词的创作。宋王灼《碧鸡漫志》卷二记载说:"长短句

---

① 王国维率先据日本翻元本《事林广记》引用。
② 《梦粱录》卷二十谓是绍兴年间。见吴自牧《梦粱录》卷二十,《丛书集成初编》,商务印书馆,1939年,第191页。

中,作滑稽无赖语,起于至和(1054—1056)、嘉祐(1056—1063)之前,犹未盛也。熙(熙宁,1068—107)、丰(元丰,1078—1085)、元祐(1086—1094)间,兖州张山人以诙谐独步京师,时出一两解。泽州孔三传者,首创诸宫调古传,士大夫皆能诵之。元祐间,王齐叟颜龄,政和(1111—1118)间,曹组元宠,皆能文,每出长短句,脍炙人口,彦龄以滑稽语谋河朔;组潦倒无成,作《红窗迥》及杂曲数百解,闻者绝倒,滑稽无赖之魁也。……同时有张衮臣者,组之流,亦供奉禁中,号曲子张观察。其后祖述者益众,嫚戏污贱,古所未有。"①这段十分丰富的文学史材料告诉我们:在熙宁、元丰、元祐之间,大约20年左右,词中的诙谐体与诸宫调差不多同时兴盛起来。应该说,这是时代思潮使然,是主流欣赏趣味使然。前引欧阳修《采桑子》词,已表明词体向通俗曲艺的靠拢,《调笑》转踏词的创作,可谓适逢其会。

今考有宋一代以《调笑》为调的词作者,只有苏辙、毛滂(1060—1124?)、晁补之、秦观、黄庭坚(仅存此调词一首)、曾慥(? —1155)、郑仅(1047—1113)、李邴(1085—1146)、吕南宫(1047—1086)、李吕(1122—1198)、洪适(1142—1184)及两个无名氏13家。苏辙的《调啸词》二首(一说作者为苏轼),调下标曰"效韦苏州",其体式也与韦应物之作同,当是唐五代《古调笑》之遗制;另一无名氏的《调笑令》(花酒)一首,显然是酒令,都与我们所讨论的宋之《调笑》不同,不妨暂且除去,这样,尚有11家。其中,李邴、李吕、曾慥、洪适四家,属南宋无疑,但曾慥的五首分咏"佳友(菊)"、"清友梅"、"净友莲"、"玉友酒"(第五首为破子),李吕的五首分咏美人的笑、饮、坐、博、歌五态,李邴的一首未言具体对象,洪

① 王灼撰,岳珍校正《碧鸡漫志校正(修订本)》卷二,人民文学出版社,2015年,第27页。

适的十首,总名《番禺调笑》,所咏全为广州名胜古迹,如海山楼、素馨巷、汉朝台、浴日亭、蒲涧、贪泉、沉香浦、清远峡等,交代其地名之由来,描写地方风土景观,凡此,体式虽无二致,但也都与一般意义上所说的转踏《调笑》词有别。郑仅、晁补之、秦观、黄庭坚、毛滂、吕南宫六家,均卒于北宋,他们的作品自属北宋。无名氏八首见于曾慥《乐府雅词》卷上,曾氏云是从内廷传出,口号亦称"此曲只应天上有,歌声岂合世间闻",其为北宋宫廷宴享时所用乐曲的可能性较大。

　　在北宋七家(含一无名氏)作者中,秦、黄、晁三人均是苏轼门下,毛滂与苏门也渊源深厚,因而,苏门在《调笑》词的发展中,起着重大的作用。这与他们的文学观念及特殊的人生经历密不可分。苏轼天分高,读书多,才力雄赡,持有一种比较自由、宽泛的文学观,认为无意不可入文学(词)、无事不可入文学(词),并有意打破各文体之间的界限,不但"以文为诗",而且,"以诗为词"、"以文为词",遂扩大了词的题材范围,极力为词争得了与诗文等观的地位。对他的这些"破体"尝试和努力,当时有褒有贬,他的门人也不是全部赞同,但至少可以肯定一点:他们或多或少都受到苏轼的影响。《调笑》词的创作,苏轼没有作品传下[①],但早在元祐二年至四年他任朝官时,就创作过不少乐语,如《坤成节集英殿教坊词》(元祐二年七月十五日)、《集英殿春宴教坊词》、《集英殿秋宴教坊词》、《兴龙节集英殿宴教坊词》(元祐二年、四年)、《紫宸殿正旦教坊词》,计

---

①　按:朱孝臧《东坡乐府》卷二《渔父》词后注云:"按:张志和、戴复古皆有《渔父》词,字句各异。恭按《三希堂帖》,公书此词前二首,题作《渔父破子》,是确为长短句。而《词律》未收,前人亦无之,或公自度曲也。"朱氏之意只在证明此《渔父》为词体,而对本书言,其意义甚大,因为若此帖可靠,则苏轼实际亦创作过《调笑》词,因为大曲的破子仅一首,此为二首,当非属大曲。见《彊村丛书》本《东坡乐府》,上海古籍出版社,1989 年。

六章,都包括教坊致语(仅《集英殿春宴教坊词》作"教坊词语中化育万寿排场")、口号、勾合曲、勾小儿队、队名、问小儿队、小儿致语、勾杂剧、放小儿队、勾女童队、队名、问女童队、女童致语、勾杂剧、放女童队15个体段,形式固定,这说明他对当时流行的通俗文艺形式,是乐于接受,并积极进行创造试验的。南宋吕本中《童蒙诗训》还认为苏轼的诗歌"波澜浩大,变化不测,如做杂剧,打猛诨入,却打猛诨出";无独有偶,王立之《王直方诗话》也载黄庭坚尝提出过"打诨出场"的诗法观点:"作诗正如作杂剧,初时布置,临了须打诨,方是出场。"[①]打诨是参军戏的一种表演方式,由参军(角色)先做出种种可笑的言行(即打猛诨入),苍鹘(角色)以磕瓜击打并责问,然后,参军便做出一个出乎人的寻常意料之外的回答,此即打猛诨出(场)。这些,都可以见出苏轼及其门下接受新生事物(通俗曲艺)的积极态度。另外,元祐年间,苏门曾经聚会京师,度过他们一生中最为得意的时期,他们经常赓歌唱和,相互之间观摩技艺。而这段时期,又恰是诸宫调、俳谐词等盛行于京师之时(参前文所引《碧鸡漫志》);京师听歌赏曲的风气,多姿多彩的文艺形式,引发了他们的创作冲动;而工作、职务的性质也有可能促使他们直接与通俗曲艺发生联系[②];《调笑》词的雅化风格,最适合他们的文人身份和趣味,它的忌方言俚语、忌绮艳内容的严格要求,也在一定程度上调起了才子们的"趋难"以求工求巧的心理,故《调笑》这种样式,自然成为他们的首选。

从上面的分析中,似乎可以得出结论:人们通常所说的戏曲

---

① 　王立之《王直方诗话》,郭绍虞辑《宋诗话辑佚》,中华书局,1980年,第14页。

② 　另外,据李廌《师友谈记》载:"晁无咎云:'著作职今不修日历,甚闲,但改教坊判官致语、口号等,及小祠祭校对祝版。'"则工作、职务也给他们提供了接触曲艺的机会。

意义上的《调笑》词,实际只是北宋的作品,南宋时,因为大曲、诸宫调、唱赚等乐曲的出现,《调笑》词的创作趋于式微,且由带有表演性质的一节演一人一事,转变为酒令,或者成为文人的案头文学,以泛咏某事,或梅、菊等充分人文化的物象;《调笑》词在北宋末期短时间内兴起,并因得到苏门词人的积极参与而迅速成熟、高度发展,又随着异族的入侵,歌舞升平土壤的消失,随着赵宋朝廷的南渡而走向自己的终点或转折点。王国维举郑仅《调笑》词为例,而说"此宋初体格如此",不但误把郑仅当宋初人,而且,也对《调笑》词的发展史做了不太正确的判断。而作为文学意义上的《调笑》词,它创造性地结合诗词文三种样式,描写景物,渲染环境氛围,刻画人物的形象和情感心理,注重抒情性和辞章之美,也具有独特的文学价值。

二、《商调蝶恋花》

赵令畤所作《商调蝶恋花》是鼓子词的一种(作者于篇末明确说"撰成鼓子词十一章")。鼓子词约兴起于宋代,属于民间说唱伎艺。其特点是反复演唱同一曲调,以鼓伴奏。文人创作鼓子词,现存较早的作品,是欧阳修的《渔家傲》。与苏轼同时的杨绘在《时贤本事曲子集》中记载说:"欧阳文忠公,文章之宗师也。其于小词,尤脍炙人口。有十二月词,寄《渔家傲》调中,本集亦未曾载……前已有十二篇鼓子词。"[1]欧阳修之十二月鼓子词,分咏十二月风物及节时情怀,如正月的"金刀剪裁"、元宵放灯,二月燕子双飞款语,三月的"晴川被禊"、远处踏青,等等。然此词只有"唱"词,没有"说"语。其《采桑子》十一首,亦属鼓子词,写颍州西湖胜景及游览时的感慨,前有 152 字的"西湖念语",叙述写作原由,末云:"因翻旧阕之辞,写以新声之调,敢陈薄技,聊佐清欢。"表明此词是为演

---

① 　杨绘《时贤本事曲子集》,唐圭璋编《词话丛编》,中华书局,2005 年,第 6 页。

唱用的,至少从理论上讲,已具备一定的实践性。元祐词人黄裳的鼓子词《渔家傲》,咏月连章体词七首,前有念语,《蝶恋花·月词》连章体六首,亦有念语,加"劝酒致语"后又四首,也是唱、说结合。

不过,这些《渔家傲》、《采桑子》、《蝶恋花》等,毕竟还处于充分的文人化状态,以描写景物风光为主,辅以淡淡的情怀撷发,没有情节可攫挽人心,"说"的部分太少,除了开场的一段念语外(《渔家傲》连念语也无),其余都是唱,故即使能够演唱,可能也限于文人圈子。真正体现出词体向通俗曲艺靠拢的,不是欧阳修、黄裳的此类作品,而是赵令畤的《商调蝶恋花》。

(一)《商调蝶恋花》创作的词学背景

《商调蝶恋花》取材于唐诗人元稹所作传奇故事《会真记》,敷衍崔张的悲欢离合情事,赵令畤在开场白中说:"夫《传奇》者,唐元微之所述也(今按:观此语,宋时《会真记》或即名《传奇》。又,傅注坡词《定风波》'莫怪'一首末句引崔张诗亦谓之《传奇》)。以不载于本集而出于小说,或疑其非是。今观其词,自非大手笔孰能与于此。至今士大夫极谈幽玄,访奇述异,无不举此以为美话。至于娼优女子,皆能调说大略。"[①]从这段话中可以看出,在他创作《商调蝶恋花》时,崔张故事早已传播人口,不但士大夫喜欢谈论,就是青楼女子也能说其仿佛。下文接着交代说:"惜乎不被之以音律,故不能播之声乐,形之管弦。好事君子极饮肆欢之际,愿欲一听其说,或举其末而忘其本,或纪其略而不及终其篇,此吾曹之所共恨者也。"[②]这应该是他创作此词的文化背景和直接动机。这里想要指出的是,赵令畤之以词敷衍崔张故事,在元祐词坛绝非"个案",同时的词人们或化用西厢待月之典故,或取其情节中的一段入词,

---

①② 赵令畤撰,孔凡礼点校《侯鲭录》,中华书局,2002年,第135页。

它已成为词人们共同感兴趣的词学"素材",赵氏所做的,是进一步将整个故事完整化,比诸家系统一些。这种共同性的创作倾向,姑且称之为《商调蝶恋花》的词学背景。

苏轼堪称元祐词坛改革的急先锋,许多新的题材、新的体式,他往往都率先一试。对崔张之事,他也不做袖手旁观者,而是积极地参与创作。他的《南歌子》(笑怕蔷薇胃)、《雨中花慢》(邃院重帘何处)(嫩脸羞娥因甚)三首词,最见其事痕迹。《南歌子》除首二句用隋炀帝小黄门与宫婢有私典、《汉书》金日磾传典,余皆系西厢情事:

> 笑怕蔷薇胃,行忧宝瑟僵。美人依约在西厢。只恐暗中迷路、认余香。　　午夜风翻幔,三更月到床。簟纹如水玉肌凉。何物与侬归去、有残妆。

所写乃《会真记》中"待月西厢下"之诗,及十八夜相会、崔去后张生自疑而睹妆在臂、泪在席等情节。《雨中花慢》其一先写张生自从见了莺莺后极端思念,"待月西厢,空怅望处,一株红杏,斜倚低墙"数句写十五夜张生梯树逾墙、待莺莺于西厢,下片"羞颜易变"云云写崔到西厢后责斥张生,使之绝望,"好事"云云,则写其后崔背母与张私会之事。其二上片亦有西厢事之迹在,所谓"但有寒灯孤枕,皓月空床。长记当初,乍谐云雨,便学鸾凰"等,写张初别崔后数月复返而不得见崔时情景甚为明白。另,东坡《定风波》(莫怪鸳鸯绣带长)之末句"为郎憔悴却羞郎",乃崔别嫁、张别娶之后,张求见崔,崔拒,所赋四句诗之成句。

贺铸《吹柳絮》上片云:"月痕依约到西厢,曾羡花枝拂短墙。初未识愁哪得泪,每浑疑梦奈余香。"几乎全是《莺莺传》中事,可与上举东坡《南歌子》词并美。《晕眉山》(镜晕眉山)下片云:"殢酒伤春,添香惜夜。依稀待月西厢下。"《罗敷歌》(高楼帘卷西风里)下片:"玉人望月销凝处,应在西厢。半掩兰堂。惟有纱灯伴绣床。"《减字木兰花》下片:"弄影西厢侵户月,分香东畔拂墙花。"《摊破浣溪沙》下片:"饮罢西厢帘影外,玉蟾蜍。"此数词所咏,同样出自崔张西厢一段情。

连向来对词坛的种种变化关注无多的正宗婉约词家秦观,其直接受通俗曲艺影响的转踏《调笑令》之七《莺莺》,也是咏赋这段风流韵事的,而且,截取了其中十八夜缠绵私会的一节,以"喜剧"收场,具有"改编"性质,这在上文《调笑》转踏部分已做过分析。需加以指出的是,它以"曲子"唱词,"曲子"前以诗歌解说:"诗曰:崔家有女名莺莺,未识春光先有情。河桥兵乱依萧寺,红愁绿惨见张生。张生一见春情重,明月拂墙花影动。夜半红娘拥抱来,脉脉魂惊若春梦。"其叙事的成分相当重。而毛滂的《调笑》转踏词之六《莺莺》,选择的是张生西赴长安以后莺莺独处西厢的孤寂愁思:"何处。长安路。不记墙东花拂树。瑶琴理罢霓裳谱。依旧月窗风户。薄情年少如飞絮。梦逐玉环西去。"触景伤情、见月增悲,与秦观词中情节大不相同。

以上材料表明,在元祐时期,不仅士大夫中甚传崔张的西厢故事,而且,还已经形成了以词铺陈西厢的词学环境,"西厢待月"、"花影拂墙"等相关情节或语辞被词家普遍采用。而士大夫们之热中于传扬它,词人们之竞相赋写它,应该与民间对这个故事的讲说分不开。宋耐得翁《都城纪胜·瓦舍众伎》云:"说话有四家,一者小说,谓之银字儿,如烟粉、灵怪、传奇。"[1]吴自牧《梦粱录·小说

---

① 耐得翁《都城纪胜·瓦舍众伎》,《丛书集成续编》,台北新文丰出版公司,1988年,第270页。

讲经史》:"说话者谓之舌辩……且小说名银字儿,如烟粉、灵怪、传奇……"①这里所载多为北宋汴京的瓦舍演出情形,其中"说话"类小说中的"传奇"之目,自然使我们联想起赵令畤《商调蝶恋花》开场白中称崔张故事为"传奇"之事,当然,一系类名,一系特名,二者不尽相同,但崔张故事自可入"传奇"一类。可以猜测,当时必有众多的瓦舍"说"西厢(这与赵令畤所言"惜乎不被之音律"云云的未能入"唱"并不矛盾),才引起文人士大夫的广泛兴趣。正是文化环境和词学背景的合力,孕育出了《商调蝶恋花》这一新的词学品种。

(二)《商调蝶恋花》的结构

《商调蝶恋花》共 12 首(作者自己用"章"或"曲"表示),主体部分 10 首,首尾各 1 首。作者在开场语中交代说"分之为十章,每章之下,属之以词",然后"又别为一曲,载之传前,先叙前篇之义"②,这样,已有 11 首;当他撰成这 11 首时,呈之于友人何东白先生,"先生曰:文则美矣,意犹有不尽者,胡不复为一章于其后,具道……"作者接受了他的建议,"复成一曲,缀于传末云"③。开场用"夫《传奇》者"一段考证性的句子交代故事的由来及创作经过,属于点题,结尾又以逍遥子的一句话引出自己的议论,对崔张情事发表看法,属于"篇末点题",有首有尾,前后呼应,结构比较完整。可以说,它既不像欧阳修等人的鼓子词那样以开头一篇"念语"统领多首词,或者再加一篇"致语"总结众词,也不像《调笑》转踏那样一诗一曲组成一个一个独立的节段,而是通体由文与词构成小单元;各单元之间不是独立以行,而是先后连贯相承、彼此衔接以成一个整体。

---

① 吴自牧《梦粱录》卷二十,《丛书集成初编》,商务印书馆,1939 年,第 191 页。
②③　赵令畤撰,孔凡礼点校《侯鲭录》卷五,中华书局,2002 年,第 135、142 页。

文　《商调蝶恋花》的文计 12 段,每段皆置于词前,除首尾外,中间全是讲述《莺莺传》的内容,这是它的"说话"的本来面目,民间瓦舍流传的恐怕就是这些东西(当然,表述形式、语言风格等不会一样)。它总长约 2500 字,有叙述,有议论,有人物问答,有景物描写和心理刻画,崔张之间的往来诗歌小笺、莺莺寄张的书信,均一并存在,原有之情节、节奏,更不可能变动。但正如赵令畤在第一段文中所说,他对原传,"或全摭其文,或止取其意",不是全部搬演,此即词人的"改编"之功。而他的原则是"略其烦亵",所谓"烦",即枝蔓芜杂之文;所谓"亵",即直露不雅之文,对此,他一概予以删略,使之雅而正。

《商调蝶恋花》的文部分还有一项内容,实际也是它的另一功能,就是对故事情节进行分段,同时引出唱词。在每段正文的文末,都有"奉劳歌伴,再和前声"八个字,类似于现代戏曲或影视艺术的"画外音",强制性地中止了情节的发展。考其每段文或长或短,长者自然为情节发展舒缓处,或需要精心叙述交代、描绘刻画处;短者为情节发展急速处,也是要紧处、激动人心处,而凡停顿的地方又多为某一具体事件的相对终了处,文的长短同情节发展的节奏恰相合拍。这与后世章回体小说的分章极其相似,可能也是受"说话"的影响所致。

词　从词体文学的角度看,词应该是《商调蝶恋花》的主体。从结构上分析,"文"属于"说"的部分,词则属于"唱"的部分。赵令畤的创作,主要体现于词。它置于文后,又由文末之"画外音"引起,其内容首先就在于与文相配合,疏通有关关节点,使情节的发展畅行无碍。所以,词一方面撮述情节,一方面解释情节,如"屈指幽期惟恐误"一首,即是完全复述张生得莺莺诗笺后,满心欢喜,于十五夜逾墙践约于西厢,未料到被莺莺数落一顿,"惆怅空回"之事。又如"锦额重帘深几许"一首,前面的文只借莺莺母亲之口说莺莺不出是为了"远嫌"即避"男女授受不亲"之嫌,词则云"绣履弯弯,闻省离朱户",一本作"只是低头,怕受他人顾",两相比较,词中所写,更接近17岁少女害羞的纯真心理,是对情节的解释。然而,词毕竟是抒情文学,而非叙事文学,这就涉及到《商调蝶恋花》词的本质属性问题。

(三)《商调蝶恋花》词的抒情特性

尽管隐去"文",将12首词串起来读(当时的人应该是听唱),对崔张见而生爱、爱而终离情事的始末也能得一仿佛,但若为情节而读此词,则未免缘木求鱼,舍本而逐末,因为《商调蝶恋花》词的特点不在于叙述故事,而在于刻画人物;不在于发展情节,而在于抒发情感。它追求的不是纵向延伸,而是横向扩展,是由情节发展中的某一点,进行渲染、描写,将"点"扩放成"面"、成"体"。一句话,它的生命在于抒情性。这可从以下几点得到说明。

描绘人物情态　正文第一首词首先对莺莺的装饰神态进行了细致的描绘,如"绣履弯弯"写其金莲弓鞋,"绛绡"写其衣着,"黛浅愁红妆淡伫"写其淡妆出来见人时的模样,"怨绝情凝"二句写她受到母亲训斥后的怨恨神态和倔强的个性,"媚脸未匀新泪污"写她的委屈流泪,由形入神,使天真少女的形象呼之欲出。而"文"中的相关描写,"常服晬容,不加新饰。垂鬟浅黛,双脸断红而已。颜色艳异,光辉动人","凝睇怨绝,若不胜其体","艳异"、"动人"等字眼,也只让人猜测。又如"碧沼鸳鸯交颈舞"一首,"忍泪凝情,强作《霓裳序》。弹到离愁凄咽处,弦肠俱断梨花雨",描画张生第二次离去时莺莺忍泪抚琴、终至肠断泪涌的情状,所用"忍"、"强"二字及其所显示出的抚琴时的情态,"文"中俱未显现。

刻画人物心理　由于"说话"要依靠情节吸引人,不可能对人物心理作细致的刻画,而心理活动是人物在面对具体事件时情感上、心理上的必然反映,心理刻画是塑造人物形象所必不可少的手段,故词便担负起了这份职责。"数夕孤眠如度岁"一首,承故事的张生西厢赴约后遭莺莺呵斥,闷闷而回一节,"文"中仅有"后数夕,张君临轩独寝"二句,未示其意绪如何,词之"孤眠如度岁,将谓今生,会合终无计"、"断肠凝望"等,深入到张生心理,主要写他的极度失望的情绪,就将"文"中所留下的一段情感空白补充完好。心理刻画在词中出现的场合,多数不是集中成片,而是散于各处,如"一缕深心,百种成牵系",写张生以春词挑情等待回音时的心情;"屈指幽期惟恐误"写他不断地计数时间,深怕错过了十五佳期;"梦里依稀,暂若寻常见。幽会未终魂已断,半衾如暖人犹远",梦乃其心理的反映,莺莺由相思入梦,梦中得与张生相会,却偏被极度的痛苦所中断,醒来时"半衾如暖",还存留着肌肤上的幻觉,仿佛那梦是真实的,这就非常形象地刻画了莺莺在张生走后思念、痛苦的心境。

描写景物衬托人物情感　《商调蝶恋花》词的景物描写不是很多,但它往往采用虚实结合的艺术手法,烘托了人物的情感心理,非常成功。在通过红娘"寄"出情挑之诗后,张生满怀幻想和激情,词则以"庭院黄昏春雨霁"来渲染他内心的兴奋之情;紧接着的"待月西厢人不寐,帘影摇光,朱户犹慵闭,花动拂墙红萼坠"数句,尽管虚写莺莺诗中的意境,属于"虚"景,但它一方面传真地再现了莺莺生活的空间,另一方面也在张生眼前幻化出一片憧憬。而"屈指幽期"一首,"恰到春宵,明月当三五。红影压墙花密处,花阴便是桃源路"写十五夜相会的实景,月光皎皎,花影婆娑,所谓"良辰美景",旖旎无限,既与前面莺莺诗中的虚景呼应,又反衬后面莺莺拒斥张生的情节,"以乐景写哀情",曲折跌宕。词中的有些比喻,实际是以景境描写的方式表现出来的,也具有景物描写的性质。如交代崔张幽会后因张生西赴长安而分离,词云"碧沼鸳鸯交颈舞,正恁双栖,又遣分飞去",出现的画面是碧绿的池沼,美丽的双鸳鸯:鸳鸯开始是交颈而舞(喻崔张之恩爱),舞后双栖双眠,最后东西分飞(喻崔张之分离),这幅画面极富美感,又具寓意,同时让人产生赞美、欣赏、惋惜、同情等种种心理反应,无疑扩大了词的抒情空间。

(四)《商调蝶恋花》的地位

《商调蝶恋花》在文学史上的地位,主要体现在它转变了关于西厢情事的态度,向《董西厢》过渡。元稹《会真记》的本意,不过如陈鸿《长恨歌传》所说:"意者不但感其事,亦欲惩尤物,窒乱阶,垂于将来者也。"[①]张生对莺莺"始乱之终弃之",却赢得了作者的肯定,认为他"非礼不可入",为"善补过者",莺莺则自然被称为"尤物",是被"惩罚"的对象。至金董解元《西厢记》,张生不是功名的热中者,莺莺也非遭受谴责的弱者,西厢之事结局更是大不相同。二者之间的反差实在太大,这中间应有一些过渡性的作品起桥梁中介作用,《商调蝶恋花》即可视为具有这种过渡性质作品中的一种(其他的可能都失传了)。在开章第一首词里,作者就称莺莺为生在月殿、谪向人间的"丽质仙娥",张生之迷恋只是"凡情乱",他之西去长安赴文调只是为了"浮名",对他的"始乱终弃"作者直接发表看法,"最恨多才情太浅,等闲不念离人怨",进行道德谴责;最后一段文中,作者呈送十一章鼓子词于友人何东白先生,先生云:"胡不复为一章于其后,具道张之于崔,既不能以理定其情,又不能

---

① 陈鸿《长恨歌传》,李剑国辑校《唐五代传奇集(第二编)》卷十一,中华书局,2015年,第758页。

合之于义;始相遇也,如是之笃,终相失也,如是之邃。必及于此,则完矣。"作者赞同友人的意见,认为"崔之始相得而终至相失,岂得已哉。如崔已他适,而张诡计以求见;崔知张之意,而潜赋诗以谢之,其情盖有未能忘者矣",遂增加一首词,不但对崔张爱情悲剧表示遗憾,而且,再次对张生弃信背义的行为进行谴责:"弃掷前欢俱未忍,岂料盟信,陡顿无凭准。"①这与元稹的创作旨意大相径庭,而对以后《董西厢》的创作命意似乎不无启迪影响。

而就词体言,像这样以连章体词铺叙一个连贯性的故事,讲唱结合,首尾完整者,在宋代也是少见的。连章体词唐五代已出现;以一首词写一段情事,或以连章体词叙写许多情事,如上文所讨论的《调笑》转踏词,在元祐词坛也出现了,《商调蝶恋花》的不同,正在于它将一件情节性的故事,以文、词配合的方式,划分成许多(十个)段落,仍用一个词调,完整地叙写出来,进一步开辟了新的词学疆域,扩大了词体的叙情功能。而自普通连章体的内容上无甚连贯性,到鼓子词的渐见连贯性(欧阳修咏十二个月的风光景物,黄裳咏各种形态或不同时节中的月),到《调笑》转踏词的咏"传奇"中的人物,再到《商调蝶恋花》的咏一篇传奇而情节连贯,最后到《董西厢》用多个宫调串联起来咏一篇情节连贯的传奇,词体终于突破了它在体式上的限制,完成了向通俗曲艺的靠拢。作为处于这些发展阶段上最后接近状态的《商调蝶恋花》,其词史意义自然不容漠视。

第二节　向诗歌的靠拢

前文第六章《"以诗为词"》、第八章《主题的变奏》,分别从词学

---

① 　赵令畤撰,孔凡礼点校《侯鲭录》卷五,中华书局,2002 年,第 142 页。

理念、词学风格、艺术手法、题材内容诸方面论述了元祐词向诗歌靠拢的特点。本节将着重讨论元祐词在形式上对诗歌的借鉴。它主要表现为回文、集句、檃括三种。

一、回文

回文诗究竟起源于何时，文学史、文学批评史上历有争议。刘勰以为"道原为始"①，然道原为何人，亦不甚清楚②。严羽认为起自窦滔之妻苏蕙③，但苏蕙所作，四言、五言、六言，顺读、倒读、横读、斜读皆可成章，不独回文，故或称之为"璇玑体"。宋词之回文体，一般认为起源于苏轼，轼作有《菩萨蛮》七首，分别题曰"回文"、"夏景回文"、"回文春闺怨"等，其"回文春闺怨"乃四时闺怨之首，傅幹注坡词本题作"四时闺怨回文，效刘十五贡父体"④，刘十五即刘攽，字贡父，《全宋词》无其作品，故曹树铭校编《东坡词》卷三云："傅注……殆不可信。"然苏轼《文集》卷五十一《与李公择十七首》之十三云："效刘十五体，作回文《菩萨蛮》寄去，为一笑。不知公曾见刘十五词否？刘造此样见寄，今失之矣。"卷五十与攽第三简又赞攽所作"回文小阕，律度精致，不失雍容"，是苏轼回文词系仿效刘攽而来绝无疑问，如此，刘攽作回文词早于苏轼，苏轼只是现存回文词之最早作者。今就回文词的形式、内容、写作要求等略加论述。

---

① 刘勰著，范文澜注《文心雕龙注·明诗》，人民文学出版社，1962年，第68页。

② 赵翼《陔余丛考》卷二十三："回文诗世皆以为始于苏蕙，然刘勰谓回文所兴，道原为始，则非起于苏蕙矣。道原不知何姓何时人。按梅庆生注《文心雕龙》云：宋有贺道庆作四言回文诗一首，计十二句，从首至尾，读亦成韵，勰所谓道原或即道庆之讹也。但道庆宋人而苏蕙苻秦人，则蕙仍在道庆前，而勰谓始自道原，意谓当时南北朝分裂，蕙所作尚未传播江南，而道庆在南朝实创此体，故以为首耳。"而《冰川诗式》卷二又以为起自晋温峤。

③ 严羽《沧浪诗话·诗体·六》杂体"回文"自注："起于窦滔之妻，织锦以寄其夫也。"

④ 苏轼撰，傅幹注，刘尚荣校证《东坡词傅幹注校证》，上海古籍出版社，2016年，第257页。

(一) 回文词的形式

清张德瀛《词征》卷一有云："回文有二体：有逐句回环者，晁次膺《菩萨蛮》是也。有通体回环者，吴礼之《西江月》是也。"①这里指出回文词有两种形式，即：逐句回环与通体回环，此话大致不差，也每被人称引奉作科律，但严格起来说，回文词有三种形式，被学界普遍遗忘的一种是：下阕回环上阕。

逐句回环又称倒句回文，这是回文词中最为常见的一种，苏轼的 7 首、晁端礼的 2 首、王齐愈的 7 首②、刘焘的 8 首③，均属此种。值得注意的是，北宋倒句回文词一无例外地都用《菩萨蛮》调；而当我们将时间线索顺延至南宋时发现，南宋的倒句回文词仍用此调，如朱熹有"晚红飞尽春寒浅"、"暮江寒碧萦长路"2 首，张孝祥有"落霞残照横西阁"、"渚莲红乱风翻雨"等 4 首。宛敏灏先生曾指出："所以采用此调原因，显然是因为全篇由五、七言句构成，且两两对称，具备互倒的条件。"④应该说，《菩萨蛮》调上片 7—7—5—5 句式和下片 5—5—5—5 句式这种特殊且便利的格式，正是它适宜于倒句回文的关键原因。

通体回环即全首倒读，而仍合于其原调之格律。宋词中采用此种形式者本即不多，元祐时期仅有王齐愈之《虞美人·寄情》一首，其词曰：

　　　　黄金柳嫩摇丝软，永日堂空（按：通行本作"堂堂"，兹从

---

① 张德瀛《词征》，闵定庆点校《张德瀛著作三种》，南京大学出版社，2017 年，第 17 页。

② 按：王齐愈字文甫，与苏轼素有往来。宋另有数名王姓名文甫者；《回文类聚》所收之词题作王文甫作者，《全宋词》姑且类编于王齐愈名下，今即沿用之。

③ 按：刘焘生卒年不详，但为苏轼元祐三年所取进士，以之入此阶段似亦可。

④ 宛敏灏《词学概论》，上海古籍出版社，1987 年，第 44 页。

《花草粹编》卷六改）掩。卷帘飞燕未归来，客去醉眠欹枕、孵残杯。　　眉山浅拂青螺黛，整整垂双带。水沉香熨窄衫轻，莹玉碧溪春溜、眼波横。

这种全首倒读的形式，要求应该更加严格，写起来更加困难，因为它必须充分考虑到句式的变动，如：下阕末句本为九字句，回环之后作为首句，后七字被截作七字句，"莹玉"倒成"玉莹"后与另一句组合，其他以此类推。但是，由于它不是像倒句那样直接显示倒读文字，故若非特别标示，一般是不会注意其回文性质的。另外，倒句回文一首即是一首，通体回环一首实际上是两首，可以增殖。

下阕回环上阕，即词的下阕是由上阕逆读而成。这种形式更为少见。张德瀛在《词征》中指出回文词的两种主要形式后云："毛大可《浣溪沙》和任二、王俌连环韵，以下一首回前，未详所本。"[1]所说当即此一种回文词，然"未详所本"四字显然不妥，因为本期黄庭坚早有《西江月·用惠洪韵》一首，可作该体之"远祖"，其词曰：

细细风清撼竹，迟迟日暖开花。香帏深醉卧人家，媚语娇声姹姹。　　姹姹声娇语媚，家人醉卧深帏。香花开暖日迟迟，竹撼清风细细。

下片每一句都是由上片的句子倒逆构成，然因为是将上片回转过来，原来的第三句变为第二句，第二句变为第三句，而《西江月》的上下片句式是 6—6—7—6 和 6—6—7—6，这样，上阕第三句的七

---

① 　张德瀛《词征》，闵定庆点校《张德瀛著作三种》，南京大学出版社，2017 年，第 17 页。

字句成了六字句,第二句的六字句成了七字句,这是它异于倒句回文词的地方。

（二）回文词的内容

概括起来,回文词的内容可分为三类:闺怨、闲情、写景。

闺怨是回文词的主要题材,苏轼的七首,有四首分写春、夏、秋、冬四季之闺怨,题作"夏景回文"者,实与闺怨无疑,另一首"落花闲院春衫薄",也不离此范围。王齐愈、晁端礼、刘焘数家的回文词,同样有闺怨之作。它们常常描写闺中女子的形态装束、相思的病愁之态,无所作为的慵懒模样,以及恨、怨之心理。如写女子形态的有:"碧纱轻"、"翠鬟斜幔云垂耳"、"薄衫凉"、"单衣"(以上属苏轼),"玉肌香衬冰丝縠"、"纤指拂眉尖"、"巧裁罗袜小"(以上属王齐愈);写其愁态的有:"浅颦"(苏轼),"眉山浅拂青螺黛"(王齐愈),"曲眉愁翠蹙"、"宽愁暂倚阑"(刘焘);写其心理的有:"迟日恨依依,依依恨日迟"、"羞对井花愁"(苏轼),"断魂离思远,远思离魂断"(晁端礼),"残漏惜衾闲"、"说时常恨别"(刘焘);写其慵懒的有:"闲照晚妆残,残妆晚照闲"(苏轼)、"移步看尘飞"(王齐愈)、"断肠空望远,远望空肠断"、"愁多几上楼"(晁端礼),而百无聊赖只有睡,或许还能在梦里与所思之人相逢,故对睡、梦的描写更是诸家所共同感兴趣的:

梦回莺舌弄,弄舌莺回梦

晕腮嫌枕印,印枕嫌腮晕

春晚睡昏昏,昏昏睡晚春

柳庭风静人眠昼,昼眠人静风庭柳　　　　　(苏　轼)

归梦要迟迟,迟迟要梦归　　　　　　　　(王齐愈)

簟纹双映冰肌艳,艳肌冰映双纹簟

花枕并欹斜,斜欹并枕花

枕横钗坠鬓,鬓坠钗横枕。归梦与郎期,期郎与梦归

(刘　焘)

结合这些描写可以看出,回文词的闺怨题材多方面、多角度地刻画了女性形象,它综合了唐诗中同类题材的基本写法,而加以糅合、集中,更加精细、工致,也在一定程度上增加了词所特有的色情成分,侧艳婉媚。

　　闲情内容指的是日常生活中的些小感概、时光流逝的嗟叹等。苏轼"峤南江浅红梅小"一首,傅注本题作"红梅赠别",写的就是一般的别离之情,据词中"峤南"二字及"老人行即到,到即行人老"二句看,当作于晚年贬谪惠州时[1],所谓"离别惜残枝,枝残惜别离",虽有着较为真挚的情感,然与艳情别离相比,殊显疏淡,故称为"闲情"。黄庭坚的《西江月》写纯真浪漫的"家人"醉卧深帏,声娇语媚。王齐愈的"老人愁叹惊年早"一首,惊叹老之速至,霜雪过早地染上了两鬓,为开眉畅怀而端起久停的酒杯;"暑烦人困初时午"一首,乃写夏日午时烦于暑困,饮酒解烦,而因酒获得新诗,又举眉歌《金缕曲》,却因此曲而嫉妒月常圆,显然,歌曲内容引起了人不如月常得团圆的愁叹;"远香风递莲湖满"一首在满湖莲开,风将莲香传送得很远的时候,穿上新装,摇着小船,穿过花深处,到明月下清歌一曲;"吼雷催雨飞沙走"一首,写一阵雷吼电闪、飞沙走石之后,大雨倾盆下,河水涨碧,而纱幌内清凉无比,人飘飘然做起了游仙美梦……凡此皆是生活琐事、凡人闲情,但写来别有风味,自然而

---

[1]　按:此词诸家注笺本均不编年,薛瑞生《东坡词编年笺证》附编于"四时闺怨回文"后,似失当。

然,如生活本身一样真实、平淡而又值得咀嚼、品味。

　　景物描写实际贯穿在以上两类题材中,景因人而设,无人之景形同虚设。苏轼"落花闲院春衫薄"词,写庭院静静,闲花飘落,春日迟迟,黄莺鸣啭;"翠鬟斜幔云垂耳"写梨花飘落如飞雪;"柳庭风静人眠昼"写风止柳枝垂立,庭院静静,基本上都是静景。王齐愈的"吼雷"一首,却先是狂风暴雨、雷霆万钧,接着是凉气爽纱幌,其奔腾的气势、豪放的风格,为回文词中所仅见;"远香风递"一首写湖光莲香,月明风清。黄庭坚《西江月》之词,写的则是迟迟春日、花开飘香,清风细细摇动翠竹。晁端礼"卷帘风入双双燕"又是微风卷帘,黄莺啼晓月色明。刘焘词中出现的春景是垂柳低拂,微风袅花,残月西沉;夏景是风吹窗外竹,黄昏月上廊;秋景是露盘初冷,细风微凉,鸣蛩嘶嘶,雨丝零落;冬景是白雪堆檐如琼屑,明月皎皎寒梅开。回文词虽无纯粹描写景物的,但景物描写显然是刻画人物、抒写闲情的重要手段,因而也是它的内容不可缺少的组成部分。

　　回文词的内容相对来说比较狭窄,偏于离别思远、闲情偶寄一类,若以经国大业、理想抱负、人生遭际、怀古咏史来衡量,它的价值微乎其微,但江河之大,不捐细流,作为一个词学品种,它无疑为词坛增添了一缕色彩,同时,即使把它的内容完全缩降到闺怨一种,也毕竟不同于《花间》的艳情词,因而,不能因为它特别讲究文字技巧而一概加以否定。

　　(三)回文词的技巧规定性

　　宛敏灏先生认为"写此种回文词的限制是比较多的"[①],虽系针对倒句回文而言,但具有普遍意义。回文词的题材之所以不广

---

① 　宛敏灏《词学概论》,上海古籍出版社,1987 年,第 44 页。

泛,是因为它在形式技巧上受到种种限制,不得不对其他题材痛加
割舍。关于回文词在技巧上的特殊规定性,宛先生曾以张孝祥词
为例,就其中倒句回文作了说明,而大体上仍适用于其他二种,今
即结合宛先生之论,先分析倒句回文的技巧因素,再对其他二种体
式的不同之处试作说明。

一,"每句首末两字必须同韵。"这是指倒句回文,只有首末二
字同韵,倒过来之后才能合韵。通首回环及下片回环上片者不需
如此,而另有要求。通体回环词,其上下阕之首字须与各阕后文句
中某字同韵,其字通常在回环重新组句后之断句处,如王齐愈词上
片首字"黄"与次句之"堂"同韵,下片首字"眉"与次句"垂"同韵,另
外还有押韵的位置也须考虑到,安排好。如果采用的是句式整齐
之调式,如南宋郭世模《瑞鹧鸪》,通首都是七字句,押一个韵,而须
使相关句之首字同韵。下片回环上片者,也是在首字上多加考虑,
当然,其他关系到韵脚的地方,仍然不能忽视,否则,必然失败。

二,"平仄要能在倒转时不发生障碍。"这对所有回文词来说,
都要遵守。

三,"两字构成的词要选择颠倒后仍能成意……或与邻近的
字结合另成新意(者)",也就是说,句中所使用的由两个字构成的
辞(词),要选择那些在颠倒后仍然能够表达一个事物或意思而非
"不词",或者能与相近的字可以组成新意的。如苏轼词中"落花"
倒作"花落",仍能成意,而"闲院"之"院"颠倒与下字"春衫"之"春"
组成"春院"后,"闲"字便与"花"组合,而"闲花落"仍能表达一个意
思。黄庭坚"迟迟日暖开花,香帏深卧醉人家"二句,在回环后,句
式被拆散,由"香帏深卧"变为"卧深帏",而"香"字孤立出来后与
"花"字仍能成意。取巧的方法是多用叠字,如"迟迟"、"细细"、"依
依"、"苍苍"等,然不宜过多,且也难以多。

四,"注意全首要成文理",此亦是对所有回文词的基本要求。

至于宛先生所说第五条"最好一句倒转后能表达另一意思",似不能作为对回文词的要求,而是它的必然属性,或者说它不得不如此,因为一首词既不可能每一句都完全使用叠字(高明如李清照《声声慢》也只有开篇的三句用了十四个叠字),故颠倒过来后,其句子不可避免地要改变原来的意思,而成为新的意思。当然,这种"新"也是相对而言的,前后之间差别甚微。如苏轼题为"夏景回文"的一首,"闲照晚妆残"谓女子无聊对镜闲照已残之晚妆,颠倒成"残妆晚照闲"后,意思变为她在夕阳晚照中一仍残妆在身,百般无聊,不但对镜照妆变成置身夕阳中,晚妆变成残妆("残"所显示的时间性可无限延长到"他"离去时),而且,所描画出来的女子形象也由先前的尚思晚妆变为根本不妆,短短的"颠倒"之间,其心绪又发生了极大的变化。

二、集句

集句诗出现的时间较早。明杨慎《升庵诗话》卷一云:"晋傅咸作《七经诗》,此乃集句之始。"[1]清袁枚《随园诗话》卷七亦谓:"集句,始傅咸。傅咸有《回文反覆诗》,又作《七经诗》,其《毛诗》一篇,皆集经语,是集句所由始矣。"[2]则集句体之始于晋傅咸,似无异议。然其盛行当在宋之元丰间,提倡者为王安石。宋蔡條《西清诗话》云:"集句自国初有之,未盛也。至石曼卿人物开敏,以文为戏,然后大著。……至元丰间,王文公益工于此。"[3]与王安石同时的沈括也记载说:"古人诗有'风定花犹落'之句,以谓无人能对。王

---

[1]   杨慎《升庵诗话》卷一,丁福保辑《历代诗话续编》,中华书局,2006年,第638页。

[2]   袁枚撰,顾学颉点校《随园诗话》卷七,人民文学出版社,1982年,第226页。

[3]   蔡條《西清诗话》卷上,蔡镇楚编《中国诗话珍本丛书》第1册景明钞本,北京图书馆出版社,2004年,第302页。

荆公以对'鸟鸣山更幽'。……荆公始为集句诗,多者至百韵,皆集合前人之句,语意对偶,往往亲切过于本诗。后人稍稍有效而为者。"①但沈括后面几句话不确,似可修订,因为"效而为者"非"后人",当时已然如此;且效之者并非少数,俨然成为一时风尚,如孔平仲、苏轼等人皆作有集句诗②。

值得注意的是,集句词大约随着集句诗的盛行而同时出现。宋吴曾《能改斋漫录》卷十七云:"王荆公筑草堂于半山,引八功德水,作小港其上,叠石作桥,为集句填《菩萨蛮》……"③王安石卒于元祐元年,元丰间退居金陵半山,则其作集句《菩萨蛮》(数间茅屋闲临水)词即在此时,故一般也把王安石当作集句词的最早作者。然苏轼《定风波》(雨洗娟娟嫩叶光)词有题曰:"元丰六年七月六日,王文甫家饮酿白酒,大醉,集古句做墨竹词。"④那么,苏轼作集句词的时间可能不会比王安石迟多少。而集句词出现于元祐词坛,道理很简单:创作集句词的主要词人,就是推演集句诗风者。这里也逗露了诗坛词坛相互影响,以及元祐诸公"以诗为词"的消息,亦足以说明集句词的出现是词体向诗歌靠拢的一个表现,不论诸公是否以游戏的态度为之,它都应与为诗的态度一样。

（一）集句词的形式

清沈雄在其《古今词话·词品》上卷谓:"律陶集杜,自昔已然,

---

① 沈括撰,金良年点校《梦溪笔谈》卷十四,中华书局,2015 年,第 145—146 页。

② 《苏轼诗集》卷二十二有《次韵孔毅父集古人句见赠五首》,首云"羡君戏集他人诗",而下文或美之,或微讽之,盖对此种诗体持有比较全面的看法,然未加否定,且亦操觚一试。

③ 吴曾《能改斋漫录》卷十七,上海古籍出版社,1979 年,第 496 页。

④ 此词之题,傅注本、元刻本六年皆作五年,百家词本、毛晋名家词本俱作六年。王文诰辑注苏轼诗集,其《总案》谓元丰六年癸亥七月六日"渡刘郎洑,饮于王齐愈达轩,醉后画墨竹,作《定风波》词",今从之。

止用七言、五言也。"①这与宋人创作实际背离,不足为法。集句词主要有两种形式:五七言体与杂言体。

　　五七言体,是指整首词皆辑取五言近体诗句与七言近体诗句构成,没有其他句式。如王安石以《菩萨蛮》、《甘露歌》为调的几首集句词②,黄庭坚效荆公作《菩萨蛮》词即全用大致整齐的五七言体。杂言体指词中除了五七言句式外,还有二言、三言、四言之句式,如苏轼《定风波》墨竹词系七言与二言构成,《南乡子》"寒玉细凝肤"等三首,系二、五、七言句式,黄庭坚《鹧鸪天》"寒雁初来秋影寒"二首,郑少微《思越人》"欲把长绳系日难"一首③,通体用三、七句式,而晁补之《江神子·集句惜春》所用为三、四、五、七体。五七言句直接来自古人成句,二、三、四言又取自何处?应该说还是辑自他人,只不过方式不同,上引沈雄之书曾用"割切"一语,云:"若内用二字、三字、四字,当割切之于何人,而注为某某句乎?"形象地说明了这些短字句系割截他人之句而成。这里也反映出集句词在形式上还是受到限制的,它不能自由地运用所有词调进行创作,但因难见巧,又正是文人慧业的体现。

　　当词人创作集句词时,是否自注出处?恐怕难以一概而论。今所见通行本王安石词不注出处,苏轼《南乡子》三首均注出处,于是有人以为自王安石后作集句词者大都自注出处,这是不确的。苏轼

---

① 　沈雄《古今词话·词品》,唐圭璋编《词话丛编》,中华书局,2005 年,第 843 页。

② 　按:王安石《菩萨蛮》调有二首集名词,其一即"数间茅屋",另一为"海棠乱发皆临水",标明"集句"。其《甘露歌》三首,曹元忠据王安石本集认为是集句诗,唐圭璋先生《全宋词》作为词收录,注云:"考曾(慥)、黄(大舆)二人去王安石时代未远,必有所据。龙舒本亦以为词。"是曾氏《乐府雅词》、黄氏《梅苑》及现存荆公集最早之龙舒本皆作为词,宋人既如此,似不必有疑。

③ 　郑少微字明举,自号木雁居士,亦为苏轼元祐三年所取士,时人以他与杨天惠、李新三人为"三俊"。

集句词固有注出处者,然不注者亦有,如墨竹词;而且,其注出处者未必出自作者之手,如《南乡子》三首,元刻本无出处,傅注本之出处很有可能是傅氏所注。另外,黄庭坚、晁补之、郑少微数家同王安石一样,俱不注出处。故似乎可以反过来说:宋人集句词大都不注出处。

集句词所辑多古人诗句,尤以唐人诗为主,如杜甫、韩愈、白居易、许浑、郑谷、李商隐、杜牧、韩偓等家之诗往往在选。然亦有用近时人诗或词者。苏轼《书曹希蕴诗》云:"近世有妇人曹希蕴者,颇能诗,虽格韵不高,然时有巧语。尝作《墨竹》诗云:'记得小轩岑寂夜,月移疏影上东墙。'此语甚工。"[1]而苏轼所作墨竹集句词之末句正是"记得小轩岑寂夜,廊下,月和疏影上东墙",则又辑自"近世"人之诗句(其中"月移"与"月和"一字之别,当出于传写之异)。晁补之《江神子·集句惜春》除"桂堂东,又春风"二句来自李商隐《无题》诗外,其余均为本朝词人张先《一丛花》、欧阳修《浪淘沙》、《蝶恋花》、《定风波》等词中句子。

(二) 集句词的内容

集句词既偏重于形式因,内容因似不太重要,不过,集辑前人诗句的目的,总是为了要表达自己的思想、情感,从根本上说,它仍然属于艺术审美创造活动的一种,所以,在命笔运意时,内容因还是需要着重考虑的。从现存元祐时期集句词的总体情况看,它们在题材上呈现出一定的共性,这一方面可以归结为集句形式本身的要求,或文人之间相互影响的结果,另一方面,也说明集句词不是纯粹的形式技巧,不是文字游戏,它有着自己的内容特点。

首先,抒发岁月匆匆、世事难如意的人生感慨,是元祐集句词的一个主要内容。苏轼《南乡子》"怅望送春杯"、"何处倚阑干"二

---

[1]　苏轼《书曹希蕴诗》,孔凡礼点校《苏轼文集》卷六十八,中华书局,1986 年,第 2130 页。

首,均抒发春去人老的慨叹,表达久游思归的情怀,一者曰"吟断望乡台,万里归心独上来",一者曰"胡蝶梦中家万里",思乡之情殷殷可见,而"渐老逢春能几回"、"明镜借红颜"又是悲伤老大,中心如煎。晁补之《江神子》题曰"惜春",通过春时把酒问花、沉醉插花、秉金笼夜游、月中走马几个深蕴情意的情节,表达了多情留春的心理,末句"待得醒时君不见,不随水,即随风",则化深情为凄咽,含蕴无限。郑少微的《思越人》上阕云:"欲把长绳系日难,纷纷从此见花残。休将世事兼身事,须看人间比梦间。"同是一种系日乏力、世事如梦的喟叹。

其次,描写风日景观、抒写闲居情思是元祐集句词的另一内容。王安石退居半山,临水筑屋,俨然一尘外高人(当然,其内心未必完全忘怀世事),其《菩萨蛮》(数家茅屋闲临水)乃即景即情之作,闲适淡远,另一首"海棠乱发皆临水"与此极为相近,不独"风景不殊",且"随意坐莓苔"一句亦复见其潇散之态,惟末句"飘零酒一杯"多了些身世嗟伤。黄庭坚同调一首,自云"戏效荆公作",我们在前文《元祐党争与词坛》部分已介绍过,"半烟半雨溪桥畔"、"春风花草香"二句所勾勒的闲居小景,与荆公词相近,不过,它在王安石的溪桥小港中添加了醉卧的渔父,"渔翁醉著无人唤,疏懒意何长",因此也更加放达闲淡,下片云:"江山如有待,此意陶潜解。问我去何之,君行到自知。"高情洒脱中含着真趣,颇有太白《山中问答》诗之遗风。贺铸的《爱孤云》,集杜牧、欧阳修等人的诗句,"闲爱孤云静爱僧"云云,写老年时清逸闲洒的情致,"矫聋丞","况复早年豪纵过,病婴仍。如今痴钝似寒蝇,醉腾腾",病、聋、痴、钝,沉醉腾腾,不胜今昔之感。

第三,元祐集句词还有咏物之作。苏轼的集句墨竹词上片云:"雨洗娟娟嫩叶光,风吹细细绿筠香。秀色乱侵书帙晚,帘卷,清阴微过酒尊凉。"出现在人们眼前的是真竹：雨洗之后，竹身更加颀长修雅，如娟娟美人，竹叶嫩绿泛着青光，一阵细细的微风吹过，飘来缕缕清香，卷起珠帘，她的秀色又拂上书帙，清阴掠上酒尊……写竹不限于竹，竹便得到真气、灵气、书卷气、士大夫气，可谓传神之笔。过片"人画竹身肥臃肿"一个"画"字却将整个上片的"真竹"远距离拉开收缩进尺幅生绡中，点出那是画竹，然紧接着"记得小轩"等句又迅速过渡到真竹，写在寂寞的夜晚，她和着皎皎的月色移影到人的东墙，从而不使竹失了生气，写活了竹之灵魂。王安石的三首《甘露歌》，亦为咏物词，它们实际是一个完整的片段，意思比较简单明了：折一枝梅在手，思念远方的朋友，这是沿用"一枝春"旧典，但先曰"疑是经春雪未消"，次曰"万里晴天何处来"，经过种种心理曲折运动，将对梅花的赞赏、激爱之情和盘托出，加上第三首的"天寒日暮山谷里，的砾愁成水"等语，渲染出梅之高雅、孤寂，同时也寄托了词人自己的怀抱。

（三）集句词的技巧规定性

同回文词一样，集句词也有其技巧规定性。清沈雄《古今词话》引《柳塘词话》曰："徐士俊谓集句有六难，属对一也，协韵二也，不失粘三也，切题意四也，情思联续五也，句句精美六也。"沈雄又为增加一难："曰打成一片，稼轩俱集经语，尤为不易。"六难中，前三难属于格律偶对，第六难属于选择句子，今统括言之，约有四端。首先，所集之诗句必须符合所填词调的平仄、韵脚及对句等方面的要求，不能"削足适履"，当然也不能为合词之平仄而改变原诗句之字及平仄（其实，这一点在名家似乎也难以绝对避免），这是最基本的规定。像贺铸词，善于从他人诗作中取材，但往往加以融化，改动字面，严格说来，就不是集句词。其次，所集各句意思要连贯一致，相互之间应当承顺有致，接衔得法（可顺接，亦可反接），共同组合成一篇新的完整的意思，不能扞格抵触，各自为政。再次，构思之先，全词必须有一个明确的思想准则或情感基调，围绕一个表达中心，以他人陈句铸我新词，这样才能"驱使"古人或他人而不为之驱使，不能八面开花，四处出击，丧失了一首词所应有的意思的完整性。复次，最好能袭其句而不袭其意，"旧瓶装新酒"，化腐朽为神奇，给人耳目一新之感，即使原作者自己读到，也能莞尔一笑，击掌称善。

集句词既是元祐词人"以诗为词"的创作倾向和创作特点的体现，也是元祐学术影响于词创作的结果。上文已论述过，元祐词人多兼具学者品格，他们不但自身博览群书，泛滥百家，学富五车，著述丰硕，还非常注重学养对创作的作用，常常于论文谈艺时提倡多读多诵前人作品。苏轼在《次韵孔毅父集古人句见赠五首》之四中曾云："诗人雕刻闲草木，搜抉肝肾神应哭。不如默诵千万首，左抽右取谈笑足。"[①]从中可以看出他对读书、学养的重视。集句词的创作与"獭祭鱼"式的翻书觅句不同，不是临时性地从古人书中左抄右取，而是熟读默诵千万首之后，含英咀华，深叩其意，然后才能在创作时抽取自如，左右逢源，似从自家心中、口中流出的一般。

三、檃括

"檃括"本谓矫正竹木的工具，揉而曲之曰檃，正而方之曰括。《荀子·性恶》："枸木必将待檃栝烝矫然后直。"栝，同括。《淮南子·修务训》；"木直中绳，揉以为轮，其曲中规，檃括之力。"然揉而曲之、正而方之，已有改变形状之义在，故它之被引申用于指文学创作中一种就原有之文章加以剪裁、改写，使合乎新的体裁样式的文体，是十分自然的。刘勰《文心雕龙·熔裁》："蹊要所司，职在熔

---

① 王文诰辑注，孔凡礼点校《苏轼诗集》卷二十二，中华书局，1982年，第1157页。

裁,檃括情理,矫揉文采也。"其中的檃括,虽存有"矫正"之本义,而毕竟与"情理"、与文学相连系。檃括体词在元祐词坛不是很多,但作为新的词体,前人对它还是予以了相当的注意。

　　檃括词有广义、狭义两种形式。《宋史》贺铸传谓贺铸"尤长于度曲,掇拾人所弃遗,少加檃括,皆为新奇"①。贺铸自称笔端"驱使"温庭筠、李商隐、李贺常奔走不暇,他的词固然有檃括之作(参下文),但大部分主要还是融化前人诗句入词,这与其他词人的用典(事典、语典,而贺偏于语典)没有太大的差别,只是数量多一些,原诗的字句保留得多一些而已。清许昂霄《词综偶评》评其《卷春空》(墙上夭桃簌簌红)云"全用唐诗檃括入律"②,所谓"唐诗",非指某一家的某一首诗,颇能道出此中之义。这种"檃括"应是广义的檃括,非本书所要讨论的檃括。狭义的檃括词是指就某一位作家的某一篇诗文作品进行完整的改写,或取其字面、成句,或取其意,或句、意兼取,使之成为一首词,合于词之声律、平仄、声腔法度。它不是像贺铸的多数作品那样,在一首词中集辑几家诗之零句(贺词却又不完全是集句体,不遵守集句的规则,喜对他人诗句进行文字上的改造)。一般意义上的檃括词,指的即是此种。这里所讨论的檃括体词,也指这一种。

　　元祐词坛创作檃括词的作家主要是苏轼及其门下。根据前人及今人的研究成果,知檃括词可能出现于元丰年间(这与集句词的出现时间大致相同,从中亦可窥见元祐词坛词体变化出新的消息)。其最早的作者应是苏轼。通行本苏轼《水调歌头》(昵昵儿女语)词题引"公(按:指苏轼)旧序云"一段话云:"欧阳文忠公尝问

①　《宋史》卷四百四十三,中华书局,1985年,第13103页。
②　许昂霄《词综偶评》,唐圭璋编《词话丛编》,中华书局,2005年,第1571页。

余琴诗何者最善,答以退之听颍师琴诗最善,公曰:'此诗最奇丽,然非听琴,乃听琵琶也。'余深然之。建安章质夫家善琵琶者乞为歌词,余久不作,特取退之词,稍加檃括,使就声律,以遗之云。"如题中所喻,此词檃括韩愈《听颍师弹琴》诗,作于元丰五年(1082)①。而其《哨遍》词题亦引"公旧序云":"陶渊明赋《归去来》,有其词而无其声。余治东坡,筑雪堂于上,人俱笑其陋。独鄱阳董毅夫过而悦之,有卜邻之意。乃取《归去来》词,稍加檃括,使就声律,以遗毅夫。使家僮歌之,时相从于东坡,释耒而和之,扣牛角而为之节,不亦乐乎。"此词即檃括陶潜《归去来辞》,也作于元丰五年②。这两首檃括词不仅作于同一年,而且,创作的经过情形也非常接近。

另外,苏轼还有一首《定风波》(与客携壶上翠微),傅注本、百家词本、元刻本并题作"重阳",明万历间焦竑批点《苏长公二妙集》本、明万历间康丕扬刻《东坡先生外集》本、明末毛晋《宋六十名家词》本始于题下注"括杜牧之诗"③,考其词,八个七字句俱出自杜牧

---

① 按:王文诰辑注苏诗,其《总案》谓此词年月无考,但又据《续资治通鉴长编》元祐二年正月章氏为吏部郎中,四月,出知越州之事,附词于元祐二年,朱、龙笺本从之。孔凡礼《苏轼年谱》卷二十及薛瑞生《东坡词编年笺证》均引用《苏轼文集》卷五十九《与朱康叔》第二十简,而孔系词于元丰四年三月,薛系词于五年正月,今从薛说,因其对简中经藏碑事有所辨证。见《东坡词编年笺证》,三秦出版社,1998 年,第 325—326 页。

② 按:傅藻《东坡纪年录》、王文诰《总案》均系此词于元丰五年,朱、龙笺本从之,薛瑞生《东坡词编年笺证》则据《续资治通鉴长编》所载董钺自梓漕得罪罢官归鄱阳为元丰四年事,改系此词于四年,并指出通行本词题亦误。见《东坡词编年笺证》,三秦出版社,1998 年,第 285—288 页。孔凡礼《苏轼年谱》卷二十一引用《续资治通鉴长编》而云"知过黄州为本年(按:指元丰五年)事",系其过黄时间为五年二月,又引魏了翁《鹤山先生大全文集》卷六十三《跋番阳董氏所藏东坡墨迹》"苏文忠雅嗜陶公文,其有感于《归去来词》,盖元丰五年之夏,蔡、章被遇而吕正献不合之时也"一段话,系此词于五年五月。今从孔说。

③ 苏轼撰,傅幹注,刘尚荣校证《东坡词傅幹注校证》,上海古籍出版社,2016 年,第 120 页。

《九日齐安登高》诗,惟句序小有变化,而杜之"但将酩酊酬佳节",作"酩酊但酬佳节了",杜之"不用登临叹落晖",作"登临不用怨落晖",杜之"古往今来只如此",此作"古往今来谁不老",杜之"牛山何必泪沾巾",作"牛山何必更沾巾",中间又穿插进"年少"、"云峤"、"多少"三个二字句,与一般的集句词不同,而又与上二首檃括词风格略异:原诗成句使用太多,尚未达到圆融浑然之境,似乎是此前的试验品①。黄庭坚的《瑞鹤仙》(环滁皆山也),则檃括欧阳修《醉翁亭记》,作年难考。贺铸的《桃源行》(流水长烟何缥缈),是檃括陶潜《桃花园记》,《替人愁》(风紧云轻欲变秋)则檃括杜牧《南陵道中》之诗,而兼有纪实性质②。《钓船归》(绿净春深好染衣)檃括杜牧《汉江》诗,《晚云高》(秋尽江南草未凋)檃括杜牧《寄扬州韩绰判官》诗,像他这样较多地檃括一家之诗的情况,还是很少见的。

此外,与苏轼等人交往颇深的宗室词人赵令畤,有一首《鹧鸪天》(可是相逢意便深)词,题曰:"前改张文潜诗,但有此四句,正为咸平刘生作。余作后改为《鹧鸪天》赠之。"系改张耒之诗入词。苏门词人晁补之《洞仙歌》(当时我醉)题曰"填卢仝诗",即将卢仝《有所思》诗拆开拼合改填为词。卒于元祐三年(1088)的词人赵几,有《梅花曲》三首咏梅词,题云"以介父三诗度曲",亦是以诗度曲。它们应该都属于檃括体词。贺铸《蝶恋花》(几许伤春)题曰"改徐冠卿词",则是以词檃括词。

檃括词与集句词的共同点是:二者皆属于艺术再创造活动,都必须遵守词的规则。它们的区别主要有三点:集句所辑的成句,不容变动,檃括则可以是成句,也可以不是,允许变动;集句多

① 薛瑞生《东坡词编年笺证》系此词于元丰三年,可参。三秦出版社,1998年,第256页。
② 贺铸撰,钟振振校注《东山词》,上海古籍出版社,1989年,第55页。

用辑自几个通常至少是一个以上作家的不同作品中的句子进行组合,檃括则是对一个作家的某一篇完整的作品进行完整的"改写";集句不允许出现自己的句子,檃括则可以用自己的话对原作进行重新表述,甚至加入自己的理解,如苏轼《哨遍》开头二句"为米折腰,因酒弃家",即非原文所有,而"为米折腰"四字又出自陶潜曾经说过的话,嗜酒也是他的本性,这两句话,是苏轼对陶潜的归隐作合乎其身份、性情的解释、概括,用于词前,极为恰当。

前人于檃括体词看法不一。王若虚《滹南诗话》云:"东坡酷爱《归去来辞》,既次其韵,又衍为长短句,又裂为集字诗,破碎甚矣。陶文信美,亦何必尔,是亦未免近俗也。"①对苏轼的檃括等做法颇不以为然。贺裳《皱水轩词筌》则对檃括词一口否定:"东坡檃括《归去来辞》,山谷檃括《醉翁亭记》,皆堕恶趣。天下事为名人所坏者,正自不少。"②可谓辞严色正。刘体仁《七颂堂词绎》更云:"檃括体可不作也,不独醉翁如嚼蜡,即子瞻改琴诗,琵琶字不见,毕竟是全首说梦。"③王士禛《花草蒙拾》的态度比较随和:"苏东坡之'与客携壶上翠微',贺东山之'秋尽江南草未凋',皆文人偶然游戏,非向《樊川集》中作贼。"④不批评,仅把它们当作游戏体。而激赏者也大有人在。《山谷老人刀笔》卷十三《与郭英发》第一简,系山谷在戎州时作,云:"东坡公听琵琶一曲,奇甚。试用澄心堂纸写去。"此"琵琶曲",似即东坡檃括体《水调歌头》词,山谷的评价是"奇甚"。刘克庄《听蛙方氏帖·东坡听颖师琴水调及山谷帖》云:

---

①　王若虚《滹南诗话》卷二,丁福保辑《历代诗话续编》,中华书局,2006年,第514—515页。

②　贺裳《皱水轩词筌》,唐圭璋编《词话丛编》,中华书局,2005年,第710页。

③　刘体仁《七颂堂词绎》,唐圭璋编《词话丛编》,中华书局,2005年,第623页。

④　王士禛《花草蒙拾》,唐圭璋编《词话丛编》,中华书局,2005年,第676页。

"檃括他人之作，当如汉王晨入信、耳军，夺其旗鼓，盖其所略气魄固已陵暴之矣。坡公此词是已。"①宋末张炎《词源》卷下谓："《哨遍》一曲，檃括《归去来辞》，更是精妙，周、秦诸人所不能到。"②冯金伯《词苑萃编》卷四引《本事纪》："东坡檃括《归去来辞》，山谷檃括《醉翁亭记》，两人固是词家好手。"③我们以为，诸家之论，未为无据，然抑之者太过，扬之者太高，不抑不扬者实乃小视之为游戏，多非持平之说。就檃括词的内容言，确无甚值得称道之处；就其"改编"技巧言，不得不承认作者的苦心孤诣及手段之高明；而就其"以诗为词"、将词体向诗体靠拢这一点言，更具有非常积极的意义，则应全面予以肯定。

四、其他

元祐词坛出现的新词体还有福唐体、藏头体、歇后体、连句体、口号体、探题体、代拟体等。

福唐体　又叫独木桥体。黄庭坚《阮郎归》（烹茶留客驻金鞍）题（或云自注）曰："效福唐独木桥体作茶词。"所谓"效……"即效诗中福唐独木桥体，其词通首只押一平韵，而逢双句住韵处皆用"山"字，共四个"山"字，故称独木桥体。上文言山谷檃括欧阳修《醉翁亭记》之《瑞鹤仙》词，通首以"也"字为韵，计十二个"也"，又是福唐体的另一种形式。

藏头体　《苕溪渔隐丛话》后集卷四十先引《东皋杂录》云："东坡自钱塘被召，过京口，林子中作守，郡有会，坐中营妓出牒，郑容求落籍，高莹求从良。子中命呈东坡，坡索笔题《减字木兰花》书牒为尾云……暗用此八字于句端也。"然后辨别云："苕溪渔隐曰：

---

① 刘克庄《后村居士大全集》卷一百二，《四部丛刊》初编景上海涵芬楼藏赐砚堂钞本。
② 张炎著，夏承焘校注《词源注》，人民文学出版社，2018 年，第 33 页。
③ 冯金伯《词苑萃编》，唐圭璋编《词话丛编》，中华书局，2005 年，第 1842 页。

《聚兰集》载此词,乃东坡赠润守许仲塗,且以'郑容落籍,高莹从良'为句首,非林子中也。"[1]苏轼《减字木兰花》(郑庄好客),八句,隐藏"郑容落籍,高莹从良"八字于句首,通过词本事而更明白。

离合体　秦观《水楼吟》"小楼连远横空",隐"娄东玉"名字,《南柯子》"一钩斜月挂三星"隐"陶心儿"名字,黄庭坚《两同心》"你共人女边着子,争知我门里担心"隐"好闷"二字,皆是运用隐语及拆字合字手法,今合称为离合体。

歇后体　歇后体诗古已有之,唐诗中尤多,连老杜也偶或一用。歇后体词似亦出现于元祐词坛。黄庭坚《西江月》(断送一生惟有)词题云:"老夫既戒酒不饮,遇宴集,独醒其旁。坐客欲得小词,援笔为赋。"当创作于酒席上,而第一、第二两句"断送一生惟有,破除万事无过",使用韩愈《遣兴》"断送一生惟有酒"、《赠郑兵曹》"破除万事无过酒"等诗成句,却于句末均隐去一"酒"字。苏轼《水龙吟》咏笛一阕,宋张端义《贵耳录》云全词之句分咏笛之质、笛之状、笛之时、笛之事、笛之人、笛之曲、笛之音、笛之功,而"嚼徵含宫,泛商流羽"句中,"五音已用其四,惟少一'角'字,末句作《霜天晓》,歇后一'角'字"。

连句体　苏轼词《减字木兰花》(凭谁妙笔)一首,通行本上阕注东坡作,下阕注释仲殊作,此系据《苕溪渔隐丛话》后集卷三十七引《古今词话》,然苕溪渔隐同时驳其非是,复引《复斋漫录》谓词乃元丰末刘泾与释仲殊所作;又言释仲殊与陈袭善还连句作有同调"江南三月"一首。不论是苏是张(释仲殊俗姓),还是刘、陈,连句体词之出现于元祐词坛则一也。

口号体　苏轼政敌舒亶作《木兰花》,题曰"蒋园口号",显然是

---

[1]　胡仔撰,廖德明校点《苕溪渔隐丛话》后集卷四十,人民文学出版社,1962 年,第 336 页。

作者晚年退隐后游览蒋园时随口吟成之词。晁补之也作有《碧牡丹》(渐老闲情减)词，题作"焦成马上口占"，是补之"晚年闲居中乘马游春"的口占之词。①

　　探题体　探题与探调形式相同②，都是在多个题目或调式中随选其一，以作赋写之题或调；但实质不同，探调规定了调式，而不规定内容、风格，探题规定了题目，同时也规定了大致内容及其风格。宋词中较早使用"分题"赋词的，是范仲淹，其《剔银灯》(昨夜因看蜀志)，据《中吴纪闻》，题作"于(与)欧阳公席上分题"，所咏乃是三国史事。但这种体式在范仲淹之后，词苑中并不多见，到此时才引人注意。舒亶《点绛唇》(紫雾香浓)题曰"周园分题得'湖上闻乐'"，《卜算子》(池台小雨干)题作"分题得'苔'"，《蝶恋花》(雪后江城红日晚)题作"置酒别公度，坐间探题，得'梅'"，即分别以"湖上闻乐"、"苔"、"梅"为咏写对象，或主要内容、意境，敷陈开去。晁补之《满江红》(莫话南征)题作"赴玉山之谪，与诸父泛舟大泽，分题为别"，为补之元符二年(1099)因元祐党籍被贬信州赴任时与叔父们告别时的作品，惟未注所得之题。毛滂《西江月》(雨后夹衣初冷)题做"长安秋夜与诸君饮，分题作"，同样未言所得为何题。

　　代拟体　即代某人立言，以某人身份、揣摩其口吻心理进行创作的一种词体。与苏轼同辈的王观有《清平乐》(宜春小院)，题曰"拟太白应制"，这里的"拟"非模仿之义(此层意思元祐词家习惯用"效"、"戏效")，乃代太白作《清平乐》词应明皇之命，因观先曾作有

---

① 晁补之、晁冲之撰，刘乃昌、杨庆存校注《晁氏琴趣外篇　晁叔用词》，上海古籍出版社，1991年，第41页。

② "探调"见于释文莹《续湘山野录》："太宗作九弦琴……尝酷爱宫词中十小调子……命近臣十人各探一调撰一辞。苏翰林易简探得《越江吟》。"

《清平乐·应制》(黄金殿里)词①,似未曾尽意,重赋此代拟体应制词。黄庭坚《减字木兰花》(举头无语)二首,一者题云:"丙子仲秋黔守席上,客有举……'今夜鄜州月,闺中只独看。遥怜小儿女,未解忆长安。'因戏作。"一者题曰"戏答",其"戏答"者当是山谷代其儿女所作。晁补之有《惜分飞》二首(其一"山水光中清无暑",其二"消暑楼前双溪市"),前一首题作"别吴作",后一首题作"代别",当即代人赠别。他又有《虞美人》(梅花时候君轻去)、《临江仙》(马上匆匆听鹊喜)均题作"代内",《菩萨蛮》(丝篁斗好莺羞巧)题作"代歌者怨",一代妻子言情,一代歌者抒怨。毛滂《临江仙》(莫恨那回容易别)词题也作"客有逢故人者,代书其情",《菩萨蛮》(端端正正人如月)题作"代赠",《于飞乐》(记瞢腾)题曰"代人作别后曲",《一罗索》(日下风前花醉)题曰"东归代同舟寄远",拟代性都甚明了。应该指出的是:词自五代《花间》以来,即以士大夫身份代伶工歌伎为言,"男子而作闺音",这是它屡遭人诟病之处,元祐词人之用代拟体,是否是一种倒退,是否是对苏轼等人"变伶工之词为士大夫之词"的词坛革新的反动?否。盖此种代拟体非尽代女性为言,上列诸作可以证明,此其一;其二,这种代拟体,从本质上讲,只是词的体式的变易,其抒情功能、言事功能与非代拟体无二,作者于词题明确标出一个"代"字(仅黄庭坚用"戏"字),则其本来身份坚定不变,这同《花间集》体的完全不见作家面目迥异,不能混同而论。

---

① 《全宋词》注云:"按:《耆旧续闻》卷九以此首为王仲甫作。《耆旧续闻》所载,出自陆游,未知孰是。"今从吴曾《能改斋漫录》卷十七为王观作。

第十章　风格的多元并存

元祐词坛除了"以诗为词"这一共同的创作倾向十分引人注目外,风格的多样化也是常常为人所称道的。

在文学史上,衡量某一段时期的创作是否繁荣,风格往往是一个重要的衡石。风格是多元化发展、异彩纷呈,还是单一化、雷同化,决定了创作是真正繁荣还是虚假繁荣。元祐词坛风格的多样化,表现在两个方面,一是就整个词坛而言,这段时期内多种风格并行不悖,或豪放,或婉约,或旷逸,不以一种风格占据词坛;二是就具体词人言,他们各具各的风格特征,各有其代表性风格,而又不限于一种风格。今试略加论析。

第一节　风格多样化的词坛

元祐时期的词,大致可以划分出三种风格类型：婉约、豪放、旷逸。

一、婉约

"婉约"一辞,较早见于《国语·吴语》："夫固知君王之盖威以好胜也,故婉约其辞,以从逸王志。"韦昭注："婉,顺也;约,卑也。"主要指态度上的谦恭和顺。南朝梁王筠《昭明太子哀册文》："属词婉约,缘情绮靡。"始谓文章风格的委婉含蓄。词中的婉约风格,从中唐文人词开始,已大体确立下来,经晚唐五代,尤其是《花间》词人的创作及《花间集》的编定,婉约风格遂在一般人的观念中深植不移,成为词体风格的代表,甚至成为词的"正宗"、正格,成为词的流行风格。

元祐以前,有宋著名的词家,俱以婉约词风擅场。柳永"为举子时,多游狭邪,善为歌辞。教坊乐工每得新腔,必求永为辞,始行于世,于是声传一时"[①]。这些为配合市井新声的歌唱而创作的词,基本上都是合乎大众欣赏口味、为绝大多数人所乐于接受的婉约之作。张先"以歌词闻于天下"[②],"俚俗多喜传咏先乐府"[③],初以其《行香子》词有"心中事,眼中泪,意中人"之句,人称"张三中",后自举《天仙子》词中"云破月来花弄影"、《归朝欢》中"娇柔懒起,帘幕卷花影"、《剪牡丹》中"柔柳摇摇,坠轻絮无影"为其生平得意之词,"世称诵之,号'张三影'"[④],而朱彝尊认为其《木兰花》词之"中庭月色正清明,无数杨花过无影"犹在世传"三影"之上[⑤],李调元又合之为"四影"[⑥]。实则子野词中"影"字尚多;关键不在于是否用"影"字,而在于这一类的字眼、语辞及其所构成的词境,均属于"优美"的范畴,故清田同之《西圃词说》以"娟洁"评其词,吴衡照《莲子居词话》赏以一"秀"字,周济《宋四家词选目录序论》也云"子野清出处、生脆处,味极隽永",据此,张先词风之婉约,亦不须赘言矣。另外两位大家晏殊、欧阳修,也承晚唐五代词风,深婉蕴

---

① 叶梦得撰,徐时仪点校《避暑录话》卷下,《全宋笔记(第二编)》,大象出版社,2006年,第 285 页。

② 苏轼《书游垂虹亭》,孔凡礼点校《苏轼文集》卷七十一,中华书局,1986 年,第2254 页。

③ 叶梦得撰,逯铭昕校注《石林诗话校注》卷下,人民文学出版社,2011 年,第 162 页。

④ 胡仔撰,廖德明校点《苕溪渔隐丛话》前集卷三十七,人民文学出版社,1962 年,第252 页。

⑤ 朱彝尊撰,黄君坦点校《静志居诗话》卷十六,人民文学出版社,1990 年,第 496 页。

⑥ 李调元《雨村词话》卷一,唐圭璋编《词话丛编》,中华书局,2005 年,第 1391 页。

藉。晏殊"尤喜江南冯延巳歌辞,其所自作,亦不减延巳"①。王灼
《碧鸡漫志》卷二评晏词及欧阳修词云:"风流蕴藉,一时莫及,而温
润秀洁,亦无其比。"②清人刘熙载谓"冯延巳词,晏同叔得其俊,欧
阳永叔得其深"③,冯煦亦指出欧阳修词"与元献(晏殊)同出南唐,
而深致则过之"④。冯延巳词虽非《花间》统绪,然同沾五代世气,
别情离恨,委婉深沉,不但发展了婉约风格,且对北宋一代词风有
开启之功,晏、欧二家即是他的直接继承者。

　　当元祐之时,婉约词仍占词坛优势,甚至有吴思道等人"专以
《花间》所集为准"(李之仪《跋吴思道小词》)。晏几道以其"磊隗权
奇,疏于顾忌"之个性、"仕宦连蹇"之遭际,作词"自娱","不独叙其
所怀,兼写一时杯酒间闻见,所同游者意中事","感光阴之易迁,叹
境缘之无实"(黄庭坚《小山词序》),创作目的及内容决定了他的词
的风格,所谓"如金陵王谢子弟,秀气胜韵,得之天然"⑤。小晏词
基本不出男女之恋、悲欢离合的传统题材范围,于痴情的剖述中散
布着淡淡的哀愁,"秀气胜韵"之的评应该是一种婉约的风格。秦
观词"专主情致"(李清照《词论》),向被认为是"词之正宗"(王世贞
《弇州山人词评》)、"词家正音"(胡薇元《岁寒居词话》),根本原因
即在于其风格的婉约。少游词在某些方面与柳永词接近,女性是
抒情主人公,爱情是歌咏主题,但他更多地"将身世之感打并入艳
情"⑥,那些女性的被轻视、遭遗弃,未尝不是词人自己屡受排挤打

①　刘攽《中山诗话》,何文焕辑《历代诗话》,中华书局,2004 年,第 292 页。
②⑤　王灼撰,岳珍校正《碧鸡漫志校正(修订本)》卷二,人民文学出版社,2015 年,第
　　26 页。
③　刘熙载撰,袁津琥校注《艺概注稿》卷四,中华书局,2009 年,第 494 页。
④　冯煦《蒿庵论词》,唐圭璋编《词话丛编》,中华书局,2005 年,第 3585 页。
⑥　周济《宋四家词选》,《丛书集成初编》,商务印书馆,1940 年,第 29 页。

击、最后又被贬逐的身世的"投影",故乔笙巢曾云:"少游词寄慨身世,闲雅有情思。酒边花下,一往而深,而怨诽不辞,悄乎得《小雅》之遗。"(陈廷焯《白雨斋词话》卷六引)李之仪强调长短句"自有一种风格,稍不如格,便觉龃龉"(《跋吴思道小词》),实际是坚持婉约风格的正统性,其《姑溪词》"长调近柳,短调近秦"[1],"更长于淡语、景语、情语"[2]。李廌尝作《品令》词嘲善讴老翁:

> 唱歌须是玉人,檀口皓齿冰肤。意传心事,语娇声颤,字如贯珠。   老翁虽是解歌,无奈雪鬓霜须。大家且道,是伊模样,怎如念奴。

从这里看,他正如王灼所批评的当时多数士大夫那样:于唱歌"独重女音,不复问能否",于歌词则"亦尚婉媚"(《碧鸡漫志》卷一)。宗室词人赵令畤以《商调蝶恋花》敷衍唐传奇《会真记》,"句句言情,篇篇见意",风格当得一个"婉"字(王灼语)。词人黄裳号演山,自撰《演山居士新词序》云:"予之词清淡而正,悦人之听者鲜。"其词多咏物及时节宴游之事,如《渔家傲》调下七首,分咏春月、夏月、秋月、中秋月、冬月、新月、斜月,又有《蝶恋花》咏月词十首,其他如写冬日宴者即有四首,这些内容自然离不开婉约的一条路子。被人目为"大晟词人"的晁端礼,其"源流从柳氏(永)来"(王灼语),除了颂圣外,即多男女思忆欢爱之辞,《绿头鸭》一阕,胡仔认为是东坡《水调歌头》中秋词后少有之佳作,风格则"殊清婉",便于樽俎间歌唱,只因篇长,一般歌女惮唱而湮

---

① 冯煦《蒿庵论词》,唐圭璋编《词话丛编》,中华书局,2005年,第3588页。
② 毛晋《姑溪词跋》,毛晋辑《宋名家词》,影印明汲古阁本,上海古籍出版社,2014年,第1024页。

没无闻①。释仲殊之词"篇篇奇丽,字字清婉,高处不减唐人风致"②。凡此种种,皆可见出婉约词风在元祐词坛上的地位。

二、豪放

"豪放"一辞,本来主要指人性格、行为的不拘礼法、常规。同"婉约"的较早地与文章风格相联系不同,"豪放"似乎直到传为唐末司空图所作的《二十四诗品》中,才作为一种文学风格出现。《诗品》专列"豪放"一目评诗,其辞曰:"观花匪禁,吞吐大荒。由道返气,处得以狂。天风浪浪,海山苍苍。真力弥满,万象在旁。前招三辰,后引凤皇。晓策六鳌,濯足扶桑。"它以种种具象,描绘了豪放的意象、境界和胸襟、气度,有裨于人们把握这种风格。而根据诗中的描述,如雄豪、苍遒、劲健、雄浑、清旷、飘逸等,均可阑入"豪放"一格。

豪放词的出现要早于"豪放"之成为风格术语。传为李白所作的《菩萨蛮》《忆秦娥》,被黄昇誉为"百代词曲之祖",前者"以词格论,苍茫高浑,一气回旋"③,后者"风神淡宕,更多慷慨沉雄"④。韦应物的《调笑令》(胡马),刘禹锡的《浪淘沙》(九曲黄河万里沙),白居易的《浪淘沙》(青草湖中万里程),以及五代词人牛峤的《定西番》(紫塞月明)、毛文锡的《甘州遍》(秋风紧)、孙光宪的《定西番》(鸡禄山前),及敦煌曲子词《生查子》(三尺龙泉剑)等,可以作为早期豪放词看待。宋初豪放词作者寂寞,故潘阆《酒泉子》(长忆观

---

① 胡仔撰,廖德明校点《苕溪渔隐丛话》后集卷三十九,人民文学出版社,1962年,第321页。
② 黄昇《唐宋诸贤绝妙词选》卷九,《四部丛刊》初编景明刊本。
③ 俞陛云《唐五代两宋词选释》,上海古籍出版社,2011年,第4页。
④ 周珽《删补唐诗选脉笺释会通评林》卷六十,《四库全书存目丛书补编》第26册景明崇祯八年(1635)刻本,齐鲁书社,2001年,第738页。

潮）、李冠《六州歌头》（秦亡草昧）、范仲淹《渔家傲》（塞下秋来风景异）等数首，便寥若晨星，珍如拱璧。这主要是因为，正如前文所述，宋初词坛一直被《花间》词风及南唐词风笼罩着，词人们不师温庭筠，则尊冯延巳，难以从婉约的流行风格中振拔出来。豪放词的蔚为一宗、广为世人注意，是在元祐时期，且应归功于苏轼的努力。

　　苏轼的豪放词创作，肇始于神宗熙宁末年，至元丰年间，他已陆续写出了《江神子》（老夫聊发少年狂）（1076）、《水调歌头》（明月几时有）（1076）、《浣溪沙·徐州石潭谢雨道上五首》（1078）、《阳关曲》（受降城下紫髯郎）（1078）、《水龙吟》（小舟横截春江）（1082）、《定风波》（莫听穿林打叶声）（1082）、《满江红》（江汉西来）（1082）、《念奴娇》（大江东去）（1082）、《满庭芳》（三十三年，今谁存者）（1083）等豪放词史上的一批经典之作（参第一章《元祐更化与元祐词坛》之第二节《反"王学"与辟柳词》）。但苏轼在词史上的意义，不单是树立豪放词的典范，开启南宋辛稼轩一派，还在于这些作品问世以后，引起了以婉约为传统的词坛的极大震动。此前，虽然也有一些豪放篇章奏出过逸响，然尚未成为一种词学现象引起学界或词坛的注意；直到此时，到苏轼的豪放词登场以后，人们才开始思考什么是词，它有没有一定之规、不变之法，开始探讨什么样的词才具"本色"，才算"当行"。可以说，没有苏轼及其豪放词，北宋的词坛要寂寞许多，要黯淡许多，人们对豪放词甚至婉约词的认识、讨论，也要推后许多年，很有可能要推迟到南渡词人群体的出现。陈师道的"教坊雷大使之舞"之喻，李之仪的"自是一种风格"之论，李廌的"唱歌须是玉人"之说，都是在词坛出现苏轼及其他词人这些"别一种"或称为"别格"词之后，作为针对性的观点、说法而提出来的，尽管它们于苏轼的豪放之作不无微词。而在这段时期内，苏轼并不是被动地将作品交由词坛讨论，自己置身事外作旁观者，而是积极地引导、推动词坛对豪放词的讨论。熙宁八年（1076），苏轼在密州任上，赋《江神子》词记会猎之事，旋于与友人鲜于子骏书中云："近却颇作小词，虽无柳七郎风味，亦自是一家。"这就将其近作豪放词同柳永的婉约词并置于世人面前。元祐初年，苏轼在朝为翰林学士，曾问善讴幕士："我词比柳词何如？"更为直接地凸出"我词"（实即豪放词）与"柳词"（实即婉约词）相比如何的问题。对这两件事，我们不应采取简单的处理方式，更不应认为这是苏轼为了个人词名而有意与柳永争高低，而应该把它放到豪放词问鼎婉约词坛、词史发生重大变革这个高度来认识，只有这样才能理解苏轼的用心，才能明了此事的历史意义。

元祐词坛创作豪放词者绝不止苏轼一家，且他们多少都受到苏轼的影响。人们往往过分强调当时一些人对东坡豪放词的不积极响应，甚至抵触，而对另一些词家学习东坡豪放词的事实却未予以足够的注意。黄庭坚早在任北京（今河北大名）国子监教授时就写了《水调歌头》（落日塞垣路）一词，其"落日塞垣路，风劲戛貂裘。翩翩数骑闲猎，深入黑山头。极目平沙千里，惟见雕弓白羽，铁面骏骅骝"所显现出来的边塞萧瑟景物中的骑猎场面，颇有东坡《江神子·密州出猎》词的雄风。其时，他与东坡订交不久，以《古风二首》之诗获得苏轼的称誉①，而他则接受了苏轼豪放词的影响。他的另一首《水调歌头》（瑶草一何碧），逸怀浩荡，境界澄澈，几乎脱胎于苏轼的《水调歌头》（明月几时有）。而作于哲宗元符元年（1090）或二年戎州（今四川宜宾）贬所的《念奴娇》（断虹霁雨），据胡仔《苕溪渔隐丛话》后集卷三十一载：山谷云"或以为可继东坡

---

①　苏轼《答鲁直书》赞曰："《古风二首》托物引类，真得古人之风。"并自谦"轼非其人也"。

赤壁之歌",是当日已有继轨东坡之评,且山谷亦深以获此一评为善。婉约词集大成者秦观,早年即作有《望海潮》(星分牛斗),赞颂扬州的繁华,天上人间,空间阔大,场面壮观,"挥毫万字,一饮拚千钟"又气概非凡。这首词约作于元丰三年(1080)①。其《念奴娇》(长江滚滚东流去),似作于元丰五年(1082)应礼部试罢归途中②,奔腾的江水,矗立天地古今的孤峰,都具有美学上的崇高价值。这两首词在淮海集中属于"异品",其受东坡豪放词影响的痕迹尤为显明。贺铸本有多年为武弁的亲身经历,为人又尚气使酒,喜纵论当世事,其豪放之作与南宋陆游、辛弃疾十分接近,其中"《小梅花》二首",即《将进酒》(城下路)、《行路难》(缚虎手),"飘飘然有豪纵高举之气",使人"酒酣耳热,浩歌数过,亦一快也"③,而《六州歌头》(少年侠气)一阕,与前二首"皆雄健激昂,为集中希有之作"④,所谓"雄姿壮采,不可一世"⑤。他创作豪放词未必直接得自与苏轼的交往,但似乎也不能完全排除这种可能。应该说,正是这些直接的学习、间接的影响,共同促使了豪放风格在元祐词坛大放异彩。

三、旷逸

"旷逸"一格是对元祐词坛一类特殊风格词的综合概括。按,晋之陶渊明,唐之王维、孟浩然、常建、储光羲、韦应物、柳宗元等人,所作古体诗旷放超逸,明代胡应麟以高闲、旷逸、清远、玄妙评之⑥,这里借用其中"旷逸"一辞,以指元祐时期出现的王安石、苏

---

① ②　秦观撰,徐培均校注《淮海居士长短句》,上海古籍出版社,1985年,第2、170页。
③　赵闻礼《阳春白雪·外集》,《丛书集成初编》,中华书局,1985年,第252页。
④　俞陛云《唐五代两宋词选释》,上海古籍出版社,2011年,第194页。
⑤　夏敬观手批《东山词》,《彊村丛书》本,上海古籍出版社,1989年。
⑥　胡应麟《诗薮·内篇》卷一《古体中》,中华书局,1962年,第23页。

轼、晁补之等词家的同类作品。这类词，从内容上说，多针对党争
或宦海中的特定事件，抒发带有一定的普遍性和某种独特性的人
生感慨，表达一定的人生理想；从反映出来的作者的态度看，它们
既不似正统"言志"诗词那样激昂慷慨，也不像一般政治抒情作品
那样沉郁顿挫；从风格类型看，它们没有常见豪放词的那种豪迈、
粗犷，更无婉约词的细腻与纤巧。它所独具的特质是：遭受不幸
而不彻底绝望，有所追求而不十分执著，"参破"人生而不消极厌
世，融合禅仙而有人间烟火味；介于豪放与婉约之间，得豪放境界
之阔大而少其梗概、磅礴之气势，有婉约意境之明净而济以闲适、
萧远之况味。

　　"元祐"这段时间，形势比较复杂，熙丰变法、元祐更化、哲宗绍
述、元祐党禁等一系列事件次第出现，政局反复动荡；新旧党之争，
旧党内部洛党、朔党、蜀党之争亦愈演愈烈，卷进政治旋涡中的人
往往身不由己，难以自拔，而其中一些重要人物，如王安石、二苏及
苏门主要成员，都具有较高的文化素养、曲折的人生经历、超俗的
生命智慧、参禅习道的体验，故其于世事、政局、人生，常持一种超
然的态度，洒脱的胸怀，其为词则别具旷逸之格。王安石为新党领
袖，积极追求变法，是引起北宋后期政坛动荡的关键因素，但他的
不少词，尤其是晚年退隐后的一些词，对名利是非都看得相当淡
薄，境界闲远。如《菩萨蛮》词云：

　　　　数家茅屋闲临水，单衫短帽垂杨里。今日是何朝，看予度
　　石桥。　　梢梢新月偃，午醉醒来晚。何物最关情，黄鹂三
　　两声。

几似理学家程灏"日淡风轻近午天"之诗，乃都市大隐、林下缙绅。

其《渔家傲》二首(其一"灯火已收正月半",其二"平岸小桥千嶂抱")及《雨霖铃》(孜孜矻矻)等词,因佛、道思想的参与而更加超逸。黄庭坚晚年遭贬,元符年间在戎州时,仍能作《醉落魄》词:"陶陶兀兀,尊前我是华胥国。争名争利休休莫。雪月风花,不醉怎生得。"又言:"邯郸一枕谁忧乐。新诗新事因闲适。"另首则云:"扶头不起还颓玉。日高春睡平生足。谁门可款新篘熟。安乐春泉,玉醴荔枝绿。"词人醉酒,非为醉而醉,而是为了借助酒力抵抗南方瘴疠的侵害,就在这醉中,他仿佛来到名利无争的华胥国,精神境界为之一新。苏轼这类词尤多。《南歌子》:"带酒冲山雨,和衣睡晚晴。不知钟鼓报天明。梦里栩然蝴蝶、一身轻。"《满庭芳》:"蜗角虚名,蝇头微利,算来著甚干忙? 事皆前定,谁弱又谁强。且趁闲身未老,尽放我些子疏狂。百年里,浑教是醉,三万六千场。"这种"疏狂"、大醉,主要不是无奈的被迫,更多的是智慧的选择。苏轼为人颇为达观,谪居东坡时有《临江仙》词:

> 夜饮东坡醒复醉,归来仿佛三更。家童鼻息已雷鸣。敲门都不应,倚杖听江声。　　长恨此身非我有,何时忘却营营。夜阑风静縠纹平。小舟从此逝,江海寄余生。

据载此词曾引起过误会①,盖因世人不识其旷逸耳。正如吴梅先生所论:"要之,公天性豁达,襟抱开朗,虽境遇迍遭而处之泰然,即

---

① 叶梦得《避暑录话》卷上言苏轼在黄州,"与数客饮江上,夜归。江面际天,风露浩然,有当其意,乃作歌辞,所谓'夜阑风静縠纹平。小舟从此逝,江海寄余生'者,与客大歌数过而散。翌日喧传子瞻夜作此辞,挂冠服江边,拏舟长啸而去矣。郡守徐君猷闻之,惊且惧,以为州失罪人,急命驾往谒,则子瞻鼻鼾如雷,犹未兴也。然此语卒传至京师,虽裕陵亦闻而疑之"。

去国离乡,初无羁客迁人之感。惟胸怀坦荡,词亦超凡入圣。"①晁补之晚年卜居东皋,尤多田园之作,清新的田园风光,融乐的天伦佳趣,透辟的人生感悟,充满在字里行间。如《生查子》:

> 永日向人妍,百合忘忧草。午枕梦初回,远柳蝉声杳。
> 藓井出冰泉,洗瀹烦襟了。却挂小帘钩,一缕炉烟袅。

又如《黄莺儿》下阕:"凝伫。既往尽成空,暂遇何曾住。算人间事、岂足追思,依依梦中情绪。观数点茗浮花,一缕香萦炷。怪来人道陶潜,做得羲皇侣。"前人评无咎与黄庭坚"皆学东坡,韵制得七八"②,主要指的是旷逸一格,而非豪放之作。

前文曾述及元祐词人尤多田园词、渔父词(参第二章),而这些词的风格基本上是属于"旷逸"一类的。这里再就渔父词略加申述。翻检有宋一代词史,便可发现:玄真子《渔父》词之在宋代广为传诵,并得到大规模的唱和、拟作,以及宋代渔父词之起兴,均可从此时算起。而所谓"渔父词",指的是描写渔父渔钓玩鸥、回归天地之间、徜徉于山水自然的生活,渲染一种无所凭依、无所羁绊的自由精神的词作。并非所有涉及垂钓、甚至写到隐逸的词,都可称为渔父词。如苏舜钦《水调歌头》咏沧浪亭词云:

> 潇洒太湖岸,淡伫洞庭山。鱼龙隐处,烟雾深锁渺弥间。
> 方念陶朱张翰,忽有扁舟急桨,撇浪载鲈还。落日暴风雨,归

---

① 吴梅《词学通论》,人民文学出版社,2018 年,第 82 页。
② 王灼撰,岳珍校正《碧鸡漫志校正(修订本)》卷二,人民文学出版社,2015 年,第 26 页。

路绕汀湾。　　丈夫志,当景盛,耻疏闲。壮年何事憔悴,华发改朱颜。拟借寒潭垂钓,又恐鸥鸟相猜,不肯傍青纶。刺棹穿芦荻,无语看波澜。

如果说上阕尚有一二渔父气象,下阕则纯属用世之志了,豪放有余,旷逸则不足。在第二章中我们曾言苏轼、黄庭坚、贺铸等人均作有渔父词,而传世词作甚少的苏辙,却有一首渔父词,即调曰《调啸词》、题曰"效韦苏州"之第一首①,词云:

渔父。渔父。水上微风细雨。青蓑黄箬裳衣。红酒白鱼暮归。归暮。归暮。长笛一声何处。

这是效法韦应物《调笑令》词的体式,创作张志和的《渔父》词,颇得渔父之形与神。少有高行、受佛图心法、终身不娶的俞紫芝,有《阮郎归》"钓鱼船上谢三郎",以渔父家风笑傲金章清贵。曾从胡瑗学、以节孝著世的徐积,传世六首词皆为渔父词,而分别易其调名做"渔父乐"、"无一事"、"堪画看"、"谁学得"、"君看取"、"君不悟",每一新的调名即是词人对渔父生涯的心得与新解。

　　田园词、渔父词,乃至旷逸风格集中出现于元祐词坛,实非偶然。在这个特定历史时期里,政治斗争激烈而紧张,词人们往往厌倦了俗世的名缰利锁,渴望回归自然,回归自我;超越尘世,休养身心。然豪放毕竟是在儒家正统思想熏陶下的豪情壮志及其受到抑制后的升华,直抒胸臆,却"严重高古";婉约则大多带有宋代歌妓

---

① 此二词见苏辙《栾城集》卷十三,而曾慥本《东坡词》卷下谓为东坡词。按:曾氏选词,每有舛误,此词似以苏辙所作为当。

制度和官员享乐之风熏染出的脱离家人后的心灵休息和补偿性质,往往"男子而作闺音","代言"而自我伪饰有时便失却自我。比较之下,旷逸兼备二者之长而"扬弃"二者之短,入世而出世(如田园词),出世而入世(如渔父词),不违儒家之心志,得享佛道之清趣。正是旷逸风格的出现,补充了豪放、婉约二家的不足,丰富了元祐词的风格品种,发展了词学风格的内涵。

第二节　自成一家的词人(上)

上文是就词坛的总体风格而言,实际上,元祐词坛风格的多元化,还体现在以下三个方面:一,具有独立风格、自成一家的词人,人数众多;二,一些主要词人除了代表风格外,还同时兼有其他风格;三,同一种风格,不同的词人有各自的表现形态。

这里先讨论第二个方面。上文的叙述已经显示出:黄庭坚词在豪放风格之外,尚有旷逸之作;婉约大家秦观亦有豪放之词;贺铸词明显具有豪放、婉约二格;晁补之则得旷逸与婉约之双美。苏轼更是如此。明王世贞《艺苑卮言》云:"子瞻'与谁同坐,明月清风我'、'明月几时有,把酒问青天',快语也。'大江东去,浪淘尽、千古风流人物',壮语也。……'高情已逐晓云空,不与梨花同梦',爽语也。其词浓与淡之间也。"所谓"快语"、"壮语"、"爽语"、"浓与淡之间"[1],应该理解为将多种风格同时呈现于词作中,即主要指苏轼词具多种风格。清尤侗亦谓"东坡'柳绵'之句,可入女郎红牙"[2],蔡嵩云称:"东坡词……其阔大处,不在能作豪放语,而在其

---

[1]　王世贞《艺苑卮言》,唐圭璋编《词话丛编》,中华书局,2005年,第388页。

[2]　尤侗《三十二芙蓉词序》,冯乾编校《清词序跋汇编》,凤凰出版社,2014年,第140页。

襟怀有涵盖一切气象。……东坡小令，清丽纡徐，雅人深致，另辟一境。"①近代吴梅更云："余谓公词豪放缜密两擅其长，世人第就豪放处论，遂有铁板铜琶之诮，不知公婉约处何让温、韦。"②实际上前文所列的元祐词坛三种主要风格，苏轼词都具备。

再看第三方面。这个特点在元祐词中也相当突出。如同是惜春题材，少游《画堂春》云：

> 落红铺径水平池。弄晴小雨霏霏。杏园憔悴杜鹃啼。无奈春归。　　　柳外画楼独上，凭阑手捻花枝。放花无语对斜晖。此恨谁知。

上阕在通过花落水涨、小雨霏霏、杏花憔悴、杜鹃哀啼几种典型物象的渲染之后，才点出春归之恨，下阕写惜春人登高凭栏、手捻花枝、默默无语几种情态，写其伤春之情。黄庭坚《清平乐》则曰：

> 春归何处。寂寞无行路。若有人知春去处。唤去春来同住。　　　春无踪迹谁知。除非问取黄鹂。百啭无人能解，因风飞过蔷薇。

开篇即直接点出春归，然后顺着春归何处、有无人知，若有人知请唤它回来同住这条思路写下去，下阕才现出一个物象。苏轼《临江仙》词云：

---

① 蔡嵩云《柯亭论词》，唐圭璋编《词话丛编》，中华书局，2005 年，第 4910—4911 页。
② 吴梅《词学通论》，人民文学出版社，2018 年，第 82 页。

　　　　九十日春都过了，贪忙何处追游。三分春色一分愁。欲
　　翻榆荚阵，风转柳花毯。　　　　我与使君皆白首，休夸年少风
　　流。佳人斜倚合江楼。水光都眼净，山色总眉愁。

上阕点题，同时渲染物象，将少游整首词的意思说尽，下阕别又生
出人生之"春"也已过去之感慨，把词意引向高远。周济曾说："少
游意在含蓄，如花初胎，故少重笔。"①他又引良卿语云："少游词如
花含苞，故不甚见其力量。"②陈廷焯亦指出："少游则义蕴言中，韵
流弦外。"③也就是说，少游之婉约，笔致轻灵含蓄，意境幽秀闲雅，
词意平达而韵味不尽，无重笔浓彩，收缩有节度。而山谷之婉约，
毕竟不改其"倔强"之"姿态"，殊少婉曲风味，词意连环杂沓，笔致
连贯缜密，词境虚空悠远。东坡之婉约，意境空灵明远，笔致放达
疏爽，词意新巧而隽永，若不经意为之，天趣独到。

　　以上两点，为元祐词坛风格多元化的外在表象，而归根结底，
不论是同一词人兼具两种或两种以上风格，还是同一种风格在不
同词人那里有不同的表现形态，其根本原因在于元祐词人基本上
都能独立不倚，自成一家，各以自家面目共同形成了多样化的词坛
格局。这才是元祐词风格多元化的内在本质。本节拟列出晏几
道、苏轼、秦观、黄庭坚、晁补之、毛滂、贺铸等在词史上占有一席之
地的几位词人，然后描述、概括出能代表其本色的特征。鉴于上节
讨论时已多方面涉及到诸家的风格类型，故下文将着重于对其创
作特征的具体把握。

---

①　周济《宋四家词选目录序论》，见《宋四家词选》，《丛书集成初编》，商务印书馆，1940
　　年，第 3 页。
②　周济《介存斋论词杂著》，唐圭璋编《词话丛编》，中华书局，2005 年，第 1632 页。
③　陈廷焯《白雨斋词话》卷八，唐圭璋编《词话丛编》，中华书局，2005 年，第 3959 页。

一、悼往忆旧,语淡情深:小山句法

在第六章第三节,我们曾指出黄庭坚《小山集序》谓小山词"寓以诗人之句法",其中"句法"有风格、声调、句式等多重涵义,这里借用它,主要指小山词在内容构思、句式安排、语汇选择等方面所体现出来的艺术特点。

晏几道词初名《乐府补亡》,他在自序中云:

> 《补亡》一编,补乐府之亡也。……尝思感物之情,古今不易。窃以谓篇中之意,昔人所不遗,第于今无传尔。故今所制,通以《补亡》名之。始时,沈十二廉叔、陈十君龙家有莲、鸿、蘋、云,品清讴娱客。每得一解,即以草授诸儿。吾三人持酒听之,为一笑乐而已。而君龙疾废卧家,廉叔下世,昔之狂篇醉句,遂与两家歌儿酒使俱流转于人间。……追惟往昔过从饮酒之人,或垄木已长,或病不偶。考其篇中所记悲欢离合之事,如电如幻,如昨梦前尘,但能掩卷怃然,感光阴之易迁,叹境缘之无实也。①

这篇序言十分清楚地交代了他的创作目的,而"悲欢离合之事"及"感光阴之易迁,叹境缘之无实"乃小山词的全部内容,"追惟往昔"四字,实又为其词的结构纲领。下面所概括的小山词的几个特点,与这篇自序提供的材料恰可相互印证。

(一) 时间上善用"追惟往昔"的方式结撰词篇

小山词的创作目的是悼往忆旧,内容是感叹昔日的情缘,所以,它必然采用追忆的构思方式。有两组语词非常有助于词人实

---

① 晏几道《小山词序》,《彊村丛书·小山词》,上海古籍出版社,1989 年。

现这个构思。它们是：

表示过去的时间副词："曾"、"从前"、"去年"、"当时"、"当年"、"旧"（"旧意"、"旧香"、"旧枝"、"旧秋"、"旧风流"、"旧约"、"旧事"）、"经年"、"昨"、"前"、"旧时"、"那回"、"依前"、"前日"、"前度"、"当初"、"那日"、"昔年"、"年时"、"当时"、"依旧"、"去年今日"、"前时"。

表示追思的动词："记得"、"追思"（往事）、"记"、"忆"、"感旧"、"沉思"、"犹记"、"忆曾"、"暗记"、"思"（往事）、"常记"、"长记"、"闲记"、"长相忆"。

这些语词在小山词中出现的频率非常高。正是以它们为锁钥，词人打开了一座座时间之门，进入往日的情感世界，完成对那一段段情缘的追忆。如《浣溪沙》：

> 楼上灯深欲闭门。梦云归去不留痕。几年芳草忆王孙。　　向日阑干依旧绿，试将前事倚黄昏。记曾来处易消魂。

在这首小词中，词人使用了"忆"、"依旧"、"前事"、"记"、"曾"五个时间副词及追思动词，由眼前之景物、目下之时间和空间，联想起当日的种种情事：由芳草而"忆王孙"，由今日之绿阑干想起当日阑干之绿，由某一地点记起对方当初来时的模样……尽管没有完全展开，但它们足以让人相信：无处不勾起她的回忆，无物不引起她的思念。

（二）善造"梦"境以写别离后的痛苦

似乎时间副词和追思动词所创造的机会，尚不能完全满足抒情主人公的忆旧心愿，他便将这有余不尽之情怀，打点入梦境之中。而梦境又常常与酒、与醉连在一起：

> 酒醒长恨锦屏空。相寻梦里路，飞雨落花中　（《临江仙》）
>
> 客情今古道，秋梦短长亭　　　　　　　　　　（《临江仙》）
>
> 从前虚梦高唐……如今不是梦，真个到伊行　（《临江仙》）
>
> 醉别西楼醒不记。春梦秋云，聚散真容易　　　（《蝶恋花》）
>
> 秦楼已有鸳屏梦　　　　　　　　　　　　　　（《蝶恋花》）
>
> 月细风尖垂柳渡，梦魂长在分襟处　　　　　　（《蝶恋花》）
>
> 梦后楼台高锁，酒醒帘幕低垂　　　　　　　　（《临江仙》）
>
> 梦入江南烟水路。行尽江南，不与离人遇　　　（《蝶恋花》）
>
> 几回魂梦与君同。今宵剩把银釭照，犹恐相逢是梦中
>
> 　　　　　　　　　　　　　　　　　　　　　　（《鹧鸪天》）
>
> 梦魂惯得无拘检，又踏杨花过谢桥　　　　　　（《鹧鸪天》）
>
> 归来独卧逍遥夜，梦里相逢酩酊天　　　　　　（《鹧鸪天》）
>
> 关山魂梦长，鱼雁音尘少　　　　　　　　　　（《生查子》）
>
> 几夜月波凉，梦魂随月到兰房。残睡觉来人又远，难忘
>
> 　　　　　　　　　　　　　　　　　　　　　　（《南乡子》）
>
> 意欲梦佳期，梦里关山路不知　　　　　　　　（《南乡子》）
>
> 正在十洲残梦，水心宫殿斜阳　　　　　　　　（《清平乐》）

据笔者不精确统计，小山词中直接写到梦的，约有 50 余首。于此可见抒情主人公对梦的依赖程度。这些词中，有的较为具体、形象地描写出梦境世界，有的仅一笔带过，有的甚至只出现一个"梦"字，盖词人的用意不仅仅是写梦境，而是通过梦中相逢的美好，对比反衬久别之伤痛；或以梦里也难相聚，衬托相会之难、相别之苦。

（三）喜用"无"、"何"、"谁"表示空间的悬隔和个人的孤独

在长久的离别相思中，主人公渴望得到对方的确切行踪，有地方可以一诉衷肠，有鱼雁可以传书，有人可以明白自己的苦楚，但他十有八九是失望的。且看如下之语。

何处、无处、无人：

须愁别后，天高海阔，何处更相逢	《少年游》
岂知别后，好风良月，往事无寻处	《御街行》
朝云信断知何处，应作襄王春梦去	《木兰花》
睡里消魂说无处，觉来惆怅消魂误	《蝶恋花》
啼珠弹尽又成行，毕竟心情无会处	《木兰花》
纵得相逢留不住，何况相逢无处	《清平乐》
无处说相思，背面秋千下	《生查子》
蝶去莺飞无处问。隔水高楼，望断双鱼信	《蝶恋花》
好枝长恨无人寄	《蝶恋花》
朝落暮开空自许，竟无人解知心苦	《蝶恋花》

谁：

流水便随春远，行云终与谁同	《临江仙》
烟雨依前时候，霜丛如旧芳菲。与谁同醉采香归	《临江仙》
香袖凭肩，谁记当时话	《临江仙》
忆年华、今与谁同	《行香子》
此恨谁堪共说，清愁付、绿酒杯中	《满庭芳》
未知谁解赏新音，长是好风明月、暗知心	《虞美人》
写向红窗夜月前，凭谁寄小莲	《破阵子》
谁堪共展鸳鸯锦，同过西楼此夜寒	《鹧鸪天》
凭谁问取归云信，今在巫山第几峰	《鹧鸪天》

凭谁细话当时事,肠断山长水远诗   (《鹧鸪天》)

空间很大,可以说是山高水长,却又很小,小得没有他们相会、相逢之所;人甚多,听歌赏舞者、寻欢求醉者络绎不绝,却又甚少,竟无可以为他们传书、听他(她)诉说者。在小山词中,天地之间仿佛只有"我"与"他(她)",二者存在着特定的连接、指向关系,一方的述说、倾诉都固著于对方,一旦双方暌违,便失去了方向、对象,整个词境呈封闭状态,时间也没有了其固有的"矢量性",鱼雁不传书,莺鸟噤舌,一切均被"无"、"不"封锁和禁锢住,即使"有",也不知道是"谁"、在"何处",亦等于无。就是通过这样的表达方式,再现出抒情主人公孤独的处境和内心的凄楚。

以上几个特点,在小山词中,更多的时候是结合着运用的,往往同时出现两点或三点。如其名作《临江仙》(梦后楼台高锁)、《鹧鸪天》(彩袖殷勤捧玉钟),都有"梦"、"梦魂"、"梦中"、"酒醒"及"记得"、"当时"、"当年"、"忆"等,绾合第一、第二两点,鲜明地体现出小山词的艺术特点,创造出时间上只有过去,空间上只有梦境,人物只有他们双方(现实中只有抒情者一方)的境界,以抒发对往昔的追忆、对现实的感慨之情。冯煦称小山为"古之伤心人"(《宋六十一家词选例言》),其"伤心"即在于由盛而衰、困顿潦倒的身世遭遇,在于有"四痴"(黄庭坚语)的性格,他对往昔的思忆,不单是追寻过去与鸿、莲、蘋、云们的风流雅韵,还含着悼怀那一段青春时光、美好年华的悲伤心理,可谓多于情、深于情。据说道学家邵雍读其"梦魂惯得无拘检,又踏杨花过谢桥"之句笑曰"鬼语也"[①],颇有欣赏之意。清厉鹗《论词绝句》议论云:"鬼语分明爱赏多,小山小令擅清

---

① 　邵博撰,李剑雄、刘德权点校《邵氏闻见后录》卷十九,中华书局,1983 年,第 151 页。

歌。世间不少分襟处,月细风尘唤奈何。"可见小山这种抒情方式所具的艺术魅力。厉氏所谓"清歌",又谓小山词语言清谈,而淡语表深情,正是小山词的语言特点,这一点比较易见,今不再详论。

二、"清旷舒徐,出人意表":东坡家法

东坡词广大深博,如天地奇观,如人间新境,百变不穷,涵蕴无限,不同的读者从不同的角度阅读,可以得出不同的印象、结论、启示。今人王兆鹏先生等早有"东坡范式"类的宏文专论,令人敛手,这里所提出的,只是个人的一点印象式的感受。

清沈雄《古今词话·词品》卷下引宋张炎话云:"词须要出新意,能如东坡清丽舒徐,出人意表,不求新而自新。"①谓苏轼词清新华美,节奏舒徐有致,而构思精巧,常见新意。笔者以为,言东坡词似不宜强用"丽"字,故易"清丽"为"清旷",以称东坡词之大概。

(一)正面出现活动主体

读小山词或其他婉约词人的作品,常常为抒情主人公的性别、身份煞费寻思,其身份的模糊性,无疑扩大了词的情感容量,同时也增加了情感的密度,这与东坡词清旷的风格是大不相同的。而这种清旷风格的产生,很大程度上得力于活动主体的正面出现,也即是清楚地展现"我"或其他人的活动情况。

东坡词大量地使用了人称语。笔者据仇永明、张丽水、周启富所编《东坡词索引》进行了统计②,东坡词中"我"字出现有 66 次之多,另有同样表示"我"的"余"字出现 3 次,"吾"字出现 14 次,如"我欲乘风归去"(《水调歌头》)、"我醉拍手狂歌"(《念奴娇·中

---

① 张炎《词源·杂论》云:"东坡词如《水龙吟》咏杨花、咏闻笛,又如《过秦楼》、《洞仙歌》、《卜算子》等作,皆清丽舒徐,高出人表……"文字与此小异。

② 仇永明、张丽水、周启富编《东坡词索引》,华东师范大学出版社,1993 年。以下对东坡词有关材料的统计均以此书为据,不再注。

秋》)、"故应为我发新诗"(《临江仙·风水洞作》)、"为余浩歌"(《永遇乐》"明月如霜")等,均是直接表明"我"如何如何,或对"我"、为"我"如何如何。表示"你"的"君"字也出现 66 次[①],如"君遇时来纾组绶"(《满江红·正月十三日》)、"君是南山遗爱守"(《满江红·寄鄂州朱使君寿昌》)、"与君同是江南客"(《归朝欢·和苏坚伯固》)等,另有官衔称语"使君"出现 26 次,"太守"出现 4 次,"令尹"出现 1 次,表示"你怎样"、"对你如何"等。这些人称语分布在超过其总数一半以上的词作中,使词不论抒情还是叙事,都能脉络清晰,线索分明。特别由于这些称谓语只能作主语或宾语(极少数作定语),于是,它们出现的地方,句子便必须保持语法成分的相对完整性,从而增加了叙述的分量,减少了抒情的密度,使词境疏朗开来。

第一人称代词的大量使用,是苏轼对词坛的特别贡献。盖词自晚唐五代以来,多是代言体,替歌儿舞女传情,词家看重的是"伊"、"君"一类典雅的称呼,即使如李煜那样抒发亡国失家之痛,也很少直接使用"我"之类的字眼。宋初词人,范仲淹的《定风波》(罗绮满城春欲暮)有"天赋与,怎教我辈无欢绪"之句,直如凤毛麟角。其后,柳永词开始较多地出现"我"字,但因为它们主要不是出现于他的羁旅行役词中,而是出现于写与那些女性情爱交往的词中,如:"拟把名花比,恐旁人笑我"(《玉女摇仙佩》)、"佳人应怪我,别后寡信轻诺"(《尾犯》)、"针线闲拈伴伊坐,和我"(《定风波》)、"盈盈泪眼,漫向我耳边,作万般幽怨。奈你自家心下,有事难见"(《秋夜月》),等等,犹如"尔汝"昵称,这个"我"同其他词中的抒情主

---

① 《江城子·东武雪中送客》"雪意留君君不住"及《蝶恋花·送潘大临》"别酒劝君君一醉",每句均有二"君"字,此仅以一处计。

人公实际没有多少区别,致使其应有的表明真实自我身份的意思隐而不彰。只有苏轼以词写自家性情、画自家面貌,大量出现"我"字,真实展现其士大夫的声口、才情、风采,词才真正从"伶工之词"一变而为"士大夫之词",才完成词坛革新任务,开创词史新纪元。

(二) 以数字构筑艺术世界

数字的使用,是不少诗词所共有的现象,如晚唐小杜的诗歌就使用了许多数字,然苏轼词的数字运用尤有特色。一是他的词数目字齐全、使用频率高:"一"至"十"的各个数字,以及"百"、"千"、"万",皆出现于其中;而"一"字的出现频率为 170 次,"千"字的出现频率为 70 余次,"三"字的出现频率为 40 余次,"万"字出现也近 40 次,"十"字出现 20 余次,"百"字出现近 20 次;这些数字还可以组合成其他一些数字,如"三五"、"三十三"、"二八"、"十一二"、"二十五",等等。它们若均匀地分散于词中,可以估计,几乎每一篇作品都有一个数目字。这在两宋词甚至唐诗中,是较为罕见的。

二是他词中的数字具有特殊的功用。应该承认,苏轼词的数字,有些是固定词语,如"三国周郎赤壁"(《念奴娇·赤壁怀古》)中的"三国","谁作桓伊三弄"(《昭君怨·金山送柳子玉》)中的"三弄","西汉二疏乡里"(《更漏子·送孙巨源》)中的"二疏";有些具有精确或大致精确的实数意义,如"灯火钱塘三五夜"(《蝶恋花·密州上元》),三五乃谓正月十五元夕;"十年生死两茫茫"(《江城子·乙卯正月二十日夜记梦》),十年指其妻子去世十年,等等。但是,词同诗歌一样,是语言的艺术,抒情的艺术,不是数字的艺术,不追求数学的精确,故词中使用数字,目的在于增强情感表达的艺术效果,传达某种特殊的情绪感受或体验。东坡词中的数字,首先具有精确的模糊美,即以精确的数字表示虚拟的、夸张的意义,如

"百年里,浑教是醉,三万六千场"(《满庭芳》),谓假设人生百年,一天醉一场,将有三万六千场,"百年"、"三万六千"指人的一生,似实却虚,而它所透露出来的豪纵之气,非"一生"云云所能达致。其次,大的数目字是成就苏轼豪放词豪放风格的重要因素。根据前文的统计,通常表示最大的两个数目字"千"和"万",在苏轼词中出现的频率分别为 70 余次和近 40 次,占第二位和第四位,其豪放词代表作,基本都使用了这两个大数字,如"浪淘尽、千古风流人物……卷起千堆雪"(《念奴娇》)、"千里共婵娟"(《水调歌头》)、"一千顷……千里快哉风"(《水调歌头》)、"千骑卷平冈"(《江城子》)、"有情风万里卷潮来"(《八声甘州》),等等。试想,如果不用它们,而代以其他什么语辞,效果必将不可同日而语。这一"秘诀"被以后的豪放词家们继承了下来,成为他们的"心法",而苏轼实为此法"不祧之祖"。当然,在苏轼,"千"、"万"两个大数字并非只出现于豪放词中,他的不少婉约词,也使用了它们。如其悼亡词《江城子》,即有"千里孤坟,无处话凄凉"、"相顾无言,惟有泪千行"两句用"千",咏杨花词《水龙吟》,有"梦随风万里,寻郎去处,又还被、莺呼起",用"万"字。再次,出现频率最高的"一"字,虽是最小之数字,却同时有"全部"、"所有"等含义,反具"大"、"多"之意,或具涵盖力与大气派;其表示最小数字之义时,又多以其少、小反衬出主人公胸襟之大、行为之旷达。如《念奴娇·中秋》之"冷浸一天秋碧",《渔父》之"漠漠一江风雨",《减字木兰花》之"海口如门,一派黄流已电奔",前二句的"一"皆有"满"意,第三句的"一"则别具庞大的气势。至如《定风波》之"一蓑烟雨任平生",又以其简拙、朴野,见出"我"之闲放、旷逸,《满庭芳》之"愿持此邀君,一饮空缸",《水调歌头》之"一鼓填然作气,千里不留行",其中"一"实有"一……就"义,形象地再现了其人的豪爽、慷慨。

（三）善于选用风、云、月等自然物象

明俞彦认为："子瞻词无一语著人间烟火，此自大罗天上一种，不必与少游、易安辈较量体裁也。"①清王士禛也说："名家当行，固有二派。苏公自云：'吾醉后作草书，觉酒气拂拂，从十指间流出。'黄鲁直亦云：'东坡书挟海上风涛之气。'读坡词当作如是观。琐琐与柳七较锱铢，无乃为髯公所笑。"②剔除其中对柳永、李清照词的不公正评价的成分，必须承认：东坡词确每多海上风涛之气、具神仙出尘之姿，而这个特点的形成，实得力于他所选用的物象。

同其他词人一样，东坡也使用了不少人事物象，如帘栊、酒樽、灯盏、眼泪，等等，以及自然界中比较纤细、柔弱的物象，如柳、花、梅、叶，等等，但他的词中最富特色的物象是风、云、月、雪数种。据统计，东坡词中，"风"的出现频率是 100 余次，"云"近 100 次，"月"达到 80 次，"雪"50 次。这几种物象，在别的词人那里，有可能都是婉约的，所谓"风花雪月"，而在苏轼词中，有时却能摆脱其"绸缪婉转之态"，尤其是当它们以广袤、空旷的"天"为背景时，或与仙道传说联系在一起时，或自身形成强势、携带大力时，使词获得了洒然、飘逸的境界。

试先看风：

风回仙驭云开扇　　　　　　　　　　（《菩萨蛮》）

有情风万里卷潮来　　　　　　　　　（《八声甘州》）

千里快哉风　　　　　　　　　　　　（《水调歌头》）

① 俞彦《爰园词话》，唐圭璋编《词话丛编》，中华书局，2005 年，第 402 页。

② 王士禛《花草蒙拾》，唐圭璋编《词话丛编》，中华书局，2005 年，第 681 页。

公驾风车凌彩雾　　　　　　　　　　　　（《渔家傲》）

有云驾、骖风驭　　　　　　　　　　　　（《水龙吟》）

万顷风涛不记苏　　　　　　　　　　　　（《浣溪沙》）

尚带天风海雨　　　　　　　　　　　　　（《鹊桥仙》）

我欲乘风归去　　　　　　　　　　　　　（《水调歌头》）

再看云：

雷辊夫差国，云翻海若家　　　　　　　　（《南歌子》）

乱石崩云　　　　　　　　　　　　　　　（《念奴娇》）

万里烟浪云帆　　　　　　　　　　　　　（《满庭芳》）

东武望余杭，云海天涯两渺茫　　　　　　（《南乡子》）

舞罢鱼龙云海晚　　　　　　　　　　　　（《江城子》）

古来云海茫茫　　　　　　　　　　　　　（《水龙吟》）

火冷灯稀霜露下，昏昏雪意云垂野　　　　（《蝶恋花》）

西山雪淡云凝冻　　　　　　　　　　　　（《渔家傲》）

再看月：

月明千里照平沙　　　　　　　　　　　　（《浣溪沙》）

但空江月明千里　　　　　　　　　　　　（《水龙吟》）

更阑月堕星河转　　　　　　　　　　　　（《菩萨蛮》）

凤箫声断月明中，举手谢时人欲去　　　　（《鹊桥仙》）

却跨玉虹归去，看洞天星月　　　　　　　（《好事近》）

不用许飞琼，瑶台空月明　　　　　　　　（《菩萨蛮》）

风、云、月物象,一旦互相组合或与海、水(涛)相连,与天、星相合,极易造成一种神行空中、高出尘表的"距离",形成海天茫茫的气势,和千里一色的境界。另外,苏轼词中还有天仙、水仙、飞仙、神仙、海仙、群仙、谪仙、老仙翁、散神仙、谪仙人、姑射仙人、仙子、仙侣、萼绿华、赤城居士、缑山仙子等一群仙人,绛山道阙、蓬莱、昆仑、三山、仙村、仙乡、九仙山等神仙居住之地,凤(凤驾、彩凤、凤凰、紫凤)、鸾(鸾车、鸾凰、鸾辂、红鸾、青鸾、彩鸾)、鹏(鹏翼)、鲸(骑鲸)等神仙驾乘,遂使词境缭绕着仙云仙雾,与尘世保持着相当的"距离"。而月、雪之皎洁明澈、上接天穹,即使作为婉约之物,也给人一种纯洁的超脱感,忘却俗世的营营。张炎评苏轼词所用之"清丽"二字,应是为这些词而设。

(四)炼铸富有个性化特征的动作动词

在北宋词坛上,苏轼词之所以能别开生面,并留下鲜明的个人特色,与他善于熔铸富有个性化特征的动作动词大有关系。

所谓富有个性化特征,一是指具有个体生命力,能形象地传达出其士大夫的性别、声口、力度及情感、思想,二是指具有个体性格特征,能充分展现其个人的性格、胸襟、气度、生命风采。这两个方面应该同时具备,方称得上富有个性化特征。苏轼词中的动作动词,有一些与传统婉约词,甚至柳永等人的词中具有女性化特征的动作动词没有什么区别,如"哭"、"梦"、"歌"、"倚"、"挂"等;有一些则与其他人词中表示男性化动作的动词一样,如"饮(酒)"、"望"、"拥"、"游"等,凡此,虽是必不可少的,且未必使用得不工、不巧,但它们只能片面满足某一个条件,不能同时符合两个要求,均不足以代表苏轼词中动作动词的审美特征。经过比较研究,大致可以确定,下面几个动词将获得入选资格。

回首（头）、转头：

回首向来萧瑟处 　　　　　　　　　　（《定风波》）

回首送春拚一醉 　　　　　　　　　　（《蝶恋花》）

空回首、弹铗悲歌 　　　　　　　　　（《满庭芳》）

回首暮云远，飞絮搅青冥 　　　　　（《水调歌头》）

惊起却回头，有恨无人省 　　　　　（《卜算子》）

转头山上转头看 　　　　　　　　　　（《江城子》）

举：

举杯邀月 　　　　　　　　　　　　　（《念奴娇》）

举手谢时人欲去 　　　　　　　　　　（《鹊桥仙》）

举手揖吴云 　　　　　　　　　　　　（《如梦令》）

跨：

却跨玉虹归去 　　　　　　　　　　　（《好事近》）

搔首：

搔首赋归欤 　　　　　　　　　　　　（《南乡子》）

华发萧萧，对荒园搔首 　　　　　　　（《醉蓬莱》）

捻：

揩病目，捻衰髯 　　　　　　　　　　（《江城子》）

冻吟谁伴捻髭须 　　　　　　　　　　（《浣溪沙》）

策杖：

策杖看孤云暮鸿飞 　　　　　　　　　（《哨遍》）

持：

持杯遥劝天边月 　　　　　　　　　　（《虞美人》）

持杯更复劝花枝 　　　　　　　　　　（《虞美人》）

持杯月下花前醉　　　　　　　　（《虞美人》）

持节云中，何日遣冯唐　　　　　（《江城子》）

愿持此邀君，一饮空缸　　　　　（《满庭芳》）

拍：

我醉拍手狂歌　　　　　　　　　（《念奴娇》）

拍阑干斜阳转处，有谁共倚　　　（《永遇乐》）

把：

把酒问青天　　　　　　　　　　（《水调歌头》）

把盏凄然北望　　　　　　　　　（《西江月》）

手把梅花东望忆陶潜　　　　　　（《江城子》）

但把清尊断送秋　　　　　　　　（《南乡子》）

把酒何人心动　　　　　　　　　（《西江月》）

　　以上动作动词，除了"回首（头）"、"转头"属于头部动作，"跨"属于腿部动作外，余皆属于手部动作，其中一个动作是拍手，两个动作是举手打揖，一个动作是手里把拿梅花，一个动作是拍阑干，一个是持节，一个是策杖，两个是捻须，两个是搔首，其余都是举杯、举酒。把这些动作串联在一起，几乎可以立即得出词人的自画像：那跨虹归去、举手谢时人的动作，有谪仙人李白"跨桥蹑彩虹"的英姿，而这正是"坡仙"本色；那回首的习惯性动作，让人联想起王维的"回看射雕处，千里暮云平"，见出词人跅弛洒脱的做派、善于深思反省的性格；那把酒问天、邀花邀月的动作，也有人们所熟悉的太白的英俊潇洒，但更透出东坡的豪放与多情；搔首、策杖、捻须，增添出几分苍老、衰飒，与中唐诗人的苦吟相仿佛，但此举"不关风与月"，更多的是陶潜式的"归去来"，杜甫式的"浑欲不胜簪"；

拍手狂歌见其狂放与真率,拍阑干又见其内心之孤独、遭际之遭迍不偶。总之,这些动作动词虽然不是绝对不施于女性,但却最能反映东坡的个性。这同样是变"伶工之词"为"士大夫之词"的一个重要方面。

三、专主情致,深婉缅邈:淮海词心

陈廷焯《白雨斋词话》卷六引乔笙巢评少游词之语云:"他人之词,词才也;才游,词心也。得之于内,不可以传。虽子瞻之明隽,耆卿之幽秀,犹若有瞠乎后者,况其下耶!"[①]后来冯煦也说:"昔张天如论相如之赋云:'他人之赋,赋才也;长卿,赋心也。'予于少游之词亦云:他人之词,词才也;少游,词心也。得之于内,不可以传。虽子瞻之明隽,耆卿之幽秀,犹若犹瞠乎后者,况其下邪?"[②]二家之论,如出一辙,字面亦几乎全同,它们之间是否存在师承、沿袭关系,可姑置不论,就中所提出的"词心"之说,于淮海词研究而言,洵为见道之语。

何谓词心?生年略迟于冯煦的况周颐认为:"吾听风雨,吾览江山,常觉风雨江山外,有万不得已者在。此万不得已者,即词心也。"[③]则所谓词心是指词人在亲历事件遭际、观览江山风物时,所产生出来、激发出来的一种不能自已的创作精神和创作冲动。它应该是真情实感的自然流露,不费安排,不加雕饰,非逞才炫技之谓。前人每谓少游词"辞情相称"[④],即言他的词以情胜,无刻镂琢削之痕与弊端。然况氏又云:"填词要天资,要学力,平日之阅历,

①　陈廷焯《白雨斋词话》卷六,唐圭璋编《词话丛编》,中华书局,2005 年,第 3909 页。
②　冯煦《蒿庵论词》,唐圭璋编《词话丛编》,中华书局,2005 年,第 3586 页。
③　况周颐著,王幼安校订《蕙风词话》卷一,人民文学出版社,1960 年,第 10 页。
④　如清朱彝尊《词综》卷六引蔡伯世言云:"子瞻辞胜乎情,耆卿情胜乎辞。辞情相称者,惟少游而已。"

目前之境界,亦与有关系。无词境,即无词心。"①这段话说:填词需要天资和个人的学力,作者平时的人生阅历、目前所经验的境界,也与填词有关系。这似乎淡化了情感的重要性,与前面所论不相侔合。对此,我们以为,一个人的情感不可能绝对的"纯",必然与其学养、阅历相关,与其目前处境相关,况氏此话的意义在于强调填词所应具备的各种条件,情感之外的其他要素,这是对前段话的补充说明,而非否定。

"专主情致"系李清照《词论》对少游词的评价,恰即着眼于它的抒情特性。"深婉缅邈"则指少游词在情感的抒发上所体现出来的含蓄委婉、深长悠远的特点。《苕溪渔隐丛话》前集引《蔡宽夫诗话》云:"退之诗豪健雄放,自成一家,世特恨其深婉不足。"②胡应麟《诗薮·古体上》:"骚以含蓄深婉为尚。"③陆机《文赋》:"函缅邈于尺素,吐滂沛乎寸心。"④陈廷焯《白雨斋词话》卷二评张炎《南浦·春水》词:"深情缅邈,意余于言,自是佳作。"⑤这是我们以此八字作为淮海"词心"内涵的由来。

(一)以"天"作假设

宋王楙《野客丛书》卷二十载:"少游词'天还知道,和天也瘦'之语,伊川先生闻之,以为亵渎上天。"⑥陈鹄《西塘集耆旧续闻》卷八所记较为详细:"伊川尝见少游词'天还知道,和天也瘦'之句,乃

---

①　况周颐著,王幼安校订《蕙风词话》卷一,人民文学出版社,1960 年,第 4 页。

②　胡仔撰,廖德明校点《苕溪渔隐丛话》前集卷十四,人民文学出版社,1962 年,第 92 页。

③　胡应麟《诗薮·内篇》卷一,中华书局,1962 年,第 5 页。

④　严可均辑《全上古三代秦汉三国六朝文·全晋文》卷九十七,中华书局,1958 年,第 4025 页。

⑤　陈廷焯《白雨斋词话》卷二,唐圭璋编《词话丛编》,中华书局,2005 年,第 3815 页。

⑥　王楙撰,王文锦点校《野客丛书》卷二十,中华书局,1987 年,第 230 页。

曰：'高高在上，岂可以此渎上帝？'"①少游这句遭到道学家指责的词，出自其《水龙吟》，为其名作之一，全词云：

> 小楼连远横空，下窥绣毂雕鞍骤。朱帘半卷，单衣初试，清明时候。破暖轻风，弄晴微雨，欲无还有。卖花声过尽，斜阳院落，红成阵、飞鸳鸯。　　玉佩丁冬别后。怅佳期、参差难又。名缰利锁，天还知道，和天也瘦。花下重门，柳边深巷，不堪回首。念多情但有，当时皓月，向人依旧。

据宋人关于此词本事的记载，它是赠给一营妓娄东玉的②，写的是情人相别后的思念与痛苦之情，"天还知道"二句，堪称词眼，它本于唐代诗人李贺《金铜仙人辞汉歌》中"天若有情天亦老"之句，其隐性的前提是：如果天有情，意思则是："言连天也不免当此苦况而消瘦，何况于人也。"③此正"情极之语"④，难怪会引起道学家的责难。少游采用这种以"天"假设构思方式的词还有一些：

> 佛也须眉皱，怎掩得众人口　　　　　　　　　　（《满园花》）
>
> 天若有情，天也为人烦恼　　　　　　　　　　　（《失调名》）
>
> 若说相思，佛也眉儿聚　　　　　　　　　　　　（《河传》）

---

① 陈鹄撰，孔凡礼点校《西塘集耆旧续闻》，中华书局，2002 年，第 373 页。

② 胡仔《苕溪渔隐丛话》前集卷五十引《高斋诗话》："少游在蔡州，与营妓娄琬字东玉者甚密，赠之词云（略）。"曾季狸《艇斋诗话》同。俞文豹《吹剑三录》又记有苏轼论此词语。

③ 参张相《诗词曲语辞汇释》卷一，中华书局，2014 年。"和天也瘦"之"和"释为"连"。

④ 清宋泽元《忏花盦丛书》本《草堂诗余》杨慎批语，清光绪十三年（1887）刻本。

数量虽不是很多，然极有特色，可以作为淮海词深于情的极端典型。说它"极端"，是因为淮海词中还有不少地方使用了假设构思方式，如《鹊桥仙》："两情若是久长时，又岂在、朝朝暮暮。"而这几处却是抬出"天"、拉出"佛"，儒教、佛教、道教中没有比它们更高更大的了，于此也可见其人为"情"所困之一斑。词中前此似仅有小山《玉楼春》下阕使用过类似的构思："相思拚尽朱颜尽。天若多情终欲问。雪窗休记夜来寒，桂酒已消人去恨。"小山词以追忆为鲜明特色，故虽有此一句，却不是十分突出而淹没无闻焉，伊川先生也只赏其"鬼语"，对此而未加呵斥。

（二）反跌以见情

少游词还善于采用让步的构思方式，反跌以增强情感表达的力度。如以下词句：

> 尽道有些堪恨处，无情。任是无情也动人　　　《南乡子》
>
> 任是行人无定处，重相见，是何时　　　《江城子》
>
> 便作春江都是泪，流不尽，许多愁　　　《江城子》
>
> 黛蛾长敛，任是春风吹不展　　　《减字木兰花》
>
> 纵蛮笺万叠，难写微茫　　　《沁园春》
>
> 谩道愁须殢酒，酒未醒、愁已先回　　　《满庭芳》
>
> 便无情到此也销魂　　　《木兰花慢》
>
> 算天长地久，有时有尽，奈何绵绵，此恨难休　《风流子》

"任是"，犹"即便是"、"即使是"；"便"，亦有"即使"之义；"谩道"犹言"莫说"；"算"、"纵"，意思是"就算"、"纵使"。这些语辞均表示让步关系。前人对少游这种让步构思法给予了一定的注意。《草堂诗余隽》卷一眉批《风流子》："人倚阑干，夜不能寐。时有尽，恨无休,自尔展转百出。"明杨慎批《草堂诗余》本《江城子》:"此结语又从坡公结语转出,更进一步。""坡公结语"谓苏轼《江城子·别徐州》词结语:"欲寄相思千点泪,流不到,楚江东。"陈廷焯《词则·大雅集》卷二:"'飞絮'九字凄咽。以下(按:即指'便作春江'二句)尽情发洩,却终未道破。"《草堂诗余》正集卷三评《满庭芳》"漫道"三句云:"此意道过矣,萦人不休。"清黄苏《蓼园词评》:"'酒未醒,愁先回',意亦曲而能达。"都强调这种构思方式所具有的"曲而能达"、反跌尽意的抒情效果。

(三)设问以抒情

当人深陷于某种情(尤其男女之情)中时,往往会产生迷茫、惘然的感觉,处于或接近于无知无识的状态,心中只存着那一个深切关情的人或事,念念不忘,而对其他人、其他事,对人生、社会,甚至对自己的将来都不会有什么考虑,有任何的见识。在这种情况下,抒情词中出现一连串的疑问,岂不是很真实的吗?淮海词正是善于通过这种种疑问,再现出某种特定情感状态下的特定心理。

这些疑问,基本包括问人(谁)、问时(何时)、问地(何处)、问方式(怎)等几种。《满庭芳》(山抹微云)写岁暮日晚时恋人相别于谯门的情景,其中"此去何时见也,襟袖上空惹啼痕",是脍炙人口的名句,在"销魂。当此际,香囊暗解,罗带轻分。漫赢得青楼,薄幸名存"叙事之后,接此一问,就非常真实地传达了当情者不知后会何时的心理,确实是"不假雕琢,水到渠成,非平钝者所能藉口"[①],而为深乎情、敏乎情、善言乎情者所独长。再如下列数语。

---

① 谭献撰,谭新红辑《重辑复堂词话》卷二,葛渭君编《词话丛编补编》,中华书局,2013年,第1196页。按:据辑录者注,此条辑自谭评《词辨》卷二。

何处：

后会不知何处是，烟浪远，暮云重　　　　　　（《江城子》）

乱山何处觅行云，又是一钩新月、照黄昏　　　（《南歌子》）

江南远，人何处，鹧鸪啼破春愁　　　　　　　（《梦扬州》）

怎：

别来怎表相思　　　　　　　　　　　　　　　（《望海潮》）

仗何人、细与丁宁问呵，我如今怎向　　　　　（《鼓笛慢》）

怎忍辜、耳边轻咒　　　　　　　　　　　　　（《青门饮》）

谁：

放花无语对斜晖，此恨谁知　　　　　　　　　（《画堂春》）

携手处，今谁在　　　　　　　　　　　　　　（《千秋岁》）

郴江幸自绕郴山，为谁流下潇湘去　　　　　　（《踏莎行》）

其他：

断肠携手，何事太匆匆　　　　　　　　　　　（《临江仙》）

未知安否，一向无消息　　　　　　　　　　　（《促拍满路花》）

屈指艳阳都几许，可无时霎闲风雨　　　　　　（《蝶恋花》）

今生有分共伊么　　　　　　　　　　　　　　（《浣溪沙》）

有时，则是一首词出现多个疑问，分别问及人、时或地。如：《虞美人》（行行信马横塘畔）上阕末云"知为阿谁凝恨背西风"，问人；过片接着说"红妆艇子来何处"，问地。这些问，不可能有答案，也无须作答，答案早已不言自明，而作为当情者，他仍处在情感的纷乱迷惘之中，富于情而缺少一双"慧眼"；同时所问者是他当下最关心、最动情者，故就内心深处言，他不但想问想知道答案，而且，还渴望得到肯定的答案。当然，这些问，有的并不含有怎样的

"疑",只表示一种无援无助、痛苦感伤的情绪。

　　(四)"加倍法"

　　情感抒发中的"加倍法"有多种方式,如王夫之所谓"以乐景写哀,以哀景写乐,一倍增其哀乐"[①],即是一法。本文所论淮海词的"加倍法",有两种,其一是指在叙事抒情过程中,以"更"、"又"、"还"等字宕开前笔,引领出另一事、另一层意思。如:

> 早是被、晓风力暴。更春共、斜阳俱老　　　(《迎春乐》)
>
> 那更夜来,一霎薄情风雨。暗掩将、春色去　　(《河传》)
>
> 枕上梦魂飞不去,觉来红日又西斜　　　　　(《浣溪沙》)
>
> 消瘦,消瘦,还是褪花时候　　　　　　　　(《如梦令》)
>
> 日长早被酒禁持,那堪更别离　　　　　　　(《阮郎归》)
>
> 成病也因谁。更自言秋杪,亲去无疑　　　　(《望海潮》)

这是在原意外,直接另加一意,前后意思之间有层进、叠加的关系,或曰是"X(前)+1(后)"的关系,故无论其原来有多少层情意,经过"加倍法"构思后,所表之意、所抒之情,均要较原来深一层、进一步。

　　其二乃源自谭献评《词辨》卷一温庭筠《南歌子》(倭堕低梳髻)结句时所云:"'百花时'三字,加倍法,亦重笔也。"[②]温庭筠原词是:"倭堕低梳髻,连娟细扫眉。终日两相思。为君憔悴尽,百花时。"寻绎其词意,"为君憔悴尽"一句已绾合上文对女子发式、眉样及相思状态的描写,"百花时"三字则在此基础上,再添加一笔,强

---

①　王夫之撰,戴鸿森笺注《姜斋诗话笺注》卷一,上海古籍出版社,2012年,第10页。

②　谭献撰,谭新红辑《重辑复堂词话》卷一,葛渭君编《词话丛编补编》,中华书局,2013年,第1193页。

调所有情事都发生在百花盛开这一撩人愁思的季节,从而使其相思憔悴更加难堪。谭献又称之为"重笔",然此"重"系加重、增加或两重、双重之意,绝非简单重复之可比。这种构思方式在淮海词中得到较多的运用,并形成了他的个人特色,这就是以"正……(时)"、"当……(时、际)"领起一个或几个句子(也有不用领字者),止住原意,另拓新思,另辟新境。如为其代表作之一的《八六子》歇拍即云"正销凝,黄鹂又啼数声",前人多谓是效晚唐杜牧同调词之歇拍"正销魂,梧桐又移翠阴"而来①,此诚不诬,然未注意到少游词对此法的发展、变化。盖杜牧仅于词的歇拍一用,淮海则不但用于歇拍,还根据情感表达的需要,施之于词的不同地方。今举其例如下。

上片:

长记误随车。正絮翻蝶舞,芳思交加。柳下桃蹊,乱分春色到人家　　　　　　　　　　　　　　　　　(《望海潮》)

正兰皋泥润,谁家燕喜,蜜脾香少,触处蜂忙　(《沁园春》)

晚云收。正柳塘、烟雨初休　　　　　　　　(《梦扬州》)

秋来政情味淡,更一重烟水一重云　　　　　(《木兰花慢》)

下片:

销魂。当此际,香囊暗解,罗带轻分　　　　(《满庭芳》)

无寐。无寐。门外马嘶人起　　　　　　　　(《如梦令》)

无绪。无绪。帘外五更风雨　　　　　　　　(《如梦令》)

---

① 洪迈《容斋四笔》卷十三:"秦少游《八六子》词云:'片片飞花弄晚,濛濛残雨笼晴。正销凝,黄鹂又啼数声。'语句清峭,为名流激推。予家旧有建本《兰畹曲集》,载杜牧之一词,但记其末句云:'正销魂,梧桐又移翠阴。'秦公盖效之,似差不及也。"陈霆《渚山堂词话》卷一亦云:"秦词全用杜格。"

下片基本出现于末句,上片则或片首,或片中,或片末。还有的词,于一首中两用其法,如《雨中花》上片先云"正天风吹落,满空寒白",下文又云"正火轮飞上,雾卷烟开,洞观金碧";《木兰花慢》上片云"秋来政情味淡,更一重烟水一重云",下片又云"凭高正千嶂黯,便无情到此也销魂"。与上一种"加倍法"不同的是,此处"正"、"当"所连接的前后两部分,不是层进关系,它们是发生在同一时间层面的两件事,只是后者被化为了前者的情感背景,从而抬升了、垫高了前者,使它得到一定倍数的提升,故双方的关系不是上一种方法那样的"X(前)+1(后)"的加法关系,而是乘法的倍数关系。正如加法与乘法不同,这两种法式的效果也是不一样的。也即是说,上一种"加倍法"基本上是加一倍法,此一种"加倍法"是加数倍法,其倍数的多少视"正"、"当"前面有多少个情意层次而定。少游之"深于情",无论是男女相思相恋之苦,还是贬谪思归、友朋凋落之情,与此种构思法似不无干系。

第三节　自成一家的词人(下)

四、"倔强中见姿态":涪翁本色

元祐词人中,山谷也是比较突出的一位。在当时,苏门中人对他的评价就褒贬不一。陈师道誉之曰:"今代词手,惟秦七、黄九耳,唐诸人不逮也。"[①]把他与秦观相提并论,同视为当代"词手"。另一词家晁补之则云:"黄鲁直间为小词,固高妙,然不是当行家语,乃著腔子唱好诗也。"[②]认为他的词不是当行之作。宋以后人

---

① 陈师道《后山诗话》,何文焕辑《历代诗话》,中华书局,2004 年,第 309 页。
② 吴曾《能改斋漫录》卷十六,上海古籍出版社,1979 年,第 469 页。

对他的评价虽亦不乏褒赞,但似乎贬损居多,尤以陈廷焯的批评为代表。陈氏说:"秦七黄九并重当时,然黄之视秦,奚啻碔趺之与美玉。"又说:"黄九于词,直是门外汉。匪独不及秦、苏,亦去耆卿远甚。"①可谓贬之至极,无以复加。然平心而论,放眼历代诸家词论,陈氏对山谷,固多无善言相加,可称涪翁"死敌",但他的另外一些言论,却又能准确把握山谷词之特点,眼光独到,深中肯綮,堪称涪翁之知己。在上引"碔趺美玉"之论后,陈氏接着说:"词贵缠绵,贵忠爱,贵沉郁。黄之鄙俚者无论矣,即以其高者而论,亦不过于倔强中见姿态耳。"②"倔强中见姿态"一语,以及他在其他地方说山谷词的"笔力奇横无匹,中有一片深情"③,最得涪翁词之神髓,向为人称引,今人有以"瘦硬"替代者,反觉不及它全面、形象。笔者以为陈氏这两处评论实际表达的是一个意思,故借"倔强中见姿态"一语以为山谷词立论。所谓"倔强",所谓"姿态",本皆对人而非对词言,前者指其人性格强硬执拗,不肯屈人;后者指的是人的神情举止或容貌体态,尤谓女性美丽娴雅、款款多情的神态,引申用时也指文艺作品呈现出来的意趣。故"倔强中见姿态"这一人物品评之语,其词论意义上的内涵,是大致反映出山谷词融两种对立风格于一炉的审美特征。

黄宝华先生指出,"所谓'倔强'其实就是其反流俗的人品在艺术风格上的反映。山谷实际上是将词作为诗来写,因而在词中往往表述其对生活的体悟,其主要内涵不外对名利的鄙弃,对人生的洞彻,对祸福的超越等,但他事实上又未达到冲和超脱之境,因而豪放旷达中时时要流露出与世俗凿枘不合的孤高兀傲,这就是其

①②　陈廷焯《白雨斋词话》卷一,唐圭璋编《词话丛编》,中华书局,2005 年,第 3784 页。
③　陈廷焯《白雨斋词话》卷六,唐圭璋编《词话丛编》,中华书局,2005 年,第 3921 页。

'倔强'所从来的根源","山谷的妙处是能将不同的、甚至对立的审美范畴结合起来,找到一个互相契合的支点。因此山谷词的豪健又是与婉约相融合的。……山谷词中有相当数量的以艳情为主题的词,它们的风格固然温婉妍媚;还有一些咏物、写景及怀人思归的词也写得缠绵深挚。这些词置之欧阳修、秦观的词中也完全可乱楮叶。但最能体现山谷词特色的是其刚柔相济的风格"。① 这些话包含两层意思:其一,山谷词的"倔强中见姿态",既谓其全部词的豪放与婉约风格并存,又指而且关键是指他的词具有刚柔相济的风格;其二,山谷词之"倔强",源于其人品及其"以诗为词"的词学主张和创作追求。我们上文已涉及山谷词兼具婉约、豪放两种风格,前面的章节也论及他的"以诗为词"问题。这里,拟就黄宝华先生"刚柔相济"之说的具体内涵加以申述。

(一)以健笔写柔情

山谷有不少词属于艳情之作,还有一些词写友朋离别、骨肉分睽、去国思家等,但在处理这些传统的柔婉型题材时,他并不是像一般词人那样写得凄婉伤感,而是多用健笔,笔挟重力,"哀而不伤"。如绍圣三年(1096)词人尚在贬谪中,作有思家之词《减字木兰花》,乃由老杜鄜州望月诗脱化而来②,末句"想见牵衣,月到愁边总不知",尤见化痕,然上片云:"举头不语,家在月明生处住。拟上摩围,最上峰头试望之。"登高望远,且登上山的最高峰,这在别处是豪放词常用的,最能体现崇高之美,词人却用以表达急于望见家园子女的心情。其《忆帝京·赠弹琵琶妓》一首写琵琶妓之技艺,词云:

---

① 黄宝华《黄庭坚评传》,南京大学出版社,1998年,第392—393页。
② 按:此词序说"丙子仲秋黔守席上,客有举岑嘉州中秋诗曰"云云,是山谷误将杜甫诗当作岑参诗。

薄妆小靥闲情素。抱着琵琶凝伫。慢捻复转拢,切切如私语。转拨割朱弦,一段惊沙去。　　　万里嫁、乌孙公主。对易水、明妃不渡。泪粉行行,红颜片片,指下花落狂风雨。借问本师谁,敛拨当心住。

在对琵琶妓的妆饰及音乐意象的描写中,下了动词"割"(尽管它是弹琵琶的动作之一)字、"惊"字,透着力度,然后出现王昭君远嫁塞外的意象,虽属琵琶旧典,但所用"万里"一语,与上阕之"惊沙"连成一片,造就宏大的场境,"易水"又暗中将人引入荆轲易水之别的联想中,慷慨悲壮。《沁园春》(把我身心)写男女间的相思心理,下片有女子的誓言云:"地角天涯,我随君去。掘井为盟无改移。"非常接近于汉乐府"上邪"歌的粗犷风格。

山谷词中经常出现他的真实情感、自我形象,率性放纵、不偶于世,显出一肚子的不合时宜,这是他以健笔写柔情的主要原因。在他的词中,"李下何妨也整冠"(《鹧鸪天》)、"付与时人冷眼看"(《鹧鸪天》)、"醉任旁观嘲潦倒"(《清平乐》)这样有意对抗世俗的句子,"笔阵扫秋风,泻珠玑、琅琅皎皎"(《蓦山溪》)、"莫笑插花和事老,摧颓,却向人间耐盛衰"(《南香子》)、"我欲穿花寻路,直入白云深处,浩气展虹霓"(《水调歌头》)这样表述不服老以及自负的句子,不时可见。胸中本有浩气,又有意与众不同,宜其柔情丽思也见出"倔强"来。

(二) 寄豪放于婉约

山谷词在相当程度上接受了东坡豪放词的影响,如果从其任职北京国子监时所作《水调歌头》(落日塞垣路)计起,他创作豪放词的时间是很长的。但山谷豪放词与东坡豪放词有些不同,这种不同,就是东坡的偏于旷达豪迈,山谷的则时见峭拔挺健之气。就豪放对婉约手法的运用而言,二家都有这方面的作品,东坡《念奴娇》(大江东去)词英雄周瑜身边那位"初嫁了"的小乔,《水调歌头》(落日绣帘卷)中的一抹"青红",《南乡子》(旌旆满江湖)中的"粉泪"、"喜子",都以"婉"衬"豪",深得艺术辩证法之三昧。山谷所作往往与东坡词暗契,而且还每有出蓝之处,他在词中增加了婉约的分量,做到寄豪放于婉约之中。上举其最早的豪放之作,就已见端倪。这首词在描写边塞雄壮萧衰的自然景物及紧张的争战局势后,出以王昭君的青冢,接着于下片出现"玉颜皓齿,深锁三十六宫秋"、"翠蛾"的哀艳婉丽形象,这比东坡笔下的小乔形象显然要清晰许多。而《水调歌头》一首,几乎全部都是借婉约表达豪放情怀。词云:

> 瑶草一何碧,春入武陵溪。溪上桃花无数,花上有黄鹂。我欲穿花寻路,直入白云深处,浩气展虹霓。只恐花深里,红露湿人衣。　　坐玉石,欹玉枕,拂金徽。谪仙何处,无人伴我白螺杯。我为灵芝仙草,不为朱唇丹脸,长啸亦何为。醉舞下山去,明月逐人归。

它以春天为背景,以桃花盛开的武陵溪及黄鹂、白云、红露、仙草构成意境,应该说风光明媚、景色宜人,然词人写此仙境不是为了表达绮思艳情,而是在于展现他坐欹随心、弹琴由意、狂饮长啸、踏月醉舞的放浪不羁的自我形象,抒发内心深处那股欲有所作为、又有所顾忌,高可干虹霓却不得伸展的"浩气"。这首词在风格之豪放、胸襟之高旷等方面都有苏轼《水调歌头》(明月几时有)的影子,甚至连"我欲……只恐"的句式也与东坡词的"我欲……又恐"一致,而境界之空明、意象之婉约,则有过之无不及。其他如以风雨中吹笛、醉里簪花听歌写傲世情怀(《鹧鸪天》),等等,均是以婉约写豪放。

(三)于丽情中议论

元祐五年(1090),苏轼在杭州任上,曾携妓谒大通禅师,并作《南乡子》(师唱谁家曲)词,引起尘俗轰动,当时释仲殊在苏州,闻而作《南歌子》(解舞清平乐)词相和①。大约在崇宁元年(1102),山谷假守当涂,追和苏词而作《南柯子》二首赠郭祥正②,前首云:

> 郭泰曾名我,刘翁复见谁。入鄽还作和罗槌。特地干戈相待、使人疑。　　秋浦横波眼,春窗远岫眉。补陀西畔夕阳迟。何似金沙滩上、放憨时。

词由东坡原词携妓本事加以伸发,结尾复用唐代锁骨菩萨幻作美艳而放浪妇人之传说③,中间又穿插"秋浦横波眼,春窗远岫眉"二句带脂粉气的景物,以佛家"青青翠竹,总是法身;郁郁黄花,无非般若"所宣称的"法身无象,应物现形"(《景德传灯录·慧海禅

---

① 胡仔《苕溪渔隐丛话》前集卷五十七引《冷斋夜话》云:"东坡镇钱塘日,无日不在西湖,尝携妓谒大通禅师……"孔凡礼《苏轼年谱》(中华书局,1998年,第945页)、薛瑞生《东坡词编年笺证》(三秦出版社,1998年,第544页)均从之,而胡可先《黄庭坚词系年考证》(载《文献》1998年第4期)误据黄庭坚《南柯子》词题,将苏轼词理解为《南歌子·楚守周豫出舞鬟》,从而系苏词于元祐元年。

② 胡可先既误系东坡原词于元祐元年(见上注),复误系山谷之此词于元祐元年春,原因皆在于依据山谷此词之题。按:此词之题通行本作:"东坡过楚州,见净慈法师,作《南歌子》。用其韵赠郭诗翁二首。"而影宋本《山谷琴趣外编》题作"次东坡携妓见法通韵",法通即大通,另一本题作"东坡作南歌子用其韵赠郭诗翁"。通行本显劣,因为东坡词本事见于《苕溪渔隐丛话》,而山谷词通行本词题所云于史无征,故不能舍本求末,反据此以衡彼。然其中亦有可取者在,即"赠郭诗翁"四字,与一本相合。考山谷交谊,此郭诗翁似指郭祥正,郭与东坡、山谷均有往来,山谷崇宁元年作《虞美人》(平王本爱江湖住),题曰"至当涂呈郭功甫",功甫乃郭祥正之字,词末即称郭为诗翁,云:"惭愧诗翁清些、与招魂。"故据以系山谷此词于本年。

③ 见李复言撰,程毅中点校《续玄怪录》,中华书局,2006年,第201页。

师》),论证不要惑于幻象而迷失本真,既上承昔日东坡与大通的一重公案,又谓眼前无须"特地干戈相待"(按:疑此亦有着他与郭之间发生的本事)。另一首("万里沧江月")更于"金雁斜妆颊,青螺浅画眉"前,不但参禅,要"顶门须更下金槌",还论"道":"庖丁有底下刀迟,直要人牛无际、是休时。"丽情与禅与道打成一片。又如《更漏子》:

> 体妖娆,鬟婀娜。玉甲银筝照座。危柱促,曲声残。王孙带笑看。　休休休,莫莫莫。愁拨个丝中索。了了了,玄玄玄。山僧无盌禅。

上片是玉女娇歌、王孙赏笑,下片则愁里带禅。

当然,山谷词之议论,不限于禅道,还有一些是人生的哲理、生命的智慧。《定风波》:

> 把酒花前欲问溪。问溪何事晚声悲。名利往来人尽老,谁道,溪声今古有休时。　且共玉人斟玉醑,休诉,笙歌一曲黛眉低。情似长溪长不断,君看,水声东去月轮西。

词从溪水今古长流、人却眨眼间即老的事实中,体悟到名利之虚,而美人美酒、听歌赏曲作为现实享受,具有追求的价值。《木兰花令》:

> 新年何许春光漏。小院闭门风日透。酥花入坐颇欺梅,雪絮因风全是柳。　使君落笔春词就。应唤檀歌催舞袖。得开眉处且开眉,人世可能金石固。

新春刚到,雪花飞舞,春词才落笔,敏感的词人仿佛从雪花中看到飘飘的柳絮,听到春来的脚步声,感受到岁月流逝的脉搏,觉得应该招歌催舞,且尽眼前之欢。需要辨别的是,这种人生不长久的思想,固然有其消极的一面,但结合山谷一生多次遭受打击、晚年尚被贬谪远窜的经历看,就其中含着的对抗名利的思想看,它确实又有积极的一面,确实是涪翁的人生体会。另一方面,将一种现实的、薄弃名利的人生观仅仅理解为醇酒妇人、歌舞享乐,又有着典型的宋代文化特征,反映着其时士大夫的生活风尚和文化心理。

(四)用对立性意象

"对立性意象"一辞不是很规范的说法,这里仅借用它指具有对比的效果或相对对立的审美意象。山谷词善于将两种对立性的意象剪接在一起,在视觉上,或在审美心理上造成一定的反差,从而增强其各自的表达力度,又产生一种奇特的"综合之美"。

山谷词用的最多的对立性意象是"白发黄花",白发见老人之老,黄花乃菊花,白发而簪黄花,苍凉妩媚,风流倜傥,是涪翁倔强的个性和"倔强中见姿态"词风的生动体现。按:插茱萸、戴菊花本皆重阳旧典,自晚唐杜牧吟出"菊花须插满头归"的诗句,诗家便普遍地看好插菊了,元祐词人更是将它演绎成"白发黄发"的集体风流(参见第八章第四节《士夫情怀的世俗化:节日时序词》之"白发黄花的风流")。山谷晚年谪居异方,重阳节基本上都在离群索居中度过,感慨无限,故于菊花似乎情有独钟,他尤其喜欢突出发之白、菊之黄,或代以类似的其他字眼。这样的例子殊不少:

> 莫笑插花和事老,摧颓。却向人间耐盛衰　　　　《南乡子》
> 黄花白发相牵挽,付与时人冷眼看　　　　　　　《鹧鸪天》
> 白发黄花帽。醉任旁观嘲潦倒　　　　　　　　　《清平乐》

　　莫笑老翁犹气岸,君看,几人黄菊上华巅　　《定风波》
　　花向老人头上笑,羞羞。白发簪花不解愁　　《南乡子》
　　白发又扶红袖醉,戎州。乱折黄花插满头　　《南乡子》
　　黄菊欹乌帽。不见清谈人绝倒　　　　　　　《清平乐》
　　白头波上泛孤船……不堪驱使菊花前　　　　《定风波》

白发之萧索,给人沧桑之感,然其人偏偏不服老、不甘老、不屈于世人,偏要头簪鲜丽明亮之黄花,一反时俗。与"白发黄花"接近的是颜色的对比。在其豪放之作《水调歌头》(落日塞垣路)中,出现了"深入黑山头"之"黑","雕弓白羽"之"白","铁面骏骅骝"之"黑"(铁),"青冢"之"青","翠娥"之"翠",可谓色泽斑斓。《诉衷情》"山泼黛,水挼蓝,翠相搀",亦可称三色图。而更多的时候,出现的是"白发黄花"那样的两种色彩的对比。如《一落索》(谁道秋来烟景素)之"紫萸黄菊繁华处",《逍遥乐》(春意渐归芳草)之"东君幸赐与,天幕翠遮红绕",《鼓笛慢》(早秋明月新圆)之"看朱颜绿鬓,封候万里,写凌烟像",《阮郎归》之"传杯犹似少年豪,醉红侵雪毛",《满庭芳》之"鸳鸯。头白早,多情易感,红蓼池塘"。这种颜色对比,不是纯粹的色泽之比,而是两种具色之意象的对比,或是现具色意象于豪放之意境中,两相映照,相互衬托。此外,还有一些意象本身即含有对立或对比的因素,如写老夫少妻现象的"可怜翡翠随鸡走"(《木兰花令》),带艳情色彩的"铁树枝头花也开"(《采桑子·赠黄中行》),均取材于生活现象,一经山谷使用,便显得新鲜,同时也被打上了他的个人印痕;而同样表现其重阳情结的"白发又扶红袖醉"(《南乡子》),表现老者听歌的"巧笑靓妆,近我衰容华鬓"(《河传》),写绮情丽思的"扶老便宜年小"(《清平乐》),等等,虽出以人物而非物象,同可看作具有对立性质的意象。

五、骚情雅意、炼字布景：东山词魂

在北宋词坛，甚或可以说在整个两宋词坛，贺铸都是相当独特的一位词人：身份独特，太祖孝惠皇后之族孙，宗室赵克彰之快婿；经历独特，由武弁改为文官，由京城出任地方，郁郁不得志；性格独特，"长七尺，面铁色，眉目耸拔。喜谈当世事，可否不少假借。虽贵要权倾一时，少不中意，极口诋之无遗辞"[1]。豪爽"近侠"而又"极幽闲思怨之情"[2]。贺铸的词，隐含着他身世遭际的这些独特性，前人每以《离骚》比拟之，虽未必十分恰当，然庶几近之矣。今即从此一角度试作论析。

（一）"香草美人"之兴

汉王逸《〈离骚〉序》："《离骚》之文，依《诗》取兴，引类譬喻，故善鸟香草，以配忠贞；恶禽臭物，以比谗佞；灵修美人，以媲于君。"这是对屈原《离骚》比兴手法及其思想内容的明确揭示，后世遂借"香草美人"以喻文学作品寄情深远。首先，在贺铸词中，我们不时可见到布满芳草的洲渚及"兰"、"莲（芰荷）"、"芷若"等几种物象，如：

雨过碧云秋，烟草汀洲	（《浪淘沙》）
烟草接亭皋，归思迢迢	（《浪淘沙》）
无限鲜飙吹芷若，汀洲	（《南乡子》）
杜若芳洲，芙蓉别浦	（《江南曲》）
兰桡明夜芳洲泊	（《芳洲泊》）
蘋汀薄晚，兰舟催解	（《菱花怨》）

① 《宋史》卷四百四十三贺铸传，中华书局，1985 年，第 13103 页。
② 程俱《贺方回诗序》，《北山小集》卷十五，《四部丛刊》续编景双鉴楼藏景宋写本。

小湾红芰清香里   (《花心动》)

飞云冉冉蘅皋暮   (《青玉案》)

小苑浴兰,微波寄叶   (《江南曲》)

兰芷满芳洲,游丝横路   (《人南渡》)

在这样纯洁、高雅、美好的洲渚上,有时还出现非常高洁的人物,他纫兰佩菊,"东山胜游在眼,待纫兰、撷菊相将"(《凤求凰》);采蘋佩玉,"采蘋游,□香裙,鸣佩玉"(《夜游宫》);佩兰,"泪竹痕鲜,佩兰香老"(《望湘人》),一如"孤芳不怕雪霜寒"(《南歌子》)的梅花。读这样的词句,欣赏这样的意象,思想这样的人物,令我们想起屈原,想起他"扈江离与辟芷兮,纫秋兰以为佩"、"步余马于兰皋兮,驰椒丘且焉止息"的形象,想起他"兰芷变而不芳兮,荃蕙化而为茅"的感慨,以及"畦留夷与揭车兮,杂杜蘅与芳芷"(以上均出《离骚》)、"浴兰汤兮沐芳,华采衣兮若英"(《九歌·云中君》)、"桂栋兮兰橑,辛夷楣兮药房"(《九歌·湘夫人》)的华句。屈骚的世界,就是芳草美人的世界,而贺铸的词,恰在这些方面继承了此点。甚至在他的词中反复出现的"兰舟"、"兰桡"意象,本非屈骚所有,却仿佛又正是楚骚正声:

门外木兰花艇子,垂杨风扫纤埃   (《雁后归》)

木兰艇子,几日渡江来   (《献金杯》)

任兰舟,载将离恨   (《绿头鸭》)

依依照影临南浦,留取木兰舟少住   (《吴门柳》)

柳岸舣兰舟   (《南乡子》)

被禊人归,相并兰桡   (《摊破木兰花》)

几时一叶兰舟,画桡鸦轧东流   (《清平乐》)

　　不系兰舟……为问木兰舟　　　　　　　　（《浪淘沙》）

　　桂楫兰舟，几送人归我滞留　　　　　　　（《减字木兰花》）

这些芳草、芳物意象尽管未必有多少寄托，但它们确实与楚骚的世界很接近。而更为重要的是，在贺铸词中，以"芳草美人"寄托情思的词作，也是存在的。前文已分析其《芳心苦》（杨柳回塘）以高洁的荷花寄托他在党争中的独特心态（参第二章第二节），又如其代表作《青玉案》（凌波不过横塘路），清黄苏云："所居横塘，断无宓妃到，然波光清幽，亦常目送芳尘，第孤寂自守，无与为欢，唯有春风相慰藉而已。次阕言幽居肠断，不尽穷愁，唯见烟草风絮，梅雨如雾，共此旦晚耳，无非写其境之郁勃岑寂也。"[①]杨海明先生指出："以前人们往往仅把它当作一首优美的艳词来欣赏，实则其含义恐不仅止于此。……如若唯因目睹一妙龄女郎的'芳尘'凌波而去，就生出这'一川烟草，满城飞絮，梅子黄时雨'的'闲愁'，那当然勉强也可说得通，但终究不让人感到'圆满'。……而全词也正同《锦瑟》诗那样，有着借物（贺词是借事）而感怀身世的扑朔迷离之风格与美感。词中的这位'凌波佳人'，一则透露出极美的资质，二则透露出孤芳自赏、寂寞幽闲的气息（'只有春知处'也），三则透露出'迟暮'之意味（'华年'无人'与度'）也。从他身上，就曲折表现了作者自伤身世、理想'失落'之悲观。"[②]其实，东山词中，像本词这样借美女孤寂、华年无人与度写迟暮之感，《谒金门》（杨花落）、《望湘人》（厌莺声到枕）之类以"求女"、候约表达有所期待而又有所怨望、伤春自叹的词，尚可挖掘出一些。唐李商隐《有感》诗云："一自

①　黄苏《蓼园词评》，唐圭璋编《词话丛编》，中华书局，2005 年，第 3057 页。

②　杨海明《唐宋词史》，江苏古籍出版社，1987 年，第 341 页。

《高唐赋》成后，楚天云雨尽堪疑。"论者每引以批评牵强附会、强作解事者，对贺词，固不必如此拘执，然亦不可因噎废食，讳言寄托。陈廷焯云："方回词，胸中眼中，另有一种伤心说不出处，全得力于楚骚，而运以变化，允推神品。"[①]所谓"伤心说不出"，所谓"得力于楚骚"，即谓以《离骚》"香草美人"之法寄托其独特之怀抱。

（二）京国日边之思

在《离骚》中，屈原曾因"疾王听之不聪也，谗谄之蔽明也，邪曲之害公也，方正之不容也"，自己"信而见疑，忠而被谤"[②]，一度欲远走他方，"独好修以为常"，就在他飞升离去时，蓦然回首京城，触动心灵，终于不忍而停落。这个回视、回首京国的动作，被后世士大夫们演绎为眷恋帝京的情节，成为古典诗歌的传统主题之一，唐代大诗人李白、杜甫这方面的作品尤其脍炙人口。词学作品中，五代时李煜国破家亡后的一些词，"神游故国"，回忆承平日京城之繁华，抒发一江春水般的愁恨，哀婉动人，但这是国君之思，与一般士大夫的眷恋不同。北宋词坛有三位词人这方面的作品多而较好，且都荣获过得《离骚》遗意的评价，他们是：柳永、贺铸、周邦彦。尽管《离骚》之泽被后世文学，非此一事；尽管前人谓三家词有《离骚》遗意未必即指此，但这层意思自然可以包括在内。由于周邦彦的活动年代略迟于此期，可暂置不论，这里先就柳永提上一笔。

柳永为举子时，曾在京城度过一段风流逍遥的生活，后出京为官，常常追忆帝里风光，更思念往日相与游乐的多情女子，其《透碧霄》（月华边）、《木兰花慢》（倚危楼伫立）、《凤归云》（恋帝里）、《宣清》（残月朦胧）等词，既写忆中京城的壮丽、冶游的欢乐，又感叹眼

---

① 陈廷焯《白雨斋词话》卷一，唐圭璋编《词话丛编》，中华书局，2005 年，第 3786 页。
② 司马迁《史记·屈原传》，中华书局，1982 年，第 2482 页。

前羁旅滋味、客里光阴,作为柳词主要内容的"羁旅行役"题材,其中即有相当部分属于这一类。宋王灼《碧鸡漫志》卷二云:"前辈云:'《离骚》寂寞千年后,《戚氏》凄凉一曲终'。《戚氏》,柳所作也。柳何敢知世间有《离骚》,唯贺方回、周美成时时得之。"①这段话照实记录、引用了当时的"前辈"称赞柳词《戚氏》的话语,非常难能可贵,但王灼对柳分明抱有偏见,仅以其有些作品"浅近卑俗"即轻视之,显然不足取。这首词写客馆中情怀,其中第二片末由眼前凄楚孤单进入思忆,第三片直接回首京城时光:"帝里风光好,当年少日,暮宴朝欢。况有狂朋怪侣,遇当歌、对酒竞留连。"虽仅仅数句,然内容较丰富:帝里之好风光;自己当时之年少;与朋友暮宴朝欢、对酒留连的生活。这段回忆,有力地反衬了今日之凄惶,而最为重要的是,京国之思并非单纯的花酒放浪,它还有着对青春年华的向往,对人生理想的追求。由于京城为全国的政治中心,是万千人实现抱负的地方,故从屈原开始,至李白、杜甫,这种京国之思基本上都与政治理想联系在一起,有时还与贬谪、放逐、不得意密切相关,因而其中理想破灭的苦痛所激起的极端眷恋,比在京时的颂歌、比未入京时的理想抒发,都要沉郁、沉痛许多。

　　贺铸自 17 岁即宦游京师,授右班殿直、监军器库门,熙宁末、元丰初、崇宁初,他多次外任,元祐年间以李清臣、苏轼荐,改文阶,又入京为承直郎,他在京虽职位不高,然因年幼即来京居住,与皇室又有着十分特殊的关系,对京师拥有一份自然的"亲和",所以他的京师情结十分深厚。同时,他的京国之思具有一定的感情因素,不似柳永那样伴随着对都市繁华的倾慕。当然,京城的豪纵生活,

---

① 王灼撰,岳珍校正《碧鸡漫志校正(修订本)》卷二,人民文学出版社,2015 年,第28 页。

多情的青楼女子,是他与柳永所共同难以割舍的。在《风流子》词中,他深情地唱道:"何处最难忘。方豪健,放乐五云乡。彩笔赋诗,禁池芳草,香鞯调马,辇路垂杨。绮席上,扇偎歌黛浅,汗浥舞罗香。兰烛伴归,绣轮同载,闲花别馆,隔水深坊。""禁池"、"辇路"标示出了京城的空间印记。禁池的芳草,辇路的垂杨,是他赋诗调马、放乐冶游的地方,也是他最难忘怀的地方。《浣溪沙》云:

> 梦想西池辇路边。玉鞍骄马小辔鞯。春风十里斗婵娟。 临水登山漂泊地,落花中酒寂寥天。个般情味已三年。

词人因思念京城而梦里回到西池的辇路边。在《绿头鸭》(玉人家)、《御街行》(松门石路秋风扫)、《浪淘沙》(一十二都门)、《九回肠》(削玉削香)、《国门东》(车马匆匆)、《念离群》(宫烛分烟)、《呈纤手》(秦弦络络呈纤手)、《望长安》(排办张灯春事早)、《西笑吟》(桃叶园林风日好)等词中,皆可看出或淡或浓的思念情绪,这种情绪与单纯的男女念慕是不同的。尤其后二首,其调名本皆作《蝶恋花》,因其中分别有"满眼青山恨西照,长安不见令人老"、"每话长安,引领犹西笑"之句,作者以其"寓声乐府"例,易为此名,而所易调名即直接反映了他内心对京国的深深眷恋。

(三) 善于炼"字面"

宋末词论家张炎比较欣赏贺铸、吴文英二家词的炼字工夫,云:"句法中有字面,盖词中一个生硬字用不得,须是深加锻炼,字字敲打得响,歌诵妥溜,方为本色语。如贺方回、吴梦窗皆善于炼字面,多于温庭筠、李长吉诗中来。"[①]贺铸自己对此也颇为自负,

---

① 张炎著,夏承焘校注《词源注》,人民文学出版社,2018 年,第 15 页。

《宋史·文苑传》载他曾经自述云："吾笔端驱使李商隐、温庭筠，常奔命不暇。"这当是张炎之论所本，其《凤栖梧》词也说当时有一暗恋他的佳人"爱我竹窗新句炼"。所谓炼字、炼句，皆指锻炼字面、语汇、句子，使之精工凝练、形象生动。而张炎所说，似偏指化用前人成句一端，这是片面的。方回词之善炼字面，应包括化用与自铸新辞二端。

要想从贺铸词中找出化用前人成句、意象的地方，实在是再容易不过，钟振振先生校注《东山词》，于笺释其词句来历方面用力颇多，为人们提供了大量的资料。《宋史》本传说他借用于李商隐、温庭筠，张炎则说来自温庭筠、李贺，实际上，又何止此三人。在他的词中，人们还可以找到王维、李白、顾况、白居易、姚合、方干、杜牧等唐代诗人，甚或《诗经》、汉乐府等诗歌武库，曹植、嵇康等汉魏六朝诗人的诗句；还可以找到《史记》、《汉书》、《晋书》、《三国志》以及唐传奇里的故典。这种化用，有时相当成功，如溶盐于水，得其味而不见其痕，"有天衣无缝之妙"[①]；有时则不够成功，存在堆垛、夸技之弊，严重者甚至掩盖了自己的真情实感，失却自家面目，故清刘体仁批评说："贺方回非不楚楚，总拾人牙慧，何足比数。"[②]王国维也认为："北宋名家以方回为最次，其词如历下、新城之诗，非不华赡，惜少真味。"[③]称赞或贬低，各有其理由，均可成立，似又都失于片面。我们认为，贺铸词之化用前人诗（或文）句，有其个人的原因在：他博学强记，家中藏书多，又常常亲自校雠，但更应从元祐词人"以诗为词"、"以学问为词"的共同创作倾向这个高度加以审视，而不应仅仅把它当作孤立的创作现象看待。前文曾指出元祐

---

① 夏敬观手批《东山词》，《彊村丛书》本，上海古籍出版社，1989 年。

② 刘体仁《七颂堂词绎》，唐圭璋编《词话丛编》，中华书局，2005 年，第 620 页。

③ 彭玉平《人间词话疏证》，中华书局，2011 年，第 174 页。

词家的"以诗为词"有摄取诗歌精神入词之"道"的层面义在,还有引诗之题材、风格、作法入词等"艺"的层面涵义(第六章);元祐词家具有多方面的艺术素养和综合素质,学术品位高是元祐词坛有别于北宋前期词坛的重要原因(第三章)。贺铸词对前人作品的化用,基本属于"艺"的层面,是其学者性格的反映,也是他"以诗为词"的创作思想的反映,它有力地响应了"以诗为词"的词学时代潮流,积极地支持了苏轼的词学革新,其词史意义不容低估。

然贺铸词之善于炼"字面",还有艺术创新之意义。其突出的特点是"丽"与"密"。丽,指的是多用色彩浓艳、分量重的字眼;密,指的是同一性质同一类型的字眼,排列得比较密集,间隔小。而"丽"与"密"在东山词中通常又是结合在一起的,因"丽"而显得愈发"密",因"密"而显得愈发"丽"。如其《点绛唇》上片第二句"麝煤熏腻纹丝缕",所用"麝煤"、"熏"本也平常,但"熏"后用"腻",又用"纹丝缕",即非寻常,便显得密而丽。《定情曲·春愁》上片云:"沉水浓熏,梅粉淡妆,露华鲜映春晓。浅颦轻笑,真物外,一种闲花风调。可待合欢翠被,不见忘忧芳草。拥膝浑忘羞,回身就郎抱。两点灵犀心颠倒。"出现了沉水、梅粉、露华、合欢被、忘忧草等虚实意象,使用了浓、淡、鲜、浅、轻、闲、翠、芳等形容词,熏、妆、映、颦、笑、待、见、拥、忘、回、抱等动词,尤其于"合欢被"、"忘忧草"二语中添加"翠"、"芳"二字,更为其他词人作品中所少见。"罗襟粉汗和香浥,纤指留痕红一捻"(《木兰花》),"绣幕深朱户,熏炉小象床。扶肩醉被冒明珰。绣履可怜分破、两鸳鸯"(《南歌子》),"绮筵上,扇偎歌黛浅,汗浥舞罗香。兰烛伴归,绣轮同载,闲花别馆,隔水深坊"(《风流子》),"炉烟微度流苏帐,孤衾冷叠芙蓉浪"(《菩萨蛮》),其他诸如此类的词句,东山词中很多。读东山词,印象最深的,恐怕就是它那由种种密集、美丽的意象、字眼所构成的不同寻常的繁丽美、色彩美,以及古典美。张耒为《东山词》作序时所说的"夫其盛丽如游金、张之堂,而妖冶如揽嫱、施之祛",似即谓其字面这种"密"、"丽"的特点而言。

（四）"言情中布景"

周济在其《宋四家词选目录序论》及《宋四家词选》中眉批贺铸之《薄倖》词（淡妆多态）（按：通行本"淡妆"作"艳真"）云:"耆卿于写景中见情,故淡远。方回于言情中布景,故秾至。"此亦就两家词创作之大概而言,不可拘泥于每一首词。盖柳永词多以景物描写开篇,在大段的景物之后,方进入抒发情感阶段,或者虽不是以写景开篇,但仍是在景物描写后言情,这样,景物之客观属性保留得较多;而方回词则是在抒情后描写景物,使景物的主观色彩要浓一些。对照柳之《雨霖铃》（含蝉凄切）、《八声甘州》（对潇潇暮雨洒江天）、《玉山枕》（骤雨新霁）诸阕,贺之《青玉案》（凌波不过横塘路）、《人南渡》（兰芷满芳州）、《薄倖》诸阕,可证周济之言不差。贺以"一川烟草,满城风絮,梅子黄时雨"写景妙句膺"贺梅子"之称,然此景若非前面先有"若问闲愁都几许"一句抒情,便无灵魂[1]。东山词中此类构思、此类佳句还有,如:

> 欲知方寸,共有几许清愁,芭蕉不展丁香结。枉望断天涯,两厌厌风月　　　　　　　　　　　　　　（《石州引》）
> 收贮一春幽恨……算蓬山、未抵屏山远,奈碧云易合,彩霞深闭,明月先圆　　　　　　　　　　（《月先圆》）

---

[1]　刘熙载《艺概·词概》亦云:"其末句好处,全在'试问'句呼起,及与上'一川'二句并用耳。或以方回有'贺梅子'之称,专赏此句误矣。且此句原本寇莱公'梅子黄时雨如雾'诗句,然则何不目莱公为'寇梅子'耶。"

认情通、色受缠绵处,似灵犀一点,吴蚕八茧,汉柳三眠

《绮筵张》

谁家水调声声怨,黄叶西风。罨画桥东。十二玉楼空更空

《罗敷歌》

这种景,实际上是含有情意的景,由此,我们进一步认为,东山词之"言情中布景"尚有深一层意思,即善于创造一种带有六朝烟水迷离之致的意境。可能是源于个人生活、情感的一些特殊经历,贺铸词的背景有不少是美丽入画的江南水乡,其女性则是貌如天仙、柔情似水,又带些哀怨气质的青楼女子,交通工具很少是富有阳刚之气的马,而代以充满诗情画意的兰舟、艇子、桂楫。同时,由于江南一带本是六朝繁华之地,苏小的传说,桃叶、桃根的故事一直就在渡口、青山下流传着,烟花脂粉更因了江南的水而湿漉漉、沉甸甸的,似雾似云,如泪如血,缥缈空灵,凄怨动人。加之词人有意拾掇六朝时的锦字绣句入词,使之别增凄艳的历史斑驳色彩,如绚丽的古锦缎。下面所列隐约可见其情事的片段:

不识当年桃叶面……两桨往来风与便,潮平月上江如练

《江如练》

彩旗影动船头转。双桨凌波……江上暮潮,隐隐山横南岸。奈离愁、分不断

《河传》

小小兰舟,荡桨东风快。和愁载。缠绵难解,不似罗裙带

《点绛唇》

孤棹舣,小江边。爱而不见酒中仙。伤心两岸宫杨柳,已带斜阳又带蝉

《鹧鸪天》

日日春风楼上。不见石城双桨……门外白蘋溪涨

（《忆仙姿》）

星桥畔、油壁车迎苏小。引领西陵自远,携手东山偕老

（《定情曲》）

桃叶青山长在眼,几时双楫迎来　　　　　（《河满子》）

采蘋溪晚,拾翠沙空……木兰艇子,几日渡江来,心目断。

桃叶青山隔岸　　　　　　　　　　　　　（《献金杯》）

我们完全可以猜测:作者与沦落风尘的某个女子情意缠绵(与钟振振先生所考证出的"吴女",可能是同一人),甚至结幽盟约,然因对方或自己的原因而未能实现,心中便留下永久的遗憾,时时形诸吟咏。但即使不借助于这个猜测,这些隐约迷恍的情事、诗意化的意象已经非常成功地构成一个个审美意境,形象地展示了词人的心灵世界。

结束语

　　本着"走近元祐,感受元祐"的目的,我们踏上了对这段词史的考察之旅。在这里,我们形象感知了苏轼和他的弟子们进行词学活动的历史空间、社会文化氛围,感知了他们进行词学活动的思想观念,他们的词学活动方式,以及他们作品的内容和形式,及其在当时的社会反响。在匆匆结束这次旅程、走下历史"高速公路"的时候,一个强烈的感觉油然而生:这不更像当今的企业考察吗?经营理念、技术设备、产品质量、销售情况……确实,既然都是"产品",那么,它们在某些方面总会有这样那样的相似性,不过,一是物质产品,一是精神产品;一是现代化的企业,一是历史上的……请稍等一等,如果定要拿"产品"及其生产来作比的话,元祐词坛可不是历史上的"手工作坊",苏轼及其弟子们所进行的词学创作,也不是落后的"手工操作"所能比。

　　从政治立场看,"苏门"基本都属于比较保守的"旧党",他们对王安石变法多持反对意见(当然,苏轼对变法中的某些方面还是肯定的),而在词学创作上,他们却可以说是"词"这种文体的"革新派"。人们通常囿于成见,认为革新词坛的只是苏轼一人,而将他的弟子们,不但从他的身边拉开,反而放在他的对立面上,认为苏轼的词学主张、词学创作,不但得不到世人的赞同,连他的弟子都反对,完全将苏轼描绘成一个孤独的、寂寞的"先行者"。其实,苏门尽管各人都保持自己为学、为"文"的相对独立性,但他们毕竟有着较为密切的联系,经常唱和切磋,谈艺论道,因而,不可避免地会相互影响。无论是主题上的趋同性(如:妻子形象、咏茶、咏节序、咏物、咏莺莺张生西厢情事),还是形式上的一致性(用《调笑》词调、借用诗歌常用的体式),都无可辩驳地说明这种相互影响的客观存在。至于陈师道批评苏轼"以诗为词",正当如晁补之评黄庭坚之词是"著腔子唱好诗",晁(补之)、张(耒)评秦观"小词似诗",黄庭坚评晏几道词"寓以诗人句法",贺铸自言"笔端驱使李商隐、温庭筠"一样看待,它们既反映出以诗为参照系评词的一时风尚,又说明他们之间词学批评活动的活跃。而李之仪跋吴思道词时所说的"大抵以《花间集》中所载为宗",是对唐五代词的一种评判,不能说他主张词应以《花间集》为正宗。总之,对这段时期的词学批评和创作,我们只有用联系的观点、全面的观点加以观照,恢复苏轼同他的弟子之间的联系,并进而把苏门同当时的其他词人作为元祐词坛的整体进行观照,才能得出大体接近历史原貌、又基本符合逻辑发展的结论。

元祐词人走上词坛时,婉约便娟、华艳绮丽的词风盛行一时,柳永则最为擅场,"词为艳科"、"小道"的观念也已经形成定势,要想改变这种局面,非采取一些根本性的措施不可。"以诗为词"正是时代的选择,盖"文章之革故鼎新,道无它,曰以不文为文,以文为诗而已。向所谓不入文之事物,今则取为文料;向所谓不雅之字句,今则组织而斐然成章。谓为诗文境域之扩充,可也;谓为不入诗文名物之侵入,亦可也"。钱锺书先生《谈艺录》中的这段话精辟地概括了文学发展、文体革新的必经之路。词体的革新亦复如是。以苏轼为首的元祐词家,一方面大刀阔斧地进行词体革命,以"自是一家"的豪放词一洗天下人耳目,"为人指出向上一路",使"弄笔者始知自振"，打破了婉约词风独占骚坛的格局，另一方面，又从"婉约"的营垒内部进行改革，将品格不高、仅被作为"猎艳"对象的青楼红袖，置换为端庄典雅、堪与士大夫共死生的"妻子"形象，并保留婉约词中的合理成分，如援借柳永的铺叙展衍手法入豪放之作，等等，刚柔相济、宽猛并施，从而使词以多元的风格面貌出现在世人面前，使它被五代《花间》中断了、由早期文人词和民间词确立的传统得以接续，为后世词人的进一步发展，打开了局面。不难想象：如果没有元祐词人在内容题材上的开创之功，就可能没有南渡词人的群体高歌，因为词的功用仅仅限于尊前筵上，抗敌救亡的时代强音就可能仍然只发之于传统的诗歌苑地，而词坛仍是莺啭燕呖；同样，如果没有元祐词家在形式技巧上的多方开拓，词将仍然固守着自己小巧局狭的畛域，形成不了大的景观。从这层意义来看，元祐词坛在词史上的地位，自是非常重要的。

　　在前面，我们试图综合运用语言学、历史学、社会学、文化学的研究方法，通过对元祐时期"作品群体"的描述和分类把握，以揭示宋代词史上这一繁荣时期词坛的风貌及其审美特质，并结合"元祐更化"、"元祐党争"、"元祐学术"等历史、文化现象，进一步阐释元祐词的生成，以及它的文化蕴涵，勾画它在中国词史上的位置。我们的最终目的在于恢复元祐词坛那样一种生机勃勃、元气淋漓的景象，使之成为可感可知的具体对象，成为今人愿意走近、能够有所借鉴的历史"标本"。但是，历史毕竟是历史，它难以真正"复原"，更不可能"再现"；加之资料的匮乏，个人学识、修养的不足，工作的成效更要大打"折扣"，达到历史的原点谈何容易！我们的努力，只有希望能多接近"真"一些而已。至于文中未曾涉及的元祐词坛同宋代文化之间的关系这个空隙，只有留待日后去补填了。

主要参考文献

B

毕沅《续资治通鉴》,中华书局,1957年。

C

[日]村上哲见著,杨铁婴译《唐五代北宋词研究》,陕西人民出版社,1987年。

陈邦瞻《宋史纪事本末》,中华书局,2015年。

陈廷焯《白雨斋词话》,唐圭璋编《词话丛编》,中华书局,2005年。

陈廷焯《词则》,葛渭君编《词话丛编补编》,中华书局,2013年。

陈廷焯《云韶集》,葛渭君编《词话丛编补编》,中华书局,2013年。

陈师道《后山居士文集》,影印北京图书馆藏宋刻本,上海古籍出版社,
    1984年。

陈师道撰,任渊注,冒广生补笺《后山诗注补笺》,中华书局,1995年。

陈师道《后山诗话》,何文焕辑《历代诗话》,中华书局,2004年。

陈国庆编《汉书艺文志注释汇编》,中华书局,1983年。

陈植锷《北宋文化史述论》,中国社会科学出版社,1990年。

陈岩肖《庚溪诗话》,丁福保辑《历代诗话续编》,中华书局,2006年。

陈衍编《宋诗精华录》,巴蜀书社,1992年。

陈衍撰,郑朝宗、石文英点校《石遗室诗话》,人民文学出版社,2004年。

陈鹄撰,孔凡礼点校《西塘集耆旧续闻》,中华书局,2002年。

陈善《扪虱新话》,《丛书集成初编》,商务印书馆,1939年。

晁公武撰,张猛校证《郡斋读书志校证》,上海古籍出版社,1990 年。

晁补之《鸡肋集》,《四部丛刊》初编景明诗瘦阁仿宋刊本。

晁补之、晁冲之撰,刘乃昌、杨庆存校注《晁氏琴趣外篇　晁叔用词》,上海古籍出版社,1991 年。

曾昭岷、曹济平、刘尊明、王兆鹏编《全唐五代词》,中华书局,1999 年。

曾季貍《艇斋诗话》,丁福保辑《历代诗话续编》,中华书局,2006 年。

曾慥《乐府雅词》,《四部丛刊》初编景旧钞本。

程俱《北山小集》,《四部丛刊》续编景双鉴楼藏景宋写本。

程颢、程颐著,王孝鱼点校《二程集》,中华书局,2004 年。

蔡絛撰,惠民、沈锡麟点校《铁围山丛谈》,中华书局,1983 年。

蔡絛《西清诗话》,蔡镇楚编《中国诗话珍本丛书》第 1 册景明钞本,北京图书馆出版社,2004 年。

蔡嵩云《柯亭词论》,唐圭璋编《词话丛编》,中华书局,2005 年。

D

丁绍仪《听秋声馆词话》,唐圭璋编《词话丛编》,中华书局,2005 年。

丁福保辑《历代诗话续编》,中华书局,2006 年。

[法] 丹纳著,傅雷译《艺术哲学》,人民文学出版社,1963 年。

邓子勉编《明词话全编》,凤凰出版社,2012 年。

道潜撰,孙海燕点校《参寥子诗集》,上海古籍出版社,2017 年。

F

方智范、邓乔彬、高建中、周圣伟《中国词学批评史》,中国社会科学出版社,1994 年。

冯金伯《词苑萃编》,唐圭璋编《词话丛编》,中华书局,2005 年。

冯乾编校《清词序跋汇编》,凤凰出版社,2013 年。

冯煦《蒿庵论词》,唐圭璋编《词话丛编》,中华书局,2005 年。

范晔《后汉书》,中华书局,1965 年。

G

郭绍虞《宋诗话考》，中华书局，1979 年。

郭绍虞辑《宋诗话辑佚》，中华书局，1980 年。

顾易生、蒋凡、刘明今《宋金元文学批评史》，上海古籍出版社，1996 年。

葛洪撰，周天游校注《西京杂记校注》，中华书局，2020 年。

葛渭君编《词话丛编补编》，中华书局，2013 年。

H

何士信辑，杨慎批点《草堂诗余》，《丛书集成续编》第 161 册，上海书店出版
　　社，1994 年。

何文焕辑《历代诗话》，中华书局，2004 年。

胡仔撰，廖德明校点《苕溪渔隐丛话》，人民文学出版社，1962 年。

胡应麟《诗薮》，中华书局，1962 年。

胡晓明《中国诗学之精神》，江西人民出版社，1991 年。

胡寅撰，尹文汉点校《斐然集》，岳麓书社，2009 年。

贺裳《皱水轩词筌》，唐圭璋编《词话丛编》，中华书局，2005 年。

贺铸撰，钟振振校注《东山词》，上海古籍出版社，1989 年。

贺铸《东山词》，《丛书集成三编》第 62 册，台北新文丰出版公司，1988 年。

洪迈撰，孔凡礼点校《容斋随笔》，中华书局，2005 年。

黄宝华选注《黄庭坚选集》，上海古籍出版社，1991 年。

黄宝华《黄庭坚评传》，南京大学出版社，1998 年。

黄苏《蓼园词评》，唐圭璋编《词话丛编》，中华书局，2005 年。

黄庭坚撰，刘琳、李勇先、王蓉贵点校《黄庭坚全集》，四川大学出版社，
　　2001 年。

黄庭坚撰，马兴荣、祝振玉校注《山谷词校注》，上海古籍出版社，2001 年。

黄昇《唐宋诸贤绝妙词选》，《四部丛刊》初编景明刊本。

黄绾撰，刘厚祜、张岂之点校《明道编》，中华书局，1959 年。

惠洪撰，陈新点校《冷斋夜话》，中华书局，1988 年。

J

江少虞《宋朝事实类苑》,上海古籍出版社,1981年。

皎然《诗式》,何文焕辑《历代诗话》,中华书局,2004年。

蒋寅《大历诗风》,上海古籍出版社,1992年。

蒋敦复《芬陀利室词话》,唐圭璋编《词话丛编》,中华书局,2005年。

K

孔凡礼编《全宋词补辑》,中华书局,1981年。

孔凡礼《苏轼年谱》,中华书局,1998年。

孔平仲撰,杨倩描、徐立群点校《孔氏谈苑》,中华书局,2012年。

况周颐著,王幼安校订《蕙风词话》,人民文学出版社,1960年。

L

龙榆生《唐宋词格律》,上海古籍出版社,1978年。

[苏联]列宁《哲学笔记》,人民出版社,1956年。

吕祖谦编,齐治平点校《宋文鉴》,中华书局,1992年。

刘辰翁《须溪集》,《丛书集成续编》,台北新文丰出版公司,1988年。

刘体仁《七颂堂词绎》,唐圭璋编《词话丛编》,中华书局,2005年。

刘克庄《后村先生大全集》,《四部丛刊》初编景上海涵芬楼藏赐砚堂钞本。

刘攽《中山诗话》,何文焕辑《历代诗话》,中华书局,2004年。

刘弇《龙云集》,《丛书集成续编》第101册,上海书店出版社,1994年。

刘熙载撰,袁津琥校注《艺概注稿》,中华书局,2009年。

刘勰著,范文澜注《文心雕龙注》,人民文学出版社,1962年。

李之仪《姑溪居士文集》,《丛书集成初编》,中华书局,1985年。

李剑国辑校《唐五代传奇集》,中华书局,2015年。

李复言撰,程毅中点校《续玄怪录》,中华书局,2008年。

李复撰,魏涛点校整理《李复集》,西北大学出版社,2015年。

李焘《续资治通鉴长编》,中华书局,2004年。

李廌撰,孔凡礼点校《师友谈记》,中华书局,2002 年。

陆友《研北杂志》,《丛书集成初编》,中华书局,1991 年。

陆羽《茶经》,《丛书集成新编》第 47 册,台北新文丰出版公司,1984 年。

柳诒徵《中国文化史》,中国大百科全书出版社,1988 年。

楼钥撰,顾大朋点校《楼钥集》,浙江古籍出版社,2010 年。

黎靖德编,王星贤点校《朱子语类》,中华书局,1986 年。

M

［德］马克思、恩格斯《马克思恩格斯选集》,人民出版社,1995 年。

毛亨传,郑玄笺,孔颖达正义《毛诗正义》,阮元校刻《十三经注疏》,中华书局,
　　2009 年。

毛晋辑《宋名家词》,影印明汲古阁本,上海古籍出版社,2014 年。

毛滂撰,周少雄点校《毛滂集》,浙江古籍出版社,2012 年。

米芾《宝晋英光集》,《丛书集成初编》,中华书局,1985 年。

米芾《米襄阳遗集》,《四库存目丛书·史部》第 84 册景万历三十二年（1604）
　　范氏清宛堂刻舞蛟轩重修本,齐鲁书社,1996 年。

莫砺锋《江西诗派研究》,齐鲁书社,1986 年。

N

耐得翁《都城纪胜》,《丛书集成续编》,台北新文丰出版公司,1988 年。

聂安福、侯体健整理《临川先生文集》,王水照主编《王安石全集》,复旦大学出
　　版社,2016 年。

O

欧阳修《欧阳文忠公集》,《中华再造善本》景宋庆元二年（1196）周必大刻本。

欧阳修等《新唐书》,中华书局,1975 年。

欧阳修撰,李逸安点校《欧阳修全集》,中华书局,2001 年。

P

朋九万《乌台诗案》,《丛书集成初编》,商务印书馆,1939年。

庞元英《文昌杂录》,《丛书集成初编》,中华书局,1985年。

普济著,苏渊雷点校《五灯会元》,中华书局,1984年。

彭乘撰,孔凡礼点校《墨客挥犀》,中华书局,2002年。

彭玉平《人间词话疏证》,中华书局,2011年。

Q

仇永明、张丽水、周启富编《东坡词索引》,华东师范大学出版社,1993年。

秦观撰,徐培均校注《淮海居士长短句》,上海古籍出版社,1985年。

秦观撰,徐培均笺注《淮海集笺注》,上海古籍出版社,2000年。

钱锺书《谈艺录》,中华书局,1984年。

赜藏主编集,萧萐父、吕有祥点校《古尊宿语录》,中华书局,1994年。

R

［法］让-伊夫·塔迪埃著,史忠义译《20世纪的文学批评》,河南大学出版社,2009年。

S

司马迁《史记》,中华书局,1982年。

司马光撰,邓广铭、张希清点校《涑水记闻》,中华书局,1989年。

师明编集《续古尊宿语要》,《续藏经》第118册,台北新文丰出版公司,1994年。

孙光宪撰,贾二强点校《北梦琐言》,中华书局,2002年。

孙昌武《佛教与中国文学》,上海人民出版社,1988年。

宋祁撰,储玲玲点校《宋景文公笔记》,《全宋笔记(第一编)》,大象出版社,2003年。

沈辰垣等编《历代诗余》,影印清康熙内府刻本,上海书店出版社,1985年。

沈义父著,蔡嵩云笺释《乐府指迷笺释》,人民文学出版社,2018年。

沈括撰,金良年点校《梦溪笔谈》,中华书局,2015年。

沈祥龙《论词随笔》,唐圭璋编《词话丛编》,中华书局,2005年。

沈雄《古今词话》,唐圭璋编《词话丛编》,中华书局,2005年。

沈作喆《寓简》,《丛书集成初编》,中华书局,1985年。

邵博撰,李剑雄、刘德权点校《邵氏闻见后录》,中华书局,1983年。

邵浩《坡门酬唱集》,清宣统间贵池刘氏玉海堂景宋本。

苏轼撰,王文诰辑注,孔凡礼点校《苏轼诗集》,中华书局,1982年。

苏轼撰,孔凡礼点校《苏轼文集》,中华书局,1986年。

苏轼《东坡词》,《唐宋名贤百家词》本,天津古籍出版社,1992年。

苏轼撰,薛瑞生笺证《东坡词编年笺证》,三秦出版社,1998年。

苏轼撰,傅幹注,刘尚荣校证《东坡词傅幹注校证》,上海古籍出版社,2016年。

苏轼《东坡乐府》,《国学基本典籍丛刊》景元延祐本,国家图书馆出版社,
　　2019年。

苏辙撰,陈宏天、高秀芳点校《苏辙集》,中华书局,1990年。

苏籀《栾城先生遗言》,《丛书集成初编》,中华书局,1985年。

释惠洪著,〔日〕释廓门贯彻注,张伯伟、郭醒、童岭、卞东波点校《注石门文字
　　禅》,中华书局,2012年。

施蛰存编《词集序跋萃编》,中国社会科学出版社,1994年。

施蛰存、陈如江辑录《宋元词话》,上海书店出版社,1999年。

释道元编《景德传灯录》,《四部丛刊》景常熟瞿氏铁琴铜剑楼藏宋刻本。

T

唐圭璋编《全宋词》,中华书局,1965年。

唐圭璋编《词话丛编》,中华书局,2005年。

陶渊明撰,龚斌校笺《陶渊明集校笺》,上海古籍出版社,1996年。

脱脱等《宋史》,中华书局,1985年。

谭献撰,谭新红辑《重辑复堂词话》,葛渭君编《词话丛编补编》,中华书局,
　　2013年。

W

万树《词律》,上海古籍出版社,1984 年。

文莹撰,郑世刚、杨立扬点校《湘山野录》,中华书局,1984 年。

王士禛《花草蒙拾》,唐圭璋编《词话丛编》,中华书局,2005 年。

王夫之撰,戴鸿森笺注《姜斋诗话笺注》,上海古籍出版社,2012 年。

王水照主编《宋代文学通论》,河南大学出版社,1997 年。

王水照《苏轼研究》,河北教育出版社,1999 年。

王世贞《艺苑卮言》,唐圭璋编《词话丛编》,中华书局,2005 年。

王立之《王直方诗话》,郭绍虞辑《宋诗话辑佚》,中华书局,1980 年。

王灼撰,岳珍校正《碧鸡漫志校正(修订本)》,人民文学出版社,2015 年。

王昆吾《隋唐五代燕乐杂言歌辞研究》,中华书局,1996 年。

王国维《宋元戏曲史》,上海古籍出版社,1998 年。

王楙撰,王文锦点校《野客丛书》,中华书局,1987 年。

王明清撰,田松清点校《挥麈录》,上海古籍出版社,2012 年。

王若虚《滹南诗话》,丁福保辑《历代诗话续编》,中华书局,2006 年。

王奕清等编《钦定词谱》,影印清康熙五十四年(1715)内府刻本,中国书店,
　　1983 年。

王禹偁《小畜集》,《四部丛刊》景经鉏堂钞本。

汪藻《浮溪集》,《丛书集成初编》,中华书局,1985 年。

吴文治编《宋诗话全编》,江苏古籍出版社,1998 年。

吴可《藏海诗话》,丁福保辑《历代诗话续编》,中华书局,2006 年。

吴处厚撰,李裕民点校《青箱杂记》,中华书局,1985 年。

吴聿《观林诗话》,丁福保辑《历代诗话续编》,中华书局,2006 年。

吴自牧《梦粱录》,《丛书集成初编》,商务印书馆,1939 年。

吴言生《禅宗哲学象征》,中华书局,2001 年。

吴昌绶、陶湘辑《景刊宋金元明本词》,上海古籍出版社,1989 年。

吴洪泽、尹波主编《宋人年谱丛刊》,四川大学出版社,2003 年。

吴梅《词学通论》,人民文学出版社,2018 年。

吴曾《能改斋漫录》,上海古籍出版社,1979 年。

吴熊和《唐宋词通论》,浙江古籍出版社,1989年。

宛敏灏《词学概论》,上海古籍出版社,1987年。

魏庆之《诗人玉屑》,上海古籍出版社,1978年。

魏泰撰,李裕民点校《东轩笔录》,中华书局,1983年。

X

许昂霄《词综偶评》,唐圭璋编《词话丛编》,中华书局,2005年。

徐度撰,尚成校点《却扫编》,上海古籍出版社,2012年。

夏承焘《夏承焘集》,浙江古籍出版社、浙江教育出版社,1997年。

萧统编,李善等注《六臣注文选》,《四部丛刊》景宋本。

谢桃坊《宋词辨》,上海古籍出版社,1999年。

谢章铤《赌棋山庄词话》,唐圭璋编《词话丛编》,中华书局,2005年。

漆侠《宋代经济史》,上海人民出版社,1988年。

Y

元好问撰,狄宝心校注《元好问文编年校注》,中华书局,2012年。

永瑢等《四库全书总目》,中华书局,1965年。

叶适《习学记言序目》,中华书局,1977年。

叶梦得撰,徐时仪点校《避暑录话》,《全宋笔记(第二编)》,大象出版社,
　　2006年。

叶梦得《石林居士建康集》,清道光二十四年(1844)叶廷琯刊本。

叶梦得撰,逯铭昕校注《石林诗话校注》,人民文学出版社,2011年。

叶寘撰,孔凡礼点校《爱日斋丛抄》,中华书局,2010年,第76页。

严羽撰,郭绍虞校释《沧浪诗话校释》,人民文学出版社,1983年。

严可均编《全上古秦汉三国六朝文》,中华书局,1958年。

杨海明《唐宋词史》,江苏古籍出版社,1987年。

杨慎《太史升庵文集》,明万历十年(1582)蔡汝贤刻本。

杨慎《升庵诗话》,丁福保辑《历代诗话续编》,中华书局,2006年。

俞文豹《吹剑录(附外集)》,《丛书集成初编》,中华书局,1991年。

俞彦《爰园词话》,唐圭璋编《词话丛编》,中华书局,2005年。

俞陛云《唐五代两宋词选释》,上海古籍出版社,2011年。

余嘉锡《四库提要辨证》,中华书局,2007年。

[日]宇野直人著,张海鸥、羊昭红译《柳永论稿》,上海古籍出版社,1998年。

袁文撰,李伟国点校《瓮牖闲评》,中华书局,2007年。

袁行霈主编《中国文学史》,高等教育出版社,1999年。

袁枚撰,顾学颉点校《随园诗话》,人民文学出版社,1982年。

圆悟克勤《碧岩录》,《续藏经》第117册,台北新文丰出版公司,1994年。

晏几道《小山词》,《彊村丛书》本,上海古籍出版社,1989年

阎凤梧、康金声主编《全辽金诗》,山西古籍出版社,1999年。

颜元撰,王星贤、张芥尘、郭征点校《颜元集》,中华书局,1987年。

Z

朱弁撰,陈新点校《风月堂诗话》,中华书局,1988年。

朱彧撰,李伟国点校《萍洲可谈》,中华书局,2007年。

朱彝尊撰,黄君坦点校《静志居诗话》,人民文学出版社,1990年。

庄绰撰,萧鲁阳点校《鸡肋编》,中华书局,1983年。

张先撰,吴熊和、沈松勤校注《张先集编年校注》,上海古籍出版社,2012年。

张耒撰,李逸安、孙通海、傅信点校《张耒集》,中华书局,1990年。

张耒撰,查清华、潘超群整理《明道杂志》,《全宋笔记(第二编)》,大象出版社,
　2006年。

张孝祥撰,彭国忠点校《张孝祥诗文集》,黄山书社,2001年。

张孝祥撰,宛敏灏校笺《张孝祥词校笺》,中华书局,2010年。

张戒《岁寒堂诗话》,丁福保辑《历代诗话续编》,中华书局,2006年。

张宗橚编,杨宝霖补正《词林纪事 词林纪事补正》,上海古籍出版社,1998年。

张侃《拙轩词话》,唐圭璋编《词话丛编》,中华书局,2005年。

张炎著,夏承焘校注《词源注》,人民文学出版社,2018年。

张相《诗词曲语辞汇释》,中华书局,2014年。

张舜民《画墁集》,《丛书集成初编》,商务印书馆,1935年。

张载撰，章锡琛点校《张载集》，中华书局，1978 年。

张端义撰，李保民点校《贵耳集》，上海古籍出版社，2012 年。

张德瀛撰，闵定庆点校《张德瀛著作三种》，南京大学出版社，2017 年。

赵令畤撰，孔凡礼点校《侯鲭录》，中华书局，2002 年。

赵佶撰，唐晓云点校《大观茶论》，上海书店出版社，2015 年。

赵崇祚编，李一氓校《花间集校》，人民文学出版社，1958 年。

周行己撰，陈小平点校《周行己集》，浙江古籍出版社，2015 年。

周济《宋四家词选》，《丛书集成初编》，商务印书馆，1940 年。

周济《介存斋论词杂著》，唐圭璋编《词话丛编》，中华书局，2005 年。

周珽《删补唐诗选脉笺释会通评林》，《四库全书存目丛书补编》第 26 册景明
　　崇祯八年(1635)刻本，齐鲁书社，2001 年。

周裕锴《宋代诗学通论》，巴蜀书社，1997 年。

郑骞《陈后山年谱》，台北联经出版事业公司，1984 年。

郑永晓《黄庭坚年谱新编》，社会科学文献出版社，1997 年。

祝尚书编《宋集序跋汇编》，中华书局，2010 年。

钟嵘撰，陈延杰注《诗品注》，人民文学出版社，1961 年。

邹同庆、王宗堂《苏轼词编年校注》，中华书局，2002 年。

后　记

　　元祐,对我们来说,只是千年之前的一个历史年号,前后共 9 年;而对宋人来说,却是一个神话,元祐承载了宋人对于国家强盛、文化发达、文学繁荣的全部记忆和希望。在宋人笔下,元祐是太平盛世:

　　　　盛世正逢元祐曰,清欢重继永和年。

　　　　　　　　　　　　　　　　（施大任《题惠山寺真赏亭流觞》）
　　　　元祐升平超治古,诞布人文化寰宇。

　　　　　　　　　　　　　　　　　　（陈楑《读豫章集成柏梁体》）
　　　　本朝太平说元祐,五岳三光浑未剖。

　　　　　　　　　　　　　　　　（岳珂《后元祐行上辨章乔益公》）

元祐是一个人才辈出、文化繁荣的黄金时代:

　　　　元祐文章绝代无,为盟主者眉山苏。

　　　　　　　　　　　　　　　　　　（曾慥《题苏养直词翰巨轴》）
　　　　我宋人才盛元祐,玉堂人是雪堂人。

　　　　　　　　　　　　　　　　（王十朋《游东坡十一绝》其三）
　　　　师友洛川上,人才元祐初。（张栻《送李枀老归闽二首》其二）

甚至人物品评，宋人也以元祐为准：

> 我丈风流元祐枝，晴轩雨霓笔端迷。
>
> 　　　　　　　　　（陈与义《十三日再赋二首》其一）
>
> 先友当年盛，斯文元祐徒。　（朱熹《挽汪端明三首》其三）
>
> 叔父风流元祐支，清贫远自相国时。
>
> 　　　　（赵蕃《辰阳待岳祠之命舟发武陵回寄从游诸公》）
>
> 莫欺兀兀痴顽老，曾睹升平元祐时。（龚明之《期颐堂》其三）

元祐后的宋人，则深以没有躬逢其时为恨：

> 我生苦晚复异县，平生不识先生面。但闻其见元祐时，伤
> 今思古为此叹。　　　　　　　　　（冯时行《常君挽词》）
>
> 斯文元祐间，一代人物好。我生嗟已后，不及见此老。
>
> 　　　　　　　　　　　　　　　　（李石《游黄州东坡》）
>
> 先朝盛文物，最盛元祐中。我生百年后，深思附冥鸿。
>
> 　　　（周孚《以黄公金华伯五字为韵上黄仲秉侍郎》其二）
>
> 士生不及庆历初，下方元祐当勿疏。请看蛟龙得云雨，岂
> 比鸟雀驯阶除。
>
> 　　　　（陆游《和范舍人病后二诗末章兼呈张正字》其二）

　　我很荣幸，博士学位论文以元祐词坛为研究对象。有人说学
人有三幸，一是早年求学时遇到好的老师，可以获接正确的知识和
良好的教育，获得宝贵的人生"第一桶金"。二是博士论文遇到好
的选题，可以发挥自己所学，锻炼自己能力，为以后的学术生涯奠
定基础。三是教书时遇到好的学生，自己愿意尽力栽培，倾心成

就。此三事互有关联,得其一不失为学者之福,得其二已属难能,三者兼得则为人生之大幸,而三者皆不得亦无损于学者之为学者。

余不敏,竟谬膺运偶,集齐三幸。求知时,得遇宛敏灏、刘学锴、余恕诚、邓乔彬、孙文光诸师教诲,耳提面命,使我获益良多。由诸师,又得以向沪上诸名家,向词学界、诗学界诸名家问学,转益多师。留校教书时颇遇到一些资质上佳的学生,师生间缘分深厚,尽享教学相长之乐。在撰写博士论文期间,不止诵读元祐诸家的文学作品,更是学习他们的为人,学习他们的道德操守,所谓"予生千载后,尚友千载前"(朱子《陶公醉石归去来馆》)。但元祐不只有欣欣向荣、群英荟萃的一副面孔,撩开面纱,我们才可以看到元祐的真相:政治激荡,党争严酷,波谲云诡,机遇与风险并存,士人一念成圣、一念成鬼,甚至先新后旧、朝正暮邪。正是这个短暂而又特殊时期的复杂多变,正是元祐诸公的道德楷模,让我知道什么事可做、什么事不可做,知道读书人的操守到底是什么,知道为人的底线在哪里。

这本小书于2002年初版,承蒙当年责编的钟明奇先生不弃,撰写书评,多有谬赞。次年,吴小如先生青眼寓目,写了一篇文章,作为其"莎斋闲览"之四发表于《书品》杂志。受师友指点,我一度继续这个题目进行研究,先后发表有关佛禅与元祐词坛、秦观的词论、黄庭坚的艳情词等方面的文章,都属于元祐词坛的研究范畴。而时光荏苒,宛先生早在我攻读博士前三年仙去,余师、邓师亦弃世有年,刘师回辙京邸,只有孙师寓居沪上,我可以不时请安讨教。从出版至今,转眼二十年过去,这本小书见证了时代的发展和人事的沧桑,我心也累,得友好怂恿,动念再版,考虑到论题的完整性,本次只加入《佛禅与元祐词坛》一章,以弥补当年撰写博士论文时想写而未及写的遗憾,其余则保留原貌。

感谢刘学锴、孙文光老师的无声鞭策。感谢华东师范大学出版社和王焰社长给我回顾自我的机会。感谢庞坚、钟锦两位好友的鼓励。感谢时润民博士的辛勤付出和良好建议。感谢刘泽华博士精心核对引文和替换版本，并重新编制参考文献。

彭国忠

二〇二一年五月